MARIE-PAUL ARMAND

Marie-Paul Armand habite une petite ville du Nord. Auteur incontournable de ce département, sa renommée s'étend à la France entière. Après des études universitaires à la faculté de Lille, elle fut enseignante en mathématiques à l'école publique pendant dix ans avant de s'engager dans la voie de l'écriture. Son premier roman, *La poussière des corons* (prix Claude-Farrère), écrit à la mémoire de son grand-père, mineur, paraît en 1985. De livre en livre, son succès se confirme (avec, entre autres, *Le vent de la haine*, 1987 ; *Le pain rouge*, 1989 ; *L'enfance perdue*, 1999 et *Un bouquet de dentelle*, 2001). Son dernier roman, *Le cri du héron*, a paru en 2004 aux Presses de la Cité.

MON GRAND-PÈRE MINEUR

DU MÊME AUTEUR
CHEZ POCKET

LA POUSSIÈRE DES CORONS
LE VENT DE LA HAINE
LE PAIN ROUGE
LA MAÎTRESSE D'ÉCOLE
LA CENSE AUX ALOUETTES
L'ENFANCE PERDUE
UN BOUQUET DE DENTELLES
AU BONHEUR DU MATIN
LE CRI DU HÉRON
MON GRAND-PÈRE MINEUR

LA COURÉE

LA COURÉE
LOUISE
BENOÎT

MARIE-PAUL ARMAND

MON GRAND-PÈRE MINEUR

PRESSES DE LA CITÉ

Cet ouvrage a paru précédemment sous le titre :
Nouvelles du Nord
aux Presses de la Cité

ISBN 978-2-266-17678-1

Mon grand-père mineur

Mon prénom est Anne-Laure, mais tout le monde m'appelle Anne. C'est plus simple, plus rapide, et ça fait moins snob, comme dit mon amie Catherine. Elle me taquine toujours, mais je l'adore. Elle est petite, avec une masse de cheveux blonds et bouclés, tout le contraire de moi qui suis grande et brune, avec de longs cheveux raides qui font mon désespoir.

Nous avons le même âge, dix-huit ans, et nous sommes dans la même classe de terminale C. Nous espérons décrocher notre bac à la fin de l'année. Catherine envisage d'être prof de maths.

— Tu comprends, me dit-elle souvent, si plus tard j'ai des enfants, j'aurai l'avantage d'être en vacances en même temps qu'eux.

Sa mère est prof d'anglais, c'est peut-être ça qui l'influence. Moi, je veux faire des études de médecine. Catherine soutient que je prends exemple sur mon père qui est pédiatre et qui adore son métier. Il écrit des articles pour des revues médicales, il participe à des congrès un peu partout en Europe. C'est une sommité, comme dit maman. Je suis très fière de lui, maman aussi. Grâce à lui, mes maladies d'enfant n'ont pas été trop pénibles. Il m'a soignée efficacement, et si je grimaçais parce qu'un remède avait un mauvais goût, il me disait :

— Imagine que ta maladie est un affreux dragon qui lance des flammes et qui va te brûler pendant ton sommeil. Bois ça, c'est un élixir qui va te rendre invisible. Tu vas t'endormir, et le dragon ne te trouvera pas. Demain, tu n'auras plus de fièvre et tu seras pratiquement guérie.

J'obéissais, émerveillée de constater, le lendemain matin, que mon père avait raison.

Il a employé, ensuite, la même méthode avec les jumeaux, remplaçant les dragons par des robots qui traversaient l'espace dans le seul but d'essayer d'anéantir deux petits garçons malades. Comme je l'avais fait avant eux, les jumeaux obéissaient et avalaient les mixtures les plus désagréables. Pourtant, ils n'ont jamais été des modèles de sagesse. Ils ont actuellement neuf ans, et ils ne s'améliorent pas en grandissant. Ils sont si turbulents que je les considère parfois comme une véritable calamité. Leur apparence est trompeuse : blonds aux yeux bleus, ils ressemblent à de véritables angelots. De plus, ils sont si semblables que tout le monde les confond, sauf papa, maman et moi qui les connaissons bien. Ils en profitent pour faire un maximum de tours pendables, et ils rendent folle la pauvre Olga, notre femme de ménage, qui menace au moins une fois par jour de chercher ailleurs une maison plus calme. Mais elle ne part jamais, parce qu'au fond, elle est comme nous : les jumeaux, elle les adore.

Pourtant, il y a des jours où je me passerais bien d'eux. Leur dernière farce a été de cacher dans mon lit une grenouille qu'ils avaient trouvée dans le jardin. Lorsque j'ai tiré les draps pour me coucher, le pauvre animal m'a bondi à la figure, complètement affolé.

J'ai eu aussi peur que lui. Mes cris ont amplement réjoui mes deux garnements de frères qui n'attendaient que cela. J'étais furieuse et, dans des cas comme celui-là, j'envie celles qui sont filles uniques. Ou qui n'ont que des sœurs, comme mon amie Catherine.

Lorsque je veux leur échapper ou avoir un peu de calme, je me réfugie chez grand-père. Grand-père, c'est le père de maman. Il est veuf et il habite dans une petite maison, en plein milieu du coron, au nord du village. C'est un ancien mineur. Il a travaillé toute sa vie au puits de mine situé au bout de sa rue et, lorsqu'il a pris sa retraite, le puits était encore en activité. Depuis la fenêtre de sa cuisine, on apercevait le chevalement avec, à son sommet, les molettes, ces grandes roues qui racontaient la descente et la remontée des mineurs. Mon grand-père s'asseyait là et les observait.

— Regarde, me disait-il. Elles tournent. Ça veut dire que la cage descend, et qu'ils s'en vont au fond. Il n'y a pas si longtemps, j'étais avec eux. Maintenant, je les accompagne en pensée. Ces molettes qui tournent, c'est l'histoire de toute ma vie.

Et puis, un jour, le puits a été fermé. Les molettes se sont arrêtées de tourner. Ce jour-là, quelque chose s'est brisé dans le cœur de grand-père. Il n'arrivait pas à l'accepter.

— C'est impossible, protestait-il. Depuis que je suis né, je les ai toujours vues tourner. Maintenant, elles ne bougent plus. À l'heure de la descente, je les regarde, elles restent immobiles. Et quand je me dis qu'elles ne tourneront plus jamais, je me sens malade.

Peu à peu, dans la région, les puits de mine ont fermé, les uns après les autres. Malgré les manifestations, malgré les protestations des mineurs. Le dernier s'est arrêté il y a deux ans.

— C'est la fin du métier de mineur, a dit grand-père d'un ton lugubre. C'est comme si on tirait un trait sur tout ce que nous avons fait, mes compagnons et moi.

Un jour, voici quelques mois, je suis arrivée chez lui, et je l'ai trouvé en train de pleurer. Il s'est détourné lorsque je suis entrée, mais j'ai eu le temps d'apercevoir ses yeux humides. Je me suis inquiétée :

— Grand-père ! Que se passe-t-il ?

D'un geste de vaincu, il m'a montré la fenêtre de sa cuisine :

— Regarde, a-t-il dit simplement.

J'ai regardé, et j'ai poussé une exclamation de surprise et de désarroi : les molettes ! Elles n'étaient plus là ! Le chevalement aussi avait disparu. À la place de cette immense charpente métallique qui se dressait auparavant dans le ciel, il n'y avait plus rien. Et l'horizon paraissait ainsi tellement vide, tellement nu, que je me suis sentie toute désorientée. Muette, je me suis tournée vers grand-père.

— Ils ont abattu le chevalet ce matin, a-t-il dit d'une voix qui tremblait. Maintenant, les molettes, je ne les verrai plus, même immobiles. C'est comme si elles n'avaient jamais existé.

Depuis ce jour, il ne s'est plus jamais assis à la fenêtre de la cuisine, qui était auparavant son poste d'observation préféré. Lorsqu'il a le cafard, il va rendre visite à son ami Wladek, qui habite en face. D'origine polonaise, Wladek a lui aussi travaillé toute sa vie au fond de la mine. Il y a attrapé la silicose, cette maladie propre au métier de mineur. Ses poumons sont atteints, il a beaucoup de peine à respirer. Grand-père, lui, a échappé à cette terrible maladie, mais il a des ennuis cardiaques. Il a déjà eu deux alertes ; la deuxième a été suffisamment grave pour nous inquiéter. Depuis, il prend régulièrement des gouttes et des pilules pour le cœur. Papa ne nous a pas caché qu'une prochaine crise pourrait lui être fatale. Le fait de le savoir menacé nous le rend encore plus cher. Grand-père, je l'aime beaucoup. J'apprécie sa sagesse, sa façon de voir les choses, son regard bleu qui s'illumine de tendresse lorsque j'arrive chez lui.

— Bonjour, *min tiot*, me dit-il invariablement.

Min tiot est l'expression affectueuse qu'il a toujours employée en s'adressant à moi. Elle signifie, dans son patois du Nord, « mon petit ». Elle me plaît. Pour grand-père, je suis restée l'enfant qu'il a vu naître. Lorsque les jumeaux ne sont pas là, il m'avoue en secret que je suis sa préférée, parce que je ressemble à la femme qu'il a aimée et épousée, cette grand-mère dont je ne me souviens pas et qui est morte alors que je n'avais que deux ans. Souvent, je l'écoute me parler d'elle, et malgré la mort qui l'a ravie, malgré les années écoulées, je constate que son amour est demeuré le même, intact et profond.

— Elle était belle, me raconte grand-père. Elle était comme toi, grande et mince, très brune. Tu as ses cheveux, ses yeux. Elle travaillait à la fosse, elle aussi. Elle était lampiste. Tous les matins, à notre arrivée, elle nous distribuait nos lampes. Elle avait toujours un sourire et un mot aimable pour chacun. Ce sourire, je le gardais en moi pour la journée. Il éclairait les heures que je passais au fond. Je savais qu'en remontant, j'allais lui reporter ma lampe, et qu'elle me sourirait encore. Je vivais dans l'attente de ce moment. J'ai mis longtemps avant de me décider à lui avouer que je l'aimais. Le jour où je l'ai épousée, j'étais l'homme le plus heureux de la terre.

Il me dit aussi qu'il n'est jamais parvenu à s'habituer à son absence. Moi, je l'écoute silencieusement, et je pense que j'aimerais bien inspirer un amour comme celui-là, qui résiste au temps, à la vieillesse, à la mort.

Peu après les congés de la Toussaint, un matin, je suis arrivée au lycée, et j'ai vu Catherine qui m'attendait avec des airs de conspirateur. Elle m'a entraînée aussitôt.

— Viens vite ! Il y a un nouveau dans notre classe. Regarde, il est là-bas. Comment le trouves-tu ?

Il discutait avec plusieurs garçons de terminale. Tout de suite, il m'a plu. J'ai trouvé qu'il ressemblait à Roch Voisine, mon chanteur préféré. Il avait le même air romantique. Je l'ai dit à Catherine. Elle a haussé les épaules avec dédain :

— Oh toi, tu vois Roch Voisine partout ! Je me demande ce que tu peux trouver de bien à un mec comme lui !

Elle critique mon choix et me taquine sans cesse à ce sujet, me répétant que ce sont les minettes de treize ans qui aiment Roch Voisine, et que j'ai quand même dépassé ce stade. Son chanteur préféré, c'est Patrick Bruel. Elle collectionne tous ses posters et elle en tapisse les murs de sa chambre. Je n'ai rien contre Patrick Bruel, mais je m'obstine à trouver Roch Voisine infiniment plus beau. Les yeux fixés sur le nouvel élève, Catherine a repris avec importance :

— Il s'appelle Arnaud. Son père est commissaire de police. Il vient d'être muté par ici. Avant, il était dans le Jura. C'est Vanessa qui me l'a dit. Je parie qu'elle va essayer de faire sa conquête, ne serait-ce que pour prouver qu'aucun garçon ne lui résiste.

Elle a eu une moue méprisante et désapprobatrice. J'ai jeté un coup d'œil à Vanessa. À quelques mètres d'Arnaud, elle gloussait avec ses copines en lui jetant de fréquents coups d'œil. Toujours habillée à la dernière mode, toujours maquillée, Vanessa nous horripile souvent par ses manières. Lorsqu'elle parle à un garçon, elle s'adresse à lui d'une voix éthérée, en battant des cils et en « tortillant du croupion », comme dit grand-père. Je trouve cela parfaitement ridicule, et je ne comprends pas comment les garçons ne lui rient pas au nez. Nous lui avons donné, Catherine et moi, le qualificatif de « peste », et nous trouvons qu'il lui convient parfaitement. En pensant qu'elle allait tenter de séduire Arnaud, je me suis sentie contrariée. Se laisserait-il prendre ? J'espérais bien que non.

Toute la journée, je l'ai observé discrètement. Son air sérieux me plaisait. À la récréation, j'ai regardé Vanessa l'aborder sous un prétexte quelconque. J'ai remarqué avec satisfaction qu'il ne paraissait pas particulièrement charmé. Mais je ne me suis pas rassurée pour autant. Vanessa ne se laisserait pas décourager par un peu de froideur, bien au contraire. Comme dit Catherine, « plus le poisson est récalcitrant, plus elle a envie de l'attraper dans ses filets ». Elle a surpris mon regard posé sur eux.

— Il te plaît, n'est-ce pas ? Veux-tu que nous allions lui proposer nos cours, afin qu'il puisse se mettre à jour ? Il vient d'arriver, il doit être assez perdu.

J'ai secoué la tête avec détermination :

— Non. Je refuse de lui courir après.

Catherine n'a pas insisté. Elle me connaît, nous sommes amies depuis que, en quatrième, nous nous sommes trouvées dans la même classe. Elle sait que je suis, selon ses propres termes, têtue et orgueilleuse. C'est peut-être vrai, mais j'ajouterais aussi que je suis timide. Et je savais que je n'oserais pas, la première, adresser la parole à ce garçon qui pourtant me plaisait bien.

Le soir, j'ai pris le bus comme tous les soirs, et je suis descendue deux arrêts avant mon arrêt habituel. J'ai marché jusqu'au coron, jusqu'à la maison de grand-père. Assis dans son fauteuil, il écoutait un disque de Simon Colliez. Je suis entrée sur la pointe des pieds, et j'ai attendu la fin de la chanson. Simon Colliez, c'est un chanteur de chez nous, que grand-père aime beaucoup parce que certaines de ses chansons parlent des mineurs. Elles sont soit en français, soit en patois, parfois humoristiques, d'autres fois émouvantes. Lorsque je suis entrée, grand-père écoutait *L'taïette*. C'est une chanson qui vous ferait facilement pleurer. Elle raconte l'histoire d'un garçon dont le père est tué au fond de la mine. Comme c'est un accident isolé, il passe pratiquement inaperçu, sauf pour l'enfant qui devient orphelin. À la fin de la chanson, je me suis avancée. Grand-père m'a aperçue. Ses yeux bleus m'ont souri avec tendresse.

— Bonjour, *min tiot*. Quoi de neuf aujourd'hui ? Je l'ai embrassé, je me suis assise.

— Oh, rien de spécial. Il y a un nouveau qui est arrivé dans notre classe.

Sans l'avoir prévu, je me suis retrouvée en train de tout raconter. C'est toujours comme ça avec grand-père. Je me sens plus proche de lui que de mes parents. C'est souvent à lui que je me confie. D'abord, il a le temps de m'écouter, et chez lui, hors de la présence des jumeaux, nous pouvons parler. De plus, tout ce que je lui raconte l'intéresse, et j'aime qu'il me donne son avis et, au besoin, quelques conseils. Il a une façon pleine de sagesse de voir les choses qui me plaît infiniment.

J'ai donc parlé d'Arnaud et de Vanessa, qui avait commencé un « siège en règle », pour reprendre l'expression de Catherine. Je n'ai pas eu besoin d'avouer que ce garçon me plaisait, grand-père l'a compris. Il a compris aussi que les tentatives de séduction de Vanessa me contrariaient. Par mes récits, grand-père connaît Vanessa sans l'avoir jamais vue. Il me répète souvent que, de son temps, une fille qui battait des cils et « tortillait du croupion » en parlant aux garçons était invariablement classée dans les filles peu sérieuses.

— Ne t'inquiète pas, m'a-t-il dit. Si ce garçon possède un minimum d'intelligence et de lucidité, il se rendra vite compte de ce qu'elle vaut. Il s'apercevra très vite que tu es beaucoup mieux.

Devant son air convaincu, je n'ai pu m'empêcher de rire. Avec fougue, je l'ai embrassé :

— Oh, grand-père, je t'adore ! Mais réfléchis un peu : ce n'est pas parce que tu me trouves bien que tout le monde est forcément du même avis !

Grand-père a secoué la tête d'un air obstiné, persuadé d'avoir raison. D'un ton important, il a répliqué :

— Ma petite Anne, ceux qui ne sont pas de mon avis sont des sots. Et crois-moi, ceux-là ne méritent pas que tu t'intéresses à eux.

Émue, je l'ai encore embrassé. Cher grand-père ! En sortant de chez lui, je me sentais ragaillardie. C'est cela aussi que j'aime chez grand-père : il a le don de me remonter le moral lorsque je suis découragée, de me « remettre les idées à l'endroit » comme il dit lui-même.

J'ai marché jusqu'au pavillon où nous habitons, à la sortie du village. Entouré d'un grand jardin, il est très agréable. Ce soir-là, il faisait très doux. C'était une de ces journées d'automne qui font regretter l'été déjà enfui. Le crépuscule s'annonçait. Une humidité imprégnait l'air, et les feuilles mortes que je foulais aux pieds me disaient que, bientôt, les arbres seraient nus. Je préférais ne pas y penser, car l'hiver est une saison que je n'aime pas, une saison qui manque de verdure, de chants d'oiseaux et de soleil. Je me dis souvent que, si j'étais un animal, je voudrais être un ours ou une marmotte, afin d'hiberner et de ne me réveiller qu'aux premiers beaux jours.

Lorsque je suis entrée dans le jardin, les jumeaux sont accourus vers moi avec des hurlements. Ils avaient revêtu leur déguisement de Sioux, et ils se sont jetés sur moi avec une férocité assortie au rôle qu'ils jouaient. Ils se sont mis à crier :

— En voilà une ! Elle sera notre prisonnière !

— Toi femme blanche attachée au poteau de torture ! J'ai protesté :

— Mais laissez-moi, enfin ! Vous êtes insupportables ! Je n'ai pas le temps de jouer avec vous. J'ai un boulot fou qui m'attend pour demain.

Vouloir s'opposer aux jumeaux lorsqu'ils ont décidé quelque chose relève du véritable exploit. Je ne sais même pas s'ils m'ont entendue. Les cris de guerre qu'ils poussaient ont couvert mes paroles. Malgré mes protestations, ils m'ont entraînée vers l'un des poteaux qui soutiennent le fil à linge. Là, ils m'ont ligotée étroitement, et je me suis laissé faire, amusée par leur visage barbouillé de peintures de guerre. Ils avaient sans doute utilisé les produits de maquillage de maman, et j'ai imaginé sa colère lorsqu'elle s'en apercevrait. Ils m'ont ligotée avec application, bien solidement.

— Maintenant, nous faire danse du scalp !

Ils ont exécuté autour de moi une danse effrénée, avant de déclarer :

— Maintenant, grand conseil se réunir sur le sort de femme blanche.

Ils sont partis, me laissant ligotée à mon piquet. J'ai crié, mécontente :

— Hé, mais ! Délivrez-moi ! Revenez !

Ils se sont enfuis sans daigner me répondre. Je me suis sentie furieuse.

— Ces affreux garnements ! ai-je pensé avec colère. Ils ne perdent rien pour attendre !

J'ai patienté un peu, mais ils ne revenaient pas. J'ai essayé de me libérer, de desserrer la corde qui me retenait prisonnière. En vain. Finalement, je me suis mise à crier :

— Luc ! Marc ! Je vous ordonne de revenir !

Peine perdue. Je me suis demandé combien de temps j'allais devoir rester là lorsque la voiture de papa est arrivée. Avec soulagement, je l'ai vu entrer dans la cour, s'arrêter devant le garage. Papa est sorti et m'a aperçue. Tout de suite, il a compris :

— Anne ! Ma pauvre chérie !

D'un pas rapide, il est venu vers moi. Je n'ai pu m'empêcher de l'admirer. Papa, je le trouve très séduisant. Il a d'abondants cheveux blond foncé, des yeux gris-bleu au regard intelligent. Il est toujours très calme ; jamais je ne l'ai vu s'énerver ou se mettre en colère. De nous tous, il est le seul à avoir de l'autorité sur les jumeaux. Je ne sais pas comment il fait. Sans élever la voix, il parvient à se faire obéir immédiatement, alors que maman et moi sommes obligées de crier, bien souvent inutilement.

— C'est encore un coup des jumeaux, a-t-il dit en me délivrant. À quoi jouaient-ils, cette fois ? Aux Indiens ?

J'ai soupiré :

— Oui. Il leur fallait une victime, et j'ai l'impression que je suis arrivée au mauvais moment.

Nous sommes entrés dans la maison. Elle était silencieuse. Les jumeaux avaient disparu. Maman n'était pas là non plus. C'était le jour de sa visite à l'hospice. Bien qu'elle ne travaille plus – auparavant, elle était infirmière, mais elle a arrêté de travailler à la naissance des jumeaux –, elle est absente tous les après-midi à cause de ses nombreuses activités bénévoles. Un jour, elle s'occupe des handicapés des *Papillons blancs*, et elle nous montre fièrement les objets qu'ils fabriquent avec son aide ; un autre jour, elle va rendre visite aux pensionnaires du foyer pour personnes âgées ; un autre jour encore, elle va tenir compagnie aux vieillards de l'hospice ; et deux après-midi par semaine, avec des responsables du Secours catholique, elle essaie de rendre service à des gens en difficulté. Elle dit qu'elle a besoin de se sentir utile, et papa la laisse libre de faire ce qu'elle veut, à condition qu'elle soit avec nous pendant les week-ends.

Papa s'est installé dans un fauteuil et a déplié son journal. Dans la cuisine, j'ai grignoté une barre aux céréales, j'ai bu un verre de lait, puis j'ai gagné ma chambre. J'avais un DS de maths à réviser pour le lendemain, et je me suis mise au travail immédiatement. Mais les formules dansaient devant mes yeux, et je ne parvenais pas à me concentrer. Entre mon cahier et moi s'interposait sans cesse le visage d'Arnaud.

Toute la soirée, j'ai eu l'esprit ailleurs. Au cours du repas, maman m'a plusieurs fois adressé la parole sans que je lui réponde.

— Tu rêves, Anne ? m'a-t-elle demandé.

Les jumeaux se sont poussés du coude d'un air entendu, en ricanant bêtement :

— Elle est amoureuse !

J'ai haussé les épaules. Après le repas, j'ai encore travaillé, car je voulais avoir une bonne note à ce DS.

J'aime que papa soit fier de moi, et je sais qu'il est satisfait lorsque mes résultats scolaires sont bons. Sur mes bulletins, les professeurs inscrivent souvent, comme appréciation : « Élève sérieuse, intelligente et travailleuse. » Je suis incapable d'aller en classe si je n'ai pas fait parfaitement mon travail. Catherine me taquine souvent à ce sujet et me reproche de « bûcher sans arrêt ». Mais je n'y peux rien, je suis comme ça. Lorsque je me suis couchée, il était tard. Avant d'éteindre ma lampe, j'ai regardé la photo de Roch Voisine épinglée sur le mur en face de mon lit. J'ai trouvé une fois de plus qu'Arnaud lui ressemblait, et je me suis endormie en pensant à lui.

Au cours des jours suivants, je l'ai observé discrètement. Plus je le voyais et plus il me plaisait. Vanessa continuait son entreprise de séduction, multipliant les prétextes pour lui parler. Catherine m'abreuvait de ses commentaires :

— Regarde, elle lui tourne autour. Tu crois qu'elle va réussir à le séduire ? Qu'en penses-tu ? Un de ces jours, on va les voir arriver la main dans la main. On parie ?

Je ne répondais pas. Je ne voulais pas avouer que dans ce cas je serais déçue et malheureuse. Je me mettais à détester Vanessa, que je n'aimais déjà pas beaucoup. Je l'épiais, je la regardais faire du charme à Arnaud, et elle m'agaçait de plus en plus.

Un matin, alors que nous étions en cours de maths, elle s'est retournée pour parler à Arnaud qui était assis juste derrière elle. S'il y a une chose que notre prof déteste, c'est un élève qui bavarde au lieu d'écouter. Il s'est arrêté en plein milieu de son explication, a interpellé Vanessa :

— Vanessa, venez donc terminer cette démonstration.

Elle s'est levée, est allée au tableau, où elle est restée immobile, incapable de continuer une démonstration qu'elle n'avait pas écoutée. Le prof s'est montré féroce :

— Allons, ne restez pas là plantée comme un zombi, sinon je vais croire que votre intelligence est proportionnelle à la longueur de votre jupe.

Ce langage mathématique a fait rire toute la classe et a horriblement vexé Vanessa. Il faut dire qu'elle portait ce jour-là une jupe ultracourte. Elle a lancé un regard meurtrier au prof et elle a boudé tout le reste de la journée. Elle a été trop furieuse pour penser à faire du charme à Arnaud, et moi j'en ai été soulagée. Brave prof ! Je l'aurais bien embrassé.

Quelques jours plus tard, j'ai attrapé un gros rhume. J'avais mal à la gorge, je toussais, j'éternuais, j'avais même de la fièvre. Contrairement aux jumeaux qui profitent du moindre bobo pour ne pas aller à l'école, je n'aime pas manquer la classe. Après, il faut recopier tous les cours, essayer de les comprendre tant bien que mal, et c'est encore pis. Papa m'a donné des cachets, du sirop, un produit au goût affreux à vaporiser dans la gorge et le nez, et je suis allée au lycée comme d'habitude. Ce matin-là, nous avions deux heures de sport, et il m'a fait un mot pour être dispensée.

Je suis donc allée en permanence. Il n'y avait pas beaucoup de monde, et je me suis installée à une table, à l'écart. J'ai ouvert mon livre de physique, et j'ai essayé de faire les exercices que nous avait donnés le prof pour la semaine suivante. Je dois dire que la physique, c'est mon point faible. En maths et en chimie, et même dans les autres matières, je me débrouille. Mais, en physique, j'ai toujours un mal fou à résoudre les problèmes, d'autant plus que notre prof, avec un malin plaisir, nous donne les plus difficiles. Et puis, j'avais l'impression que mon crâne bouillonnait, et la fièvre me brouillait les idées. Avec découragement, j'ai refermé mon livre.

— Peux-tu me prêter ton cahier de maths ? J'aimerais bien revoir les cours depuis le début de l'année.

Je me suis retournée et je suis restée éberluée. J'ai senti monter à mon visage une rougeur qui n'était pas due à la fièvre. Arnaud, debout près de ma chaise, me souriait.

— Je peux m'installer à côté de toi ?

J'ai acquiescé d'un signe de tête, trop émue soudain pour parler. Il s'est assis et, juste à ce moment, ma gorge s'est mise à me chatouiller. Je n'ai pas pu m'empêcher de tousser. J'étais à la fois furieuse et désolée, parce que je pensais qu'avec mon rhume, mes yeux gonflés et mon nez rouge, Arnaud me trouverait bien moins séduisante que Vanessa.

Avec naturel, il m'a tendu une boîte de pastilles :

— Elles sont au miel. C'est excellent pour les maux de gorge. Tu as l'air drôlement enrhumée, dis donc !

J'ai coassé un merci et j'ai pris une pastille. Je lui ai passé mon cahier de maths, et j'ai rouvert mon livre de physique. J'ai fait semblant de lire, mais en réalité je ne voyais rien. Je me sentais excitée et tremblante. Arnaud était assis auprès de moi, il m'avait adressé la parole, offert un bonbon au miel... Je n'osais pas croire à ma chance. Je me suis efforcée de relire tout le cours de physique, j'ai essayé une nouvelle fois de résoudre les exercices. Rien à faire. Je n'y parvenais pas. Et puis, la présence d'Arnaud près de moi me troublait.

Les sourcils froncés, il tournait les pages de mon cahier, l'air absorbé. Quelquefois, s'il ne comprenait pas quelque chose, il me posait une question, et je lui répondais d'une voix tremblante que la toux enrouait. Cela non plus, pensai-je, n'était pas un facteur de séduction. Ensuite, il m'a rendu mon cahier, a jeté un coup d'œil sur mon livre de physique et sur ma page raturée :

— Qu'est-ce que tu fais ?

— Les exos de physique pour la semaine prochaine. Mais je n'y arrive pas. Je les trouve vachement durs. Tu les as vus ?

— Pas encore. Montre un peu.

Il a attiré le livre à lui, a lu les énoncés. Du coin de l'œil, je l'observais et, de près, je le trouvais encore plus séduisant. Il a haussé légèrement les épaules :

— Ils ne sont pas si durs que ça. Regarde, je vais t'expliquer comment il faut faire.

L'un après l'autre, il a fait les exercices. J'écoutais ses explications, je regardais sa main qui tenait le stylo, son écriture droite et équilibrée, son expression concentrée, et je pensais que tout en lui me plaisait. En plus, je ressentais envers lui une sincère reconnaissance : ces exercices de physique seraient notés, et sans lui j'aurais récolté une mauvaise note. Avec chaleur, je l'ai remercié, et j'ai ajouté, admirative :

— Tu me parais un véritable crack. Ces exos étaient vraiment très difficiles.

De nouveau, il a haussé les épaules :

— Si j'ai su les faire, c'est parce que j'ai un avantage sur toi, si encore on peut appeler ça un avantage : j'ai déjà tout fait l'an dernier. Je double ma terminale.

J'ai été surprise :

— Ah, tu doubles ? Je ne le savais pas. Tu n'as pas eu ton bac ? Pourtant, tu sembles très fort.

Son visage s'est fait grave et triste. Il a regardé droit devant lui, et il a dit d'une voix sourde :

— Lorsque j'ai passé mon bac, j'étais si malheureux que plus rien n'avait d'importance. Je me suis planté en maths. J'ai fait une erreur dès le début du problème. J'ai récolté une note catastrophique. Et mes autres notes n'ont pas été assez élevées pour compenser le manque de points. Mais à l'époque, je m'en fichais. C'était tellement secondaire !

À quoi faisait-il allusion ? J'avais envie de lui demander des précisions, et en même temps ma timidité me retenait. Peut-être l'aurais-je fait quand même, mais juste à ce moment la cloche a sonné. J'ai poussé un soupir de regret. Les instants privilégiés que nous venions de passer ensemble étaient déjà terminés. Il s'est levé, s'est tourné vers moi avec un sourire gentil, charmant, qui m'est allé droit au cœur :

— En tout cas, si tu as encore des ennuis avec les exos de physique, n'hésite pas à venir me trouver. Je t'aiderai avec plaisir.

J'ai rougi, j'ai réprimé de toutes mes forces une quinte de toux et j'ai réussi à dire :

— Merci, Arnaud.

C'était la récréation. Dans la cour, j'ai retrouvé Catherine. Avec volubilité, je lui ai tout raconté. Elle m'a souri :

— Tes yeux brillent, et je suis sûre que ce n'est pas à cause de la fièvre. Il te plaît tant que ça, ce garçon ?

Je n'ai pas nié.

— Oui. De plus, il me semble gentil et sérieux. Ce sont des qualités qui comptent beaucoup pour moi.

De toutes les filles de la classe, Catherine et moi sommes les seules à ne pas avoir de petit ami. Catherine, l'an dernier, s'est amourachée d'un garçon de terminale A. Ils sont sortis ensemble pendant quelques semaines et puis, un beau jour, il l'a laissée tomber pour une autre fille. Elle a été très malheureuse, et depuis, elle assure qu'elle n'est pas près d'être de nouveau amoureuse. Quant à moi, la raison est très simple : de tous les garçons que je connaissais jusqu'ici, aucun ne me plaisait vraiment. Plutôt que de sortir avec n'importe qui, j'attendais de rencontrer quelqu'un que j'aimerais. Et je devais reconnaître que, maintenant, je me sentais très attirée par Arnaud.

— Es-tu amoureuse de lui ? m'a demandé Catherine.

Il était encore trop tôt pour répondre affirmativement à une telle question. Je n'ai rien dit. Catherine a pris un air songeur :

— Il t'a avoué qu'il était malheureux lorsqu'il a passé son bac ? À cause de quoi, à ton avis ? Tu crois que sa petite amie l'avait laissé tomber, et qu'il a été désespéré ?

Cette supposition m'a déplu. Catherine l'a compris en voyant l'expression de mon visage. Elle m'a donné un coup de coude :

— Allons, ne fais pas cette tête-là ! Je te taquine, tout simplement.

Mais, toute la journée, la question a tourné dans ma tête, et je m'agaçais de ne lui trouver aucune réponse.

J'ai été soulagée lorsque j'ai été débarrassée de mon rhume. Je voulais être séduisante pour plaire à Arnaud. Je soignais davantage ma tenue, je m'arrangeais pour être toujours bien coiffée. Je laissais mes cheveux libres sur mes épaules, ou bien je les nouais avec un bandana ou un chouchou, ou encore je les tressais. Chaque matin, en me préparant pour aller au lycée, j'interrogeais le miroir. Étais-je jolie ? Je regardais mes yeux noirs, mon teint mat. J'étais tellement brune que je ressemblais à une Espagnole. J'aurais préféré être blonde comme maman ou Catherine.

J'égayais ma peau sombre par des tenues claires, des couleurs pastel. Les jumeaux n'avaient pas tardé à remarquer ma subite élégance.

— À qui veux-tu plaire, Anne ? me demandaient-ils d'un ton moqueur.

Je haussais les épaules et ne répondais pas. Maman m'observait, mais ne me posait pas de questions. J'en étais soulagée. Je ne voulais rien lui dire encore. Le seul à être au courant, dans la famille, était grand-père. À lui, je me confiais sans crainte, car je savais qu'il ne me critiquait jamais.

Au fil des jours, je m'apercevais qu'Arnaud semblait être attiré par moi. Il me souriait lorsque j'arrivais le matin, il trouvait toujours le moyen de m'adresser quelques mots dans la journée, et le soir, quelquefois, il m'attendait à la sortie et m'accompagnait jusqu'à l'arrêt de mon bus. J'étais heureuse de ces petites attentions, et je m'efforçais d'ignorer les regards furieux que m'adressait Vanessa. Avec Arnaud, je me sentais bien, nous parlions des cours, des profs, de notre travail scolaire, et sa seule présence auprès de moi suffisait à rendre tout ce qui m'entourait plus beau, plus lumineux. À l'arrêt de mon bus, il me disait « À demain » avec un petit signe, et il m'adressait son sourire charmeur que je gardais dans mon cœur pour toute la soirée.

— Un de ces jours, me disait Catherine, complice, il va te demander de sortir avec lui. Que vas-tu lui répondre ?

En souriant, je haussais les épaules dans un geste d'ignorance, mais au fond de moi, je savais bien que je n'hésiterais pas. Je dirais oui.

Un matin, j'ai été soulagée et satisfaite de constater

que Vanessa avait abandonné ses tentatives de séduction. Elle n'adressait plus la parole à Arnaud, affectait de l'ignorer totalement. Catherine a commenté à sa façon cette nouvelle attitude.

— Tu crois qu'Arnaud l'a envoyée promener ? Elle semble assez vexée. Dans ce cas, ce serait bien fait pour elle ! Ça lui apprendra à se croire irrésistible.

J'ai pensé à grand-père. « Si ce garçon est intelligent, avait-il dit, il ne se laissera pas prendre aux manigances d'une fille comme elle. » Comme toujours, il avait eu raison. Et l'attitude d'Arnaud, qui avait résisté à Vanessa, le faisait monter encore plus haut dans mon estime.

Cet après-midi-là, nous étions dans notre classe et nous attendions notre prof de philo, qui arrive toujours en retard. Nous bavardions tranquillement, Catherine et moi, lorsque Momor s'est approché de nous. De tous les élèves de la classe, c'est le pire. Il s'appelle Maurice Moreau, mais tout le monde le surnomme Momor. Il passe son temps à ennuyer les autres, à leur dire des méchancetés, à leur prendre leurs affaires. Gare à celui ou celle qu'il prend pour cible ! Un jour, il a eu l'idée géniale de jouer aux fléchettes avec le stylo plume de Catherine. Lorsqu'il le lui a rendu, la plume en était raplatie, tordue, et le stylo inutilisable. Tout le monde a plus ou moins peur de lui, parce qu'il est très fort et très violent. Catherine l'appelle « l'emmerdeur public numéro un ». Il s'est arrêté devant notre table et s'est emparé de ma trousse :

— Voyons un peu ce qu'il y a là-dedans.

Il s'est mis à fouiller à l'intérieur, a sorti mon feutre noir :

— Épatant. J'ai justement besoin d'un feutre de cette couleur. Je l'emmène.

Il l'a mis dans sa poche et a fait un mouvement pour se détourner. J'ai protesté :

— Momor ! Rends-moi ça ! C'est à moi.

Il m'a regardée avec l'air supérieur du chat qui joue avec la souris :

— Je te le rendrai quand ça me plaira. Si je te le rends un jour !

Il m'a tourné le dos en ricanant. Arnaud, que je n'avais pas vu approcher, lui a barré le passage :

— Tu n'as pas entendu ? Elle t'a dit de lui rendre son stylo. Tu vas le lui rendre.

Momor l'a toisé :

— De quoi te mêles-tu, toi ? Ce n'est pas parce que ton père est flic qu'il faut te croire tout permis. Ici, on n'est pas dans les locaux de la police.

Arnaud a pâli, ses yeux ont lancé des éclairs. Il a répété sèchement :

— Rends-lui son feutre.

Momor a une particularité : il est lâche. Il fait le matamore et le fanfaron devant ceux qui ont peur de lui, mais dès qu'il trouve son maître, comme dit grand-père, il se dégonfle. Là, c'est ce qu'il a fait. Il a sorti le feutre de sa poche et il l'a posé sur ma table, en bougonnant :

— Oh ! ça va, ça va. Si on ne peut plus s'amuser...

Et il est reparti à sa place. Mais le regard torve et sournois qu'il a lancé à Arnaud en passant derrière lui m'a fait penser qu'il chercherait à se venger.

Je ne me trompais pas. Le lendemain, pendant l'interclasse de onze heures, je l'ai vu s'approcher subrepticement de la table d'Arnaud qui bavardait plus loin avec un autre garçon. Près de la trousse d'Arnaud se trouvait son porte-cartes. En affectant un air détaché, Momor l'a pris et l'a ouvert. Il en a tiré aussitôt une photo, qu'il a considérée un moment avant de la brandir en criant :

— Hé ! Arnaud ! C'est ta petite amie ? Elle est jolie, dis donc !

Arnaud s'est retourné. Comme la veille, il est devenu très pâle. Il a bondi vers Momor :

— Ne touche pas à ça. Rends-moi cette photo. Momor s'est mis à narguer Arnaud en tenant la photo à bout de bras pour l'empêcher de la saisir.

— Tu y tiens tant que ça, à cette photo ? Qui est-ce ? Une petite amie que tu as laissée là-bas, dans le Jura ? Comment s'appelle-t-elle ?

Arnaud a grondé :

— Rends-moi ça immédiatement.

Il s'est précipité sur Momor, mais ce dernier a reculé jusqu'à la fenêtre en s'exclamant d'un air mauvais et victorieux :

— Voilà ce que j'en fais, de ta photo !

D'un geste rapide, il a lancé la photo par la fenêtre. Notre classe est au second, et les fenêtres donnent sur un passage entre la cour de récréation et la sortie. Arnaud s'est penché pour essayer d'apercevoir où était tombée la photo.

— Imbécile ! a-t-il grommelé, furieux, à l'adresse de Momor.

À ce moment, notre prof d'histoire est entrée dans la classe, et tout le monde a regagné sa place. Arnaud, qui voulait aller récupérer sa photo, s'est résigné à attendre la fin du cours. La prof d'histoire est une « mégère non apprivoisée » – cette définition est de Catherine –, et elle n'hésite pas à distribuer des billets de colle à tort et à travers. Tout le monde sait qu'avec elle, il vaut mieux se tenir tranquille si on ne veut pas se retrouver collé le mercredi suivant. Cinq minutes avant la fin du cours, elle a déclaré :

— Je vais vous donner une carte économique du Japon à commenter pour la prochaine fois. J'avais des feuilles à vous distribuer, mais je les ai oubliées dans mon casier, en salle des professeurs. Anne, va me les chercher, s'il te plaît.

Ça, c'est une habitude de notre prof d'histoire. Elle oublie invariablement quelque chose dans son casier : son cahier de notes, ou des copies à rendre, ou des feuilles à distribuer. À chaque fois, c'est moi qu'elle envoie en salle des profs. Je suis donc sortie de la classe, et, après avoir récupéré les feuilles, pour revenir, j'ai fait un détour par la cour de récréation. Je n'ai pas eu besoin de chercher longtemps : j'ai tout de suite aperçu la photo, près du mur. Je l'ai ramassée et je l'ai regardée avec curiosité. Elle représentait une jeune fille ou une jeune femme dans un jardin, debout devant un arbre en fleurs. Elle était brune et elle souriait. Elle paraissait jolie, mais elle était trop loin pour pouvoir lui donner un âge. Les paroles de Momor me sont revenues à l'esprit. Était-ce la petite amie d'Arnaud ? Sinon, pourquoi gardait-il sa photo dans son porte-cartes ? Ce n'était pas sa sœur, je savais qu'il était fils unique. Il me l'avait dit lui-même un jour où je me plaignais des jumeaux.

— J'aimerais bien, moi, avoir des frères comme les tiens, avait-il déclaré. C'est si monotone d'être tout seul, si tu savais !

En fronçant les sourcils, j'ai glissé la photo dans la poche de mon jean. Qui était cette fille ? J'ai pensé que je devrais poser la question à Arnaud en lui rendant la photo. Mais... oserais-je ? À midi, lorsque la cloche a sonné, Arnaud s'est précipité hors de la classe. Devant Momor qui l'observait, je n'ai rien dit. J'ai attendu que tout le monde soit sorti, et j'ai montré la photo à Catherine, en lui expliquant comment elle était en ma possession. Elle l'a regardée attentivement, puis me l'a rendue en me demandant :

— Que vas-tu en faire ?

— Je vais la rendre à Arnaud. Je suis sûre qu'il est en train de la chercher partout.

Nous avons attendu que les externes soient sortis du lycée et que les demi-pensionnaires soient à la cantine. Nous avons traversé la cour de récréation. Elle était vide, à l'exception d'Arnaud qui longeait les murs, le nez au sol. Catherine m'a dit :

— Allons-y. Et si tu n'oses pas, je lui demanderai, moi, de qui il s'agit.

Nous nous sommes approchées. Arnaud a relevé la tête, et je lui ai tendu la photo :

— C'est moi qui l'ai. Je suis venue la chercher, tout à l'heure. C'était le moyen le plus sûr de la récupérer. À la sortie de midi, n'importe qui aurait pu la ramasser avant que tu n'arrives.

Il a paru infiniment soulagé. Il a pris la photo, l'a remise avec précaution dans son porte-cartes.

— Merci, Anne-Laure, tu es gentille.

Arnaud m'appelle toujours Anne-Laure. Il est le seul à le faire, et cette particularité m'est agréable. Il a une façon de prononcer mon nom qui me plaît délicieusement. Il a refermé son porte-cartes en expliquant, d'une voix à la fois douce et triste :

— C'est une photo de ma mère. J'y tiens beaucoup. J'aurais été désolé de ne pas la retrouver. Je n'ai plus que ça, maintenant. Elle est morte en mai dernier.

Catherine est restée bouche bée. J'ai eu une exclamation navrée :

— Oh ! Mon Dieu, c'est terrible ! Était-ce un accident ?

Il a détourné la tête, et son regard a eu l'expression douloureuse que j'avais déjà remarquée, le jour où il était venu s'asseoir auprès de moi en permanence.

— Non, a-t-il dit d'une voix sourde. Un cancer. Mais je préfère ne pas en parler.

Il m'a semblé qu'il était prêt à pleurer. Je n'ai pas insisté et j'ai emmené Catherine, qui pour une fois ne disait rien. Elle a retrouvé la parole alors que nous arrivions à la cantine :

— Mince alors ! Si je m'attendais à ça ! Il ne l'avait jamais dit. C'est pour cette raison qu'il était malheureux et qu'il n'a pas eu son bac. Il y a de quoi être déboussolé, il faut l'admettre.

J'ai approuvé d'un signe de tête. Le fait qu'Arnaud ait perdu sa mère et soit malheureux me le rendait encore plus attachant, me donnait envie de l'aimer davantage, comme pour compenser le manque d'amour dont il devait certainement souffrir.

Ce soir-là, j'ai regardé avec tendresse le joli visage souriant de maman, et j'ai essayé d'imaginer la peine que je ressentirais si elle mourait. Cette pensée m'a été si insupportable que je l'ai immédiatement repoussée. Et lorsque j'ai embrassé mes parents avant d'aller me coucher, j'ai serré maman contre moi, consciente du bonheur que je possédais, simplement parce qu'elle était là, près de moi, tous les jours.

En allant au lycée, quelques jours plus tard, j'ai vu des affiches sur lesquelles souriait mon chanteur préféré, Roch Voisine. Je me suis approchée avec curiosité. Elles annonçaient un prochain spectacle à Lille, début décembre. Je suis restée rêveuse un long moment. Comme j'aimerais y aller ! ai-je pensé. J'avais à peine pénétré dans la cour du lycée que Catherine se précipitait vers moi :

— Tu as vu les affiches ?

— Oui. Je voudrais bien y aller. Mais pas seule. Viendrais-tu avec moi ?

Catherine a eu une moue dédaigneuse :

— Écoute, Anne, je t'aime beaucoup, mais Roch Voisine, tu sais ce que j'en pense. Quand donc te décideras-tu à évoluer ?

Vexée, je n'ai pas répondu. Catherine s'est tournée vers Arnaud qui s'approchait et a dit ironiquement :

— Figure-toi qu'Anne aime Roch Voisine et qu'elle veut aller le voir. Ne trouves-tu pas cela ridicule ?

Arnaud m'a regardée. J'avais peur qu'il se moque de moi, lui aussi, mais il n'a rien dit. J'en voulais à Catherine de me taquiner ainsi. J'ai été soulagée lorsque la cloche a sonné pour le début des cours, faisant cesser ses propos ironiques.

La journée s'est passée normalement. Le soir, Arnaud est venu me reconduire jusqu'à l'arrêt de mon bus. Lui, il n'habite pas loin du lycée et il fait le trajet à pied. Nous avons marché quelques instants en silence puis, subitement, il a demandé.

— C'est vrai, ce qu'a dit Catherine ce matin ? Tu aimerais aller voir Roch Voisine ?

J'ai levé les yeux vers lui. J'ai croisé son regard. Je n'y ai décelé aucune trace d'ironie. J'ai décidé de répondre sincèrement :

— Oui, c'est vrai. Catherine se moque toujours de moi parce qu'il est mon chanteur préféré.

Arnaud n'a fait aucun commentaire désobligeant. Au contraire, il a souri, et il a proposé :

— Si tu veux, nous pouvons y aller ensemble. Je vais retenir deux places. Qu'en penses-tu ?

Je n'ai pas répondu tout de suite. La surprise, d'abord, puis une sorte d'émerveillement incrédule m'ont coupé le souffle. Ils ont été aussitôt balayés par une joie immense qui a déferlé sur moi et qui a dû se lire dans mon sourire :

— Oh oui, Arnaud ! Quelle bonne idée !

— Alors, c'est d'accord ?

— Oui. Enfin, je veux dire... Il faut que j'en parle à mes parents. Mais je pense qu'ils ne refuseront pas. Et... comment irons-nous ? En train ?

— Nous irons avec ma voiture. Je possède une vieille 4L. C'est une voiture d'occasion qui ne fait pas de grandes performances, mais elle roule, c'est le principal.

— Mais c'est épatant ! Vraiment, c'est formidable ! Merci, Arnaud. Je suis sûre de passer une soirée merveilleuse.

Durant tout le trajet du retour, dans le bus, j'ai chantonné, heureuse comme je ne l'avais pas été depuis longtemps. Arnaud m'avait demandé de sortir avec lui, et c'était pour aller à un concert de Roch Voisine ! Une grisante euphorie me donnait envie de chanter, de danser, de courir, de faire partager ma joie à la terre entière. Je suis descendue à l'arrêt du coron et je suis allée chez grand-père. Il fallait que je le lui dise. Quand je suis arrivée chez lui, il terminait une partie de cartes avec son ami Wladek. Celui-ci s'est tourné vers moi avec un sourire affectueux :

— Bonsoir, Anne. Comment vas-tu ?

Wladek m'a connue toute petite. Il m'aime bien, et moi aussi je l'aime bien. Il est plus jeune que grand-père, mais sa maladie le fait paraître beaucoup plus vieux. Elle le mine, elle ronge ses poumons, elle le fait mourir à petit feu. Par moments, il étouffe, il ne peut plus respirer. Lorsque la crise est trop forte, il faut l'emmener à l'hôpital. Là-bas, ils font le nécessaire, ils le mettent sous oxygène et, après quelques jours, Wladek revient, un peu soulagé. Mais il sait que ce n'est que partie remise et que, bientôt, tout recommencera. Il le sait et il l'accepte, comme une fatalité. Il dit avec résignation :

— Au moins, je sais comment je finirai. J'ai vu mourir mon père, il avait la même maladie. Vers la fin, il n'avait plus que la peau sur les os. Il était presque impotent. Il devait se déplacer au ralenti. Ses dernières forces ne lui servaient qu'à respirer.

Je le trouve courageux, et je l'admire. Lorsqu'il est parti, je l'ai dit à grand-père, qui m'a approuvée. Tout en rangeant ses cartes, il m'a interrogée :

— Quoi de neuf, *min tiot ?*

J'ai aussitôt oublié Wladek pour raconter avec enthousiasme l'invitation d'Arnaud. Grand-père a eu un large sourire :

— Tu es contente, *min tiot ?*

— Oh oui, grand-père ! Si tu savais !

J'ai mis mes bras autour de son cou, je l'ai embrassé très fort. Il m'a regardée avec émotion :

— Tu me rappelles ta grand-mère. Quand elle était heureuse, elle avait les yeux qui scintillaient comme des étoiles, exactement comme les tiens en ce moment.

À la maison, j'ai attendu que les jumeaux soient couchés pour faire le même récit à mes parents. Je leur avais déjà parlé d'Arnaud, et ils n'ont pas été surpris. Maman a simplement dit :

— Peut-on faire confiance à ce garçon, Anne ?

Bien sûr, j'ai affirmé que oui. Papa a pris un air sévère pour me faire part de sa décision :

— Je veux bien qu'il t'emmène au concert, mais avant, s'il passe te prendre, nous voulons le voir. Et nous fixerons l'heure à laquelle il te ramènera.

J'étais si heureuse de son acceptation que je n'ai pas trouvé ses exigences démesurées. Je l'ai embrassé en le remerciant, ainsi que maman, et je suis allée dans ma chambre en fredonnant gaiement *Avant de partir*, qui est l'une des premières chansons de Roch Voisine que j'aime beaucoup.

Au moment de me coucher, j'ai eu un geste de recul. Sur mon oreiller, un gros escargot se promenait, laissant derrière lui une répugnante trace de bave. Au lieu de me fâcher contre les jumeaux, j'ai au contraire eu envie de rire. J'ai attrapé délicatement l'escargot par la coquille, j'ai ouvert la fenêtre de ma chambre, et je l'ai posé sur le rebord extérieur. Un instant désorienté, il s'est remis à avancer prudemment. J'ai refermé la fenêtre, j'ai changé la taie d'oreiller et je me suis couchée. J'ai fermé les yeux et j'ai revu l'expression d'Arnaud, au moment où il m'avait proposé de m'emmener au concert. Je me suis endormie en souriant.

J'ai commencé à barrer avec impatience les jours sur le calendrier, comptant ceux qui me séparaient encore du concert. Catherine était aussi excitée que moi.

— Tu me raconteras tout, n'est-ce pas ? me disait-elle sans cesse.

Je souriais, ne répondais ni oui ni non. La pensée de me retrouver seule avec Arnaud faisait battre mon cœur. Jusqu'ici, nous n'avions jamais été seuls ensemble. Nous nous voyions tous les jours, il venait me raccompagner jusqu'à l'arrêt de mon bus, mais il y avait toujours plein de monde autour de nous. Tandis que là, nous serions seuls dans sa voiture, rien que nous deux. Nous pourrions enfin parler de nous, apprendre à mieux nous connaître. Peut-être me parlerait-il à nouveau de sa mère et du chagrin qu'il avait éprouvé lorsqu'elle était morte. Je n'avais plus osé l'interroger depuis l'épisode de la photo.

Un soir, au cours du repas, papa nous a rappelé la date de son prochain congrès. Il a expliqué qu'il partirait plusieurs jours à Paris, et que maman l'accompagnerait.

— Mais... ai-je dit, un peu affolée. C'est justement cette semaine-là qu'a lieu le concert de Roch Voisine. Je pourrai y aller quand même ?

Papa m'a fait un sourire rassurant :

— Bien sûr, Anne. Je ne reviens pas sur ma décision. Simplement, tu présenteras Arnaud à grand-père, et vous fixerez ensemble une heure raisonnable pour votre retour.

Soulagée, j'ai acquiescé d'un signe de tête. Chaque fois que papa participe à un congrès, que ce soit en France ou à l'étranger, maman l'accompagne. Pour quelques jours, grand-père vient vivre chez nous. Bien que l'absence de mes parents me donne la fâcheuse impression d'être subitement orpheline, d'un autre côté, je suis ravie d'avoir grand-père auprès de moi. Ce soir-là, j'ai pensé qu'il serait peut-être moins sévère que papa et qu'il nous permettrait, à Arnaud et à moi, de rentrer plus tard.

Le lendemain, lorsque je suis arrivée au lycée, j'ai tout de suite remarqué que Catherine avait les yeux rouges et gonflés, comme si elle avait pleuré. Elle avait en même temps un air effondré qui m'a effrayée.

— Catherine ! Que se passe-t-il ?

Elle a reniflé lamentablement :

— Anne, c'est affreux ! Figure-toi que papa nous a annoncé, hier soir, qu'il allait nous quitter.

Éberluée, j'ai demandé :

— Vous quitter ? Mais... pourquoi ?

De nouveau Catherine a reniflé et ses yeux se sont emplis de larmes :

— Il nous a dit que... qu'il était amoureux d'une autre femme et qu'il allait vivre avec elle.

J'étais tellement sidérée que je suis restée muette. Je suis déjà allée chez Catherine, j'ai eu l'occasion à plusieurs reprises de rencontrer son père. Il est expert-comptable, et il donne l'impression de vivre dans les chiffres, n'accordant qu'une attention distraite à ce qui se passe autour de lui. J'ai toujours eu l'impression qu'il me voyait sans me voir vraiment. Il est grand et maigre, avec des lunettes, un visage sévère et perpétuellement triste, comme s'il avait « perdu sa quinzaine » pour reprendre l'expression de grand-père lorsqu'il parle de quelqu'un qui a l'air désolé. Il m'est difficile d'imaginer le père de Catherine amoureux d'une femme au point de quitter son foyer.

— Et le pire, a continué Catherine d'une voix tremblante, c'est que cette histoire dure depuis longtemps. Il connaît cette femme depuis plusieurs années, et il a eu avec elle un petit garçon, qui a maintenant cinq ans.

Elle s'est arrêtée de parler, a fait un effort pour refouler ses sanglots. J'étais à la fois surprise, horrifiée, et désolée pour elle.

— Il nous a dit tout ça hier soir. Il a ajouté qu'il voulait vivre auprès de son fils, qui a besoin de lui. Il considère que nous, nous sommes grandes, et que sa présence ne nous est plus nécessaire. Maman était effondrée, et Corinne a pleuré toute la soirée.

Catherine a trois sœurs, dont les prénoms ont la même initiale et la même terminaison que le sien. Corinne est la plus jeune, elle a dix ans. Il y a aussi Caroline, âgée de seize ans, qui est en seconde. Quant à Christine, l'aînée, qui a vingt ans, elle fait des études de droit.

— Nous l'avons supplié, mais il a dit que sa décision était prise et qu'elle ne changera pas. C'est à cause de l'enfant, surtout. S'il n'était pas là, je crois qu'il ne nous quitterait pas. Mais il a toujours désiré un fils, je le sais. Il a été déçu à la naissance de Corinne. Après trois filles, il espérait un garçon.

Elle s'est remise à pleurer, s'essuyant les yeux avec son mouchoir. Je cherchais quelque chose à dire pour la réconforter, mais j'avais l'esprit vide et je ne trouvais rien. Le chagrin de mon amie me faisait de la peine. En silence, j'ai entouré ses épaules de mon bras et je l'ai tenue ainsi contre moi un long moment.

Elle s'est mouchée, a poussé un énorme soupir :

— Nous ne nous attendions absolument pas à une chose pareille. Corinne est la plus malheureuse de nous toutes. Elle n'a que dix ans et elle ne comprend pas. Elle dit que si papa nous quitte, c'est parce qu'il ne nous aime plus. Moi, je n'irais pas jusque-là. Je pense qu'il nous aime encore, mais qu'il préfère ce petit garçon auprès duquel il veut aller vivre.

La cloche a sonné pour le début des cours, interrompant notre entretien. Nous nous sommes dirigées vers notre classe. J'étais triste pour Catherine, triste aussi de ne rien pouvoir faire pour l'aider. De loin, Arnaud m'a fait signe, tout en regardant les larmes de Catherine d'un air intrigué. J'ai pensé que lui aussi avait connu une épreuve semblable, plus cruelle encore, lorsque sa mère était morte. À côté d'eux, je faisais figure de privilégiée.

J'avais des parents qui s'aimaient, qui ne songeaient pas à se quitter et qui, je l'espérais bien, vivraient encore longtemps. Au fond, j'avais de la chance.

Le premier choc passé, Catherine s'est habituée à l'absence de son père. Dotée d'un caractère résolument optimiste, elle n'est pas du genre à se lamenter éternellement. Elle a le don de s'adapter à toutes les circonstances. Contrairement à sa mère et à ses sœurs, elle n'éprouvait envers son père aucun ressentiment. Elle m'a même confié :

— Je suis sûre que cette décision n'a pas dû être facile à prendre. D'autant plus que mes sœurs lui en veulent et lui ont déclaré qu'elles ne voulaient plus le voir. Il doit en être malheureux, c'est certain.

Elle parvenait à analyser la situation objectivement, et je ne pouvais m'empêcher de l'admirer. Moi, à sa place, j'aurais été désespérée. Je ne pourrais pas supporter que papa me quitte ou me préfère un autre enfant. Je l'aime trop. Pendant toute mon enfance, il a été mon idole. Je répétais à qui voulait l'entendre que, plus tard, je l'épouserais. Maintenant encore, il m'est impossible d'imaginer ma vie sans lui.

Le soir, j'ai parlé à Arnaud du congrès, je lui ai expliqué que, le jour du concert, lorsqu'il viendrait me chercher, mes parents ne seraient pas là, et que je lui présenterais grand-père. Il m'a posé des questions à son sujet, et j'ai parlé de lui avec tant de chaleur qu'il m'a dit, en me quittant :

— Je serai ravi de le rencontrer. J'ai l'impression qu'il va me plaire.

J'ai été heureuse qu'il me parle ainsi. J'ai espéré que l'inverse serait vrai et que Arnaud plairait aussi à grand-père. C'est très important pour moi.

Vers la fin du mois, un matin, dès mon arrivée au lycée, Catherine m'a annoncé :

— Anne, j'ai besoin de toi. Figure-toi que j'ai rendez-vous avec papa, ce soir, au salon de thé, sur la grand-place. Il veut me présenter Alain, son fils. Il aimerait que nous nous connaissions. Mes sœurs ont refusé d'y aller. Moi, j'ai accepté, mais je ne veux pas y aller seule. Fais-moi plaisir, viens avec moi.

J'ai eu un geste de surprise :

— Moi ? Mais... je n'ai rien à faire là, voyons ! Que va penser ton père ?

— Il pensera ce qu'il voudra. De toute façon, il ne dira rien. Il sera bien trop content que je vienne, même si c'est avec toi. Et si tu ne m'accompagnes pas, je n'irai pas.

Elle a tellement insisté qu'à la fin j'ai accepté. Le soir, j'ai dit à Arnaud que je ne prenais pas mon bus habituel, et j'ai rejoint Catherine qui m'attendait sur le trottoir d'en face. Nous avons marché silencieusement. Mon amie, toujours si bavarde, se taisait. Je la sentais crispée. Une bruine fine et persistante s'était mise à tomber. L'obscurité envahissait les rues. Les lumières des magasins se reflétaient sur les trottoirs mouillés par la pluie. Dans certaines vitrines, des guirlandes et des décorations annonçaient déjà Noël.

Catherine les a regardées en soupirant :

— Papa ne sera pas avec nous pour Noël, cette année. Ça me fait tout drôle. Je pensais que toujours il serait là, avec nous. C'est surtout maman qui me fait de la peine. Elle est malheureuse.

Elle fronça les sourcils, secoua la tête :

— Je veux bien essayer de pardonner à papa, je veux bien rencontrer Alain, mais je refuse d'entendre parler de cette femme qui nous le prend. Dans cette histoire, c'est elle la plus coupable. On ne se jette pas à la tête d'un homme marié qui, de plus, est père de quatre enfants.

J'ai hasardé :

— Peut-être l'aimait-elle vraiment ?

— Je n'en sais rien. En tout cas, elle a détruit notre famille. À sa place, je ne serais pas fière de moi.

Nous étions arrivées. Catherine, prise subitement d'une sorte de trac, s'est arrêtée.

— Entre d'abord, Anne. Je n'ose pas. Je te suivrai.

J'ai poussé la porte du salon de thé. Je les ai vus tout de suite, assis dans le fond de la salle. Le père de Catherine nous a aperçues, et sa longue figure triste s'est éclairée d'un sourire. Près de lui, sur la banquette, un petit garçon blond trempait un petit pain dans un bol de chocolat chaud, l'air visiblement très satisfait.

Tout en avançant, je l'ai observé. Je l'ai trouvé mignon. J'ai trouvé aussi qu'il ressemblait à Catherine. Il avait le même nez retroussé, les mêmes yeux bleus, les mêmes cheveux blonds et bouclés.

— Voilà, je suis venue, a dit Catherine en s'arrêtant tout contre la table. Anne m'a accompagnée.

Son père a fait un geste d'invite :

— Asseyez-vous. Que désirez-vous prendre ?

Catherine a regardé le petit pain et le bol de chocolat :

— Ma foi, ça semble bien bon. Je prendrai la même chose. Toi aussi, Anne ?

J'ai acquiescé d'un signe de tête. Le petit garçon a dit d'une voix claire, en tendant son petit pain :

— Oh oui, c'est très bon. Tu veux goûter ?

Un instant surprise, Catherine a souri, et j'ai vu son visage s'adoucir :

— Non, merci. Celui-là est à toi, je te le laisse. J'attendrai d'avoir le mien.

Leur père s'est penché sur l'enfant, en expliquant :

— Tu vois, c'est ta grande sœur Catherine.

Le petit a hoché la tête, l'air sérieux. Il a demandé :

— Et les autres grandes sœurs ?

Catherine a fait un geste évasif :

— Elles n'ont pas pu venir aujourd'hui. Tu les verras un autre jour.

La serveuse a déposé sur la table notre chocolat chaud.

Tout en buvant le mien, j'écoutais Catherine parler avec son petit frère. Elle l'interrogeait, et l'enfant répondait. Il semblait gentil et intelligent. À travers ses réponses, je me suis aperçue qu'il était content d'avoir son papa auprès de lui tout le temps. Il ne pouvait pas savoir, bien sûr, ce que cela signifiait pour Catherine et ses sœurs.

À un moment, dans l'une de ses réponses, il a parlé de sa mère. Le visage de Catherine s'est fermé. Elle a regardé sa montre :

— Il faut que je parte si je ne veux pas rater mon dernier bus.

Nous nous sommes levées. Je me suis éloignée discrètement pendant qu'elle prenait congé. Je l'ai vue embrasser son père, et puis, après un instant d'hésitation, elle s'est penchée et elle a embrassé également son petit frère. Lorsqu'elle est revenue vers moi, elle avait les larmes aux yeux.

Dehors, alors que nous marchions vers l'arrêt du bus, elle a constaté avec regret :

— C'est un enfant adorable, et je pourrais l'aimer facilement. Mais il y a un énorme inconvénient : nous n'avons pas la même mère, et c'est une situation sans issue.

J'ai pensé aux jumeaux et, pour la première fois, j'ai été heureuse de réaliser qu'ils étaient vraiment mes frères et que nous formions, avec nos parents, une famille unie. Nous n'avions pas notre père à partager, il était tout à nous. De nouveau, j'ai eu l'impression d'être privilégiée, et je me suis sentie presque coupable vis-à-vis de Catherine.

Le premier lundi de décembre, papa et maman sont partis pour le congrès. Et c'est à partir de là que tout a commencé à aller mal.

D'abord, le soir, grand-père a eu un malaise. Papa était allé le chercher le matin très tôt, avant de s'en aller, et l'avait ramené à la maison. J'avais bien remarqué que grand-père était pâle et qu'il avait les traits tirés, mais, comme je ne voulais pas rater mon bus, je ne m'étais pas attardée.

Le soir, alors que nous étions à table et que je servais le potage qu'avait préparé Olga, notre femme de ménage, grand-père a poussé subitement une sorte de gémissement. Son visage s'est creusé, a pris une teinte grise qui m'a effrayée. D'une main tremblante, il a sorti de sa poche le flacon de gouttes pour le cœur qui ne le quitte jamais. Il a voulu en verser quelques-unes dans son verre, mais sa main était incertaine et il n'y parvenait pas.

Je lui ai pris le flacon et, rapidement, j'ai compté le nombre de gouttes nécessaires. Grand-père a bu et, peu à peu, son visage est redevenu normal. La teinte grise s'est estompée, les joues ont repris leur couleur habituelle.

— Grand-père ! Comme tu m'as fait peur ! ai-je dit, un peu rassurée.

Les jumeaux eux-mêmes semblaient inquiets. Ils regardaient grand-père avec des yeux affolés, pour une fois silencieux, ne pensant même plus à se donner des coups de pied sous la table.

Grand-père s'est efforcé de nous sourire :

— Ne vous inquiétez pas, mes enfants. Ça m'arrive de temps en temps. C'est mon cœur qui fait des siennes. Dès que je prends mes gouttes, tout rentre dans l'ordre. C'est passé maintenant, je me sens très bien.

J'ai voulu le croire, mais j'ai remarqué, au cours du repas, qu'il ne mangeait pratiquement rien. Ensuite, lorsqu'il est allé se coucher, il avait une démarche fatiguée, mal assurée. Il a surpris mon regard, et m'a fait le même sourire tremblant :

— Ça va aller, *min tiot*. Ne t'en fais pas pour moi. Demain, il n'y paraîtra plus.

Le lendemain matin, en effet, grand-père semblait avoir retrouvé sa forme. Je suis partie au lycée le cœur plus léger, heureuse de retrouver Arnaud, sans me douter un seul instant du bouleversement qu'allait m'apporter cette journée.

Tout s'est passé normalement jusqu'au cours de sciences nat. Le mardi, c'est le dernier cours de la journée. Notre professeur, Mme Lanchère, est une femme d'une quarantaine d'années que nous aimons beaucoup. Elle a une habitude qui nous amuse, parce qu'elle émaille toutes ses phrases de « Voyez-vous ». À chaque cours, Catherine s'amuse à les compter, et elle compare le résultat obtenu à ceux des cours précédents. Plus le compte est élevé, plus elle est ravie.

Ce jour-là, Mme Lanchère nous a parlé du sang et des groupes sanguins. J'écoutais d'une oreille distraite ses explications, tout en prenant machinalement des notes.

— Nous connaissons les groupes sanguins grâce aux travaux de Landsteiner. Et, voyez-vous, le groupe sanguin de chaque individu reste constant, de sa naissance à sa mort. Il y en a quatre que vous connaissez tous : O, A, B et AB. Chacun de ces groupes, voyez-vous, est affecté d'un signe + ou –, selon que...

Je continuais à écrire, l'esprit ailleurs. Près de moi, Catherine, à chaque « voyez-vous » de la prof, mettait un bâton au bas de sa page. Cette dernière expliquait à l'aide d'un schéma les transfusions possibles entre groupes.

— Du sang O peut être injecté à tous les autres groupes. De ce fait, voyez-vous, on appelle ces sujets donneurs universels. Inversement, les sujets AB peuvent recevoir du sang de tous les autres. Ceux-là, voyez-vous, sont appelés receveurs universels.

C'est alors que tout a basculé pour moi, au moment où la prof s'est mise à parler du rôle des groupes sanguins et de l'hérédité.

— Si, par exemple, deux parents sont du groupe O, l'enfant est obligatoirement du groupe O. Autre exemple, tout aussi catégorique : un sujet AB ne peut pas avoir d'enfant O. Car, voyez-vous, les groupes sanguins se transmettent héréditairement selon des règles bien établies, déterminées à la fois, voyez-vous, par le père et par la mère...

Catherine m'a poussée du coude :

— Waoh ! Deux « voyez-vous » dans la même phrase ! Cette fois-ci, on va battre les records !

Je n'ai pas répondu. À vrai dire, je l'ai à peine entendue. Les phrases de la prof me tournaient dans la tête. L'une d'elles, surtout : « Un sujet AB ne peut pas avoir d'enfant O, un sujet AB ne peut pas avoir d'enfant O, un sujet AB... »

Or, il se trouve que je connais les groupes sanguins de toute la famille. Grand-père et maman sont du groupe O. Papa est AB, les jumeaux sont A. Et moi, je suis O. J'ai d'abord éprouvé un mélange de surprise et d'incrédulité. J'ai même failli lever le doigt, afin de protester et de dire à la prof :

— Ce n'est pas possible, ce que vous dites. Un sujet AB peut très bien avoir un enfant O, puisque papa est du groupe AB et moi du groupe O.

Je ne sais pas ce qui m'a retenue. Un doute, peut-être. Un doute horrible et insidieux qui s'est infiltré dans mon esprit et qui m'a glacée. Je l'ai repoussé de toutes mes forces. Je ne pouvais pas admettre une telle éventualité. Comment était-ce possible ?

J'ai vécu la fin du cours dans un état second. Je n'ai plus rien écouté. Dès que la cloche a sonné, j'ai rassemblé mes affaires et je suis sortie aussitôt, bousculant tous les autres. J'ai entendu Catherine qui m'appelait, mais je l'ai ignorée. Je n'ai même pas pensé à Arnaud, qui m'attendait pour m'accompagner à l'arrêt du bus. Une seule chose avait de l'importance : il fallait que je vérifie, que je sache.

J'ai décroché mon blouson au portemanteau, je suis sortie du lycée en courant. Dans les rues, j'ai continué à courir jusqu'à la bibliothèque municipale. Je voulais vérifier si la phrase de la prof était vraie, si elle ne s'était pas trompée. Dans la salle de documentation, l'employée m'a saluée. J'étais déjà venue, à plusieurs reprises, consulter des documents pour faire des exposés, en anglais, en histoire ou en géographie, quelquefois même en sciences nat. Encore essoufflée, je me suis dirigée vers les dictionnaires médicaux. J'ai jeté un coup d'œil sur les étagères. J'ai tout de suite repéré le titre d'un gros livre : *Le sang et les groupes sanguins*. Je l'ai pris et, les mains tremblantes, le cœur battant, je suis allée m'asseoir.

À la table des matières, il y avait un chapitre : « Les groupes sanguins et l'hérédité ». J'ai ouvert le livre à la page indiquée et j'ai commencé à lire, terriblement crispée.

Soudain, un paragraphe m'a sauté aux yeux. Il disait : « L'étude des groupes sanguins dans une famille permet parfois de résoudre certains problèmes posés par des recherches de paternité. Ainsi, un enfant A ne peut provenir d'un couple O x O dépourvu du gène A : si la mère est O, le père doit être du groupe A. De même, un sujet AB n'aura jamais d'enfant O. Ce cas est indiscutable. Nous verrons plus loin que ces recherches sont complétées par »...

J'ai arrêté de lire. Mes yeux se sont emplis de larmes, et je me suis mordu les lèvres pour ne pas sangloter. Ainsi, la prof ne s'était pas trompée. J'en avais la preuve, là, sous les yeux. Il y avait même un tableau, à la page suivante, qui montrait toutes les combinaisons possibles des groupes sanguins. Je me suis obligée à l'étudier. J'y ai trouvé le cas des parents dont l'un a le groupe O, comme maman, et l'autre AB, comme papa. Le tableau était très clair, les enfants ne pouvaient être que A, comme les jumeaux, ou encore B. Mais pas O.

J'ai étudié le problème en sens inverse. Un enfant O, comme moi, dont la mère est O comme maman, peut avoir l'autre parent A, ou B, ou O, mais jamais AB. Et justement, papa est AB.

Alors ?...

Alors, il n'y avait qu'une seule réponse possible. Si tout ça était vrai, si nos groupes sanguins étaient vrais également, et je ne voyais pas pourquoi ils ne le seraient pas, c'est que papa n'était pas mon père.

J'ai senti au fond de moi une protestation, un cri d'angoisse et de révolte : « Non ! Ce n'est pas possible ! » et j'ai eu peur de me mettre à hurler. En serrant les lèvres, j'ai remis le dictionnaire à sa place, et je suis sortie de la bibliothèque les yeux fixes, l'esprit en déroute.

Dehors, je me suis mise à marcher au hasard. J'ai essayé de me calmer, de réfléchir posément. Rien, jamais, n'avait pu me faire croire que papa n'était pas mon père. À cette pensée, j'avais atrocement mal. Je l'aimais tellement ! Le savait-il, lui ? Que s'était-il passé, exactement, que j'avais toujours ignoré ? J'avais l'impression d'être un fétu de paille emporté par un ouragan subit, brutal, imprévu.

Je savais que j'étais née six mois après le mariage

de mes parents. Mais, à l'état civil, j'avais été déclarée comme étant leur enfant. De ça, au moins, j'étais sûre. J'avais déjà vu le livret de famille.

Tout en réfléchissant, je prenais conscience d'une différence qui m'avait toujours frappée. Papa et maman sont tous deux blonds aux yeux bleus. Les jumeaux aussi. Moi, je suis très brune, et j'ai des yeux noirs. Et j'avais remarqué, partout autour de moi, que des parents aux yeux bleus ont toujours des enfants aux yeux bleus. C'est le cas dans la famille de Catherine, par exemple. J'en avais déjà parlé à grand-père. À chaque fois, il m'avait répondu :

— Tu as hérité des yeux noirs de ta grand-mère. Elle avait les mêmes. Tes cheveux aussi. Elle était très brune, comme toi.

Je l'avais cru, pourquoi pas ? D'après les photos qu'il me montrait, je constatais qu'il disait la vérité. Mais maintenant, je ne pouvais plus le croire. Plus après ce que je venais d'apprendre.

J'ai marché longtemps, bouleversée et malheureuse. Si papa n'était pas mon père, alors qui ?... En même temps, je me sentais furieuse contre eux, mes parents, qui depuis toujours m'avaient caché la vérité, m'avaient bernée. Comment pourrais-je encore avoir confiance en papa que j'admirais tant ? C'était impossible.

À la fin, j'ai décidé de rentrer. J'ai attrapé de justesse le dernier bus, fermement résolue à interroger grand-père et à l'obliger à m'avouer la vérité.

Il était dans sa chambre. Les jumeaux, dans le salon, regardaient la télévision. Je suis allée le trouver immédiatement, et j'ai dit :

— Grand-père, il faut que je te parle.

Mon ton abrupt lui a fait relever la tête. Il a posé le journal qu'il lisait, a remonté ses lunettes sur son front. Il a vu, sur mon visage, le bouleversement que j'éprouvais. Il a froncé les sourcils, le regard inquiet :

— Qu'est-ce qui t'arrive, *min tiot ?*

J'ai respiré un grand coup, et je me suis lancée :

— Je voudrais savoir qui est mon père.

J'ai nettement vu grand-père sursauter. Il m'a regardée avec effarement :

— Mais... Qu'est-ce que ?... Comment ?...

— Tu veux savoir comment je suis au courant ? Attends, je vais te le dire.

D'une voix dure, j'ai tout raconté. Le cours de sciences nat, les explications de la prof, et, pour finir, le livre médical où il était écrit, de façon indiscutable, que papa ne pouvait pas être mon père. J'ai terminé, suppliante, prête à pleurer :

— Il faut que tu me dises la vérité, grand-père. Pourquoi me l'a-t-on caché ? Que s'est-il passé avant ma naissance ? De qui suis-je la fille ?

Je me suis tue, et je l'ai regardé à travers mes larmes. Il paraissait catastrophé. Il a passé une main tremblante sur son front, en soupirant :

— Quel choc ça a dû être pour toi, *min tiot* !

J'ai refusé de voir la tendresse et la compassion qu'exprimait son visage. J'ai répété :

— Dis-moi tout, grand-père. Je veux savoir.

Il a de nouveau poussé un gros soupir, et il s'est mis à parler. Tendue, je l'ai écouté sans l'interrompre.

— Il faut remonter à l'époque où ta mère avait vingt ans. Elle est tombée amoureuse d'un type peu recommandable, un voyou qui l'avait complètement séduite. Elle est sortie avec lui, malgré nos mises en garde. Cela a duré plusieurs mois, et puis, un soir, elle est revenue à la maison, en larmes. Ce sale type l'avait mise enceinte et, dès qu'elle lui avait avoué son état, il s'était empressé de disparaître. Jamais plus elle n'a eu de ses nouvelles.

Il a fermé les yeux, s'est massé les paupières du pouce et de l'index, un instant silencieux. J'ai remarqué qu'il avait un air douloureux, fatigué, et j'ai repensé à son malaise de la veille. Mais j'ai exigé :

— Continue. Qu'a-t-elle fait alors ?

— Le fils de notre médecin était amoureux d'elle. Il voulait terminer ses études de pédiatrie avant de la demander en mariage. Mais, lorsqu'il a su la vérité, il lui a proposé de l'épouser tout de suite, et de reconnaître l'enfant qu'elle attendait. Elle a accepté. Tu es née quelques mois après leur mariage, et dès qu'il t'a vue, il t'a aimée comme sa propre fille. Jamais il ne t'a considérée autrement que comme son enfant chérie, même lorsque les jumeaux sont nés. Il a toujours été ton père.

— Mais... l'autre ? Mon vrai père ? Qu'est-il devenu ? Où est-il ?

— Il avait quitté la région bien avant ta naissance, et on n'a plus jamais entendu parler de lui. Il ne mérite pas que tu t'intéresses à lui. Ton vrai père, c'est celui qui s'occupe de toi, qui depuis ta naissance veille sur toi, et qui t'aime.

Je n'ai pas répondu directement. D'une voix chargée de ressentiment, j'ai demandé :

— Et pourquoi m'ont-ils caché la vérité ? Je leur en veux, ils m'ont menti, et maintenant je ne sais plus où j'en suis.

Une fois de plus, grand-père a soupiré :

— Ils espéraient que tu ne l'apprendrais jamais. Tu as été déclarée comme étant leur enfant, et c'est ce que tu es. Pour Claude, tu es vraiment sa fille. C'est peut-être aussi pour cette raison qu'il n'a jamais éprouvé le besoin de te dévoiler une vérité qui, pour lui, n'existait plus.

J'aurais voulu poser d'autres questions mais, juste à ce moment, les jumeaux ont fait irruption dans la chambre :

— C'est l'heure de manger ! On a faim. Qu'est-ce que vous faites ici, tous les deux ? Anne, viens voir. Olga a préparé un gratin dauphinois. Il faut le mettre au four.

Je me suis efforcée de revenir sur terre, j'ai suivi les jumeaux jusqu'à la cuisine. J'ai mis le plat dans le four, j'ai dressé le couvert. Je me sentais malheureuse, prête à éclater en sanglots ; j'avais l'impression d'avoir dans la poitrine un poids énorme qui m'écrasait.

J'ai à peine touché au repas. Les jumeaux racontaient les bêtises qu'ils avaient faites à l'école, et je ne parvenais pas à les écouter. Grand-père m'observait en silence, d'un regard compréhensif. Je me disais que les jumeaux étaient pour moi ce que le petit frère de Catherine était pour elle. Ils n'étaient pas vraiment mes frères, puisque nous n'avions pas le même père. À cet instant précis, je les ai enviés. J'aurais tout donné pour que papa soit vraiment mon père, à moi aussi. Comme ils avaient de la chance ! Ils n'avaient pas de questions à se poser, ils ne ressentiraient jamais, comme moi en ce moment, l'impression désagréable d'être déracinés.

Alors que je débarrassais la table, j'ai pensé à Arnaud, qui avait perdu sa mère, j'ai pensé à Catherine, dont le père était parti. Par rapport à eux, je m'étais trouvée privilégiée. Comme j'avais eu tort ! Eux, au moins, savaient qui étaient leurs parents, tandis que moi, je ne connaissais même pas mon vrai père. C'était, d'après grand-père, un voyou, un lâche individu qui s'était empressé d'abandonner ma mère enceinte. Une autre pensée m'est venue. Si, à l'époque, l'avortement avait été légal comme maintenant, peut-être ma mère aurait-elle eu recours à cette solution, et alors je n'aurais pas existé. Je n'ai pu m'empêcher de frissonner, et j'ai senti un grand froid m'envahir.

Ce soir-là, dans mon lit, j'ai sangloté longuement, éperdument, le visage caché dans mon oreiller, malade de révolte et de désespoir.

Le lendemain était un mercredi. Au lycée, j'avais des cours le matin. Lorsque Catherine m'a vue arriver, elle a compris tout de suite, à l'expression de mon visage, que quelque chose n'allait pas. Elle m'a demandé :

— Anne, que se passe-t-il ? Tu as un air catastrophé.

— Il y a de quoi. Quand tu sauras, tu n'en reviendras pas.

Je l'ai emmenée dans un coin de la cour. J'avais décidé de tout lui dire. Elle est mon amie, et depuis que nous nous sommes connues, en quatrième, nous ne nous cachons rien. Et là, j'avais besoin de me confier, de tenter d'alléger un peu le poids qui m'écrasait le cœur.

— Catherine, ai-je demandé, quel est ton groupe sanguin ?

Interloquée par ma question, elle n'a pas réagi tout de suite. Puis, en haussant les épaules, elle a dit :

— Mon groupe sanguin ? C'est O. Mais... pourquoi me demandes-tu ça ?

Sans répondre, j'ai continué :

— Et celui de tes parents ? Le connais-tu ?

— Mais... oui. Ils sont O tous les deux.

J'ai hoché la tête et constaté :

— Oui, c'est normal. Des parents O ne peuvent avoir que des enfants O. C'est le cas pour tes sœurs aussi ?

De plus en plus intriguée, Catherine m'a regardée sans comprendre.

— Oui, mais... pourquoi me demandes-tu ça ? a-t-elle répété.

— Catherine, tu te souviens du cours de sciences nat, hier ? Il y a une phrase de la prof que tu as peut-être notée dans ton cahier. À un moment, elle a dit : « Un sujet AB ne peut pas avoir d'enfant O. »

Catherine a fait un geste vague :

— Peut-être. Je n'ai pas fait attention. Et alors ?

— Alors, ai-je dit en détachant bien mes mots, papa est AB, et moi je suis O.

Il y a eu un silence. Catherine a ouvert des yeux tout ronds.

— Mais, Anne... Ce n'est pas possible !

— Mais si. Je connais les groupes sanguins de toute la famille. Hier, après le cours, je suis allée à la bibliothèque municipale. C'est pour ça que je suis partie si vite. J'ai trouvé un tableau sur les groupes sanguins et l'hérédité. Il dit exactement la même chose que la prof.

Catherine a porté une main à sa bouche, l'air affolé :

— Mais... alors...

— Alors, ai-je continué, j'ai fait la seule déduction possible : c'est que papa n'est pas mon père.

Mon amie est restée tout éberluée :

— Ça alors ! a-t-elle répété. Ça alors ! Ça ne peut pas être vrai ! Il doit y avoir une erreur quelque part...

J'ai secoué la tête avec amertume :

— Oh non, il n'y a pas d'erreur. Figure-toi que j'ai interrogé grand-père, et il m'a avoué la vérité. Lorsqu'elle a épousé papa, maman était enceinte. D'un autre.

Les yeux de Catherine se sont écarquillés davantage :

— Et... il le savait, ou il l'ignorait ?

— Il était parfaitement au courant.

Catherine m'a regardée, abasourdie :

— C'est incroyable, Anne ! On se croirait au centre d'un roman !

J'ai serré les lèvres avec humeur :

— Malheureusement, ce n'en est pas un, et de plus, je suis la première concernée. Te rends-tu compte ? Ils m'ont toujours caché ça, et maintenant que je le sais, je suis...

J'ai dû m'arrêter, la gorge bloquée par les sanglots. Catherine a hoché la tête, gravement :

— Je comprends que ça a dû te faire un choc. Moi-même, j'en suis toute retournée. Ahurie, surtout. Jamais je n'aurais imaginé une chose pareille !

— Moi non plus, ai-je dit, la voix tremblante. J'étais persuadée que papa était vraiment mon père. Tandis que maintenant... C'est affreux, Catherine. J'ai l'impression de ne plus savoir qui je suis.

Catherine a posé sur moi un regard sérieux, profond :

— C'est ridicule, Anne. Tu es toujours toi. Tu es la même qu'avant-hier, alors que tu ignorais tout. Fais comme si tu ne savais rien. Ou alors, persuade-toi que ton vrai père n'est pas un inconnu, mais celui que tu connais depuis toujours. Après tout, c'est ça qui est vrai : ton véritable père n'est pas celui qui a abandonné ta mère, mais celui qui veille sur toi depuis ta naissance.

— Tu dis la même chose que grand-père.

— Ça prouve que j'ai raison. Cette histoire de groupes sanguins n'a aucune importance. L'important, c'est d'être une enfant aimée. Le reste ne compte pas.

J'ai compris que ce qu'elle disait était vrai. Mais j'étais encore trop bouleversée pour l'admettre. Pourtant, je devais m'avouer, si je voulais être honnête avec moi-même, que je m'étais toujours sentie aimée. Papa me considérait vraiment comme son enfant, et même après la naissance des jumeaux, il n'avait jamais fait de différence entre eux et moi. Il nous aimait tous les trois de la même façon.

Mais je me sentais trop désorientée pour raisonner clairement.

À la sortie de midi, j'ai retrouvé Arnaud. Il m'attendait pour m'accompagner jusqu'à l'arrêt du bus.

— Où étais-tu passée hier, Anne-Laure ? Je t'ai cherchée partout.

À lui aussi, j'ai tout raconté. Je ne le connaissais pas depuis longtemps et pourtant, instinctivement, j'ai eu envie de tout lui dire, de lui faire confiance. Il m'a écoutée gravement, sans m'interrompre. Lorsque, les larmes aux yeux, je me suis arrêtée de parler, il a dit :

— Peu importe qu'il ne soit pas vraiment ton père. Il l'est bien plus que l'autre, le vrai, celui qui t'a abandonnée. C'est lui que tu dois aimer ; l'autre ne mérite même pas une seule de tes pensées.

— Tu parles comme Catherine, comme grand-père. Mais moi, je ne sais plus où j'en suis. Et surtout, je crois que je lui en veux. Il m'a caché la vérité. Depuis toujours, il me trompe.

— S'il l'a fait, c'est par amour. Tu ne dois pas lui en vouloir. Surtout pas, ça gâcherait tout. Alors que tu as la chance de l'avoir près de toi. Je sais de quoi je parle, tu sais. Depuis que ma mère n'est plus là...

Il s'est mordu les lèvres d'un air malheureux. En un instant, j'ai oublié ma peine, j'ai eu envie de le consoler. Ce qu'il avait vécu était beaucoup plus dramatique.

À l'arrêt du bus, il s'est penché vers moi :

— Tu es toujours d'accord pour le concert de Roch Voisine ? C'est samedi, je te le rappelle.

J'ai mis un instant avant de réaliser. Le concert ! Il m'était totalement sorti de l'esprit. J'ai regardé Arnaud, et il a lu dans mes yeux mon hésitation.

— Je passerai te prendre à sept heures. Ça te fera du bien, tu verras. Ça te changera les idées.

J'ai acquiescé. Il avait sans doute raison. Lorsque mon bus est arrivé, il s'est éloigné en m'adressant un tendre sourire. Il m'a semblé qu'un peu de chaleur chassait le froid qui, depuis la veille, me glaçait. C'est le cœur un peu plus léger que je suis rentrée à la maison.

Le soir, mes parents ont téléphoné. Lorsqu'ils s'absentent ainsi pendant plusieurs jours, ils appellent souvent pour avoir de nos nouvelles, pour demander si tout se passe bien. Je m'étais enfermée tout l'après-midi dans ma chambre en déclarant que j'avais une tonne de maths à réviser. C'était vrai, mais j'étais restée assise à mon bureau, incapable de m'intéresser au livre ouvert devant moi. Je n'arrivais pas à me concentrer. Je ne pouvais penser qu'à la même chose, toujours : mon père n'était pas mon père, et mes parents m'avaient bernée.

Lorsque j'ai compris que c'étaient eux qui appelaient, j'ai laissé les jumeaux se battre pour parler au téléphone, et je suis allée m'enfermer dans les w.-c. J'y suis restée jusqu'à la fin de la conversation téléphonique. J'ai même attendu encore un peu avant de revenir dans la cuisine. Les jumeaux, excités et volubiles, parlaient en même temps.

— Pourquoi n'es-tu pas venue, Anne ? Papa a demandé à te parler. Maman a voulu savoir si nous étions sages.

— Elle a dit qu'ils nous rapporteraient des cadeaux. Chic alors !

Ils n'ont pas remarqué mon mutisme. J'ai croisé le regard de grand-père, et j'ai vu que lui comprenait. Ses yeux m'observaient, attentifs et bons, avec amour, avec tristesse.

J'ai détourné la tête, et j'ai terminé de placer les assiettes et les couverts dans le lave-vaisselle. Puis, de nouveau, j'ai regagné ma chambre.

J'ai entendu grand-père se battre avec les jumeaux pour obtenir qu'ils aillent se coucher. En temps normal, je serais allée l'aider. Mais là, je n'ai pas bougé. Je me sentais vide, sans énergie. J'ai essayé de travailler un peu. Le lendemain, nous avions un contrôle en maths, et je me disais que j'allais tout rater. Je m'en fichais. Habituellement, j'étais heureuse de récolter des bonnes notes, et je montrais avec fierté mes copies à papa. Mais puisqu'il n'était même pas mon père... à quoi bon ?

Tout était calme dans la maison. Grand-père avait éteint la télévision, et je l'ai entendu qui se dirigeait vers sa chambre. Il m'a semblé que ses pas étaient las, traînants, et qu'ils hésitaient. Après un arrêt, il est venu vers le bout du couloir, où se trouve ma propre chambre. Il a frappé légèrement à la porte, l'a entrouverte.

— Ça va, *min tiot* ?

Son bon visage inquiet m'a touchée, et j'ai senti quelque chose trembler au fond de mon cœur. Mais j'ai gardé une expression fermée, et j'ai haussé les épaules sans répondre. Grand-père est entré dans ma chambre, l'air malheureux.

— Qu'est-ce que je peux te dire, *min tiot ?* Il aurait mieux valu que tu ne saches jamais la vérité. C'est ce que nous espérions tous. Sans ce maudit cours de sciences nat, tu ignorerais encore tout.

Je n'ai pu m'empêcher de répliquer, d'une voix dure :

— Je l'aurais appris autrement, un jour ou l'autre. C'est de l'inconscience d'avoir pensé qu'on pourrait toujours me le cacher.

Grand-père a fait un geste dans ma direction, maladroit et pathétique :

— Essaie de l'oublier, *min tiot*. Rien n'est changé. Tu es toujours notre petite Anne, et nous t'aimons toujours autant.

Je n'ai pas répondu et, délibérément, j'ai plongé mon nez dans mon livre de maths. J'ai entendu grand-père refermer doucement la porte et s'éloigner. J'ai imaginé son visage désolé, et j'ai eu envie de courir à lui. Mais, de nouveau, je n'ai pas bougé.

Grand-père, comme mes parents, m'avait caché la vérité, comme eux il m'avait trompée. Contrairement à ce qu'il venait de dire, pour moi tout était changé. Maintenant, je savais, et je n'étais plus la même.

Comme si cela ne suffisait pas, le lendemain, j'ai eu un second choc. Notre prof d'anglais n'était pas là, et j'ai terminé mes cours une heure plus tôt. Catherine et Arnaud, qui font allemand en première langue, sont restés au lycée tandis que je sortais, dans le but d'aller me balader en ville et de me changer les idées.

Je ne parvenais toujours pas à voir clair en moi. Je me sentais bizarre, désorientée, mal dans ma peau. Catherine et même Arnaud m'agaçaient. Ils me regardaient d'un air inquiet, me parlaient avec commisération, comme si j'étais une grande malade qu'il fallait traiter avec ménagement. Être un peu seule me ferait du bien.

Je me suis mise à marcher dans les rues, au hasard. Je m'arrêtais devant les vitrines, qui toutes arboraient maintenant des décorations de Noël. Je pensais à Catherine qui m'avait dit : « Quel Noël étrange nous allons passer sans mon père à la maison ! » Pour moi, ce n'était pas le cas. Papa serait là, fidèle et aimant, comme d'habitude. Mais je me disais que ça ne serait plus pareil. Je le regarderais avec d'autres yeux, et ça changerait tout.

Depuis quelques minutes, il me semblait que quelqu'un me suivait, m'observant avec attention, s'arrêtant quand je m'arrêtais, et se remettant à marcher avec moi. Je me suis retournée. Un homme, à quelques pas derrière moi, m'a souri :

— Tu es Anne-Laure, n'est-ce pas ? Je voudrais te parler.

Je n'ai pas aimé son sourire. Il manquait de franchise, il était trop enjôleur. Immédiatement sur mes gardes, j'ai froncé les sourcils :

— Comment me connaissez-vous ? Moi, je ne vous connais pas. Je vous prie de me laisser tranquille. Je ne veux pas vous parler.

Il m'a adressé le même sourire, qu'il devait croire irrésistible :

— Allons, viens. Après tout, il est temps que nous fassions connaissance. Je suis ton père.

Je suis restée figée. Complètement ahurie. Dans une sorte d'état second, j'ai vaguement eu conscience qu'il me prenait par le bras, qu'il m'emmenait jusqu'au coin de la rue, qu'il me faisait entrer dans un café. Je me suis retrouvée assise sur une banquette, et lui, en face de moi, me regardait.

La première pensée cohérente qui m'est venue a été qu'il avait des yeux noirs comme les miens, exactement pareils. « Et grand-père qui affirme que je les tiens de ma grand-mère ! » ai-je pensé douloureusement.

Il a commandé deux cafés, sans même me demander mon avis. J'ai horreur du café, je n'en bois jamais. Mais je n'ai rien dit. J'étais incapable de parler. Une boule me nouait la poitrine, me bloquait la gorge. Je ne pouvais que regarder l'inconnu qui était assis en face de moi et qui se disait mon père.

Il avait des yeux noirs, des cheveux noirs, épais et raides, comme les miens. Il était vêtu avec une élégance recherchée, trop voyante. Il avait une chevalière au petit doigt, et j'ai constaté qu'il ne portait pas d'alliance.

Il a remarqué que je l'observais, et il m'a souri de nouveau en passant une main dans ses cheveux. Il devait certainement se croire séduisant, et c'est vrai que, d'une certaine façon, il l'était. Mais il ne me plaisait pas.

— Avant tout, je vais te prouver que je dis la vérité. Je suis bien ton père, même si tes parents ne t'ont jamais parlé de moi. Regarde cette lettre.

J'ai reconnu l'écriture de ma mère. J'ai lu quelques lignes. Elle s'adressait à un certain Serge, lui avouait qu'elle attendait un enfant de lui et le suppliait de ne pas l'abandonner. J'ai regardé la date, je l'ai comparée avec celle de ma naissance. Aucun doute, c'était bien de moi qu'il s'agissait. J'ai repoussé la feuille, incapable de lire davantage.

— Ta mère m'avait envoyé cette lettre avant que je parte. Je lui avais dit que je voulais aller ailleurs tenter de faire fortune. Elle était amoureuse de moi à l'époque, et elle a été désespérée. Mais moi, je ne voulais pas m'embarrasser d'une femme, et encore moins d'un môme. Je voulais rester libre. Je suis parti, j'ai fait les quatre cents coups. J'ai fini par échouer au

Canada, où j'ai ouvert une boîte de nuit avec un copain. Ça marche bien. Je suis satisfait.

Je suis restée muette. Je me sentais stupide, comme si j'avais reçu un coup sur la tête.

— Ma famille est toujours dans la région. J'ai dû revenir, voici quelques jours, pour une affaire d'héritage. Ça m'a rappelé des souvenirs, et j'ai eu envie de savoir ce que tu devenais. Figure-toi que j'ignorais même si tu étais une fille ou un garçon ! J'ai mené ma petite enquête, et j'ai vite appris tout ce que je voulais savoir. Un de mes cousins connaissait tes parents, il m'a donné ton adresse. Je suis venu devant chez toi, hier matin. Lorsque tu es sortie pour aller prendre ton bus, je t'ai reconnue tout de suite. Je ne t'avais jamais vue, mais j'ai compris que tu étais ma fille. Tu ressembles à ma sœur d'une façon frappante. Il m'a semblé la revoir lorsqu'elle avait ton âge.

Ces paroles ne m'ont pas fait plaisir. Je préférais ressembler à ma grand-mère, ainsi que l'affirmait grand-père. Pourtant, je sentais que cet homme, là, en face de moi, me disait la vérité. Et cette vérité non plus ne me plaisait pas.

Toujours sans répondre, je l'ai observé froidement. Combien il était différent de papa ! Papa, lui, a un visage franc, ouvert, une nature chaleureuse, et instinctivement les enfants qu'il soigne lui font confiance. Par contre, cet homme qui se disait mon père avait un regard trop appuyé, et un air cauteleux sur le visage que je n'aimais pas.

— J'ai bien fait de vouloir te connaître, disait-il. Tu me plais. Si mes calculs sont exacts, tu vas bientôt avoir dix-huit ans. Tu seras majeure, tu pourras alors faire ce que tu voudras. Voilà ce que je te propose : à ce moment-là, viens me rejoindre. Tu verras, le Canada est un beau pays. Tu travailleras avec moi, tu seras hôtesse dans ma boîte. Je te promets la belle vie.

Je l'ai regardé, toujours muette. J'étais abasourdie. C'était trop, tout ce qui m'arrivait en quelques jours. Je ne parvenais plus à m'y retrouver.

— Je sais que ma façon de te tomber dessus sans prévenir a de quoi surprendre. Mais tu as le temps de réfléchir. Rien ne presse. Moi, je repars demain. Je vais te donner mon adresse. Quand tu te seras décidée, tu m'écriras, ou bien tu téléphoneras. J'arrangerai tout.

Il a écrit quelques lignes sur un papier qu'il m'a tendu. Machinalement, je l'ai enfoui dans ma poche sans même le regarder. J'avais la sensation désagréable d'être comme engourdie, de n'être plus moi-même, un peu comme si j'étais en train de rêver.

— Au revoir, Anne-Laure. J'ai été content de te connaître. J'espère que je te reverrai bientôt. J'attendrai ta lettre ou ton coup de fil.

Il s'est levé, m'a encore adressé son sourire enjôleur :

— On s'embrasse ?

Il s'est penché, m'a embrassée sur les deux joues. J'ai respiré l'odeur de sa lotion après-rasage, et je l'ai trouvée trop épicée. Tout le contraire de celle de papa, qui est fraîche et naturelle.

— Au revoir, a-t-il répété en s'éloignant. Et à bientôt, j'espère.

Toujours assise sur ma banquette, je l'ai regardé partir. J'avais l'esprit en déroute. Mes pensées se bousculaient dans mon crâne en ébullition. Je réalisais que je venais de rencontrer mon véritable père et que je ne ressentais pas d'émotion particulière. Quant à son offre de le rejoindre au Canada, elle ne me tentait pas. Pourquoi irais-je vivre auprès de quelqu'un que je connaissais à peine, qui pendant dix-huit ans ne s'était jamais occupé de moi ? Mais, d'un autre côté, ce serait une occasion de me venger de maman, de papa, et de la façon dont ils m'avaient caché la vérité. Je ne leur dirais rien, et puis, dès que je serais majeure, je leur annoncerais mon départ, je leur déclarerais que je m'en allais rejoindre mon vrai père. Quelle serait leur réaction ? Sans doute seraient-ils aussi abasourdis et aussi perdus que moi en ce moment. Ils éprouveraient les mêmes sentiments, et ce ne serait que justice.

Troublée, je suis sortie du café et j'ai pris le premier bus qui passait.

À la maison, Olga et les jumeaux terminaient un gâteau dans la cuisine. Je suis passée rapidement, et j'ai rejoint grand-père dans sa chambre. Il lisait dans son fauteuil. Je me suis assise à ses pieds, sur la moquette, et j'ai dit :

— Grand-père, écoute-moi.

Il a posé son journal, les yeux graves. Devant la tendresse qu'exprimait son visage, la boule qui me comprimait la poitrine s'est dénouée. J'ai senti avec certitude qu'il m'aimait et que je pouvais tout lui dire.

Alors j'ai tout raconté. Et, au fur et à mesure que je parlais, je voyais le regard de grand-père s'assombrir. Lorsque je me suis tue, il a soupiré :

— Ne lui fais pas confiance, *min tiot*. Il a failli gâcher la vie de ta mère, ne le laisse pas entrer dans la tienne. Il ne peut rien t'apporter de bon. S'il s'aperçoit subitement que tu existes, après t'avoir ignorée pendant dix-huit ans, c'est parce qu'il a besoin de toi pour une raison ou pour une autre. Oublie-le, c'est tout ce que je peux te dire.

Tout au fond de moi, secrètement, j'étais d'accord avec grand-père. Mais je me sentais si malheureuse ! J'aurais tout donné pour ne rien savoir, pour être encore la jeune fille insouciante des semaines précédentes. Mais c'était impossible. Et je devais trouver seule le moyen de faire face et de m'adapter à tout ce que je venais de découvrir.

Ce soir-là, dans mon lit, j'ai imaginé que je disais oui à l'offre de mon père, et que je partais le rejoindre au Canada. Ce serait une vie nouvelle, une vie différente et peut-être plus agréable. Pourquoi pas ? Mais une méfiance me retenait. Cet homme qui avait abandonné une jeune fille enceinte ne pouvait être qu'un lâche, pensais-je avec mépris. Et puis, si j'allais le rejoindre, il faudrait que je quitte grand-père, papa et maman, et aussi les jumeaux. Ils me manqueraient trop. Et pour grand-père, ce serait une séparation cruelle, car je savais qu'il m'aimait.

Et Arnaud, que dirait-il ? Si notre histoire devenait plus sérieuse, lui non plus ne voudrait pas me quitter. Juste avant de m'endormir, j'ai pensé que je lui en parlerais, et que je lui demanderais son avis.

J'ai mal dormi. J'ai fait des rêves confus dans lesquels mon vrai père m'entraînait, tandis que papa criait d'un ton angoissé :

— Anne ! N'y va pas ! Reviens !

J'avais encore sa voix dans les oreilles en m'éveillant. J'ai vu dans le miroir mes yeux gonflés, mon air hagard. Et moi qui voulais séduire Arnaud ! ai-je pensé avec ironie. J'ai baigné mes yeux à l'eau fraîche, remonté mes cheveux, mis un joli bandeau, et je me suis regardée sans bienveillance. Ça allait mieux, mais mon visage gardait son air perdu et malheureux.

Au lycée, Catherine l'a remarqué aussi. Elle ignorait ce qui s'était passé la veille. Elle a voulu me secouer :

— Allons, Anne, ne fais pas une tête pareille ! Pense que le père que tu as t'aime, et qu'il est près de toi. Tu préférerais être à ma place, peut-être ? Le mien nous a quittées, et il ne reviendra pas. Si tu voyais l'atmosphère qui règne à la maison ! Maman nous parle à peine, et Corinne ne fait que pleurer. C'est sinistre.

Elle fronçait les sourcils avec colère, et j'ai décidé que je ne lui raconterais pas ma rencontre de la veille. Ou alors, j'attendrai un moment plus favorable. Arnaud est passé avec quelques copains. Il m'a adressé un signe complice, et son sourire m'est allé droit au cœur. Je me suis sentie mieux, comme si le soleil venait subitement chasser les nuages gris qui assombrissaient mon esprit.

J'ai vécu toute la journée dans un état second. Je me sentais comme endolorie, après les deux chocs successifs que je venais de subir. Je me raccrochais à une seule pensée : le lendemain, Arnaud m'emmènerait au concert de Roch Voisine. Cela me changerait les idées, et peut-être, le temps d'une soirée, serais-je heureuse et oublierais-je tout ce que j'avais appris et qui me perturbait.

Le soir même, pendant le repas, grand-père a eu un malaise. Comme l'autre fois, il est devenu très pâle, a porté la main à son cœur. J'ai pris son flacon de gouttes et, rapidement, j'en ai versé le nombre nécessaire dans un verre d'eau. Après avoir bu, grand-père a retrouvé ses couleurs et a soupiré longuement.

— Ça va, *min tiot*. Merci. Ne faites pas attention, les enfants. C'est passé. Ça me prend de temps en temps, mais ce n'est pas grave.

Les jumeaux ont paru rassurés, mais moi je demeurais inquiète. Et papa qui n'était pas là ! Lui, il aurait su ce qu'il fallait faire. Je ne pouvais que croire grand-père lorsqu'il affirmait qu'il se sentait tout à fait bien.

Le lendemain matin, au lycée, Arnaud m'a glissé, entre deux cours :

— N'oublie pas : ce soir, je viens te chercher. À sept heures, je serai là.

J'ai acquiescé en souriant. Il m'a fait un signe de connivence et s'est éloigné. Catherine a remarqué :

— Figure-toi que je t'envie. Tu ne t'en rends peut-être pas compte, mais tu as de la chance. Moi aussi, j'aimerais bien qu'un garçon comme Arnaud m'invite à sortir avec lui. Ça me redonnerait confiance en moi. Je doute de tout depuis que papa est parti.

Son air désabusé m'a frappée. J'étais persuadée que mon amie, avec son optimisme naturel, avait accepté le départ de son père et s'était adaptée à la nouvelle situation. Je le lui ai dit. Elle a fait un geste de dénégation :

— Je croyais, moi aussi, que je le supporterais mieux. Mais, au fur et à mesure que les jours passent, je me rends compte qu'il me manque. Et je suis malheureuse de voir maman malheureuse. De plus, je suis incapable de consoler Corinne. Christine, qui est à l'université toute la semaine, ne se rend pas compte du vide de la maison. Quant à Caroline, elle réagit à sa façon. Elle s'est mise à traîner le soir dans des cafés, avec des copains, au lieu de rentrer directement. J'ai essayé de lui parler, mais elle ne veut pas m'écouter. Papa n'est plus là pour la faire obéir, et maman ne dit rien. Elle est tellement malheureuse qu'elle s'occupe à peine de ce que nous faisons. On dirait que plus rien n'a d'importance pour elle.

J'ai essayé de la réconforter :

— Ça va s'arranger, Catherine. Elle va reprendre le dessus, et ça ira mieux. Et puis, parles-en à ton père lorsque tu le verras. Après tout, vous êtes toujours ses enfants. Même de loin, il a le devoir de veiller sur vous.

Catherine a eu une moue pleine de doute et n'a pas répondu. J'aurais aimé la réconforter davantage, mais je me sentais moi-même trop découragée pour trouver des mots optimistes. En silence, je lui ai serré le bras avec affection, afin de lui montrer que, malgré nos problèmes, j'étais toujours son amie et je l'aimais toujours autant.

Ce n'est qu'au cours de l'après-midi que j'ai commencé à me sentir allègre. Une sorte de fébrilité m'a saisie. J'ai sorti de mon armoire deux ou trois jeans, plusieurs chemisiers, quelques pulls. Je les ai essayés, l'un après l'autre, afin de trouver quelle était la tenue la plus seyante. Ensuite, j'ai passé un bon bout de temps à me coiffer. J'ai finalement noué mes cheveux sur le haut de ma tête avec un chouchou assorti à la couleur de mon pull. Puis je suis allée dans la chambre de maman et, exceptionnellement, j'ai pris son ombre à paupières et son rouge à joues. J'en ai mis un peu, pas trop, juste assez pour me donner bonne mine et rendre mon regard plus profond.

Lorsque je suis passée dans le salon, les jumeaux ont détourné un instant leurs yeux de la télé pour se pousser du coude en ricanant :

— Tu as vu, elle s'est maquillée !

— Pas de doute ! Elle est amoureuse.

Je les ai regardés avec sévérité :

— Arnaud va venir me chercher mais, par pitié, soyez corrects. Ne dites pas ce genre de stupidités devant lui. Montrez au moins que vous êtes bien élevés.

Ils ont gloussé en échangeant un clin d'œil entendu. J'ai soupiré, et j'ai rejoint grand-père dans la cuisine. Assis à la table, il faisait des mots fléchés. Il a souri à mon entrée :

— Que tu es jolie, *min tiot* ! Tu me rappelles ta grand-mère. Tu as son sourire. J'aimerais bien être à la place de ce jeune homme, tiens !

Ses yeux bleus rayonnaient de tendresse, mais son visage était pâle et tiré. Sur la table, le flacon de gouttes était posé près d'un verre d'eau. Je me suis sentie inquiète :

— Grand-père... Tu vas bien ?

— Mais oui, *min tiot*. Je vais très bien. Ne t'en fais pas pour moi.

Je l'ai scruté, tentant de voir s'il disait la vérité. Il a soutenu mon regard avec candeur.

— Tu peux partir tranquille. Olga a préparé le repas. Il n'y a qu'à le faire réchauffer. Je regarderai la télé avec les jumeaux, et nous nous coucherons tôt.

Un coup de sonnette nous a interrompus. J'ai couru à la porte, les jumeaux sur mes talons. Arnaud, sur le seuil, souriait. Il avait mis un blouson que je ne connaissais pas, et il tenait à la main les clefs de sa voiture.

— Entre, ai-je dit, un peu émue.

Il a fait quelques pas dans le couloir, a souri aux jumeaux.

— Voici mes chenapans de frères, Luc et Marc. Je ne te dis pas qui est qui, ils adorent se faire passer l'un pour l'autre.

— C'est vrai que, à première vue, ils se ressemblent comme deux gouttes d'eau. J'aurais bien aimé, moi, avoir un frère jumeau. Ça doit être amusant, non ?

Les jumeaux ont approuvé avec énergie :

— Ah oui alors ! On adore faire des farces.

— J'en sais quelque chose, ai-je soupiré avec résignation.

Grand-père s'est avancé :

— Entrez, jeune homme, a-t-il proposé à Arnaud. Venez un instant dans le salon.

— Voici grand-père, ai-je dit. Il est notre baby-sitter pendant que nos parents sont absents.

— Entrez, a répété grand-père avec un geste d'invite.

Arnaud a regardé sa montre :

— Merci, mais nous n'avons pas le temps si nous voulons arriver tôt. Il risque d'y avoir du monde.

Grand-père s'est approché d'Arnaud.

— Alors, je vous confie ma petite Anne. Ne la ramenez pas trop tard. Vers quelle heure pensez-vous être ici ?

— Tout dépend de l'heure à laquelle finit le concert. Et puis, nous irons peut-être boire un pot à la sortie. Qu'en penses-tu, Anne-Laure ?

J'ai acquiescé. Grand-père a proposé :

— Entre minuit et deux heures du matin. Mais pas plus tard, ça va ?

Arnaud a souri :

— Ça me paraît raisonnable. D'accord.

J'ai embrassé grand-père, puis les jumeaux, en leur recommandant d'être sages. Et puis, nous sommes partis. Comme dans un rêve, je me suis retrouvée dans la voiture d'Arnaud. Il a démarré, a pris la direction de l'autoroute. Il s'est tourné vers moi, le regard chaleureux :

— Ça va, Anne-Laure ? Tu as des nouvelles de tes parents ?

Sans l'avoir prémédité, je me suis mise à lui raconter ce qui s'était passé l'avant-veille ; j'ai parlé de mon vrai père que j'avais enfin rencontré, de ce qu'il m'avait proposé. Comme grand-père, Arnaud n'a pas hésité.

— À mon avis, ce père qui surgit subitement ne mérite aucune attention. À ta place, je ne lui ferais pas confiance. As-tu l'intention d'en parler à tes parents quand ils rentreront ?

J'ai soupiré :

— Je me le demande. Sincèrement, je ne sais pas quoi faire.

— Il faut le leur dire, et avoir une bonne explication avec eux.

— Oui, peut-être.

Arnaud m'a ensuite interrogée sur les jumeaux, et j'ai raconté leurs farces les plus cocasses. Nous avons ri, et cela m'a détendue. Pourtant, alors que nous roulions sur l'autoroute et que nous nous rapprochions de Lille, j'ai ressenti subitement une impression bizarre. Elle est arrivée lentement, sournoisement, a grandi de plus en plus. Elle a fini par me bloquer l'esprit, par me mettre au bord du malaise. J'ai d'abord refusé de l'écouter. Je ne voulais pas gâcher ma soirée, et j'ai essayé de la chasser.

J'entendais les paroles d'Arnaud sans les comprendre. Je me sentais de plus en plus mal. La dernière fois que j'avais ressenti cette impression, c'était deux ans auparavant. Nous avions été rendre visite à tante Arielle, une sœur de papa qui est célibataire et qui vit seule. Sur la route du retour, soudain, j'avais eu l'intuition très forte qu'il était arrivé quelque chose à tante Arielle et qu'il fallait retourner auprès d'elle. Je l'avais dit à papa, j'avais tellement insisté qu'il avait fini par faire demi-tour. Nous avions retrouvé tante Arielle inanimée au pied de l'escalier qui conduisait au premier étage. Elle avait raté une marche et elle était tombée tête la première. Papa avait organisé son transfert à l'hôpital, où ils avaient diagnostiqué une jambe cassée et un hématome crânien.

C'est pourquoi, cette fois-ci, je m'affolais de ressentir la même impression. C'était comme un signal d'alarme qui résonnait dans ma tête et qui me disait que grand-père était en danger.

Je me suis rendu compte que nous étions sortis de l'autoroute, que nous nous dirigions vers le centre de Lille.

J'ai avalé péniblement ma salive, j'ai essayé de me détendre, mais le sentiment d'angoisse persistait. Il était arrivé quelque chose à grand-père, et je me sentais incapable d'aller au concert. Une sensation d'urgence m'ordonnait de faire demi-tour et de rentrer à la maison.

À un feu rouge, Arnaud, surpris par mon mutisme, a tourné la tête vers moi :

— Que se passe-t-il, Anne-Laure ? Tu ne dis plus rien. Tu ne te sens pas bien ? Tu es toute pâle.

Il fallait que je lui explique. J'ai posé une main tremblante sur son bras :

— Arnaud, écoute... Ne sois pas en colère. Il faut que tu me ramènes à la maison.

— Que je te ramène... ? Mais pourquoi ? Et le concert ?

Le sentiment d'urgence se faisait de plus en plus fort. En bafouillant, les larmes aux yeux, j'ai essayé de lui faire comprendre ce que je ressentais, de le convaincre qu'il fallait repartir aider grand-père, qui était en danger. Il m'a regardée avec un mélange de stupéfaction et d'incrédulité. Je me suis faite suppliante :

— Je t'en prie, Arnaud. Tant pis pour le concert. Je sens que grand-père...

Il a grommelé :

— Si nous retournons pour rien, nous aurons perdu toute la soirée.

J'ai répondu, la gorge serrée :

— Mais si nous restons et qu'il arrive quelque chose à grand-père, je ne me le pardonnerai jamais.

Avec une exclamation de mécontentement, il a changé de direction. Je voyais bien qu'il était en colère, et je le comprenais. Mais, pour le moment, une seule chose avait de l'importance : revenir à la maison. Nous avons fait la route en sens inverse. Arnaud s'était enfermé dans un mutisme boudeur. Moi, je me tordais les mains, impatiente d'arriver. Je comptais les minutes, les secondes. Comme c'était long !

Lorsque nous nous sommes arrêtés en face de la maison, j'ai bondi hors de la voiture, j'ai couru à la porte d'entrée. Mes mains tremblaient tellement que je n'arrivais pas à mettre ma clef dans la serrure. À l'intérieur, tout semblait calme. Dans le salon, la télé marchait.

Les jumeaux sont venus vers moi :

— Anne, tu rentres déjà ? Papa et maman ont appelé après ton départ. Ils ont dit qu'ils revenaient demain dans l'après-midi.

— Et grand-père ? Où est-il ?

— Dans sa chambre. Après le repas, il a dit qu'il ne se sentait pas bien et qu'il allait se reposer.

Mon inquiétude s'est transformée en angoisse. Laisser les jumeaux tout seuls ne ressemble pas à grand-père. Rapidement, je me suis dirigée vers sa chambre, j'ai frappé et, sans attendre la réponse, je suis entrée. Mon cri s'est étranglé dans ma gorge.

La lampe de chevet était renversée, et le flacon de gouttes gisait sur la moquette. Grand-père était à demi tombé hors du lit et ne bougeait plus, sans connaissance.

— Vite. Il faut appeler le médecin.

Arnaud m'avait suivie, ainsi que les jumeaux. Mes deux frères, les yeux écarquillés d'affolement, regardaient la scène, comme hébétés.

— Vite, a répété Arnaud. Où est le numéro ?

Tout s'est ensuite déroulé très vite, et en même temps avec la lenteur d'un cauchemar.

Avec efficacité, Arnaud a pris la situation en main. Il a appelé le médecin de grand-père, qui est un ami de papa. Celui-ci est arrivé tout de suite. Il a diagnostiqué une crise cardiaque, et s'est occupé de faire transporter grand-père à l'hôpital. Une ambulance l'a emmené, toujours inanimé. Dans la voiture d'Arnaud, nous l'avons suivie. À l'hôpital, nous avons attendu dans une salle, un temps qui m'a paru interminable.

— Tu avais raison, a chuchoté Arnaud. Si nous n'étions pas revenus...

J'ai hoché la tête sans répondre. L'angoisse que je ressentais ne s'éteignait pas. Étions-nous revenus à temps ?

Enfin, un médecin est arrivé. Il nous a fait un sourire rassurant :

— Ça va aller. Il s'en sortira. Mais c'était une sérieuse alerte.

— On peut le voir ? ai-je demandé.

— Pas maintenant. Revenez plutôt demain matin.

Je suis sortie de l'hôpital avec Arnaud. Alors que nous descendions les marches, il a pris ma main et l'a serrée très fort. Ce geste a libéré tout ce que je retenais, et je me suis mise à pleurer. Dans la voiture, il m'a attirée à lui, et j'ai continué à pleurer longuement contre son épaule. Lorsque mes sanglots se sont espacés, il m'a tendu un mouchoir en me souriant avec douceur :

— Tu es brisée, Anne-Laure. Toutes ces émotions, depuis quelques jours... Je vais te ramener chez toi. Veux-tu que je vienne te chercher demain, pour te conduire à l'hôpital ?

Je lui ai adressé un sourire tremblant :

— Oui, je veux bien. Tu es gentil.

Devant chez moi, il s'est penché, a déposé un baiser sur ma joue.

— À demain, Anne-Laure. Je viendrai vers dix heures. Dans la cuisine, les jumeaux m'attendaient en pyjama, étonnamment sages pour une fois.

— Arnaud est parti ? Et grand-père ? Comment va-t-il ?

— Ça va aller, dis-je en répétant les paroles du médecin. Il s'en sortira. Maintenant, allons nous coucher. Je suis vannée.

Pour une fois, ils ont obéi sans discuter.

Dans mon lit, j'ai pensé à grand-père. Seule dans la maison avec les jumeaux, je me sentais doublement orpheline. Papa et maman me manquaient. Sans Arnaud, j'aurais été seule pour faire face à la situation. « Ils vont rentrer demain, ai-je pensé, et ils ignorent tout. » Malgré moi, à l'idée qu'ils allaient bientôt être là, avec leur présence réconfortante, je me suis sentie soulagée.

Le lendemain, Arnaud est venu me chercher, et nous sommes allés voir grand-père. J'ai eu un choc en le voyant adossé à ses oreillers, entouré d'appareils compliqués. Il était très pâle, mais son regard bleu m'a souri avec tendresse :

— *Min tiot...*

Je me suis approchée, la gorge serrée. Je me suis penchée et je l'ai embrassé, avec tout mon amour. Il a regardé Arnaud qui, debout derrière moi, ne disait rien.

— Merci, mon garçon, a-t-il dit. Merci d'être revenu hier. Vous m'avez sauvé la vie, tous les deux. J'ai eu un malaise, alors que j'étais couché. Une douleur insupportable dans la poitrine. J'ai voulu attraper mon flacon, mais je n'y suis pas parvenu. Et puis, d'un seul coup, tout est devenu noir. J'ai repris connaissance ici, à l'hôpital.

Arnaud a constaté :

— L'important, c'est que vous alliez bien maintenant. Nous avons eu très peur. Nous ne regrettons pas d'avoir manqué le concert. J'emmènerai Anne-Laure voir Roch Voisine une autre fois.

Nous avons bavardé un peu, et grand-père a posé quelques questions à Arnaud. Lorsque nous avons pris congé, tandis qu'Arnaud sortait dans le couloir, grand-père m'a retenue un instant :

— Ce garçon me semble très bien. Sérieux, correct. Pas comme ces jeunes délurés qui ne respectent rien.

J'ai approuvé d'un signe de tête, heureuse de voir qu'il appréciait Arnaud. Je l'ai embrassé très fort et, avant de partir, j'ai dit :

— Papa et maman rentrent tout à l'heure. Je vais devoir leur dire que je sais tout... Je ne sais pas comment faire, grand-père.

Il y a eu un silence. Puis, dans ses mains rugueuses de mineur, grand-père a emprisonné une des miennes :

— Je vais te confier un secret, *min tiot*. Vois-tu, dans les moments difficiles, quand on ne sait pas quelle décision prendre, il faut écouter la voix du cœur. Elle ne se trompe jamais.

Il a reposé sa tête sur l'oreiller, l'air épuisé. Mais son regard bleu affichait une certitude sereine. Une infirmière est arrivée, et je suis sortie. Je me sentais troublée. Dehors, Arnaud m'a proposé :

— Veux-tu que nous allions manger un morceau quelque part, Anne-Laure ?

J'ai secoué la tête avec regret :

— Une autre fois, Arnaud. Maintenant, il faut que je rentre à la maison. Les jumeaux sont seuls. Et puis, mes parents reviennent en début d'après-midi. Il faut que je sois là.

Il a compris, et n'a pas insisté. Devant la maison, il a dit :

— Je t'appellerai ce soir pour te demander si tout va bien, d'accord ?

— D'accord, Arnaud. Et... merci pour tout.

Cette fois-ci, c'est moi qui ai posé un baiser sur sa joue avant de sortir de la voiture. Il m'a adressé son merveilleux sourire, qui a fait battre mon cœur plus vite. Debout sur le seuil, je l'ai regardé s'éloigner et, subitement, je me suis sentie très seule.

J'ai préparé un repas rapide, mais je n'ai presque rien mangé. Je répondais distraitement aux questions des jumeaux. Le prochain retour de nos parents les excitait. Mais moi, il me crispait terriblement.

Je venais de ranger la cuisine lorsque nous avons entendu la voiture s'arrêter devant le portail. Avec un cri de joie, les jumeaux se sont précipités dehors. Je les ai suivis plus lentement. Je me sentais embarrassée à l'idée de me retrouver face à mes parents. Je n'étais plus celle qu'ils avaient quittée. Je ne savais quelle attitude adopter.

Ils sont sortis de la voiture en souriant. J'ai vu, tout de suite, leur regard plein d'amour se poser sur les jumeaux, puis sur moi. J'ai vu aussi que papa remarquait l'expression de mon visage, et qu'il fronçait les sourcils avec inquiétude. Un simple coup d'œil lui avait suffi pour comprendre que quelque chose me contrariait. J'ai retrouvé, sur son visage, toute la sollicitude et toute la tendresse dont il m'entourait depuis toujours.

Alors, subitement, je n'ai plus hésité. « Écoute la

voix de ton cœur », avait dit grand-père. Et mon cœur me criait d'aller vers eux qui m'aimaient, vers eux que, déjà, les jumeaux entouraient et embrassaient.

Dans un élan, je suis allée les rejoindre. Et, tout en avançant, j'ai pensé à ce papier sur lequel était inscrite une adresse, là-bas, au Canada. Je ne l'avais même pas regardé. D'un geste décidé, je l'ai sorti de la poche de mon jean, et je l'ai déchiré en menus morceaux que le vent a emportés.

J'ai parcouru les derniers mètres en courant. Maman, penchée sur les jumeaux, les embrassait comme si elle ne les avait pas vus depuis plusieurs mois. Papa me souriait, et ses yeux gris-bleu au regard intelligent m'interrogeaient. Repoussant à plus tard le moment de la vérité, je me suis approchée de lui.

— Bonjour, *papa*, ai-je dit doucement.

Et jamais encore je n'avais mis autant de force, autant de tendresse, dans ce simple mot.

Le dernier message

André ne parvenait pas à s'endormir. Immobile, couché sur le dos, les yeux grands ouverts dans l'obscurité, il se sentait trop désorienté et trop malheureux pour se laisser glisser dans le sommeil. Comme un animal inquiet, il restait aux aguets, mal à l'aise dans cette maison qu'il ne connaissait pas et où il venait d'arriver l'après-midi même. Il se demanda comment les autres pouvaient dormir sans être gênés par le tintamarre épouvantable que faisaient les trains lorsqu'ils passaient sur la voie ferrée toute proche. À chaque fois, André sursautait et se disait qu'il ne parviendrait jamais à s'y habituer.

« Si encore il n'y avait que ça ! » pensa-t-il avec une amertume douloureuse qui lui mit les larmes aux yeux. Courageusement, il s'efforça de ne pas pleurer. À quinze ans, un garçon est presque un homme, il ne pleure pas. Et puis, il devait se montrer digne de son père, être aussi vaillant et aussi brave que lui, quoi qu'il arrivât. Avec un mélange de tendresse et de souffrance, il laissa ses pensées remonter le cours de sa jeune vie, le reporter en arrière et lui rappeler le temps où il vivait entre les deux êtres qu'il aimait le plus au monde.

Son père... Aussi loin qu'il pût se souvenir, André revoyait l'image d'un homme aimant et bon, vers qui il se précipitait lorsqu'il rentrait de son travail. Cet homme attrapait le bambin qu'il était alors, le soulevait très haut et demandait invariablement :

— Alors ? Mon petit garçon a-t-il été sage aujourd'hui ?

Et tout au long de ses années d'enfance, cette question avait été un repère pour le jeune garçon. Car la réponse, selon le cas, apportait félicitations ou réprimandes. André se souvenait encore de la honte qu'il éprouvait lorsqu'il avait fait une bêtise et que son père le grondait. Plus que les paroles de reproche, c'étaient la colère et la tristesse qu'il lisait sur le visage de son père qui l'atteignaient. Par contre, s'il avait fait quelque chose de bien, l'approbation paternelle le rendait si fier et si heureux qu'il se promettait de toujours bien agir à l'avenir.

Au fil des années, à l'affection que le garçon éprouvait pour son père vint se mêler une complicité qui ne fit que grandir. André se rappelait avec bonheur les parties de pêche, en été, le dimanche, lorsqu'ils partaient à l'aube et que la campagne encore endormie leur appartenait. La main dans celle de son père, il serait ainsi allé jusqu'au bout du monde. Il l'aimait, il l'admirait, il voulait lui ressembler en tout, et toujours le satisfaire.

— Ce petit est tout ton portrait, Pierre, disait parfois mémère Léonie. J'ai l'impression de te revoir au même âge.

Ces paroles faisaient à André un plaisir immense. Mémère Léonie, comme il l'appelait, était sa grand-mère, la mère de son père. Elle vivait avec eux, elle s'occupait de la maison et elle élevait son petit-fils. Émilie, la mère d'André, était morte à la naissance du bébé, et mémère Léonie s'était efforcée de la remplacer et d'apporter à l'enfant la tendresse maternelle qui lui manquait. Quant à Pierre, désespéré par la mort de la jeune femme qu'il aimait, il s'était replié sur lui-même et n'avait plus vécu que pour l'enfant qu'elle lui avait laissé. Lorsqu'elle avait compris qu'elle allait mourir, affaiblie par l'hémorragie qui la laissait exsangue, Émilie avait eu la force de dire à son mari :

— Aime-le bien, notre petit, aime-le deux fois plus, puisque je ne serai plus là pour le faire...

En refoulant ses larmes, Pierre avait promis, et il tenait sa promesse. Ainsi, bien que privé de sa mère, André avait grandi heureux entre son père et sa grand-mère. Grâce à elle, il avait connu les bras féminins et aimants qui le berçaient, les baisers et les câlins, et les paroles de consolation lorsqu'il tombait ou qu'il revenait du jardin avec une écorchure. Chaque soir, pour l'endormir, mémère Léonie fredonnait *Dors min p'tit quinquin*, et cette chanson avait bercé ses premières années.

Ils habitaient un petit village, près de Valenciennes, et pour André, en ce début de siècle, la vie coulait, douce et calme. Il aidait mémère Léonie à cueillir les groseilles, il la regardait faire les confitures, guettant d'un œil gourmand les gouttes de sirop épais qui parfois coulaient lentement – qui *guilaient*, disait mémère Léonie – le long d'un pot. Il les récupérait du bout d'un doigt qu'il suçait ensuite avec délectation. Cette image faisait partie, dans l'esprit d'André, des souvenirs heureux : la présence aimante de sa grand-mère, la cuisine ensoleillée, parfumée par l'odeur des fruits et du sucre et, dehors, le chant des coqs et le gazouillis des oiseaux...

À six ans, il était allé à l'école. Il avait appris à lire, à écrire, à compter. Chaque jour, lorsqu'il rentrait, il faisait ses devoirs sur la table de la cuisine, pendant que sa grand-mère préparait le souper, qui est, dans le Nord, le repas du soir. Il s'appliquait sur sa page d'écriture, sous l'œil admiratif et intéressé de mémère Léonie qui l'encourageait :

— Travaille, mon enfant. L'instruction, c'est important. Moi, je n'ai jamais eu la chance d'aller à l'école. Je suis née en 1850 et, à l'époque, ce n'était pas obligatoire. Seuls les garçons y allaient, et encore ! pas toujours. Je n'ai pas eu mon mot à dire. Ma mère était couturière.

Dès que j'ai été assez grande pour tenir une aiguille, elle m'a appris à coudre. Ce qui fait que je ne sais ni lire ni écrire. Tout juste compter. Et par moments, vois-tu, je le regrette. C'est pour ça qu'il faut t'appliquer, toi qui as cette chance, et bien travailler à l'école.

André obéissait, davantage pour faire plaisir à sa grand-mère et à son père que par goût personnel. Lui, il aurait préféré aller gambader dans les champs avec son ami Raymond, le fils du forgeron. C'était bien plus amusant que de rester enfermé plusieurs heures par jour, sans avoir le droit de parler ni de bouger, pour se retrouver ensuite avec des leçons à apprendre concernant la date des batailles historiques ou les affluents de la Loire.

D'année en année, il avait grandi avec insouciance, et il ne pensait pas que son univers, un jour, pourrait être bouleversé. Une fois par an environ, en janvier, à l'époque des vœux, son oncle Marcel, le frère de sa mère, venait leur faire une visite. Les premières années, il était seul. Il tendait à André quelques pièces.

— Tiens, mon filleul. Voici tes étrennes. Mets-les dans ta tirelire. Ne les dépense pas à acheter des bonbons. Souviens-toi toujours que les petits ruisseaux font les grandes rivières.

— Merci, parrain, disait poliment l'enfant.

Et puis, il y eut une année où Marcel vint avec une femme. Il s'était marié, et il dit à André :

— Voici Flora. Tu dois l'appeler marraine. Dis-lui bonjour.

Le petit garçon, un peu intimidé par cette jolie femme qu'il ne connaissait pas, balbutia :

— Bonjour, marraine.

— Bonjour, mon petit, répondit la jeune femme avec un doux sourire.

Elle s'accroupit pour se mettre à la hauteur de l'enfant, l'attira à elle, l'embrassa. André sentit contre sa joue le contact d'une peau lisse et fraîche qui sentait la poudre de riz, et il éprouva l'envie subite, inattendue et irraisonnée, de se blottir dans les bras ronds et fermes qui le serraient. Pour la première fois, très confusément, il souhaita avoir une maman qui ressemblerait à cette jeune femme, avec la même lumière dans les yeux et le même sourire plein de tendresse.

L'année suivante, ils vinrent avec un bébé – une fille qui, annoncèrent-ils, s'appelait Hélène. Elle ne fit que dormir pendant toute leur visite et ne présenta, aux yeux d'André, aucun intérêt. Deux ans plus tard, il y avait une autre fille, Cécile. André avait regardé sa tante Flora s'occuper de ses deux enfants avec tant de douceur et d'amour qu'une fois de plus il avait eu envie d'avoir, lui aussi, une maman jeune et jolie. Mais, dès leur départ, il n'y avait plus pensé. La présence de mémère Léonie lui suffisait et lui apportait tout l'amour dont il avait besoin.

Lentement, le village s'éveillait au progrès, et André, comme les autres gamins, s'intéressait à chacune de ses manifestations : le phonographe qu'avait acheté Anicet, le cabaretier, et qui offrait toujours les mêmes chansons : *Le rêve passe, Frou-Frou, Plaisir d'amour ;* la première automobile qui, un jour, traversa le village dans un bruit d'enfer, terrorisant les chevaux et les habitants. Avec d'autres garçons, l'effet de surprise passé, André avait couru derrière « l'engin du diable » – selon l'expression de mémère Léonie – sans parvenir à le rattraper. Le courant électrique, aussi, que fit installer chez lui le directeur de la brasserie. Le père d'André, qui travaillait là en tant que livreur, emmena un jour son fils afin de lui montrer cette extraordinaire invention. André, bouche bée, avait appuyé sur un interrupteur et vu instantanément une lampe s'allumer. Lorsqu'il avait raconté ça à mémère Léonie avec enthousiasme, celle-ci avait rétorqué qu'elle préférait sa bonne vieille lampe à pétrole, et qu'elle n'accordait aucune confiance à « toutes ces inventions du diable ».

Il y avait aussi les aéroplanes, ces nouveaux engins qui volaient dans le ciel comme d'énormes oiseaux. André en avait aperçu quelques-uns, alors qu'il jouait dans les champs. Un jour, l'un d'eux était passé au-dessus du village en volant si bas et en vrombissant si fort que mémère Léonie, affolée, avait fait plusieurs signes de croix en vitupérant contre ces autres engins du diable qui finiraient par s'écraser au sol et tuer les honnêtes gens. Le père d'André, au contraire, s'enthousiasmait en affirmant que ce nouveau moyen de transport permettrait bientôt d'aller plus loin et plus vite. Il citait l'exploit de Roland Garros qui avait réussi récemment à traverser la Méditerranée en monoplan. Et André, sans oser contredire mémère Léonie, partageait l'avis de son père. Il enviait, même, ces hommes qui, dans leurs avions, devaient avoir l'impression de dominer le monde, et il se disait parfois que, plus tard, il serait aviateur.

Toujours dans le même état d'esprit, mémère Léonie refusa la proposition de son fils Pierre lorsqu'il voulut l'emmener au cinéma. André, lui, accepta immédiatement, excité à l'idée de connaître enfin cette découverte sensationnelle dont lui avaient déjà parlé des enfants qui avaient eu la chance d'assister à une ou plusieurs séances. Avec son père, il prit le train jusqu'à la ville et assista, émerveillé, à la projection de plusieurs courts métrages ; un film d'Indiens : *Le sacrifice de la jeune Peau Rouge ;* un drame : *Cœur de bohème ;* un film militaire : *Le petit tambour ;* et *Les aventures de Gribouille*, un comique qui le fit bien rire. Il sortit de la salle, enchanté, et son père lui promit qu'ils renouvelleraient l'expérience.

Mais il n'eut pas le temps de tenir sa promesse.

À neuf ans, André ne comprit pas pourquoi, brutalement, sa jeune vie bascula dans un chaos. Il avait entendu son père parler de l'assassinat d'un archiduc autrichien à Sarajevo, puis d'un autre assassinat, celui de Jaurès, à Paris. Il n'y avait pas prêté attention. C'était le mois de juillet, l'année scolaire se terminait, et André ne s'intéressait qu'aux vacances toutes proches. Le dernier jour, il chanta, en revenant de l'école, avec les autres enfants, *Gai, gai, l'écolier*, heureux de penser à tous ces jours de liberté qui l'attendaient.

Il ne comprit pas non plus ce qui se passa le lendemain, dans l'après-midi. C'était le samedi premier août. Il jouait à la toupie avec son ami Raymond lorsque le tocsin se mit à sonner et, sur la place, Camille, le garde-champêtre, d'un roulement de tambour, attira les habitants. André courut jusqu'à lui, avide de savoir. Que se passait-il ? Il écouta Camille lire quelque chose sans en comprendre le sens, il le vit coller deux grandes affiches que tout le monde s'empressa d'aller regarder de plus près. Parmi les personnes présentes, il aperçut sa grand-mère, courut à elle pour lui demander des explications. Avec surprise, il remarqua qu'elle avait les yeux pleins de larmes. Elle le prit contre elle et lui caressa les cheveux en soupirant :

— Mon petit, mon pauvre petit...

Il s'affola, il interrogea :

— Mémère Léonie... Qu'est-ce qu'il se passe ? La voix de sa grand-mère trembla :

— Il se passe que c'est la guerre.

Abasourdi, il regarda autour de lui. Tout le monde parlait haut et fort. Des femmes pleuraient, tandis que des hommes, avec détermination, répétaient qu'il ne leur faudrait pas longtemps pour écraser les Boches et leur reprendre l'Alsace et la Lorraine. Raymond, l'air important, glissa à l'oreille d'André :

— Tous les hommes vont partir. C'est mon père qui me l'a dit. Ils vont aller se battre.

À ce moment-là seulement, André commença à réaliser. Il leva un regard éperdu vers sa grand-mère et demanda sur un ton suppliant, comme une imploration :

— Et papa ?... Il ne va pas partir, dis ?

Elle le serra davantage contre elle.

— Mon pauvre petit... Lui aussi, comme les autres.

Il eut envie de taper du pied, de trépigner, de dire qu'il ne voulait pas. Mais, en même temps, il se rendit compte que cela ne servirait à rien. Alors, il eut l'impression de manquer d'air et ce fut comme si, autour de lui, tout devenait noir.

Ce fut pire encore le lendemain, lorsque son père dut s'en aller. Il l'avait regardé se préparer en retenant ses sanglots, mais un goût de larmes lui emplissait la bouche. Après avoir mis ses chaussures, Pierre releva la tête et dit doucement à son fils :

— Viens ici, André.

Le petit garçon, la gorge nouée, obéit. Son père le prit aux épaules et lui parla fermement :

— André, je dois partir. C'est la guerre et, comme tous les hommes, je dois aller défendre mon pays. Tu comprends ça, n'est-ce pas ?

André acquiesça d'un signe de tête. L'instituteur, à l'école, avait parlé de l'amour de la patrie, et avait expliqué aux élèves que le devoir de tout bon citoyen était de se battre pour elle, et même, s'il le fallait, de donner sa vie.

— Ne t'inquiète pas, je reviendrai vite. Dans quelques mois, tout sera fini. Mais, en attendant, tu vas rester seul avec mémère Léonie. Je te la confie. Aide-la et prends bien soin d'elle. Pendant mon absence, l'homme de la maison, ce sera toi. Sois sage, André, et attends-moi. Je reviendrai.

Un peu consolé par cette promesse, André embrassa son père. Il ne put s'empêcher, toutefois, de pleurer en le regardant partir, parce que jamais encore, jusqu'alors, ils n'avaient été séparés. Et il resta seul avec mémère Léonie, remarquant que, bien souvent, elle détournait la tête et s'essuyait furtivement les yeux. Chaque matin, au fur et à mesure que les jours passaient, il demandait avec espoir :

— C'est aujourd'hui que papa va revenir ?

Mémère Léonie, avec un soupir tremblé, secouait tristement la tête.

— Pas encore, mon petit. Peut-être demain. Ou plus tard.

Cet espoir qui, pour André, rendait l'absence de son père supportable, fut bientôt déçu. Non seulement les hommes du village ne revinrent pas, mais, dès la fin du mois d'août, les Allemands occupèrent Valenciennes et sa région.

Ils entrèrent dans le village un après-midi, et André, debout sur le pas de la porte, regarda les soldats défiler, habillés d'uniformes vert-de-gris, coiffés de casques à pointe et chargés de sacs qui paraissaient lourds. Un officier les accompagnait, revolver au poing. De haute taille, il regardait avec arrogance autour de lui, tournant de tous côtés son visage qu'un monocle à l'œil gauche rendait encore plus menaçant. Malgré leur air harassé et leur visage couvert de sueur, les soldats avançaient fièrement en conquérants, tout en chantant *Gloria Victoria*.

André les aurait bien suivis jusqu'à la place du village, mais mémère Léonie l'attira à l'intérieur de la maison et referma la porte, tout en recommandant avec insistance :

— Je t'interdis de leur adresser la parole. Entends-tu, André ?

— Pourquoi ?

— Parce que ce sont des Boches, des ennemis. C'est contre des soldats comme eux que ton père est parti se battre. Et maintenant que ceux-ci sont arrivés, j'ai l'impression que ça ne va pas arranger les choses.

Dès que les Allemands s'installèrent, ils établirent un système de réquisition qui dura jusqu'à la fin de la guerre. Les habitants qui détenaient une arme durent la porter à la mairie. Bientôt, les pigeons voyageurs furent interdits, et ceux qui en possédaient durent les sacrifier. André vit un de leurs voisins porter les siens à la mairie dans un panier et revenir ensuite, la tête basse et les larmes aux yeux. Il montra son panier vide à André et dit d'une voix sourde :

— Tous... Ils me les ont tous pris, et ils les ont tués.

Ce ne fut qu'un début. Ils réquisitionnèrent presque toute la nourriture et, au fil des mois, bien souvent, André souffrit de la faim. Il avait envie de se plaindre, de réclamer, mais il voyait mémère Léonie maigrir et parfois se priver pour lui donner un peu plus à manger. Il y eut de moins en moins de légumes, et bientôt plus du tout de viande. Des cartes de pain furent instaurées, et les rations diminuèrent de mois en mois. Il fallait faire la queue pour avoir un peu de nourriture, et André découvrit les produits de remplacement comme la saccharine, la céréaline et la cacaolactine.

Comme la farine manquait, les boulangers reçurent l'ordre de confectionner des pains avec du seigle, de l'orge et de la fécule de pommes de terre. C'était le *Kriegs Kartoffel Brot*, le pain de guerre des Allemands, qui était, affirmaient-ils, bien plus nourrissant que le pain français. Mais il était mauvais et gluant. André, un jour, avec un peu de mie, fit une boulette qu'il lança au plafond. Elle y demeura collée. Tout le monde se plaignait, mais il n'y avait rien d'autre et il fallait bien l'accepter. Les Allemands désignaient ce pain par ses initiales, pain K.K., et il était si mauvais que les Français, à leur façon, changèrent cette appellation en « pain caca ».

Au cours de cette occupation, qui dura quatre ans, les réquisitions furent nombreuses, et pas seulement pour la nourriture. Toutes sortes d'objets furent enlevés à leurs propriétaires : des matelas, des bicyclettes, des cuivres, des lustres, des couvertures, des grilles de jardin et des métaux pour confectionner des armes. Il y eut, un jour, au cours de l'été 1917, la réquisition des cloches de l'église. L'indignation du maire, du curé et des habitants laissa les Allemands impassibles. Les cloches furent enlevées du clocher qui, dorénavant, resta muet.

Il y eut aussi les restrictions de charbon et, l'hiver, André et sa grand-mère eurent froid. La nuit, ils dormaient dans le même lit, et ils se serraient l'un contre l'autre pour tenter d'avoir un peu plus de chaleur. Le dernier hiver, ce fut encore plus dur parce que les Allemands avaient enlevé les couvertures. André, qui n'oubliait pas que son père lui avait confié la maison, avait voulu agir en homme et défendre le bien de mémère Léonie. Il avait protesté lorsque le Feldgendarme, que l'on reconnaissait à son uniforme et à la plaque de cuivre qu'il portait au cou, accrochée à une chaîne, s'était emparé des couvertures, après avoir fouillé les chambres. Mais André n'avait que douze ans et l'Allemand, qui était grand et fort, l'avait repoussé comme s'il n'avait été qu'un moustique gênant. Humilié, André avait obéi au signe que lui faisait mémère Léonie et qui signifiait : « Ne bouge pas. Ne dis rien. » Mais il avait éprouvé un sentiment de honte et d'impuissance qui lui avait mis les larmes aux yeux.

Pourtant, il savait bien qu'il fallait leur obéir en tout. Sinon, on se retrouvait en prison, ou bien, dans les cas graves, déporté en Allemagne. Ils étaient les maîtres. Ils avaient instauré un couvre-feu, et ils avaient le droit de tirer sur ceux qui ne le respectaient pas. Ils faisaient connaître leurs décisions, auxquelles il fallait obligatoirement se soumettre, par des affiches. André prit l'habitude de les voir, sur les murs, commençant toutes par *Befehl*. Sans jamais avoir appris l'allemand, il avait compris, ainsi que tous les habitants du village, ce que signifiait ce mot : un ordre auquel il fallait obéir, car quelques lignes, en bas de l'affiche, précisaient que toute infraction serait punie d'une amende ou d'une peine de prison.

Les écoles étant occupées par l'armée allemande, en l'absence des instituteurs, la classe avait lieu dans l'arrière-salle d'un café. Elle était faite par des jeunes filles. Mais, bien souvent, les Allemands « réquisitionnaient », là aussi, les enfants pour des travaux dans les champs. Avec ses camarades, André, plus d'une fois, sous la surveillance de soldats, dut cueillir des chardons ou couper des orties, que les Allemands faisaient sécher et dont ils récupéraient les fibres pour en faire, disait-on, des vêtements ou des sacs pour les tranchées. L'enfant revenait avec les mains couvertes d'ampoules qui saignaient, mais mémère Léonie ne possédait plus rien pour soigner : ni graisse, ni huile, ni pommade. Alors, courageusement, André serrait les dents et affirmait qu'il n'avait pas mal.

Toute correspondance était défendue. Il était interdit, également, de sortir du village sans autorisation spéciale. Seul fut autorisé, après de longues négociations, un échange de lettres avec les prisonniers de guerre. Mais, en ce qui concernait les soldats français au front, on ignorait tout. Pendant quatre ans, mois après mois, pour André et pour mémère Léonie, ce fut cela le plus dur : ils ne reçurent aucune nouvelle de Pierre. Où était-il ? Était-il vivant, mort, blessé ? Ils entendaient le canon tonner, leur envoyant l'écho de batailles incessantes. Mais ils ne savaient rien. Et cette incertitude constante leur était encore plus douloureuse que les restrictions, le froid, la faim, et la présence de plus en plus pesante des Allemands.

André se retourna dans son lit, malheureux. Les souvenirs qui se bousculaient dans sa tête le gardaient éveillé, et le sommeil s'obstinait à fuir. Quelque part, un coq chanta. Était-ce l'aube, déjà ? André avait l'impression que, pour lui, le jour ne se lèverait jamais. Il lui semblait évoluer dans une obscurité constante qu'aucune lumière ne viendrait plus éclairer. Même aux pires moments de la guerre, alors que tout était si difficile, il n'avait pas ressenti une telle impression de détresse. Mais alors, pensa-t-il, il lui restait l'espoir. L'espoir que la guerre se termine, que les Allemands s'en aillent, que son père revienne et qu'ils se retrouvent tous les trois ensemble comme avant. C'était cette attente qui l'aidait à tenir. Tandis que maintenant, il avait tout perdu, jusqu'à cet espoir qui ne deviendrait jamais réalité.

Il se rappela les dernières semaines de la guerre, alors que les bombardements s'intensifiaient, et qu'ils devaient dormir dans la cave, mémère Léonie et lui. Au mois d'octobre, les combats se rapprochaient, et mémère Léonie commentait avec satisfaction :

— Si le front se rapproche, c'est que les Boches reculent. Ils vont perdre la guerre.

Mais cette situation amena les Allemands à ordonner l'évacuation de Valenciennes et de sa région par les civils. Avec les autres habitants du village, André et sa grand-mère durent quitter leur maison et partir sur les routes, avec les Allemands en retraite. Mémère Léonie avait entassé sur la voiture d'enfant des paquets contenant leurs maigres richesses. Ce fut un voyage de cauchemar. Il pleuvait sans arrêter, et sous cette pluie qui transformait les routes en bourbiers, les gens marchaient, trempés, épuisés, parfois tombaient, puis se relevaient en se lamentant. Les enfants pleuraient, des vieillards s'asseyaient, au bord de la route, disant qu'ils n'en pouvaient plus et suppliant qu'on les laisse là. André serrait les dents et poussait la voiture d'enfant, tâche qui lui donnait bien du mal à cause des ornières et de la boue. Leur marche était encore ralentie par les paquets qui, posés en équilibre instable, tombaient, et qu'il fallait ramasser. De plus, ils devaient avancer sur les bas-côtés afin de laisser le milieu de la chaussée aux camions de l'armée allemande en retraite.

Ce fut une journée exténuante. Les vêtements ruisselants, complètement transis, André et sa grand-mère passèrent la nuit, avec d'autres évacués, dans un village près de la frontière belge, dans la salle d'un café, couchés à même le sol. Et, le lendemain, ils repartirent, toujours sous la pluie.

Ils arrivèrent enfin à Mons, où ils furent hébergés par une vieille dame qui mit à leur disposition deux des pièces de sa maison. Cette dame était charmante et se lia d'amitié avec eux.

Quelques jours après leur installation, mémère Léonie, qui avait pris froid sous la pluie lors de leur voyage, dut s'aliter. Une épidémie régnait alors, que l'on appelait grippe espagnole. Les malades étaient nombreux, et beaucoup mouraient. André eut peur lorsqu'il vit mémère Léonie délirer sous l'emprise de la fièvre. Elle ne le reconnaissait plus, elle ne répondait pas s'il lui parlait. Heureusement, leur logeuse la soigna avec dévouement et parvint à la guérir.

Pendant ce temps, André se promenait dans la ville. Ce fut ainsi qu'au début du mois de novembre il vit arriver les soldats alliés, dont l'avance avait fait fuir les Allemands. Il les regarda défiler, et il rentra en courant annoncer la bonne nouvelle à sa grand-mère.

Celle-ci, affaiblie par les privations de quatre années de guerre, se remit lentement de la grippe qui avait été virulente. Lorsqu'ils furent rapatriés, le fait de pouvoir vivre de nouveau dans sa maison et son village, sans la présence des Allemands, l'aida à retrouver son énergie. Mais le ministère des Armées avait envoyé, aux mairies des régions jusque-là occupées, la liste des « enfants morts pour la patrie ».

Ce fut ainsi qu'un après-midi, M. Bourret, le maire, était arrivé, un papier à la main, l'air à la fois désolé et gêné. En le voyant, mémère Léonie avait compris, et André avait senti son cœur se recroqueviller dans sa poitrine. M. Bourret s'était éclairci la gorge, et il avait annoncé avec effort :

— Je suis navré, Léonie, vraiment navré. J'ai reçu l'avis officiel. Pierre a été tué dans l'Aisne, à Craonne, le 28 avril 1916.

Mémère Léonie n'avait rien dit. Pas un mot, pas une plainte. Mais deux larmes, lentement, s'étaient mises à couler sur ses joues, et elle était devenue si pâle qu'André avait eu peur de la voir s'évanouir et tomber. Il s'était approché d'elle pour la soutenir. Et ils s'étaient retrouvés dans les bras l'un de l'autre, sanglotant sans retenue, pleurant leur douleur et leur révolte. André, avec désespoir, pensait que son père ne reviendrait pas et que, depuis plus de deux ans, il espérait son retour alors qu'il était mort.

À partir de ce jour, mémère Léonie sembla dépérir. La perte de son fils unique était trop dure à supporter. Souvent, elle confiait à André :

— C'est toi qui me retiens, mon petit. Sans toi, je me laisserais mourir.

André n'aimait pas l'entendre parler ainsi. Il n'avait plus qu'elle, et il ne voulait pas la perdre. Il faisait les travaux fatigants, portait les seaux d'eau, bêchait le jardin. Il travaillait comme apprenti chez le maréchal-ferrant et s'appliquait à donner entière satisfaction. Et surtout, il entourait sa grand-mère de toute sa tendresse.

Pourtant, malgré l'amour de son petit-fils, mémère Léonie avait continué à s'étioler. Et, une nuit de février 1920, elle était morte pendant son sommeil. Le médecin avait parlé d'arrêt cardiaque, de faiblesse, de cœur usé. André, lui, savait bien que, sans la guerre et la mort de son père, sa grand-mère aurait encore été vivante.

À quinze ans, il se retrouvait seul, écrasé de chagrin. Il avait perdu les deux êtres qui, depuis sa naissance, avaient fait partie de sa vie. Son seul parent restait son oncle Marcel, le frère de sa mère. Il vint assister à l'enterrement avec sa femme Flora et il annonça à André :

— Tu vas venir vivre avec nous.

Arraché subitement au décor qu'il avait toujours connu, transplanté, André se retrouva chez son oncle et sa tante sans avoir prononcé une parole. Qu'aurait-il pu dire ? Son cœur débordait de chagrin et appelait de toutes ses forces sa mémère Léonie. Mais elle n'était plus là. Il n'avait plus personne, et il devait obéir à cet oncle qu'il connaissait à peine et qui voulait bien le recueillir.

Il était arrivé en fin d'après-midi, et il avait remarqué les regards pleins de curiosité des deux filles, Hélène et Cécile, âgées maintenant de dix et huit ans. Dans la brume obscure où le chagrin l'isolait, il avait malgré tout perçu les paroles de réconfort et les gestes de tendresse de sa tante Flora. Mais il n'avait pas pu y répondre ; il se sentait encore trop muré dans sa douleur.

Le coq, au loin, de nouveau chanta. Il allait bientôt faire jour. André pensa qu'à cette heure-ci, chez mémère Léonie, il se levait, allumait le feu, allait chercher de l'eau à la pompe, préparait le café. Il ressentit un tel besoin de la présence de sa grand-mère que les larmes lui vinrent aux yeux. Une houle de chagrin balaya sa poitrine, monta jusqu'à sa gorge, explosa, et il se retrouva en train de sangloter, la tête enfouie dans ses bras repliés.

De l'autre côté du mur, Flora entendit le bruit des sanglots. Apitoyée, elle soupira. Elle comprenait qu'André fût malheureux, et elle était désolée de ne pouvoir apporter aucun remède à sa souffrance. Petit à petit, pensa-t-elle, il oublierait, il s'habituerait à sa nouvelle famille. Elle était décidée à faire tout ce qu'elle pourrait pour que l'adolescent se sentît adopté et aimé. Elle se rendait bien compte qu'elle ne pourrait remplacer ni sa grand-mère ni son père, mais elle était prête à accueillir cet enfant et à l'entourer d'amour. Marcel lui avait dit :

— C'est le fils de ma sœur. C'est mon devoir de lui donner un foyer. Il viendra vivre avec nous.

Elle n'avait rien objecté. De toute façon, cela n'eût servi à rien. Elle connaissait son mari, savait qu'il était autoritaire et que, dès qu'il avait pris une décision, tout le monde devait s'incliner. Il agissait de la même façon dans son travail. Il était chef de gare et, dans le petit village où ils habitaient, les employés sous ses ordres n'étaient pas nombreux, mais eux aussi, comme Flora, avaient pris l'habitude d'obéir sans protester.

Dans l'ombre, la jeune femme sourit. Malgré sa sévérité, elle aimait son mari et savait déceler, sous cette carapace d'autorité dont il s'entourait, la bonté et la sensibilité. Une sensibilité qu'il cachait soigneusement, comme une faiblesse. Ainsi, elle était sûre qu'il les aimait profondément, elle et leurs deux filles, mais il ne le disait jamais. Une sorte de pudeur le retenait, que Flora déplorait. Il était avare de gestes d'affection, qui le rendaient emprunté et maladroit. Flora avait appris à ne pas en souffrir, et elle donnait davantage de tendresse à leurs filles pour compenser celle que leur père ne savait pas exprimer.

Le bruit des sanglots avait cessé, et Flora voulut croire que l'adolescent s'était rendormi. Près d'elle, Marcel ronflait doucement. Il travaillait beaucoup, faisait de longues journées. En cette année 1920, la reconstruction n'était pas encore entièrement achevée, et les chemins de fer se mettaient au service de la région, qu'il fallait relever de ses ruines. Les bombardements et les combats avaient détruit, parfois, des villages entiers.

Flora soupira de nouveau, cette fois en pensant à la guerre qui, pendant quatre ans, avait endeuillé toute la région. Celle-ci avait été, dès le début, séparée en deux parties : à droite, du côté de l'Allemagne, la zone occupée ; à gauche, vers le littoral, la zone restée française et libre ; et entre les deux, la ligne du front où, courageusement, les soldats français et anglais barraient la route aux Allemands et les empêchaient d'avancer. Leur village, situé dans la région de Saint-Pol, avait eu la chance de rester en zone libre, et les seuls soldats qu'ils avaient aperçus au cours des années de guerre avaient été des soldats anglais qui montaient au front.

Pendant quatre ans, ils s'étaient battus, et Flora se souvenait des jeunes gens du village qu'elle avait vus partir, la fleur au fusil, en chantant *La Marseillaise*. Parmi eux, bien peu étaient revenus. Et parmi ceux qui avaient réussi à échapper à cette épouvantable tuerie, beaucoup avaient été blessés, comme M. Ducreux, l'instituteur, qui avait été amputé d'un bras.

Avec soulagement, Flora pensa que Marcel n'était pas parti. Au moment de la déclaration de guerre, certains des cheminots avaient été mobilisés, et d'autres étaient restés à leur poste civil. Marcel avait fait partie de ces derniers. Il fallait envoyer au front des armes, des canons, de la nourriture, des vêtements, sans compter les colis et les lettres.

Flora s'était trouvée privilégiée par rapport aux autres femmes du village qui, pendant des semaines, des mois, des années, avaient tremblé pour leur mari ou pour leur fils, vivant avec une crainte qui empoisonnait chaque minute de leur existence, la crainte d'apprendre qu'ils avaient été tués. Marcel, lui, était resté, et ils avaient eu cette chance : ne pas être séparés.

À tâtons, la jeune femme chercha la main de son mari et, tendrement, la serra dans la sienne. Elle l'aimait et elle était heureuse avec lui. Ils formaient, avec leurs deux filles, une famille unie. L'arrivée d'André ne devait en rien perturber cet état de choses, pensa-t-elle. Au contraire. Dorénavant, les filles auraient un grand frère, et elle, elle aurait un enfant de plus à chérir.

Hélène, la première, ouvrit les yeux. Immédiatement, elle se souvint de l'arrivée d'André et se sentit tout excitée. Elle se tourna vers sa sœur, qui dormait encore, et sans précaution la secoua.

— Cécile ! Réveille-toi !

Avec un grognement, Cécile obéit. Elle se frotta les yeux, bâilla longuement.

— Viens ! ordonna Hélène. Allons voir si André est levé. Papa a dit qu'il allait vivre avec nous. Ça sera comme s'il était notre grand frère. Allons, viens, dépêche-toi !

Encore engourdie de sommeil, Cécile s'apprêta à suivre sa sœur qui avait déjà sauté hors du lit. Les deux petites filles se ressemblaient physiquement :

mêmes cheveux blonds, même nez retroussé, même frimousse parsemée d'éphélides. Mais elles avaient des caractères très différents. Hélène, l'aînée, était vive, curieuse de tout, alerte et décidée ; Cécile, par contre, était plus lente, effacée, timide et douce. Elles s'entendaient bien, s'aimaient tendrement, et l'arrivée d'André dans leur existence représentait un véritable événement. Du jour au lendemain, elles se retrouvaient affublées d'un grand frère ! Hélène brûlait du désir de raconter ça à ses compagnes de classe, à l'école. Certaines avaient déjà eu un petit frère, mais, jusqu'alors, personne ne pouvait se vanter d'avoir eu un grand frère !

Les deux petites filles arrivèrent dans la cuisine, où leur mère préparait le petit déjeuner. Au lieu des quatre bols habituels, sur la table, ce matin, il y en avait cinq. Hélène jeta un coup d'œil autour d'elle : André n'était pas là. Elle souhaita le bonjour à Flora, l'embrassa, imitée par Cécile.

— Allez vous débarbouiller, les filles. Je viendrai vérifier vos oreilles et vos ongles. Ensuite, nous déjeunerons. Je vais aller réveiller André.

Obéissantes, les deux sœurs se dirigèrent vers le trépied, placé dans un coin de la pièce, près du feu, qui supportait un bassin que Flora avait rempli d'eau tiède. La jeune femme, quant à elle, se dirigea vers le réduit qui, depuis la veille, servait de chambre à André. Marcel et elle y avaient placé un lit et une chaise, mais il faudrait l'aménager plus complètement. Flora frappa à la porte, l'entrouvrit.

— André ? Il est l'heure de te lever. Nous allons bientôt déjeuner.

Le garçon, qui ne dormait pas, répondit docilement :

— Oui, marraine. J'arrive.

Il avait entendu les adultes se lever, puis les filles. Il se leva à son tour, s'habilla rapidement dans le noir.

Lorsqu'il arriva dans la cuisine, Flora s'avança vers lui, un sourire aux lèvres.

— Bonjour, André.

— Bonjour, marraine.

Elle dut lever la tête pour l'embrasser, et il répondit gauchement à son baiser, embarrassé. Les deux filles l'entourèrent, lui souhaitant également le bonjour, et il vit leur visage levé vers lui, celui d'Hélène espiègle, celui de Cécile plus intimidé. Il se pencha, et elles déposèrent sur sa joue un baiser sonore.

Flora lui tendit le bassin.

— Tiens, André. Va chercher de l'eau à la pompe pour te laver. Pour les filles, je la fais chauffer un peu, mais toi, tu es un homme et tu peux te laver à l'eau froide, comme Marcel. Qu'en penses-tu ?

André ouvrait la bouche pour acquiescer mais il n'eut pas le temps de répondre. Son oncle entrait dans la pièce et décrétait d'une voix sans réplique :

— Mais bien sûr qu'il va se laver à l'eau froide ! Voudrais-tu élever ce garçon dans du coton ? Allez, mon garçon, va chercher de l'eau et dépêche-toi. J'ai pris rendez-vous pour toi chez Albert, le maréchal-ferrant. Il a besoin d'un aide, et puisque tu exerces ce métier depuis deux ans, tu feras sans doute l'affaire. Je l'espère bien, d'ailleurs !

André obéit sans répondre. Que dire, de toute façon ? Il devait s'adapter à son nouvel environnement, se plier aux ordres de son oncle et lui être reconnaissant de lui offrir un foyer, même si sa mémère Léonie lui manquait d'une façon insupportable. Il se lava à l'eau froide puis, sur l'invitation de sa tante, prit place à la table ronde située au centre de la pièce.

Elle lui servit, ainsi qu'aux filles, un bol de lait bouillant, lui proposa du sucre, plusieurs tartines beurrées, et il s'aperçut avec surprise qu'il avait faim. Il mangea en silence. Les filles se taisaient également. Il devait apprendre bientôt que son oncle ne permettait pas à ses enfants de parler à table. Seuls Marcel et Flora bavardaient, de gens du village qu'André ne connaissait pas, du travail de la gare et de trains qui devaient livrer de la marchandise.

Lorsqu'ils eurent fini de manger, Marcel déclara à son neveu :

— Il faut que j'y aille, maintenant. En tant que chef de gare, je dois être présent partout et ne jamais m'absenter. Je n'ai pas le temps de te conduire chez Albert. Hélène et Cécile te montreront le chemin en allant à l'école.

L'école était située sur la place du village et distante de la gare d'un bon kilomètre. André, en marchant près de ses cousines, regardait autour de lui et se sentait rassuré de découvrir un village pas très différent de celui qu'il venait de quitter : les rues pavées, les maisons de briques, les quelques cabarets, la brasserie, les écoles et, sur la place, le kiosque. Hélène, fière de ses connaissances, lui expliquait :

— La grande maison, là, c'est celle de Mme Boileau, la femme du notaire. Il est mort l'an dernier et elle vit seule. Elle a un piano. L'été, lorsque ses fenêtres sont ouvertes, on l'entend jouer. Le café, en face, c'est celui d'Oscar. La ferme, plus loin, c'est celle de Victor et Lucienne.

André écoutait, observait, tâchait de retenir. En arrivant sur la place, Hélène lui montra les écoles, celle des filles, celle des garçons, puis, de l'autre côté, derrière l'église, la forge d'Albert.

— C'est là que tu dois aller travailler. Papa a prévenu Albert. Il t'attend.

À la fois amusé et agacé par le ton important qu'elle prenait, André remercia et, laissant ses deux cousines se diriger vers l'école, traversa la rue. La porte de la forge était grande ouverte, et dès qu'il en franchit le seuil, André se retrouva en pays connu. Le bruit du marteau sur l'enclume résonna à ses oreilles comme une musique d'accueil. Il s'avança et le maréchal-ferrant, un homme grand et fort aux cheveux grisonnants, se retourna.

— Ah ! Je parie que tu es André ? Je t'attendais, mon garçon. Marcel m'a parlé de toi. Voyons ce que tu sais faire.

Il le mit à l'épreuve tout de suite, lui fit travailler un fer à cheval à l'enclume après l'avoir porté au rouge. André, attentif à mener à bien sa tâche, oublia où il se trouvait et eut l'illusion, un instant, d'être reparti en arrière. Il aurait pu croire que, à midi, en quittant la forge, il courrait rejoindre sa mémère Léonie qui l'attendait. Il retrouvait les mêmes gestes, les mêmes instruments : les tenailles, les tricoises, le brochoir, et les lopinières avec lesquelles il maintenait le fer d'une main pendant que, de l'autre, avec l'enclume, il lui conférait la tournure voulue. Et cette continuité dans le travail lui donnait un peu l'illusion que sa vie, elle aussi, continuait de la même façon.

Il travailla ainsi toute la matinée. Il aimait voir le métal lui obéir, il aimait ce travail qui prouvait la supériorité de l'homme sur la matière, et qui lui donnait une agréable sensation de pouvoir. À midi, Albert lui donna une petite tape sur l'épaule.

— Ça va, mon garçon, tu ne te débrouilles pas trop mal. Je vais te garder et t'apprendre le métier, Marcel m'a expliqué. Tu vivais avec ta grand-mère ?

— Oui, acquiesça André, la voix sourde. Et avec mon père aussi, avant la guerre. Mais...

Albert fit un signe de tête compréhensif :

— Oui. Marcel me l'a dit. Saleté de guerre... Moi, j'ai réussi à y échapper, parce que je venais juste de dépasser la limite d'âge. Mais, parmi ceux qui sont partis, bien peu sont revenus... Quelle misère, tiens ! Allons, à tout à l'heure, mon garçon. Je vois tes cousines qui t'attendent sur le trottoir.

André retrouva Hélène et Cécile, et avec elles fit le chemin du retour. Sa tante Flora les accueillit gentiment, les envoya se laver les mains dehors, à la pompe, et lorsque Marcel arriva, ils passèrent à table. Celui-ci interrogea André :

— Alors, mon filleul ? Comment s'est passée ta matinée ? Bien, j'espère. Je compte sur toi pour donner toute satisfaction à Albert.

André répondit que son patron était content de lui. Son oncle eut un geste d'approbation.

— Eh bien, arrange-toi pour que ça continue. Quand je verrai Albert, je l'interrogerai moi-même. Je veux être sûr que tu me dis bien la vérité.

Ulcéré, André faillit répondre qu'il ne mentait jamais. Lorsqu'il était petit, il l'avait fait quelquefois, pour cacher une bêtise qu'il ne voulait pas avouer. À chaque fois, sa mémère Léonie lui avait fait honte.

— Oh ! André ! disait-elle. Je vois ton nez qui tourne ! C'est parce que tu mens. Ça me fait de la peine, tu sais. Je n'aime pas que tu agisses ainsi.

Son père, de son côté, lui avait expliqué que ça ne servait à rien de mentir. Tôt ou tard, la vérité finissait toujours par triompher, et le menteur se trouvait alors puni de lui-même. Ainsi, très jeune, André avait appris à ne jamais déguiser les faits et à toujours répondre franchement.

Il ne répliqua rien à la réflexion de son oncle, mais il se sentit blessé. Jamais son père n'aurait eu ces paroles. Ni mémère Léonie. André termina son repas la gorge serrée.

Ce fut avec soulagement qu'il retrouva la forge en début d'après-midi. Dès le début, une sorte d'entente avait régné entre Albert et lui. Le forgeron était calme, patient, et André trouva tout de suite qu'il était agréable de travailler avec un tel patron.

Ainsi, petit à petit, il s'intégra à sa nouvelle vie. Extérieurement, il donnait l'image d'un adolescent timide et réservé. Intérieurement, il se sentait souvent malheureux. L'amour de sa grand-mère lui manquait. Pourtant, sa tante Flora se montrait toujours tendre envers lui, mais ce n'était pas pareil. Il n'y avait pas, entre eux, les souvenirs qui l'unissaient à mémère Léonie. Ce n'était pas sa tante qui l'avait bercé lorsqu'il était petit, qui l'avait tenu dans ses bras, qui l'avait consolé lors de ses chagrins d'enfant, ou soigné lorsqu'il était malade.

Flora, de son côté, prenait patience. Elle se souvenait d'une fable de La Fontaine, qu'elle avait apprise à l'école, et qui disait : « Patience et longueur de temps font plus que force ni que rage. »

La jeune femme avait fait de cette phrase sa devise, et elle l'appliquait actuellement dans ses relations avec André. Elle se disait qu'avec le temps, peu à peu, la peine du garçon s'estomperait et que, grâce à sa jeunesse, il retrouverait le goût de vivre.

Vis-à-vis de ses cousines, André demeurait distant. Il n'avait pas l'habitude des filles et ne savait pas comment leur parler. Hélène, plus vive, essayait parfois de l'entraîner dans leurs jeux. Mais c'étaient des jeux de filles qui ne l'intéressaient pas et qu'il trouvait même ridicules. De plus, la petite fille, de nature curieuse, posait parfois des questions qui faisaient de la peine à André sans qu'elle-même en prenne conscience.

— Tu n'as jamais eu de maman, toi ?

Ou bien :

— Tu n'as plus de papa non plus, maintenant ? Ou encore :

— Tu l'aimais bien, ta mémère Léonie ?

À chaque fois, André se détournait, malheureux. Il préférait la plus jeune de ses cousines, Cécile, qui n'avait que huit ans et qui était plus douce, plus timide. Avec elle, il se sentait plus à l'aise. Mais elle était rarement seule. Sa grande sœur était toujours avec elle, prenant son rôle d'aînée très au sérieux, et donnant des ordres auxquels la cadette obéissait sans avoir l'idée de protester.

Hélène devait avoir hérité de son père ce tempérament autoritaire, se disait André. Car, à mesure que les jours, puis les semaines passaient, André se rendait compte que le principal trait de caractère de son oncle Marcel était l'autorité. Il aimait donner des ordres et il entendait être obéi immédiatement.

André souffrait parfois de la sévérité de son oncle. Avec ses filles, celui-ci agissait de la même façon. Il n'hésitait pas à réprimander s'il n'était pas content, mais, dans le cas contraire, il ne félicitait jamais.

Le jeune garçon se souvenait que son père, lui aussi, aimait être obéi, mais il tempérait la sévérité de ses ordres par une affection toujours présente. Quant à mémère Léonie, elle récompensait la docilité de son petit-fils par une approbation vigoureuse et souriante :

— À la bonne heure !

André avait eu son enfance et son adolescence émaillées de ces exclamations qui, jointes à la satisfaction qui éclairait alors le visage de sa grand-mère, encourageaient le garçon à obéir, non par peur d'être réprimandé, mais dans la seule intention de faire plaisir à mémère Léonie et de l'entendre dire cet « À la bonne heure ! » qui le récompensait mieux que de longs discours.

Son oncle Marcel exigeait aussi d'André qu'il lui remît l'intégralité de son salaire.

— Nous déduirons ce que coûte ta nourriture et tes vêtements, mon garçon. Et nous placerons ce qui reste à la Caisse d'épargne. Tu en prendras possession à ta majorité.

André n'avait pas protesté, car il trouvait que ce raisonnement était normal. Et, à la longue, grâce à la tendresse de sa tante Flora, il aurait fini par se sentir intégré à cette famille qui était maintenant la sienne.

Mais, bientôt, il entra en relations avec M. Ducreux, l'instituteur.

Ce soir-là, sa journée de travail terminée, André sortit de la forge et traversa la place du village. Il faisait doux, les jeunes feuilles des arbres frissonnaient dans la brise, et les derniers rayons de soleil nimbaient d'or les platanes qui entouraient l'église. André était seul pour faire la route, sans la présence de ses cousines que l'école libérait plus tôt. Cela ne lui déplaisait pas. Hélène, avec son bavardage incessant, le fatiguait parfois. Il salua les quelques personnes qu'il croisa et que, maintenant, il commençait à bien connaître. Il savait que, réciproquement, personne dans le village n'ignorait plus qu'il était le filleul du chef de gare, recueilli par son oncle parce qu'il était orphelin.

Alors qu'il longeait l'église, il aperçut M. Ducreux, l'instituteur-secrétaire de mairie, à qui il manquait un bras. André le croisait de temps à autre et le saluait toujours poliment. Il se disait qu'il aurait bien voulu que son père revînt, comme lui, de la guerre avec un bras en moins mais vivant.

L'instituteur, les yeux rivés au sol, faisait de grands pas de l'église à la rue, comme s'il mesurait approximativement la largeur de la place. Intrigué par ce manège, André le regarda. M. Ducreux releva la tête et le vit.

— Bonsoir, mon garçon, dit-il en répondant à son salut. Je sors à l'instant de la mairie. Ça y est, la décision a été prise au conseil municipal. Les travaux vont bientôt commencer. Ici, à l'endroit où je me trouve, il va y avoir un monument à la mémoire de ceux qui ont été tués à la guerre, et leur nom y sera inscrit. Pour ne jamais oublier qu'ils ont donné leur vie pour la patrie. C'est le moins qu'on puisse faire pour commémorer leur sacrifice. Qu'en penses-tu ? Si mes renseignements sont exacts, ton père fait partie des victimes, lui aussi ?

Le visage assombri, comme chaque fois qu'on lui parlait de son père, André acquiesça. Il était surpris, en même temps, que M. Ducreux lui adressât la parole. Celui-ci, entièrement pris par le projet qui l'enthousiasmait, continua avec animation :

— Il y aura la statue d'un poilu, avec son casque et son fusil. Et sais-tu combien de noms figureront sur ce monument ? Non ? Tu ne sais pas ? Eh bien, rien que pour ce petit village, il y aura quarante-deux noms. Tu te rends compte ? Ça veut dire que quarante-deux hommes et jeunes gens ont été tués. Et c'est la même chose partout, dans tous les villages et toutes les villes de France. La seule différence est que, plus il y a d'habitants, plus le nombre de morts augmente. Ma sœur m'a dit qu'à Tourcoing, où elle habite, il y en a eu plus de mille huit cents ! Tu te rends compte ?

André ne savait que répondre. C'était la première fois que l'instituteur lui parlait, et il se sentait embarrassé, et même intimidé. Il éprouvait de l'admiration et du respect pour cet homme qui avait connu les mêmes épreuves que son père. Il pensa qu'il pourrait l'interroger, lui demander de raconter ce qu'il avait vécu et, à travers ses récits, retrouver et partager les souffrances de son père. Une question lui vint à l'esprit, qu'il osa poser :

— Mais alors... papa ? Lui aussi, il aura son nom sur un monument ?

— Bien sûr. Dans le village où il habitait. Il faudra que tu y retournes, un jour. Tu le verras. Tu seras fier de lui.

André secoua la tête, incertain. Il n'était pas sûr d'avoir envie de lire, sur un monument, le nom de son père. Cela ne ferait que raviver sa peine, toujours présente. Et puis, il n'avait pas besoin de cela pour être fier de lui. Il savait bien, au fond de son cœur, que son père avait été un héros.

— Où a-t-il été tué ?

André déglutit pour faire disparaître la boule qui, de nouveau, lui obstruait la gorge.

— À Craonne, dans l'Aisne, dit-il d'une voix rauque.

— Je me suis battu dans ce coin-là, moi aussi. Et dans bien d'autres. J'ai également fait Verdun. Je pourrais t'en raconter, mon garçon...

Ces paroles incitèrent André à avouer :

— Justement, j'aimerais bien vous demander... vous interroger...

M. Ducreux n'hésita pas :

— Viens chez moi, dimanche. Je t'attendrai. Nous parlerons. Si tu veux, je te raconterai tout. Tout ce que nous avons souffert. Ce que la guerre a fait de nous. Il y a eu des moments atroces. J'en rêve encore la nuit. Lorsque je veux en parler, on ne m'écoute pas, on me dit que c'est fini, maintenant, et qu'il ne faut plus y penser. Seuls ceux qui n'ont pas fait la guerre sont capables de telles paroles. Les autres, ceux qui sont revenus, comme moi, ne pourront jamais oublier. Viendras-tu ?

— Oui, monsieur, dit André avec reconnaissance. Merci, monsieur.

Il salua poliment l'instituteur et reprit le chemin de la gare.

Le soir, après le repas, il parla à son oncle et à sa tante de l'invitation de M. Ducreux.

— Pourrai-je y aller ? demanda-t-il, attendant la réponse avec un mélange d'inquiétude et d'espoir.

Marcel haussa les épaules avec indifférence.

— Si tu y tiens... Le dimanche est ton jour de liberté, et tu l'utilises comme tu l'entends. Bien que je ne voie pas ce que t'apportera une conversation avec M. Ducreux.

— Il a dit qu'il parlerait de la guerre. Il est allé, lui aussi, à Craonne, là où a été tué papa. Par lui, j'aurai des détails sur la vie des soldats et je saurai tout ce qu'a vécu papa... avant d'être tué.

La voix d'André flancha subitement et il baissa les yeux, malheureux et embarrassé. Marcel soupira.

— Oui, bien sûr... Eh bien, tu peux y aller, ça ne me dérange pas.

Flora lui fit un petit signe d'approbation, et Marcel, en voyant la satisfaction qui éclairait le visage d'André, fut heureux d'avoir donné son assentiment.

Le lendemain, André se montra encore plus silencieux que de coutume. Son visage était sombre et Flora l'observa avec inquiétude, sans pourtant l'interroger, car elle ne voulait pas se montrer indiscrète. Il partit travailler comme d'habitude et, à la forge, Albert, lui aussi, remarqua le visage fermé et le mutisme du garçon. Vers la fin de la matinée, il l'interrogea :

— Dis donc, fiston, qu'est-ce qu'il y a ? Tu en fais une tête, depuis ce matin !

D'abord, André eut envie de répondre qu'il n'y avait rien. Puis il vit l'expression soucieuse de son patron et l'intérêt affectueux avec lequel il l'observait. Alors, le poids douloureux qui lui oppressait le cœur s'allégea un peu et il avoua d'une voix sourde :

— Aujourd'hui, nous sommes le 28 avril.

— Oui, admit Albert, sans comprendre. Et alors ?

— Alors, ça fait juste quatre ans aujourd'hui que mon père a été tué. Le 28 avril 1916. À Craonne.

— Mon pauvre gars ! soupira Albert en se grattant la tête.

Il n'ajouta rien, conscient de la vanité de toute parole. Il regarda avec pitié l'adolescent qui se penchait sur le fer qu'il travaillait. Son impuissance à le réconforter le fit soupirer de nouveau et il reprit son enclume en secouant la tête avec tristesse.

Toute la journée, André eut le cœur lourd. Le soir, dès qu'il fut rentré, il se dirigea vers le petit réduit qui lui servait de chambre. Il ne vit personne. Son oncle était encore à la gare, sa tante et ses cousines n'étaient pas là. Il entra dans la petite chambre, s'assit sur le lit. Lentement, il sortit de sa poche son bien le plus précieux. C'était une lettre, la seule et unique lettre de son père. L'adolescent oublia le monde extérieur. Il n'entendit même pas un train qui passait, faisant trembler la petite maison. Avec une précaution pleine de ferveur, il déplia la lettre pour la relire. Pourtant, il la savait par cœur. Mais il voulait, en ce jour anniversaire douloureux, regarder l'écriture paternelle, les mots tracés au crayon violet, et ressentir l'émotion, l'amour, la tendresse qu'ils exprimaient.

Le cœur étreint par une peine profonde, André revécut le moment où, après la guerre, il était entré en possession de ce qui, pour lui, avait la valeur d'un message de l'au-delà, le dernier message de son père.

C'était au cours de l'automne 1918. André et sa grand-mère étaient rentrés de Belgique peu de temps auparavant. Ils avaient retrouvé leur petite maison et ils savaient que, dorénavant, ils ne seraient plus que deux. Un jour, un étranger avait frappé à la porte, un homme qu'ils ne connaissaient pas mais dont les paroles, tout de suite, avaient fait battre leur cœur.

— Je suis un ami de Pierre. Nous avons fait la guerre ensemble jusqu'à ce qu'il soit tué. Il m'avait fait promettre de venir vous voir s'il lui arrivait quelque chose... Alors, voilà, je suis venu.

Le visage de mémère Léonie s'était creusé, d'un seul coup. Elle invita le visiteur à entrer, et il avança en boitant fortement. Mémère Léonie le fit asseoir, lui offrit à boire. André, sans rien dire, dévorait des yeux cet homme qui avait connu son père et qui avait été son ami.

— Je vous connaissais sans vous avoir jamais vus, disait cet homme, parce que Pierre me parlait sans arrêt de vous. Vous comprenez, nous n'avions que ça pour nous aider à tenir. Les autres, ceux dont la famille était en zone libre, ils avaient des lettres, ils recevaient des nouvelles de ceux qu'ils aimaient, ils pouvaient leur répondre. Mais, pour Pierre et moi, notre famille se trouvait en territoire occupé et nous n'avions pas le droit de leur écrire. Les Allemands interdisaient toute correspondance. Alors, nous ne savions rien d'eux.

— C'était la même chose pour nous, constata tristement mémère Léonie. Nous ne savions rien de Pierre, nous non plus. Comme c'était dur !

André, assis en face du visiteur, l'observait intensément, le regard grave. L'homme lui sourit.

— Il me parlait de toi, il me répétait que le plus dur, ce n'étaient pas la vermine, la boue et les obus. Le plus dur, pour lui, c'était d'être séparé de son fils.

André, la gorge nouée, ne disait rien. Mémère Léonie étouffa un sanglot.

— Je suis venu pour vous parler de lui, pour vous dire que, jusqu'au bout, il a pensé à vous, pour vous dire aussi que vous pouvez être fiers de lui. Il s'est conduit en héros. Je peux même dire qu'il m'a sauvé la vie.

— Ça ne m'étonne pas de lui, il était si brave ! dit mémère Léonie, la voix tremblante.

— C'était lors d'une attaque. Nous courions sous les obus, lorsque, soudain, j'ai ressenti une immense douleur dans le dos. Je suis tombé. Je ne pouvais plus ni respirer ni bouger. Je suis resté sans connaissance un bon moment. Lorsqu'il a fallu nous replier, j'étais bien incapable de regagner la tranchée. C'est Pierre qui m'a traîné, en rampant sous les obus, et qui m'a ramené.

Les yeux d'André brillaient de fierté. Mémère Léonie, maintenant, pleurait doucement.

— On m'a évacué vers l'arrière, mais, avant que je parte, alors qu'on attendait les brancardiers, Pierre m'a remis une lettre. Il m'a dit : « C'est une lettre pour mon fils, au cas où je serais tué. Tout ce que je ne pourrais plus lui dire, j'ai essayé de l'écrire là. Maintenant, tu vas être à l'abri. Prends-la, et si je ne reviens pas vivant de cette guerre, promets-moi d'aller trouver mon fils et de lui remettre cette lettre. » Ma blessure me faisait souffrir et j'ai à peine compris ce qu'il me demandait. Des jours plus tard, j'ai retrouvé, dans mes papiers, la lettre qu'il m'avait confiée.

André remua sur sa chaise, voulut poser une question, n'osa pas. Le visiteur continua :

— Je suis allé à l'hôpital. Finalement, ma blessure n'était pas grave, grâce à une côte qui avait fait dévier l'éclat d'obus. J'ai été bien soigné, mais, après plusieurs mois, comme j'étais guéri, on m'a renvoyé au front. J'ai retrouvé mon régiment, et j'ai découvert avec tristesse que plusieurs de mes compagnons avaient été tués. Et, parmi eux, mon ami Pierre.

Mémère Léonie enfouit son visage dans son mouchoir et se mit à sangloter. André battit plusieurs fois des paupières pour chasser les larmes qui emplissaient ses yeux.

— J'ai eu beaucoup de peine, je l'aimais sincèrement. J'avais toujours sa lettre. Je me suis promis, si je m'en sortais, d'aller la remettre à son fils, comme il me l'avait demandé. J'avais une marraine de guerre qui habitait près de Dieppe, en zone libre. Je lui ai confié la lettre, au cas où, moi aussi, je serais tué, afin que, dans ce cas, elle l'envoie après la guerre. Je n'ai pas été tué, mais j'ai été blessé, quelques mois plus tard, en novembre 1916. J'ai reçu plusieurs éclats d'obus dans la jambe et dans le genou. J'ai été opéré et, cette fois-ci, je n'ai pas été capable de retourner me battre. Dès que j'ai pu, je suis allé rechercher la lettre et j'ai attendu la fin de la guerre pour vous l'apporter.

Le visiteur prit son portefeuille, en sortit délicatement un papier plié qu'il tendit à André.

— Tiens, mon garçon. Prends-la. Elle t'est destinée.

Rouge d'émotion, André obéit. Il prit le papier, conscient de recevoir quelque chose de précieux. C'était la première fois que son père lui écrivait, et il savait que c'était aussi la dernière.

Il la lut, ce soir-là, la relut plusieurs fois, encore et encore. Il la fit lire à mémère Léonie, et ils pleurèrent tous les deux sur ce père et ce fils perdu, qu'ils aimaient tant et qui ne reviendrait jamais.

Cette lettre devint le bien le plus précieux d'André. Il la gardait le plus souvent sur lui, car il n'aimait pas s'en séparer. Elle constituait le seul lien qui existait encore entre son père et lui. Après la mort de mémère Léonie, lorsqu'il était venu vivre chez son oncle Marcel, c'était la première chose qu'il avait emmenée, avec quelques souvenirs d'enfance auxquels il tenait. Et, maintenant, il relisait une fois encore les phrases qu'il connaissait par cœur.

Mon cher enfant,

Je t'écris cette lettre en souhaitant que tu ne la lises jamais, car, si elle te parvient un jour, cela signifiera que la guerre aura eu raison de moi. Je souhaite de tout cœur que cela ne se produise pas ; je n'ai qu'un désir, c'est celui de revenir et de te retrouver, mon enfant que j'ai dû quitter bien malgré moi. Mais, si je ne reviens pas, n'oublie jamais que je t'aime. Je sais que ta mémère Léonie aura beaucoup de peine. Ta présence l'aidera, car, tant que tu resteras auprès d'elle, je serai toujours un peu là.

Si je ne suis plus à tes côtés pour faire de toi un homme, tâche de devenir quelqu'un de fort, d'honnête et de courageux. Je sais que tu y parviendras, et, là où je serai, je te verrai et je serai fier de toi. Adieu, mon petit garçon, et souviens-toi toujours de ton papa qui t'aime.

Les yeux pleins de larmes, André s'apprêtait à refermer la lettre lorsqu'une voix le fit sursauter :

— Qu'est-ce que tu lis ?

Il se retourna. Sa cousine Hélène se tenait debout sur le seuil de la pièce. Elle avait poussé la porte entrouverte et observait André avec curiosité. Le garçon replia vivement la feuille et se sentit agacé par les yeux inquisiteurs de sa cousine. Il répondit, plus abruptement qu'il ne l'aurait voulu :

— Ce n'est rien. Ça ne te regarde pas.

Il glissa la lettre dans sa poche et se leva pour sortir. Hélène pinça les lèvres, l'air vexé, et s'en alla en courant rejoindre sa sœur qui jouait dehors. André la regarda partir et n'y pensa plus.

Mais, ce soir-là, alors qu'il venait de se retirer dans sa chambre pour se coucher, la porte s'ouvrit et son oncle entra. André, surpris, l'interrogea du regard.

— Mon garçon, je tiens à avoir un entretien avec toi.

Tu vis sous mon toit et je n'admets pas que tu me caches quelque chose. Or, il me semble que c'est le cas. Hélène t'a posé une question à laquelle tu n'as pas voulu répondre, et tu as dissimulé un papier. De quoi s'agit-il ? Je ne me contenterai pas de faux-fuyants. J'exige que tu me dises la vérité.

La première réaction d'André fut un violent ressentiment envers sa cousine. « Sale petite rapporteuse ! », pensa-t-il, mécontent. Puis, tout de suite après, il éprouva un sentiment de révolte qui lui donna envie de répondre à son oncle, comme il l'avait fait à Hélène : « Ça ne te regarde pas ! » Mais il se retint, serra les lèvres et demeura silencieux.

Marcel fronça les sourcils. Il n'admettait pas que son autorité soit bafouée, et il déclara d'une voix où vibrait une colère froide :

— Je t'ordonne de me montrer ce papier. Si tu ne m'obéis pas immédiatement, je fouille toute ta chambre jusqu'à ce que je le trouve.

André, les lèvres tremblantes, se décida à expliquer :

— C'est une lettre de mon père. Je ne l'ai jamais montrée à personne. Elle est à moi.

— Je veux la voir.

André se redressa et protesta avec indignation :

— Je dis la vérité. Je ne mens jamais.

— Peut-être, rétorqua sèchement Marcel. Mais je ne serai rassuré que lorsque je l'aurai vue.

Le garçon eut envie de protester à nouveau, mais le regard sévère de son oncle l'en dissuada. À contrecœur, il prit son pantalon qu'il avait plié sur une chaise pour la nuit, sortit la lettre de la poche et la tendit à son oncle.

Marcel la déplia, la lut. André le regardait, à la fois furieux et malheureux. À cet instant précis, il éprouvait pour son oncle un sentiment de rancune et de détestation qui durcissait son visage d'adolescent. Cette lettre était son secret, son talisman, et les dernières paroles de son père ne regardaient personne d'autre que lui. Son oncle n'avait pas le droit de se comporter comme il le faisait.

Lorsque Marcel eut fini de lire, il rendit la feuille à André. Il paraissait ému.

— Tu n'avais aucune raison de dissimuler cette lettre, mon garçon. Au contraire. Garde-la toujours précieusement. Et, à l'avenir, ne me cache plus rien.

André ne répondit pas. Marcel sortit de la pièce sans voir le regard noir que lui lançait son neveu.

Au cours des jours suivants, ils se comportèrent tous deux comme si l'incident n'avait pas eu lieu. La semaine se termina, le dimanche arriva. En début d'après-midi, André se dirigea vers la maison de M. Ducreux, l'instituteur.

Il faisait beau. Un soleil allègre brillait dans un ciel bleu pâle où s'effilochaient quelques nuages d'un blanc vaporeux. Le printemps mettait dans l'air une nouvelle luminosité, et André pensa que son père, quatre ans auparavant, avait été tué lors d'une journée semblable, peut-être aussi belle.

Il arriva à la maison de l'instituteur et sonna. M. Ducreux vint lui ouvrir.

— Ah ! c'est toi ! Entre. Je t'attendais.

André obéit, intimidé. M. Ducreux l'emmena dans son bureau et, de sa seule main, rassembla les papiers épars.

— J'étais en train d'étudier le projet pour la construction du prochain monument, sur la place. En tant que secrétaire de mairie, je m'en occupe, d'autant plus que ça me touche particulièrement. Comme je te l'ai dit l'autre jour, ce monument sera construit en honneur aux pauvres gars qui ont fini par payer de leur vie les misères qu'ils ont endurées. Les plus chanceux, finalement, ce sont ceux qui ont été tués tout de suite. Ils ont ainsi évité bien des souffrances.

André, debout, ne disait rien et regardait, sur la chemise de l'instituteur, la manche vide, là où le bras manquait. M. Ducreux lui avança une chaise.

— Tiens, assieds-toi. Tu seras mieux pour écouter ce que j'ai à te dire. Et j'ai de quoi te raconter, crois-moi ! Tout ce que j'ai subi, comme tous mes compagnons, dans les tranchées... Et pourquoi ? Pour revenir avec un bras en moins, et être un objet de pitié ou de curiosité. On me dit parfois que je ne dois pas me plaindre, que, contrairement à tant d'autres, je suis revenu, et que j'ai eu, malgré tout, de la chance parce que c'est le bras gauche que j'ai perdu, ce qui me permet de continuer à exercer mon métier. Moi, je n'arrive pas à raisonner de cette façon. Je n'ai que des regrets. Et des souvenirs qui me donnent encore des cauchemars. Je vais essayer de te raconter ce que j'ai vécu, ce qu'a vécu ton père aussi, mais je ne sais pas si mon récit parviendra à te faire comprendre ce qu'était vraiment notre existence... un enfer continu, jour après jour, nuit après nuit, avec la mort toujours présente.

Et M. Ducreux parla.

Il raconta la vie dans les tranchées, et les fléaux qui empoisonnaient les soldats. La boue, dans laquelle ils s'enfonçaient ; le froid, l'hiver, contre lequel ils luttaient avec les seuls moyens qu'ils possédaient : des journaux sous leur chandail, des chiffons entortillés autour de leurs pieds, les fameuses « chaussettes russes » ; les rats, qui couraient partout, qui venaient la nuit manger les provisions jusque dans les poches des hommes endormis ; les poux, autre fléau dont ils ne parvenaient pas à se débarrasser. Et les Allemands, en face, qui, avec leurs obus, leur envoyaient la mort tous les jours.

André, les yeux écarquillés, écoutait. Il imaginait son père face à toutes ces souffrances et il admirait d'autant plus son courage. Ce qu'il apprenait venait ajouter une peine supplémentaire à celle qu'il éprouvait déjà depuis qu'il avait appris sa mort.

— Il existait, heureusement, des permissions grâce auxquelles nous pouvions reprendre contact avec une vie normale et revoir ceux que nous aimions. Il y avait, avec moi, plusieurs gars dont la famille se trouvait en pays occupé. Ils ne pouvaient pas y aller. Ils ne pouvaient même pas leur écrire pour donner de leurs nouvelles. C'était une souffrance de plus.

— C'était le cas pour mon père, remarqua André d'une voix étranglée. Il est parti et nous ne l'avons jamais revu. Nous n'avons jamais eu de ses nouvelles non plus. Nous n'avons appris sa mort qu'après l'armistice.

M. Ducreux eut un hochement de tête compréhensif.

— Cette situation était dure aussi bien pour les soldats que pour leur famille, c'est vrai. Moi, j'ai eu la chance de pouvoir revenir plusieurs fois en permission. Ces jours passaient comme un rêve : manger à une table, dormir dans un lit, sans être assailli par les rats, sans avoir peur de recevoir un obus... C'était encore plus dur, après, d'aller retrouver l'enfer. Et puis, à chacune de mes permissions, dans le village, on m'apprenait le nom de ceux qui avaient été tués. Les uns après les autres, ils disparaissaient, et c'étaient des jeunes gens que je connaissais. Une véritable hécatombe... Parmi tous ceux qui sont partis, bien peu sont revenus. Et s'ils sont revenus, ils sont mutilés, comme moi. Cette guerre n'a épargné personne.

Il se tut et réfléchit un instant, le regard soudain plus dur. Puis il reprit, d'une voix sourde où se mêlaient rancune et dédain :

— Il y en a eu, pourtant... J'ai un cousin qui a réussi à revenir sans une égratignure. Mais lui, il a passé toutes ses années de guerre à l'arrière, où il ne craignait rien. Nous, les poilus, les combattants de première ligne, nous n'avions que mépris pour ces embusqués, ces planqués qui restaient bien à l'abri pendant que nous nous faisions tuer. Sois toujours fier de ton père, mon garçon. Au moins, il n'était pas un embusqué.

Ces paroles firent plaisir à André. Il remercia M. Ducreux, et lorsqu'il prit congé, il eut l'impression de quitter un ami. Il éprouvait pour lui admiration et sympathie. Sur la route du retour, tout en marchant, il revivait toute cette conversation. Il savait déjà que son père était un héros et il était heureux de pouvoir être fier de lui.

Mais une pensée, brutalement, traversa son esprit : son oncle Marcel, lui, n'était pas allé au combat. Il était resté dans son village, et avait continué à exercer tranquillement son métier de chef de gare. Faisait-il partie de ces embusqués dont M. Ducreux venait de parler avec tant de mépris ?

Ce soir-là, pour la première fois, André regarda son oncle avec d'autres yeux. Lorsqu'il se coucha, seul dans sa chambre, le regret de ne plus avoir son père devint une souffrance à laquelle s'ajouta la brûlure d'une injustice. Une injustice qui obligeait maintenant l'adolescent à vivre sous le toit d'un embusqué. Et, dans l'esprit d'André, une question se faisait jour, lancinante et douloureuse : « embusqué » était-il synonyme de « lâche » ?

— Qu'as-tu fait chez M. Ducreux, hier ?

C'était le lendemain matin. Ils partaient tous trois : André, pour la forge, les deux filles, pour l'école. Hélène, curieuse, interrogeait André. Le garçon, qui la considérait dorénavant comme une rapporteuse, ne répondit pas. Mais Hélène, nullement découragée, insista :

— Qu'as-tu fait chez M. Ducreux ?

André haussa les épaules, maussade.

— Nous avons parlé.

— De quoi ?

— De choses qui n'intéressent pas les filles.

Il y eut un court silence. Mais Hélène reprit :

— Pourquoi est-ce qu'il a un bras en moins ?

— Il a été blessé à la guerre, dit André brièvement.

— Là où ton papa a été tué ?

— Oui, si tu veux.

André pressa le pas, agacé par les questions de sa cousine. Celle-ci paraissait réfléchir. Avec sérieux, elle remarqua :

— Mais... pourquoi sont-ils allés à la guerre ? Mon papa, lui, est resté avec nous.

André ne put s'empêcher de riposter, avec une violence lourde de mépris :

— Forcément ! C'est un embusqué !

Interloquée, Hélène leva les yeux vers son cousin :

— Que... Qu'est-ce que ça veut dire ?

André ne répondit pas. Rapidement, il se détourna, traversa la rue et se dirigea vers la forge. Hélène le regarda partir, les yeux indécis, sans comprendre. Perplexe, elle s'interrogeait sur la signification de ce mot qu'elle ne connaissait pas.

La curiosité d'Hélène ne demeurait jamais longtemps insatisfaite. L'après-midi même, alors qu'elle se trouvait seule avec sa mère, la petite fille demanda :

— Dis, maman, qu'est-ce que c'est, un embusqué ?

Flora s'immobilisa, surprise. Elle regarda sa fille.

— Qui t'a appris ce mot ?

— C'est André. Il dit que papa n'est pas allé à la guerre parce qu'il est un embusqué.

Une ombre passa sur le visage de Flora. La jeune femme soupira. Elle avait bien remarqué, la veille au soir, le visage fermé d'André et les regards qu'il lançait à son oncle. Elle s'était demandé ce qu'avait bien pu dire M. Ducreux. Elle savait, comme tout le monde dans le village, que le sujet de conversation préféré de l'instituteur était la guerre, et qu'il accusait les gens d'ingratitude et d'indifférence parce qu'ils préféraient l'oublier. Qu'avait-il donc raconté à André ?

Flora remarqua l'expression intriguée de sa fille. Elle s'efforça de répondre le plus clairement possible à la question posée :

— Un embusqué, c'est un soldat qui s'arrange pour

être à l'abri pendant que les autres se battent. Il le fait volontairement, par peur du danger. Ton papa n'en est pas un.

— Mais il n'est pas allé à la guerre comme le père d'André. Pourquoi ?

Flora soupira et, patiemment, expliqua :

— Pendant la guerre, chaque homme a un rôle à jouer. Celui de ton père était de rester ici et de faire rouler les trains. Et moi, j'en ai été bien contente, ajouta-t-elle avec force, parce qu'ainsi il est resté avec nous et il n'a pas été tué comme tant d'autres...

Hélène parut satisfaite de cette explication, et Flora espéra qu'elle n'y penserait plus. Mais elle se sentait contrariée. Si André classait son oncle dans la catégorie des embusqués, il fallait lui démontrer qu'il se trompait.

Le soir même, tandis qu'elle préparait le repas, elle demanda à André d'aller remplir le seau d'eau à la pompe. Lorsqu'il revint, elle le remercia, puis se décida à l'interroger. Ils étaient seuls dans la maison ; les deux petites filles jouaient dans le jardin, et Marcel était encore à la gare. Il n'avait pas d'horaires précis et travaillait parfois tard dans la soirée.

Flora était une jeune femme directe qui n'aimait pas tourner autour du pot. Aussi entra-t-elle tout de suite dans le vif du sujet, mais elle parla avec douceur :

— André, tout à l'heure, Hélène m'a demandé la signification du mot embusqué. Si tu crois que Marcel en était un, tu te trompes.

Elle vit le garçon se raidir. Il protesta :

— Il est toujours resté ici, à l'abri du danger. M. Ducreux dit que tous ceux de l'arrière sont des embusqués.

— Il exagère. Il y en a eu peut-être, qui, par faveur, ont obtenu un poste non exposé. Mais Marcel n'est pas dans ce cas. Lorsque la guerre est arrivée, si on l'avait envoyé dans les tranchées, il y serait allé. Mais il a reçu l'ordre de rester à son poste et il a obéi. Et, quoi que tu puisses en penser, il s'est rendu utile. Il fallait bien qu'il y ait des hommes comme lui pour faire rouler les trains, envoyer au front de la nourriture, des vêtements, des armes aussi, et tous les colis que les familles envoyaient à leurs soldats. Surtout, ne dis jamais une chose pareille à Marcel. Ça lui ferait beaucoup de peine. Comprends-tu, mon garçon ?

Dans le regard que sa tante posait sur lui, André vit une douloureuse inquiétude. Comme il aimait sincèrement la jeune femme, il ne voulut pas la contrarier. Il répondit docilement :

— Oui, marraine.

Mais, au fond de lui-même, il n'était pas convaincu. Il pensa qu'elle avait parlé ainsi pour défendre son mari, tout simplement parce qu'elle l'aimait. Et donc que son avis, totalement partial, n'était pas digne de foi.

Malgré tout, l'explication de Flora avait troublé André. Le lendemain, il décida d'en parler à Albert. Plus le temps passait, plus André appréciait son patron. Il lui faisait confiance, il savait que c'était un homme juste et franc qui ne lui mentirait pas.

Dans l'après-midi, après la sortie des classes, ils virent passer M. Ducreux devant la forge. Albert remarqua :

— Tiens, voilà l'instituteur. Tu es allé chez lui, dimanche ?

Il vit le regard étonné d'André et se mit à rire.

— Tu ne m'en as pas parlé, mais je le sais ! Vois-tu, dans un petit village comme celui-ci, rien ne passe inaperçu. De quoi avez-vous discuté ? De la guerre, sans doute ?

André acquiesça :

— Oui, il m'a raconté tout ce qu'il a vécu avant d'être blessé. Et il m'a parlé des embusqués. Dites, vous croyez que parrain Marcel en était un ?

Albert sursauta, surpris.

— Marcel ? Bien sûr que non. Où es-tu allé chercher une idée pareille ?

André, un peu gêné, avoua :

— Il n'est pas allé se battre dans les tranchées.

— Ça n'a rien à voir. Tout dépend du régiment auquel on est affecté. Ceux qui sont dans l'infanterie ou dans l'artillerie sont allés au front, mais pas ceux qui, comme Marcel, font partie du cinquième génie. Ce qui n'empêche pas qu'ils sont parfois envoyés dans des zones dangereuses. Marcel a été mobilisé sur place, mais ce n'est pas lui qui a choisi de rester. Il a simplement obéi aux ordres.

— Vous dites la même chose que tante Flora.

— Ça prouve que nous disons la vérité.

Cette conversation ébranla André. Il n'avait pas été loin de considérer son oncle comme un lâche, puisqu'il n'était pas allé au combat. Mais, après les explications de Flora et d'Albert, il ne savait que penser.

Au cours des jours suivants, n'arrivant pas à se faire une opinion précise, il prit un certain recul vis-à-vis de son oncle. Il demeurait toujours correct et obéissant, mais il se montrait distant, taciturne, ne répondant que par monosyllabes aux questions que Marcel lui posait. Celui-ci, de son côté, ignorant la raison de ce comportement, observait son neveu avec un étonnement mêlé d'inquiétude.

— Tout va bien, à ton travail ? demandait-il.

— Oui, parrain.

— Tu n'as pas d'ennuis ?

— Non, parrain.

Las de recevoir des réponses aussi brèves, Marcel n'insista plus. Il regardait le visage de son neveu, remarquait son expression circonspecte et, sans comprendre sa soudaine froideur, s'attendrissait malgré lui en retrouvant, chez l'adolescent, les traits de la sœur aînée qu'il avait aimée. André avait ses yeux et la même façon de pencher la tête, parfois. Sans le vouloir, il rappelait à Marcel des scènes de son enfance, jusque-là oubliées.

André, quant à lui, ne pouvait s'empêcher de comparer mentalement son père et son oncle. Il considérait son père comme un héros et vénérait sa mémoire. Et il ne parvenait pas à trouver la réponse à la question qu'il se posait sans cesse : si son oncle s'était trouvé dans les tranchées, aurait-il, lui aussi, ramené un ami blessé au péril de sa vie ?

C'était Cécile qui, tous les matins, allait chercher le lait à la ferme la plus proche. Ce jour-là, lorsqu'elle revint, en plus du pot à lait, elle tenait contre elle, avec précaution, quelque chose qui ressemblait à une minuscule boule de poils.

— Qu'est-ce que c'est ? demanda Flora, intriguée.

— Oh ! maman, regarde ! C'est Léontine, la fermière, qui vient de me le donner. Il est adorable. Tu veux bien que je le garde, dis ?

Blotti contre la poitrine de Cécile, un tout petit chaton ouvrait des yeux candides. Hélène fit une moue et eut un geste de recul :

— Je n'aime pas les chats.

— Oh ! maman ! supplia de nouveau Cécile. Je voudrais tant le garder ! Dis oui ! Ce sera mon chat à moi. Je vais l'appeler Mimi. Dès qu'il sera grand, il chassera les souris. L'année dernière, le jour où tu as découvert des souris dans la remise, tu avais dit qu'il nous faudrait un chat.

Malgré elle, Flora sourit.

— Oui, c'est vrai, je l'ai dit. Mais nous demanderons à papa s'il est d'accord.

Marcel, même à cette heure matinale, était déjà sur le quai, où un train de voyageurs s'apprêtait à démarrer. À la fois heureuse de l'approbation sous-entendue de sa mère et inquiète à l'idée d'un refus probable de son père, Cécile se mit à caresser le chaton qui, aussitôt, ronronna. André, qui était présent, tendit la main et, du bout des doigts, gratta doucement la tête du petit animal. Cécile sourit à son cousin. Ils se regardèrent, et une onde de compréhension amicale passa entre eux.

Marcel ne vit aucun inconvénient à la présence d'un chat dans la maison, et Cécile exulta de joie. Très vite, Mimi fit partie de la famille et souvent, le soir, lorsqu'il rentrait de son travail, André rejoignait Cécile qui jouait dans le jardin. Ensemble, ils agitaient devant le chaton un bout de ficelle, et ils riaient des cabrioles qu'il faisait pour l'attraper. Sans la présence d'Hélène, qui n'aimait pas Mimi, Cécile se montrait moins effacée, plus spontanée, et André réalisait qu'il éprouvait pour elle une tendresse fraternelle. De plus, il s'attachait au petit chat, qui accourait vers lui lorsqu'il l'appelait en sifflant d'une certaine façon. Et ces moments faisaient du bien au garçon, ils parvenaient à éloigner quelques instants de son esprit la question qu'il se posait toujours au sujet de son oncle.

Un matin de la semaine suivante, alors qu'Albert, avec l'aide d'André, finissait de ferrer un cheval, le tocsin se mit à sonner. André releva la tête, tout de suite inquiet. La dernière fois qu'il avait entendu les cloches sonner de cette façon, c'était l'année de ses neuf ans, en août 1914, lorsque la guerre avait éclaté. Était-ce une guerre, cette fois encore ?...

Des femmes sortaient des maisons, intriguées, curieuses. Quelques hommes passèrent dans la rue. L'un d'eux cria :

— Il y a le feu ! C'est chez Florent !

Albert fronça les sourcils.

— Un incendie, diable ! Allons voir si nous pouvons être utiles.

Avec André, il suivit les hommes qui se dirigeaient vers la sortie du village. Là, un peu à l'écart, se trouvait une sorte de baraquement en planches que Florent avait construit lui-même et qu'il baptisait pompeusement « chalet ». Il y vivait seul avec son fils de huit ans. Sa femme l'avait quitté quelques années plus tôt, et, depuis, Florent buvait souvent « un petit coup de trop ». Il avait perdu son travail et s'arrangeait pour gagner un peu d'argent de côté et d'autre, se louant l'été chez les fermiers pour la moisson, jusqu'au ramassage des pommes de terre et des betteraves à l'automne, et acceptant, l'hiver, des petits travaux chez l'un ou l'autre des habitants du village, comme couper du bois, réparer une clôture, ou bêcher les jardins dès que le printemps s'annonçait. Lorsqu'il était sobre, tout le monde s'accordait à dire qu'il était courageux.

Au fur et à mesure qu'ils s'approchaient du « chalet », la fumée s'intensifiait et, lorsqu'ils furent devant lui, André et Albert s'aperçurent que, déjà, les flammes attaquaient les murs avec une ardeur qui faisait craquer et crépiter le bois.

— Bigre ! Ça flambe comme une allumette, constata Albert.

Des hommes avaient commencé une chaîne, à laquelle se joignaient ceux qui arrivaient, depuis la ferme la plus proche, se passant des seaux d'eau pour essayer de lutter contre le feu. Albert et André prirent place à leur tour et, comme les autres, se mirent à travailler avec célérité.

Soudain, un cri attira leur attention. Florent arrivait du village en courant. Et tout en courant, avec affolement, il criait :

— Pierre ! Mon petit Pierre ! Il est dans le chalet !

Il se dirigea vers le baraquement en flammes. L'un des hommes l'arrêta.

— Pierre ? Mais il n'est pas à l'école ?

— Non ! hurla Florent. Ce matin, il était malade. Il est resté couché. Il est là-dedans ! Il faut que j'y aille !

Il s'élança. Le même homme lui lança un seau d'eau sur la tête, et André vit Florent enfoncer d'un coup d'épaule la porte qui, elle aussi, était la proie des flammes. À l'intérieur, c'était un véritable brasier. Florent hésita un court instant, puis plongea dans la fournaise.

— C'est de la folie, murmura Albert. Il va y rester.

Un long moment passa, interminable. Et puis, dans l'encadrement de la porte, apparut soudain Florent. Il tenait dans ses bras le corps de son enfant inanimé. Il alla le déposer plus loin, dans l'herbe, avec d'infinies précautions. André put voir qu'ils avaient tous deux des traces de brûlures sur le visage.

— Eh bien, il était temps ! remarqua l'un des hommes.

— On est allé prévenir le médecin, dit un autre. Il ne devrait pas tarder.

Les pompiers arrivèrent et parvinrent à éteindre le feu. Une grande partie de l'habitation était détruite, mais Florent n'avait d'yeux que pour son fils. Avec soulagement, il entendit le médecin déclarer que l'enfant n'avait que quelques brûlures qui guériraient sans problème. André vit, dans les yeux du père, des larmes de soulagement.

— Il a été courageux, approuva Albert. Il a bravé le feu et sauvé son petit Pierre.

André ne répondit pas. Tandis qu'ils revenaient avec les autres, il n'écoutait pas les commentaires qui allaient bon train. Une pensée lui était venue, à laquelle il était incapable de répondre : si son oncle Marcel avait été dans la même situation, qu'aurait-il fait ?

Ce soir-là, pendant le repas, André observa son oncle, s'interrogeant plus que jamais. Était-il capable de faire preuve du même courage que Florent ? Il parlait justement de l'incendie, disait qu'il approuvait le geste de Florent. Mais, lui-même, agirait-il ainsi ?

En même temps, André se demandait si son oncle l'aimait. Il l'avait recueilli, il lui donnait un toit et un foyer, mais c'était peut-être uniquement par devoir. Rien, dans son attitude, ne donnait à croire au garçon que son oncle avait de l'affection pour lui. Il était toujours sévère, exigeant. André devait reconnaître qu'il se comportait de la même façon avec ses filles. Toujours des ordres, souvent des réprimandes, jamais de félicitations. Pourtant, il devait bien les aimer, elles ?

— Il n'est pas démonstratif, avait dit Flora une fois, comme pour excuser son mari. Montrer ses sentiments, ça le gêne. Mais ça n'empêche pas qu'ils existent.

André alla se coucher, ce soir-là, l'incertitude au cœur. Dans son lit, il pensa à son père, à sa mémère Léonie, qui l'avaient tant aimé. Cet amour lui manquait parfois cruellement. Heureusement, sa tante

Flora était tendre et maternelle. Mais elle gardait toujours envers André une certaine réserve, et lui, de son côté, ne parvenait pas à se comporter avec elle aussi spontanément qu'avec sa grand-mère.

C'était grâce à Cécile, finalement, qu'André avait l'impression de faire partie de la famille. Elle était pour lui comme une petite sœur, et la présence de Mimi les rapprochait davantage chaque jour. L'adolescent aimait jouer, le soir, avec sa cousine et le chaton. C'était comme une récompense après son travail de la journée. Il ne pouvait pas se douter que c'était le chaton qui, indirectement, allait lui apporter la réponse aux questions qu'il se posait.

Le premier dimanche de juin avait lieu, dans le village, la ducasse. C'est, dans le Nord, la fête foraine, avec les manèges, les baraques de tir et de loterie, les balançoires. L'avant-veille, Flora nettoya la maison de fond en comble, lava les vitres et les rideaux. Le samedi, elle confectionna pour le dessert du lendemain plusieurs tartes au *libouli*, sorte de crème onctueuse composée de jaunes d'œufs, de sucre et de lait bouilli. Lorsqu'elle sortit les tartes que la chaleur du four avait dorées, leur odeur reporta subitement André plusieurs années en arrière. Il se revit, avant la guerre, dans la cuisine de mémère Léonie qui, elle aussi, à chaque ducasse, confectionnait exactement les mêmes tartes. À l'époque, d'un doigt gourmand, il ramassait les restes de crème au fond de la casserole. Quel régal ! Il regarda ses deux cousines qui, comme lui autrefois, léchaient leurs doigts poisseux de crème. Elles riaient et se disputaient, et André enviait leur insouciance. Lui aussi, il avait été un enfant heureux... Il soupira. La guerre était arrivée, l'avait meurtri. Pourrait-il oublier ?...

Pourtant, le lendemain, après le repas, lorsqu'il se dirigea avec sa tante et ses cousines vers la place, il se sentait aussi excité que Cécile, qui courait en avant malgré les rappels à l'ordre de Flora. Marcel était resté à la gare, car, même le dimanche, il travaillait. Il le répétait toujours avec importance.

— Pour nous, les cheminots, il n'y a ni dimanche ni jours de fête. Un chef de gare doit toujours être à son poste.

Hors de la présence de son oncle, André se sentait plus libre, plus léger. Au fur et à mesure qu'ils approchaient de la place, la musique leur parvenait, mêlée aux boniments des forains. André respira avec délices l'odeur de friture à laquelle s'ajoutait l'arôme sucré des gaufres et des berlingots, et il fut étonné de ressentir une envie de rire, de s'amuser et de retrouver dans les plaisirs de la fête son enfance encore si proche. Pendant un instant, il oublia tout ce qui, jusqu'alors, avait assombri sa vie, et il ne fut plus qu'un garçon heureux de se divertir.

Il tira, avec des fléchettes, sur des nougats enveloppés de papiers colorés, et il en gagna plusieurs qu'il offrit à ses cousines. Il admira le lanceur de flammes et, comme les autres, il applaudit la force du briseur de chaînes. Il regarda Hélène et Cécile faire un tour de manège, pendant que l'orgue à cartons jouait l'air des *Cloches de Corneville*. Il tenta sa chance au jeu des ciseaux : les yeux bandés, il fallait couper une ficelle parmi d'autres, au bout desquelles était attaché un lot. Il en coupa une au hasard, en riant des exclamations de plaisir de ses cousines, et il gagna un paquet de sucre qu'il offrit à sa tante.

Ils allèrent également assister à la course en sac. Les participants devaient « courir » sur une distance de cent mètres, les jambes enfermées dans un sac noué à la taille. Certains procédaient par sauts, d'autres par petits pas. Mais l'avancement était malaisé et les chutes nombreuses. André se surprit à rire aux éclats, et Flora songea que c'était la première fois qu'elle l'entendait rire ainsi.

Il y avait aussi le mât de cocagne, enduit de savon mou. Des jeunes gens tentaient de l'escalader, mais, malgré leurs efforts, ils retombaient au sol, déconfits. André regarda le mât glissant et secoua la tête lorsque Hélène et Cécile lui demandèrent d'y grimper.

Ils terminèrent le tour de la place. Il y avait de plus en plus de monde, des gens du village, et même des villages voisins. Endimanchés, souriants, tous venaient se divertir. La ducasse était l'occasion de faire une pause agréable dans leur vie laborieuse. Avant de prendre le chemin du retour, Flora s'arrêta devant la baraque à gaufres et offrit à chacun des enfants ce qu'ils appelaient des *mollé-aufes*, grosses gaufres tendres et saupoudrées de sucre. Et ils revinrent lentement, dans la douceur de l'après-midi finissant.

Tout en marchant, Flora observait discrètement son neveu qui mordait dans sa gaufre avec une gourmandise d'enfant. Le visage du garçon était détendu, presque heureux, et Flora aurait aimé le voir toujours ainsi. Elle avait bien remarqué la réticence d'André lorsqu'il se trouvait avec son oncle, et elle la déplorait, sans pourtant en discerner la cause.

Quant à André, pour la première fois depuis qu'il était chez son oncle, il éprouvait l'impression de ne plus être en dehors de cette famille avec laquelle il vivait, mais, au contraire, d'en faire partie. C'était une sensation nouvelle, exaltante, qui lui disait qu'il n'était plus un orphelin. Il sourit à sa tante Flora. Elle lui rendit son sourire avec tendresse.

Quelques jours plus tard, à midi, André sortit de la forge un peu en retard. Il se rendit compte que ses cousines ne l'avaient pas attendu. Il se mit à marcher vite pour tenter de les rattraper. Sur la place, les écoles avaient déjà libéré leurs élèves et il n'y avait plus un seul enfant. André pressa le pas. Il savait que tante Flora n'aimait pas qu'il soit en retard pour le repas.

La gare était distante d'un kilomètre, et André avait traversé une bonne partie du village lorsqu'il aperçut, assez loin devant lui, ses deux cousines. De nouveau, il doubla le pas. Il les vit traverser la rue, longer un mur contre lequel était appuyé un garçon d'une dizaine d'années. De loin, André reconnut Casimir, un garnement connu dans tout le village pour les mauvais tours qu'il aimait jouer. André fronça les sourcils. Que faisait-il là, immobile contre le mur, regardant s'approcher les deux petites filles ?

Au moment où elles passaient devant lui, Casimir allongea brutalement la jambe et fit un croche-pied à Hélène, qui était la plus proche. La petite fille tomba et Casimir, satisfait, se mit à ricaner.

André vit toute la scène. Furieux, il se mit à courir. Il arriva au moment où Casimir, toujours en ricanant, s'éloignait tranquillement, tandis qu'Hélène se relevait en pleurant, aidée de Cécile. André bondit, attrapa Casimir qui lui tournait le dos, lui fit faire volte-face, le saisit par le col de sa blouse grise d'écolier et le secoua sans ménagement.

— Ah, mais ! Attends un peu, toi ! Je vais t'apprendre à attaquer des filles sans défense ! C'est une attitude de lâche et je n'aime pas ça du tout ! Surtout quand ces filles sont mes cousines.

Il secoua de nouveau le garçon qui, maintenant, avait perdu son arrogance et paraissait affolé. André le frappa de deux tapes sèches sur les joues, puis, lui faisant faire demi-tour, lui donna un coup de pied dans le derrière en disant d'une voix menaçante :

— Et ne t'avise jamais de recommencer, tu entends ? Ou alors tu auras affaire à moi !

Le garnement s'enfuit, et André se tourna vers ses cousines. Hélène, qui avait séché ses larmes, essuyait avec son mouchoir son genou écorché. Cécile leva vers André des yeux brillants :

— Comme tu as été courageux !

Hélène releva la tête et, dans un élan spontané, se jeta au cou de son cousin et posa sur sa joue un baiser sonore.

— Merci, André ! Merci de m'avoir défendue ! Que c'est bien d'avoir un grand frère !

Un grand frère... Les mots touchèrent André, qui se sentit profondément ému. Il regarda Hélène, vit sur son visage l'enthousiasme, la gratitude, l'admiration. Il balbutia :

— Oh, tu sais, je n'ai pas réfléchi... Quand j'ai vu qu'il t'avait fait tomber et qu'il ricanait, ça m'a rendu furieux.

— Merci, André, répéta Hélène. Tu as été très courageux.

— Viens, dit André, un peu embarrassé. Rentrons à la maison. Il faut soigner ton genou. Ça saigne.

Ils se mirent en route et Hélène, avec simplicité, glissa sa main dans celle d'André. Une émotion, de nouveau, bouleversa le garçon. Il oublia sa rancune envers la curiosité d'Hélène, il oublia qu'il la traitait intérieurement de rapporteuse. Heureux et fier, il marchait entre ses deux cousines, et il avait vraiment l'impression d'être, pour elles, ce qu'Hélène venait de dire : un grand frère.

En revenant de son travail, le lendemain soir, alors qu'il traversait la place, André rencontra M. Ducreux, l'instituteur. Il le salua avec respect.

— Alors, mon garçon, comment vas-tu ?

— Bien, monsieur, merci.

— Sais-tu que, depuis ta visite, j'ai entrepris un grand travail ? J'ai commencé à écrire mes mémoires de soldat. Lorsque tu es venu me voir, je t'ai raconté toutes nos souffrances de poilus. Et ça m'a donné l'idée de les écrire. Ça servira de témoignage. Et puis, il faut faire connaître aux autres tout ce que nous avons vécu, afin de ne jamais oublier. Ce sera aussi un hommage à ceux qui ont été tués, comme ton père, mon garçon.

André hocha la tête, soudain assombri.

— Mes souvenirs serviront, je l'espère, aux générations suivantes, afin que cette guerre soit la « der des ders ». Je suis président de la Société des Poilus, dans le village, et notre devise est : « Plus jamais ça. »

Un coup de vent fit bruire les jeunes feuilles des platanes, de chaque côté de la place, et gonfla la manche vide de la chemise de M. Ducreux.

— Je raconterai le courage de ceux qui ont été tués, et de ceux qui ont été blessés et mutilés, comme moi. Et je ne serai pas tendre pour les embusqués, qui sont restés à l'abri pendant que leurs compagnons servaient de chair à canon.

Une question vint à l'esprit d'André : « Comme mon parrain Marcel ? » Il la retint juste à temps. Il ne voulait pas la poser à M. Ducreux : il avait peur de la réponse de l'instituteur. Celui-ci ne montrerait peut-être pas la même bienveillance que Flora ou Albert, et André se rendait subitement compte qu'il ne voulait pas entendre dire que son oncle était un embusqué, donc un lâche. En quittant l'instituteur, il se sentait torturé. Comment connaître la réponse à cette question ? se demandait-il.

Mimi, le petit chat, grandissait. Et, en grandissant, il montrait des velléités d'indépendance qui contrariaient Cécile. La petite fille aurait aimé qu'il restât toujours un chaton, afin de pouvoir indéfiniment le cajoler et le promener au creux de ses bras. Mais Mimi, de plus en plus, s'évadait. Lorsqu'elle le saisissait, d'un bond il sautait loin d'elle, s'enfuyait, disparaissait. Et Cécile n'avait d'autre ressource que de partir à sa recherche, l'appelant inlassablement :

— Mimi ! Mimi ! Viens ici !

Mais, malgré ces cris répétés, le chat ne revenait pas.

Un soir, en rentrant de son travail, André aperçut Cécile au bout du jardin, devant le cerisier. La tête levée, elle appelait une fois de plus :

— Mimi, Mimi !

Un miaulement effrayé répondit. André s'approcha. Tout en haut de l'arbre, Mimi se tenait immobile, agrippé à l'une des branches.

— Il a peur de descendre, constata André. Je vais aller le chercher.

Il prit l'échelle qui se trouvait dans la cabane où Marcel rangeait ses outils de jardinage. Il l'appuya sur le tronc de l'arbre, grimpa plusieurs échelons, se retrouva la tête dans les feuilles. Il n'eut qu'à étendre le bras pour saisir le chat qui, cramponné à sa branche, n'osait pas bouger. Il redescendit, sauta sur le sol, rendit Mimi à Cécile qui se mit à le gronder :

— Vilain ! dit-elle, en lui donnant une petite tape. Si tu recommences, on te laissera là-haut !

— Tu ne peux rien y faire, remarqua André en rangeant l'échelle. Grimper aux arbres est normal pour un chat. Quand il sera plus grand, il saura aussi en descendre. Il a pris peur cette fois-ci, parce que c'était la première fois.

Le chat dans ses bras, Cécile s'approcha d'André et l'embrassa :

— Merci d'être allé le chercher. C'est vrai que c'est bien utile d'avoir un grand frère !

Et, sans voir le sourire ému et content d'André, elle partit vers la maison, penchée sur Mimi qu'elle continuait à gronder à voix basse.

Vers la fin du mois, un soir après le repas, André annonça :

— Dimanche, c'est l'anniversaire de mémère Léonie.

Il y eut un silence surpris. L'adolescent parlait rarement de sa grand-mère et des années vécues avec elle. Il continua, d'une voix enrouée de chagrin :

— L'année dernière, nous étions ensemble. Et, cette année, elle n'est plus là...

Il releva la tête et posa la question qu'il retenait depuis le début du repas :

— Est-ce que, dimanche... Me permettez-vous d'aller sur sa tombe ? Je n'y suis pas retourné depuis l'enterrement.

Flora, émue, fit un signe d'assentiment. Marcel ne vit aucune raison de refuser.

— Bien sûr, tu peux y aller. Comme je te l'ai déjà dit, le dimanche, tu ne travailles pas et tu fais ce que tu veux, à condition que je sois d'accord. Et je ne vois pas d'inconvénient à ce que tu ailles te recueillir sur la tombe de ta grand-mère le jour de son anniversaire. Au contraire.

— Merci, parrain, dit André.

— Il n'y a pas de quoi. Je vais consulter les horaires et te donner les heures des trains et des correspondances. Tu es assez grand pour voyager seul.

Le dimanche matin, André se leva tôt. Il mit son beau costume et, au moment de partir, Flora lui donna de l'argent.

— Tiens, André. Pour ton voyage, et aussi pour t'acheter ce que tu veux.

Il remercia sa tante. Chaque mois, il lui remettait intégralement son salaire, mais elle en prélevait toujours une petite partie qu'elle lui donnait comme argent de poche. Il alla sur le quai, où quelques voyageurs attendaient déjà. Son oncle Marcel, casquette sur la tête et sifflet à la main, lui fit un petit signe. André répondit par un sourire crispé. Lorsque le train arriva, il monta dans un compartiment de troisième classe et s'assit sur la dure banquette de bois. Il avait la gorge serrée à l'idée de revoir les lieux de son enfance. C'était une sorte de pèlerinage qu'il effectuait.

Dès qu'il descendit du train, le passé lui sauta à la gorge. La petite gare était toujours pareille. Il revit le jour où, avec mémère Léonie, il avait accompagné son père qui partait à la guerre, avec les autres hommes du village. Aujourd'hui, les quelques personnes qui descendaient du train et se dirigeaient vers la sortie d'un pas allègre semblaient avoir oublié ce passé douloureux. André les regarda avec une expression où se mêlaient surprise et reproche. Lui, il n'oubliait pas.

Il faisait un soleil éclatant, et dans l'air limpide les cloches de l'église sonnaient. La grand-messe se terminait, et André, tout en se dirigeant vers la place, reconnaissait les lieux qu'il avait dû quitter quelques mois auparavant. Rien n'avait changé. Il revit la forge où il avait fait ses débuts d'apprenti, tout de suite après la guerre, il revit la ferme où, tous les matins, il allait chercher le lait, il passa en face du cabaret d'Anicet dont le phonographe, par la porte ouverte, envoyait les échos d'une chanson qui était devenue populaire pendant la guerre : *La Madelon*.

L'émotion d'André grandissait, le bouleversait, l'étouffait. Il se dirigea vers l'église et le cimetière qui l'entourait. La messe terminée, les gens quittaient la place, retournaient chez eux. Les hommes, pour la plupart, entraient dans les cabarets afin de « boire un canon » et de discuter.

En accélérant inconsciemment son allure, André arriva à l'entrée du cimetière, dans lequel il pénétra. Une émotion de plus en plus intense lui rappelait avec douleur que tous ses souvenirs d'enfance se terminaient là, dans ce petit cimetière ensoleillé, dans cette tombe devant laquelle il se trouvait maintenant et où reposait celle qui l'avait choyé, élevé, aimé.

Les larmes aux yeux, André essaya de prier, mais il n'y parvint pas. Depuis qu'il avait appris la mort de son père, il n'avait plus dit une seule prière. Il en avait tant dit, avant, pendant la guerre, il avait tant supplié Dieu de lui ramener son père vivant ! Non seulement son père n'était pas revenu, mais mémère Léonie était morte, elle aussi, et André s'était retrouvé seul et désespéré, orphelin, sans comprendre pourquoi ses prières n'avaient pas été entendues.

Il se pencha et déposa sur la terre de la tombe le petit bouquet que tante Flora, le matin même, était allée cueillir dans le jardin et lui avait donné en disant avec douceur : « Tiens, André, pour ta mémère Léonie. »

Il demeura un long moment immobile, perdu dans ses pensées. Une femme passa, puis une autre, puis une autre encore. Elles lui jetèrent un coup d'œil curieux, hésitant à le reconnaître. Lui ne les vit pas. Debout dans le soleil, il n'entendait pas les cris joyeux que se lançaient les hirondelles en se croisant dans le ciel bleu. La tête penchée, il laissait ses souvenirs l'envahir, le submerger, des souvenirs qui, tous, lui montraient sa grand-mère.

Mémère Léonie, le jour de la Chandeleur, lorsqu'elle confectionnait les *ratons*, ces crêpes délicieuses qu'André mangeait ensuite avec gourmandise, fourrées de cassonade... Mémère Léonie, le dimanche de Pâques, lorsque, en souriant, elle le regardait chercher dans le jardin les œufs déposés par les cloches... Mémère Léonie, le matin de Noël, et son visage baigné de tendresse tandis qu'elle observait André, encore ensommeillé, se pencher sur ses sabots placés devant la cheminée, et y découvrir avec émerveillement une orange et un Jésus en sucre... Mémère Léonie, le jour de l'An, lorsqu'il l'embrassait très fort en lui souhaitant : « Bonne année ! Bonne santé ! », et qu'elle lui répondait : « À toi pareillement, mon petit ! », en lui glissant dans la main une pièce pour ses étrennes... Mémère Léonie, toujours présente, toujours aimante, jour après jour, année après année...

En un éclair de lucidité, André se rendit compte que ces images, que lui rendait fidèlement sa mémoire, montraient toutes la mémère Léonie de son enfance, au visage illuminé de tendresse et de douceur, et non pas celle d'après la guerre, désespérée d'avoir perdu son fils unique.

Il fit un grand signe de croix, comme elle le lui avait appris, et il comprit qu'il devait se souvenir d'elle comme il venait de la revoir, dans des images de paix et de bonheur. Apaisé, il sortit du cimetière à pas lents.

Il reprit le chemin de la gare, et il fit un détour pour passer devant la maison où il avait vécu. Elle appartenait au directeur de la brasserie, qui avait certainement dû la louer à un nouvel employé. Le cœur battant, André s'approcha, ralentit. La maison était toujours pareille, longue et basse, et André, les larmes aux yeux, revit les jours de son enfance où, tant de fois, il était revenu en courant, poussant la porte avec vivacité, certain de trouver à l'intérieur la présence accueillante de mémère Léonie. Dans le jardin où il avait tant joué, deux enfants se poursuivaient en criant, tandis qu'un chien bondissait autour d'eux en aboyant joyeusement. André se détourna, malheureux comme s'il découvrait une trahison. Le passé était cruellement révolu. Seuls les souvenirs pourraient le garder vivant.

À l'extrémité de la rue se trouvait la mercerie de Mlle Alice. C'était aussi une confiserie, et André se rappelait les berlingots aromatisés que mémère Léonie lui achetait, les *chuques* qu'il laissait fondre lentement sur la langue, pour en conserver plus longtemps le goût délicieux.

La boutique était ouverte tous les jours, même le dimanche, et André entra. Le grelot de la porte lui rappela le temps heureux de son enfance. L'odeur du petit magasin le reporta immédiatement des années en arrière et il se revit, petit garçon, aux côtés de mémère Léonie qui lui tendait, en souriant, le *chuque* qu'elle venait d'acheter pour lui.

Un bruit de pas le tira de ses pensées. Mlle Alice arrivait de sa cuisine. Elle s'arrêta un instant derrière son haut comptoir, sans reconnaître André. Puis, comme il lui souriait, elle fit le tour du comptoir et s'avança vers lui en s'exclamant, avec une incrédulité ravie :

— André ! C'est bien toi, mon petit ?

Il fit deux pas, se pencha vers elle, l'embrassa sur les deux joues tandis qu'elle continuait, volubile :

— André ! Comme tu as grandi ! Comment vas-tu, mon enfant ? Je pense souvent à toi, tu sais. Ah ! je suis bien contente de te revoir ! Es-tu heureux, dans ta nouvelle famille ?

— Oui, répondit André d'une voix brève.

Comme la vieille demoiselle le regardait, attendant visiblement des détails, il se décida à expliquer :

— Ma tante Flora est très gentille avec moi. Et puis, j'ai deux cousines, Hélène et Cécile, qui disent que je suis leur grand frère.

Mlle Alice eut un sourire rassuré :

— C'est bien. Je m'inquiétais pour toi, quelquefois. Tu as bien fait de venir me voir. Maintenant, je suis plus tranquille.

Sans se rendre compte qu'il n'avait pas mentionné son oncle, André avoua d'une voix émue :

— Je reviens du cimetière. Je suis allé sur la tombe de mémère Léonie. C'est son anniversaire aujourd'hui.

Le regard de Mlle Alice se fit triste :

— Léonie... Comme elle était brave ! Tu étais tout pour elle, mon petit.

André acquiesça d'un signe de tête. Il montra, sur le comptoir, les grands bocaux contenant les berlingots :

— Chaque fois que je venais avec elle, elle m'achetait un *chuque*. Aujourd'hui, je vais en prendre un paquet, pour mes cousines. Elles seront contentes.

La vieille demoiselle remplit de bonbons un sachet de papier et le tendit à André. Lorsque le garçon voulut payer, elle refusa en souriant :

— C'est un cadeau, en souvenir du passé. Je suis

contente de t'avoir revu, mon garçon, et de savoir que tu vas bien. Si tu reviens encore au village, un jour ou l'autre, n'oublie pas de venir m'embrasser. Ça me fera toujours plaisir.

André promit et posa sur les joues de la vieille demoiselle deux baisers sincères. Il était heureux de constater qu'elle non plus n'avait pas oublié. En sortant de la boutique, il souriait.

Ce soir-là, interrogé par sa tante Flora, il ne donna aucun détail, se contentant de répondre laconiquement :

— Tout s'est bien passé.

Il offrit les *chuques* à ses cousines, qui le remercièrent avec des exclamations de plaisir. Encore tourné vers le passé, il leur sourit distraitement. Les souvenirs qui lui avaient montré mémère Léonie avaient aussi fait revivre une autre personne qui, auprès de lui, avait été présente tout au long de son enfance : son père. Et, pendant le souper – le repas du soir – qui les réunissait autour de la table ronde, en observant son oncle Marcel, en comparant mentalement son attitude froide et réservée à celle de son père toujours chaleureuse, une fois de plus André se demanda si son oncle l'aimait.

Le samedi suivant, d'une manière brutale et imprévue, la réponse lui fut donnée. C'était un jour de juin radieux, ensoleillé, empli du chant des coqs, du gazouillis des oiseaux et du trissement des hirondelles. Le soir, après sa journée de travail, André profita du beau temps pour bêcher et ratisser une bande de terrain, dans le fond du jardin, où son oncle sèmerait de la salade. Il venait de terminer lorsque Cécile arriva, tenant Mimi dans ses bras.

— Maman a fait chauffer de l'eau dans le chaudron. Elle est en train de baigner Hélène, expliqua-t-elle. Après, ce sera mon tour. En attendant, peux-tu me faire réciter mes dates d'histoire ? Je les ai copiées sur une feuille. Attends, elle est dans ma poche.

Elle libéra Mimi, qui sauta sur le sol et s'esquiva. Elle tendit la feuille à André, et ils s'assirent tous deux sur le muret qui séparait le jardin de la voie ferrée.

— Voyons... dit André en prenant son rôle très au sérieux. Que s'est-il passé en l'an 800 ?

Mais un cri de Cécile l'interrompit :

— Oh ! Regarde Mimi !

Le chat avait descendu le talus et s'était installé entre les rails, sur une des traverses. Assis, il entreprenait posément de faire sa toilette. Il se léchait consciencieusement, sourd aux appels de Cécile. La petite fille serra le bras de son cousin.

— Mon Dieu ! André ! Là-bas, le train !...

À l'horizon, un point noir grossissait. C'était l'express de 19 h 27, qui passait tous les soirs. Il approchait dangereusement, et Mimi ne bougeait pas.

— Mon Dieu ! répéta Cécile. Mimi va se faire écraser ! André se décida subitement.

— Reste là, cria-t-il à Cécile. J'y vais.

Il s'élança. Il avait tout juste le temps. Il dégringola le talus, courut vers le chaton. Dans sa précipitation, son pied gauche glissa, se prit dans un des rails, se tordit. Une douleur fulgurante traversa sa cheville, et André tomba. D'un bond, Mimi regagna le talus opposé, pendant que le garçon, luttant contre la douleur, tentait de se relever sans y parvenir.

À travers un brouillard de souffrance et de panique, il entendit la voix de Cécile qui criait :

— Papa ! Papa ! Au secours !

Du quai où il se trouvait, Marcel avait tout vu. Déjà, il arrivait. Dans sa locomotive, le mécanicien avait aperçu l'obstacle sur la voie, et il freinait au maximum, tout en sachant qu'il ne pourrait pas s'arrêter à temps.

Marcel bondit. C'était une question de secondes. Il courut jusqu'au garçon, se pencha, l'attrapa à bras-le-corps et, avec lui, se jeta sur le côté, juste au moment où le gros monstre noir passait près d'eux en haletant.

Il était temps. À moitié assommé, André voyait le visage de son oncle, penché sur lui, qui demandait avec inquiétude :

— Ça va, mon garçon ? Tu n'as rien ?

Deux pensées, presque simultanément, illuminèrent l'adolescent. La première était : « Il n'est pas un lâche, il a risqué sa vie pour me sauver ! », et la seconde, conséquence de la première, était une révélation : « Mais alors... il m'aime ! »

André regarda son oncle, et ses yeux exprimaient une sorte d'incrédulité émerveillée. Il balbutia, en écho à la pensée qui s'attardait dans son esprit :

— Mais alors... tu m'aimes ?

— Évidemment, mon garçon, dit Marcel d'une voix bourrue. Tu es le fils de ma sœur, et tu es le mien, maintenant.

L'adolescent ferma les yeux. Il savait que cet aveu, son oncle ne le répéterait peut-être jamais. C'était une raison de plus pour le garder précieusement au fond du cœur.

André ne sentait plus la douleur de sa cheville. En lui, tout doucement, un grand apaisement descendait, l'éclairant d'une lumineuse certitude : même s'il ne le disait pas, son oncle l'aimait, et ce qu'il venait de faire le lui prouvait bien plus que toutes les déclarations.

Le mécanicien, qui avait réussi à arrêter son train une vingtaine de mètres plus loin, accourait avec affolement :

— Ça va, personne n'est blessé ?

Marcel se retourna. Mais, avant même qu'il pût répondre, André se redressa et, d'une voix vibrante de fierté, il s'écria, en montrant son oncle :

— Parrain est arrivé, et il m'a tiré juste à temps. Il m'a sauvé la vie.

Le mécanicien eut un grand soupir soulagé. Il se tourna vers Marcel, qu'il connaissait de loin, parce qu'il l'apercevait sur le quai de la petite gare chaque fois qu'il passait aux commandes de sa locomotive. Il ramassa, dans l'herbe du talus, la casquette que Marcel avait perdue en courant, et la lui tendit avec un large sourire :

— Merci, et bravo pour votre courage. Il m'a évité d'avoir une mort sur la conscience. Un de mes amis a écrasé, avec son train, une jeune femme et son bébé. Il n'en dormait plus. Il a fini par tomber malade, et il a abandonné son travail de mécanicien de route. Alors, merci d'être arrivé à temps pour sauver ce garçon !

Il serra vigoureusement la main de Marcel qui protestait :

— Ce que j'ai fait est normal. Je n'ai même pas réfléchi. Lorsque je l'ai vu, immobile sur la voie, avec votre train qui arrivait... J'ai agi instinctivement, et je me suis mis à courir de toutes mes forces.

Le mécanicien regarda André qui, assis dans l'herbe, se massait la cheville en les observant.

— Tu lui dois une fière chandelle, mon garçon ! Tu peux lui dire merci !

Puis il se tourna vers le train toujours arrêté. Aux vitres des voitures, les têtes curieuses des voyageurs se penchaient, et tentaient d'apercevoir la raison de cet arrêt inhabituel.

— Il faut que j'y aille. Je risque d'avoir pris du retard. Ce qui, en temps normal, me contrarierait énormément. Être à l'heure, c'est la règle d'or du mécanicien. Mais, cette fois-ci, c'est vraiment exceptionnel. Ça fait plaisir de rencontrer un homme courageux. À plus tard !

À longues foulées, il rejoignit son train. André leva les yeux vers son oncle et se rendit compte, grâce aux paroles du mécanicien, qu'il n'avait pas eu un mot de remerciement à l'égard de celui qui venait de lui sauver la vie au péril de la sienne. Heureux de se savoir aimé comme un fils, il murmura, un peu timidement, mais avec une immense gratitude :

— Merci, parrain. Merci de m'avoir sauvé la vie.

Touché par le regard plein d'admiration et de reconnaissance du garçon, Marcel répondit d'un ton bourru qui cachait mal son émotion :

— Je n'aurais pas pu te laisser là, voyons ! Comme je le disais au mécanicien, je n'ai pas eu le temps de réfléchir. J'ai bondi pour arriver avant le train. J'aurais agi de la même façon pour Hélène ou pour Cécile.

Le train qui avait failli l'écraser reprenait de la vitesse, s'éloignait. Précédée de Cécile qui était allée les prévenir, Flora accourait, avec Hélène dont les cheveux étaient encore tout mouillés. L'inquiétude que le garçon lut sur leur visage lui affirma qu'elles l'aimaient, elles aussi. Flora se pencha sur son neveu, avec une sollicitude toute maternelle.

— André... Tu n'es pas blessé, mon enfant ?

Une douce émotion envahit André. C'était la première fois que sa tante l'appelait ainsi et il en était heureux. Il se rendait compte qu'il était devenu l'enfant de Flora, au même titre que ses cousines Hélène et Cécile. D'ailleurs, celles-ci ne lui disaient-elles pas qu'il était leur grand frère ? André comprit que, maintenant, il faisait vraiment partie de la famille.

Cécile se pencha sur son cousin et l'embrassa chaleureusement.

— Comme j'ai eu peur, André ! Heureusement, papa est arrivé. Je savais qu'il te sauverait. C'est pour ça que je l'ai appelé.

André acquiesça en souriant :

— Oui, c'est vrai. Il m'a sauvé. C'est un héros.

Flora se tourna vers son mari :

— Merci d'avoir été aussi courageux. Ton geste me l'a prouvé, mais je le savais déjà.

— Et moi, ajouta Cécile, je punirai Mimi.

— S'il s'aventure encore sur les rails, dit Flora, tant pis, laissez-le. Ne vous faites pas écraser pour lui. Vous savez que votre père vous interdit d'aller sur la voie ferrée.

Marcel, qui palpait doucement la cheville de son neveu, se releva en fronçant les sourcils.

— À mon avis, tu as une sérieuse entorse, mon garçon. Il ne semble pas que ton pied soit cassé, Dieu merci ! Essaie de te lever et appuie-toi sur moi, nous allons rentrer à la maison.

Avec une grimace de douleur, André obéit. Précédés par Flora et les filles, ils avancèrent. André s'appuyait de tout son poids sur son oncle qui le soutenait, et l'adolescent se rappela la définition que mémère Léonie lui avait donnée un jour, en réponse à une question qu'il avait posée : « Un parrain, c'est comme un deuxième père. »

André savait maintenant qu'il pouvait respecter celui qui, comme un père, avait l'intention de l'élever et de le guider sur le chemin de sa vie, jusqu'à l'âge adulte. Et il savait aussi que, à ses côtés, jour après jour, il apprendrait à devenir quelqu'un de fort, d'honnête et de courageux, réalisant ainsi le souhait que son père lui avait transmis dans son dernier message.

Une lettre pour le Père Noël

J'ai reçu la première lettre un mardi matin. C'était, je m'en souviens parfaitement, le jour de la rentrée. J'avais conduit Carine à l'école et, en revenant, j'avais fait des courses. Ensuite, avant de monter à l'appartement, j'ai pris le courrier dans la boîte aux lettres, et là, je l'ai remarquée tout de suite.

C'était une enveloppe banale, mais ce qui m'a frappée, ce fut l'écriture. On aurait dit l'écriture d'un enfant très jeune qui s'applique, ou bien encore celle de quelqu'un qui, tout en étant droitier, écrit volontairement de la main gauche. J'ai regardé plus attentivement. L'adresse était à mon nom seul. J'ai été surprise, mais je ne me suis pas inquiétée, je n'ai même eu aucun pressentiment. Nous avions reçu, quelque temps auparavant, une lettre concernant une chaîne à recopier et à renvoyer, et j'ai pensé que c'était encore la même chose.

Arrivée à l'appartement, j'ai posé le courrier sur la table, et j'ai pris le temps de ranger mes achats. Et puis, quand même intriguée, j'ai ouvert l'enveloppe. À l'intérieur, il n'y avait qu'une simple feuille, sur laquelle étaient tracés ces mots : *Essayez de savoir pourquoi votre mari n'est pas allé en vacances avec vous au mois d'août.* L'écriture était la même que sur l'enveloppe, une écriture gauche, malhabile, infantile, une écriture qui, je le compris, avait été volontairement faussée.

Ce fut comme si je recevais un coup dans l'estomac. La respiration coupée, je dus m'asseoir. Je regardais le papier que je tenais avec incrédulité, avec horreur, avec répulsion. Qui pouvait m'envoyer cette lettre ? Je restai un instant hébétée, et puis, brutalement, je réagis. Avec violence, je déchirai la feuille et la jetai à la poubelle, avec une grimace de dégoût. Je résolus de traiter une telle missive par le mépris, c'était tout ce que cela méritait.

Je vaquai à mes occupations habituelles, fis le ménage, préparai le repas. Mais, dans mon esprit, à l'arrière-plan, la petite phrase était là, lancinante : *Essayez de savoir pourquoi votre mari n'est pas allé en vacances avec vous au mois d'août...*

Renaud, c'était vrai, ne nous avait pas accompagnées à Cabourg, cet été, pour la première fois depuis que nous étions mariés. Il était resté à Lille et m'avait dit :

— Je suis désolé, Nathalie, mais je ne peux pas m'absenter aussi longtemps. Pars avec Carine, et moi, j'irai vous rejoindre chaque week-end.

J'avais été déçue, bien sûr, mais il m'avait expliqué qu'il devait profiter des congés pour tout remettre à jour et prendre ses nouvelles fonctions à la rentrée. Il venait d'être nommé directeur-adjoint de la maison de publicité dans laquelle il travaille, et je savais qu'il désirait se montrer à la hauteur de cette promotion. Alors j'ai essayé de comprendre, j'ai caché ma peine et je n'ai rien dit.

Je suis allée à Cabourg seule avec Carine. En fait de week-end, Renaud n'est venu nous voir que pour le quinze août, écrivant ou téléphonant, les autres fois, qu'il était débordé et qu'il ne pouvait pas s'absenter davantage. Je ne connais rien à son métier ; peut-être était-ce vrai ? J'ai choisi de le croire, et rien ne me disait le contraire. Avec nous, il était toujours le même, tendre et complice avec Carine qu'il adore. La petite le lui rend bien : son père, pour elle, c'est son dieu.

Lorsque nous sommes rentrées de vacances, la vie a repris normalement, et il me semblait que rien n'était changé. Me suis-je trompée ?...

En tout cas, j'avais beau ne pas penser à cette lettre, elle était toujours là, comme une mouche agaçante et importune, et ne me laissait pas en paix. Je décidai de ne pas en parler, et m'efforçai de l'oublier.

Les jours suivants, j'observai Renaud. Il me parut toujours pareil, peut-être un peu plus fébrile, un peu plus pressé, mais cela pouvait être normal. Son nouveau poste lui donnait davantage de responsabilités. Il semblait nous aimer toujours autant. Alors, pourquoi m'inquiéter ? Je décidai de ne voir dans cette lettre qu'une farce de mauvais goût.

Quinze jours plus tard, je reçus la deuxième. Le cœur me sauta à la gorge lorsque je l'aperçus, en prenant le courrier, comme la première fois. J'ai reconnu tout de suite l'écriture, et j'ai compris, avec une sorte de fatalisme, que ma tranquillité avait pris fin.

Cette fois-là, j'ai ouvert l'enveloppe tout de suite. Une feuille identique à la première disait : *Essayez donc de savoir où va votre mari, chaque vendredi soir*.

En moi se mêlaient révolte et impuissance. Pourquoi, ai-je pensé, pourquoi tant de méchanceté ?

Pourquoi cet acharnement à vouloir détruire ma vie ? De qui venaient ces lettres ? Je ne comprenais pas. Là encore, j'ai déchiré la feuille. Mais, à mon indignation, s'ajoutaient une appréhension, une inquiétude qui, je le savais, m'ôteraient dorénavant tout repos.

Je me mis à épier Renaud, à passer des nuits blanches en me torturant l'esprit. Il était vrai que, tous les vendredis, il rentrait tard à la maison. Il m'avait expliqué :

— Chaque vendredi soir, nous nous réunissons, nous faisons une sorte de conseil, afin de faire le bilan de la semaine et de prévoir le travail de la semaine suivante. Alors, si je rentre tard, ne t'inquiète pas. Nos discussions durent parfois longtemps...

Là aussi, je l'avais cru. Pourquoi aurais-je douté ? En sept ans de mariage, il ne m'avait jamais menti. Je n'avais aucune raison de ne pas lui faire confiance.

Mais cette lettre suggérait autre chose... Qui me l'avait envoyée ? Une autre femme, dans la vie de Renaud ? Je n'osais y penser, je chassais de toutes mes forces une telle idée, ce ne pouvait pas être, ce n'était pas possible. Renaud m'aimait comme je l'aimais, nous avions fait un mariage d'amour, et il y avait notre petite Carine, que nous adorions tous les deux. Alors, qui ?... Qui donc pouvait savoir que Renaud ne rentrait pas tout de suite le vendredi ? Quelqu'un qui travaillait avec lui, peut-être une secrétaire jalouse, qui avait essayé de le séduire, qu'il avait repoussée, et qui cherchait ainsi à se venger ?...

J'échafaudais mille suppositions, et ma tranquillité d'esprit disparut peu à peu. Avec Carine, j'avais quelquefois des gestes d'impatience, et ma fille me regardait alors avec étonnement, un reproche informulé dans ses grands yeux bleus. À six ans, elle était capable de comprendre bien des choses. Je m'efforçais, pour elle, d'être plus calme, de chasser ce souci qui me taraudait sans cesse. Mais je n'y parvenais pas complètement, et je me rendais compte qu'il détruisait ma vie. Pourtant, je ne doutais pas encore de Renaud. Plus exactement, je ne voulais pas douter de lui.

Pour me rassurer, je me rappelais toutes ses déclarations d'amour, la façon dont il m'avait rencontrée, aimée, épousée, la façon aussi dont il m'avait remerciée, à la naissance de Carine, la voix rauque d'émotion et de tendresse. Il m'aimait, cela ne faisait aucun doute. Et je refusais d'écouter la voix qui, traîtreusement, m'obligeait à penser, parfois : m'aime-t-il toujours autant ?...

J'en étais là, oscillant entre le doute et la certitude, lorsque je reçus la troisième lettre. Quand je la vis, j'eus l'impression de sombrer. Je l'ouvris avec des gestes de somnambule, étreinte par une impression d'irréalité, comme dans un cauchemar. Sur la feuille, la même écriture, cette fois-ci, disait : *Mais n'avez-vous donc pas encore compris que votre mari vous trompe ?*

Je restai immobile, complètement anéantie. À cet instant, je me suis rendu compte que, sans vouloir me l'avouer et sans vouloir l'admettre, je savais déjà ce que m'apprenait cette lettre. Alors, j'ai senti un immense désespoir m'envahir, et, profondément malheureuse, j'ai pleuré, sans pouvoir m'arrêter.

Mes larmes me firent du bien, en ce sens qu'elles m'apportèrent un certain soulagement. Ensuite, je m'efforçai d'étudier la situation avec lucidité. D'abord, je réfléchis. Malgré la souffrance que cette seule idée me causait, je m'obligeai à admettre que Renaud me trompait, que cette lettre disait peut-être bien la vérité.

Alors je cherchai : si c'était vrai, de quand cela pouvait-il dater ? Était-ce récent, lointain ? Cela était antérieur aux vacances, certainement, puisqu'il ne nous avait pas accompagnées... Comme c'était dur, d'admettre froidement une telle chose !

Je rappelai mes souvenirs. Au début du printemps, j'avais été gravement malade. J'avais eu une hépatite virale, et j'avais été hospitalisée. Ensuite, rentrée chez moi, j'étais restée longtemps – plusieurs semaines – complètement à plat, comme un ressort brisé. Je n'avais plus de goût à rien, je me traînais, sans réaction. Ma mère avait dû se charger de Carine, qu'elle avait prise chez elle. Cela avait été une période pénible au cours de laquelle, non seulement je m'étais négligée, mais j'avais négligé Renaud. Oui, j'avais été coupable, certainement. Mais je ne l'avais pas fait exprès, j'avais été si malade ! Était-ce à ce moment que, désorienté, se croyant moins aimé, il s'était tourné vers une autre ? Comment le savoir avec certitude ?

Je décidai, avant toute chose, d'avoir la preuve qu'il y avait bien, dans la vie de Renaud, une autre femme. Alors, bien que je répugne à ce genre de choses, je pris la décision d'aller voir, le vendredi suivant, en face de l'immeuble où il travaille, ce qui se passait exactement. Je confiai Carine à ma mère, en prétextant que nous devions sortir, Renaud et moi. Ravie d'avoir sa petite-fille à elle jusqu'au lendemain, ma mère me scruta :

— Tu vas bien, Nathalie ? Je te trouve mauvaise mine.

J'eus bien envie de tout lui dire. Mais je me retins. Carine était là, qui me regardait avec ses grands yeux innocents. Et puis, que pourrait-elle faire, de toute façon ? Personne ne pouvait m'aider...

Je pris le bus et, à l'heure de sortie des bureaux, je me dissimulai à un coin de rue. D'où j'étais, je voyais l'entrée de l'immeuble où, normalement, apparaîtrait Renaud. Et je le vis, en effet. Peu de temps après la sortie des employés, il apparut. Il n'était pas seul. Il tenait le bras d'une ravissante jeune femme blonde, coiffée et maquillée comme une gravure de mode. Tous deux riaient. Ils se dirigèrent vers la voiture de Renaud, dans laquelle ils montèrent. Impuissante et désespérée, je les vis s'éloigner.

Ainsi donc, c'était vrai ! La jalousie, une jalousie primitive, violente, me fit suffoquer. Je me rendis compte que, malgré tout, j'avais espéré que mes craintes seraient vaines. Devant l'effondrement de ma vie, de mon amour, j'eus atrocement mal. Des larmes de souffrance et de dépit me brûlèrent les paupières, coulèrent sur mes joues.

Je me détournai et me mis à marcher au hasard. Comment pourrais-je lutter contre une telle rivale, que j'avais vue si rayonnante et si sûre d'elle ? Moi, je suis timide, douce, effacée. Je ne suis pas faite pour la lutte, pour la bataille. Et pourtant, si je voulais garder Renaud, il faudrait bien que je me batte ! Et je comprenais que, malgré ce qu'il m'avait fait, je l'aimais encore, et je ne voulais pas le perdre. Je suis de celles qui n'aiment qu'une fois, qui sont fidèles envers et contre tout. Renaud a été pour moi le premier, le seul. C'est lui l'unique amour de ma vie, et je savais que, si je le perdais, je ne m'en remettrais pas.

Je rentrai chez moi. J'étais soulagée à l'idée que Carine était, pour la nuit, chez ma mère. J'avais besoin d'être seule, de réfléchir. Je n'avais pas faim ; la révélation de mon infortune m'avait coupé l'appétit. Je ne dînai pas. Je pris un bain, essayant de me détendre, de me décider sur ce que j'allais faire. Ne rien dire, faire semblant d'ignorer ? Mais maintenant je savais, et ça changeait tout. Je ne sais pas feindre, je n'ai jamais su. Je me rendais bien compte que je serais incapable de sourire et de montrer un visage serein si, au fond de moi, j'étais torturée et malheureuse. Ce serait au-dessus de mes forces. Alors, je décidai de parler à Renaud. Peut-être cette femme n'était-elle pas importante pour lui, peut-être, en voyant ma souffrance et mes larmes, me promettrait-il de rompre et de me revenir ?...

Je me mis au lit avec un livre dont je ne lus pas une seule ligne. Toujours, devant mes yeux, dansait l'image de Renaud avec cette femme, tels que je les avais vus. Que lui apportait-elle, qu'il ne trouvait pas chez moi ?

Lorsqu'il rentra, j'étais toujours dans la même position, adossée à mon oreiller, le livre sur mes genoux. Il vit la lumière, vint jusqu'à la chambre :

— Tu ne dors pas, Nathalie ? Que fais-tu donc ?

La gorge nouée, incapable de répondre, je le regardai, alors qu'il enlevait sa veste, dénouait sa cravate. Venait-il de chez elle ? Avaient-ils fait l'amour, tous les deux, tandis que j'étais seule ici à me morfondre ? Je le trouvais toujours aussi séduisant, et j'avais cru, jusqu'ici, qu'il n'était qu'à moi, qu'il ne serait jamais qu'à moi. Mon cœur criait silencieusement tout mon amour pour lui, et je me dis, une fois de plus, que je ne voulais pas le perdre.

Comme je demeurais silencieuse, il me regarda, intrigué :

— Qu'y a-t-il ? Carine n'est pas ici ?

Je secouai la tête. Je dis, et j'eus une peine immense à parler, à cause des sanglots qui me montaient à la gorge :

— Non, elle passe la nuit chez ma mère.

Surpris par ma voix altérée, il m'observa plus attentivement. Il demanda, en fronçant les sourcils :

— Qu'as-tu donc, Nathalie ?

Alors, prête à pleurer, je lui ai tendu la lettre que, cette fois-ci, je n'avais pas détruite. Qu'avais-je espéré ? Il devint très pâle et ne nia pas. Je ne m'y attendais pas d'ailleurs, je savais qu'il ne me mentirait pas. Il murmura, comme pour lui-même :

— Quel est le salaud qui ?...

Et puis il me regarda de nouveau, et je lus dans ses yeux une telle pitié que mon orgueil se cabra. Non, je ne voulais pas de sa pitié. Je serrai les dents.

— Ainsi, dit-il, tu sais ? J'aurais voulu que tu l'apprennes autrement que de cette façon répugnante... J'aurais voulu t'en parler moi-même. Mais, vois-tu, je n'en ai pas eu le courage. Je savais que j'allais te faire de la peine, et je m'en voulais...

À mesure qu'il parlait, je sentais monter en moi un torrent de souffrance. Les larmes brouillaient ma vue, et j'essayais désespérément de les refouler. Il me donnait des explications que je ne demandais pas, que j'aurais voulu ne jamais entendre. Le plus affreux, c'était que, malgré ma peine, je me rendais compte que lui, il était soulagé de parler, et j'avais peur de ce qu'il me dirait.

— J'ai rencontré Sandra à l'agence. C'était pendant que tu étais à l'hôpital. Au début, elle m'a aidé, simplement, amicalement. Elle me réconfortait quand j'étais malheureux... Et puis, peu à peu... Comment te dire, Nathalie ? Elle a pris une telle place dans ma vie que je ne peux plus, maintenant, me passer d'elle. Cela fait des semaines qu'elle me demande de te parler. Je suis déchiré, car j'ai toujours pour toi beaucoup de tendresse. Mais j'ai besoin d'elle, c'est plus fort que moi. Elle m'apporte tant d'enthousiasme, de dynamisme, de jeunesse...

Je demandai, très bas :
— Quel âge a-t-elle ?
— Elle a vingt et un ans.
Je soupirai. Moi, j'ai trente-deux ans, et Renaud trente-cinq. Et je me sentais soudain vieille, si vieille...
— Je ne peux pas te faire comprendre, dit Renaud. Je suis incapable de l'expliquer moi-même. Tout ce que je sais, c'est que j'ai besoin d'elle, de sa présence...
Il s'arrêta, prit une grande inspiration, me regarda en face :
— Puisque maintenant tu es au courant, autant que je te le dise tout de suite : j'ai l'intention d'aller vivre avec elle.
La douleur me gifla, brutalement. Tout devint noir, et je suffoquai. Des bribes de paroles me parvenaient, que j'enregistrais sans comprendre :
— Il y a longtemps déjà que je voulais te le dire... je ne peux plus vivre ainsi...
Je me forçai à le regarder, à travers mes larmes. Comment pouvait-il être si beau, et si cruel ? Écrasée par la souffrance, j'étais incapable de réagir, de me défendre. Un tourbillon noir m'emportait, et je ne pus que murmurer, dans une plainte :
— Et Carine ?...
Une ombre vint dans ses yeux. Il secoua la tête :
— Je viendrai la voir souvent. Tu lui diras que je suis en voyage.
Dans la brume où je me débattais, je réalisai soudain qu'il allait partir, et j'eus si mal que je gémis. Instinctivement, dans un geste de supplication venu du fond des âges, je tendis les mains vers lui, et suppliai, toute dignité oubliée :
— Renaud... ne me quitte pas... ne nous abandonne pas...

Je vis, dans ses yeux, la même pitié revenir. Il dit :

— Je suis désolé de te faire souffrir, Nathalie, mais je ne peux pas faire autrement.

Il se détourna, prêt à sortir de la chambre, de la maison, de ma vie. Je gémis :

— Tu pars ? Pour toujours ? Tu ne reviendras plus ? Il s'immobilisa un instant :

— Je ne sais pas. Je te ferai connaître ma décision, de toute façon.

Pitoyable, je dis :

— Oh ! Renaud ! Tu ne m'aimes plus ?

Il ne répondit pas, me regardant toujours avec cette pitié que je ne pouvais pas supporter. Alors je m'obligeai à refouler ma douleur, je fis appel à ce qui me restait de fierté et me redressai :

— Eh bien, pars ! dis-je avec une infinie tristesse. Je ne vais pas te retenir de force...

Il eut une hésitation, fit un geste vers moi qui resta inachevé, puis secoua la tête et se détourna. Je le vis sortir de la pièce, et l'écho de ses pas, tandis qu'il partait, me piétinait le cœur et me disait la fin de mon bonheur. Lorsque j'entendis la porte d'entrée se refermer, je m'abattis sur le lit et j'éprouvai un tel désespoir que, pendant un instant, je souhaitai mourir.

Le lendemain, j'allai rechercher Carine chez ma mère. En voyant mon visage hagard, celle-ci me demanda :

— Nathalie ! Que se passe-t-il ?

Je ne pus répondre. Carine, dans la pièce voisine, était occupée à coucher sa poupée dans son petit couffin, et je ne voulais pas qu'elle apprenne la vérité. Ma mère comprit. Tout bas, elle chuchota :

— Veux-tu que j'aille te voir lundi ?

La gorge nouée, j'acquiesçai d'un signe de tête. Je pris ma petite fille par la main et la ramenai chez nous. Elle babillait, ravie, et me racontait en détail son séjour chez sa mamie. Engourdie dans mon chagrin, je l'écoutais à peine.

À la maison, comme nous étions samedi, elle ne tarda pas à se rendre compte de l'absence de Renaud. Toujours, il avait été là, avec nous, chaque week-end.

— Où est papa ? demanda-t-elle.

Je la pris contre moi et, en essayant de maîtriser le tremblement de ma voix, je lui dis que son papa était parti en voyage et qu'il reviendrait bientôt. En disant ce mensonge, ma peine me submergea. Malgré mes efforts pour les refouler, les larmes envahirent mes yeux, coulèrent sur mes joues. Carine leva la tête et s'aperçut que je pleurais.

— Tu as du chagrin, maman, parce que papa est parti ? Ne pleure pas, moi je suis là. Et quand papa reviendra, je lui dirai de ne plus jamais s'en aller en voyage, parce que ça te fait pleurer. Et il restera toujours près de nous, tu verras !

Pour ne pas éclater en sanglots, j'ai serré mon enfant contre moi, et j'ai caché mes larmes dans ses cheveux.

Les jours qui suivirent furent un véritable cauchemar. Tout, autour de moi, était resté pareil, et pourtant tout était changé. Je me retrouvais seule, atrocement, cruellement seule. J'évoluais dans une continuelle sensation d'irréalité avec, dans mon cœur, le vide et le désespoir. Je voyais les chemises de Renaud, je voyais, dans la salle de bains, son flacon d'eau de rasage et sa brosse à dents, et d'autres objets qui me parlaient de sa présence, et je ne parvenais pas à admettre qu'il était parti.

Le lundi, alors que Carine était à l'école, ma mère vint me voir.

— Alors, Nathalie, que se passe-t-il ? J'ai bien compris qu'il y avait quelque chose, l'autre jour. De quoi s'agit-il ?

Je retrouvai, dans son regard, la tendresse maternelle qui avait bercé mes années d'enfance. Alors je m'effondrai, et racontai tout. Ma mère, sur le moment, fut atterrée :

— Mon Dieu ! dit-elle. Comment est-ce possible ? Renaud, qui vous aime tant toutes les deux...

Elle secoua la tête d'un air désorienté. Elle ne savait pas quoi dire, et je la comprenais. Elle n'avait jamais été confrontée à une situation de ce genre. Mon père lui avait toujours été fidèle, et ils avaient formé un couple uni et sans problèmes. Le seul chagrin qu'elle avait eu – mais il avait été immense – c'était de se retrouver veuve très jeune, car mon père était mort alors que je n'avais que quatorze ans. Je gardais de lui le souvenir d'un homme profondément bon, profondément aimant, et toujours disponible. Je me rappelais avec intensité la peine que j'avais eue lorsqu'il nous avait quittées, et la façon presque insupportable dont il m'avait manqué, ensuite. Était-il possible que, déjà, Carine ait à subir une telle épreuve ?

Ma mère, qui est de nature combative, retrouva vite son énergie. Elle se redressa, me regarda avec décision :

— Il faut lutter, Nathalie. Il ne faut pas te laisser vaincre sans rien faire.

J'eus un geste désabusé :

— Que puis-je faire ? Il est parti malgré mes supplications, il nous a abandonnées, Carine et moi, apparemment sans remords :

— Tu te laisses trop vite abattre, ma fille. Tu l'aimes encore, ton mari ? Tu souhaites qu'il revienne ?

Tout bas, je dis :

— Oui, je l'aime encore... Je devrais lui en vouloir, et pourtant... Il me manque déjà, et à Carine également...

Ma mère trancha, catégorique :

— Alors, bats-toi pour le reconquérir. Tout n'est peut-être pas perdu. Tu es sa femme, la mère de son enfant. Et il aime sa fille, quand même ?

Je refis le même geste :

— Oui, il l'aime, mais... il m'a semblé complètement envoûté par cette jeune secrétaire, Sandra... Je ne sais pas ce qui s'est passé, mais j'ai l'impression qu'elle seule compte dans sa vie maintenant.

Ma mère, sourcils froncés, réfléchissait :

— Est-il parti vivre chez elle ?

Les larmes aux yeux, je la regardai avec impuissance :

— Je crois, oui. Je me souviens vaguement qu'il a dû me dire ça, avant de partir. Je ne sais plus très bien. J'étais tellement bouleversée...

— Alors, tu ne sais même pas où il est ?

Je fus obligée d'avouer mon ignorance. Et cela rendit la situation encore plus cruelle. J'eus la sensation que Renaud avait délibérément coupé les ponts entre lui et nous, et que de cette façon il nous avait rayées de son existence, où désormais régnerait, unique et victorieuse, cette Sandra qui l'avait séduit.

— Voyons, disait ma mère. Il doit bien exister une solution. Cette jeune femme, à quoi ressemble-t-elle ?

Je revis la silhouette mince et élégante aux côtés de Renaud, rayonnante, certaine de son pouvoir, de son charme.

Je haussai les épaules, vaincue d'avance :

— Elle m'a semblé très sûre d'elle. Tout à fait le contraire de ce que je suis, je crois bien.

— Ce que Renaud éprouve pour elle n'est peut-être qu'un engouement qui ne durera pas.

— C'est mon seul espoir. Je m'accroche de toutes mes forces à l'idée que Renaud reviendra. Je suis si malheureuse sans lui !

— Et tu comptes attendre ainsi, sans rien faire ?

De nouveau, l'image de ma rivale s'imposa à moi. Que pouvais-je faire ? Il me paraissait impossible de lutter contre elle.

Devant mon silence, qui était un acquiescement, ma mère prit son air réprobateur que je connaissais bien, celui qu'elle arborait chaque fois qu'elle considérait que je faisais une erreur.

— Tu dois tenter quelque chose. Pense à Carine. Elle a besoin de son père. Comment réagit-elle ?

— Il lui manque déjà, à elle aussi. Je lui ai dit qu'il était parti en voyage. Elle attend qu'il revienne.

Ma mère resta silencieuse un instant. Puis elle respira un grand coup et lança :

— Nathalie... Pourquoi n'essaies-tu pas d'aller voir cette jeune femme, de lui parler ?

J'eus un sursaut horrifié :

— Moi, aller voir cette femme qui m'a pris Renaud ? Ah ! non alors ! D'abord, je ne sais même pas où elle habite. Et ensuite, que pourrais-je lui dire ?

— Tu essaierais de lui faire comprendre qu'elle agit mal en prenant ton mari, en enlevant un père à sa fille. Elle n'est peut-être pas de marbre, tu pourrais parvenir à la convaincre.

J'essayai d'imaginer la scène, je me vis devant cette jeune femme qui me toiserait, l'air ironique et supérieur. Je savais que, dans de telles conditions, je serais incapable de plaider ma cause. Je m'affolerais, tremblerais, me mettrais à pleurer. Non, je ne voulais pas m'humilier ainsi. De plus, si Renaud l'apprenait, j'étais persuadée qu'il n'apprécierait pas une telle démarche.

— En tout cas, insistait ma mère, moi, c'est ce que je ferais.

Je fis un signe de dénégation :

— Mais pas moi. J'en suis incapable.

Ma voix trembla. Ma mère me regarda avec tendresse :

— Toi, tu es trop douce, Nathalie. Et je ne peux pas supporter de te voir malheureuse sans réagir. Si tu ne veux pas le faire, laisse-moi au moins essayer. J'irai la voir, moi, cette fameuse Sandra. Je lui parlerai, je ferai appel à ses bons sentiments. Comprends-moi, je ne veux pas m'immiscer dans ta vie, je ne l'ai jamais fait, mais cette fois-ci les circonstances sont différentes. Qu'en penses-tu ?

Je ne comprends pas encore comment j'ai pu dire oui. Peut-être parce que je me sentais tellement désorientée, tellement démunie, que j'ai été heureuse et soulagée de voir que quelqu'un prenait la situation en main et tentait de la rétablir, ce que moi je n'étais pas capable de faire. Forte de mon accord, ma mère s'est mise à s'agiter, et je la regardais dans une sorte d'état second, comme si le chagrin qui ne me quittait pas me tenait hors de la réalité.

— Cette Sandra... Quel est son nom ? Tu ne connais que son prénom ? Il faut essayer de le savoir. Voyons, donne-moi le numéro de l'agence.

Je connaissais ma mère. Une fois qu'elle avait pris une décision, il était impossible de l'arrêter. Je ne lui demandai même pas ce qu'elle voulait faire. Je lui tendis le numéro, la vis décrocher le téléphone.

— Allô ? Oui, bonjour. Pourrais-je parler à Mlle Sandra... euh... oui, la secrétaire de M. Thellier. Comment dites-vous ? Oui, Sandra Ritter, c'est ça.

Elle est occupée ? Non, non, ne la dérangez pas, je rappellerai.

Elle raccrocha, se tourna vers moi :

— Voilà, je sais au moins son nom. Je la rappellerai et je lui demanderai de me fixer un rendez-vous, soit chez elle, soit dans un lieu anonyme, un café par exemple. Je ne dirai rien au téléphone, simplement que c'est urgent et important. Le principal est qu'elle accepte de me rencontrer. Après, face à elle, je verrai ce que je peux faire. Qui sait, peut-être parviendrai-je à la fléchir ? Ne veux-tu vraiment pas y aller, toi ?

Je secouai la tête avec lassitude. Le départ de Renaud m'avait laissée anéantie, complètement amorphe. Cela avait été pour moi un tel choc que je ne parvenais pas à me remettre.

— Eh bien alors, compte sur moi. Je t'appellerai dès que j'aurai quelque chose de nouveau à t'annoncer. Garde bon espoir, Nathalie, ça va peut-être s'arranger.

Je l'ai laissée partir sans répondre. J'avais encore dans la tête les mots de Renaud : « J'ai besoin de sa présence, avait-il dit, de sa jeunesse, de son enthousiasme. Je ne peux plus me passer d'elle. » Et j'eus l'impression que la tentative désespérée de ma mère serait inutile, non pas à cause de Sandra, mais peut-être bien de Renaud lui-même.

Quelques jours passèrent. Je m'engourdissais dans ma douleur. Tout était gris, terne, horriblement triste. Pourtant, je menais une vie apparemment normale, je conduisais Carine à l'école, je faisais les courses, je bavardais. À tout le monde, je disais que Renaud était parti en voyage, qu'il reviendrait bientôt. Mais je pensais que, peut-être, il ne reviendrait jamais. Et j'essayais de secouer la détresse qui, à mesure que les jours passaient, pesait de plus en plus sur moi.

La présence de Carine était la seule lumière de ma vie. Chaque soir, elle réclamait son père, demandait quand il rentrerait. Je ne savais que répondre. Je disais que ce serait bientôt, qu'il fallait être sage et attendre. En faisant ces affirmations, je réprimais les sanglots qui faisaient trembler ma voix.

Un après-midi, le téléphone sonna. Je crus que c'était ma mère, et mon cœur battit plus vite. Avait-elle du nouveau à m'annoncer ? Tandis que je me dirigeais vers l'appareil, un espoir fou me traversa et si c'était Renaud ?... Je décrochai le combiné d'une main tremblante.

— Allô ?

— C'est toi, Nathalie ? Ici Diane. Comment vas-tu ?

Je ne répondis pas tout de suite. Diane... Elle ne savait rien, et j'appréhendais sa réaction lorsque je lui apprendrais la vérité.

— Alors ? Tu es en pleine forme, j'espère ?

— Pas spécialement, dis-je d'un ton morne.

À l'autre bout du fil, il y eut une exclamation.

— Eh bien, que se passe-t-il ? Tu as une voix bizarre. Tu es malade ?

Je soupirai. Je savais que je ne pourrais rien lui cacher. Diane a toujours été mon amie. Elle a mon âge, nous nous sommes connues à l'école primaire. Elle est dynamique, sportive, réaliste. C'était elle qui prenait ma défense contre les élèves qui m'ennuyaient. En échange, je lui passais mes devoirs. Nous avons des caractères totalement opposés, et, peut-être à cause de cette différence, nous nous sommes toujours très bien entendues. Actuellement, elle tient une boutique d'antiquités et son métier l'oblige à voyager beaucoup. Elle adore ça, elle est incapable de rester longtemps au même endroit. C'est une battante. Elle est célibataire, elle refuse les attaches, la stabilité, qu'elle nomme routine et monotonie. Elle collectionne les aventures et affirme être très heureuse ainsi. Moi qui n'ai connu que Renaud, qui n'ai jamais aimé que lui, j'ai du mal à comprendre sa façon de vivre. Mais cela ne m'empêche pas d'avoir pour elle une affection sincère, qui ne s'est jamais démentie au cours des années.

— Réponds, Nathalie. Qu'y a-t-il ?

Nous nous étions toujours tout dit. Pas un seul instant je n'ai songé à lui mentir. La gorge serrée, tout en sentant un froid insidieux m'envahir, j'ai murmuré :

— Renaud m'a quittée.

Sa première réaction fut l'incrédulité :

— Renaud ? Mais ce n'est pas possible ! Alors là ! Et... pourquoi t'a-t-il quittée ? Que s'est-il passé ?

De la même voix morne, j'ai expliqué brièvement :

— Il est tombé amoureux d'une secrétaire, à l'agence. Il est parti vivre avec elle.

— Alors là ! répéta-t-elle. Tu me stupéfies ! Jamais je n'aurais pensé une chose pareille ! Renaud et toi, vous étiez une exception dans ma théorie qui veut que les gens mariés ne sont jamais heureux. Tu sais bien que j'ai toujours été contre le mariage, sauf pour vous deux. Eh bien, ma pauvre Nathalie ! Comment le prends-tu, dis-moi ?

Lamentable, j'avouai :

— Je suis malheureuse, Diane.

— C'est bien ce que je pensais. Et te connaissant comme je te connais, je suis sûre que tu passes ton temps à tourner en rond et à remâcher tes idées noires. C'est ça, n'est-ce pas ?

— Oui, dis-je d'une toute petite voix.

— Alors là, reprit-elle avec énergie, laisse-moi te dire que tu as tort. Réagis, que diable ! Si tu veux un conseil, le voici : puisque ton mari est parti avec une autre sans s'occuper de toi, fais la même chose de ton côté. Cesse de penser à lui. Change-toi les idées. Justement, je te téléphonais pour vous inviter à la soirée que je donne samedi prochain, pour mon anniversaire. Eh bien, puisque Renaud n'est pas là, viens seule. Ça te divertira et, à mon avis, ça te fera le plus grand bien.

— Oh ! non, Diane, non ! Je ne tiens pas à venir seule, et en plus, je serai incapable de m'amuser alors que je suis si malheureuse... Non, ne compte pas sur moi.

— Tu as tort. Crois-en mon expérience. Quand il s'agit d'une peine de cœur, moins on y attache d'importance et plus elle se guérit facilement. Viens donc, j'inviterai des amis célibataires, ils te feront la cour, et tu verras qu'après tout il n'y a pas que Renaud au monde.

Je refusai de nouveau. Elle insista longtemps, mais je restai ferme. Elle finit par raccrocher, furieuse contre mon entêtement stupide, selon ses propres paroles. Je soupirai. J'aurais bien aimé pouvoir réagir comme Diane, mais je ne le pouvais pas.

Une heure après, le téléphone sonna de nouveau. C'était ma mère. Sa voix tremblait.

— Nathalie... Je n'ai pas pu attendre plus longtemps, il a fallu que je t'appelle tout de suite. Je suis hors de moi. Je sors à l'instant d'un entretien avec cette Sandra. C'est une sale petite garce, il n'y a pas d'autres mots pour la définir. Je ne comprends pas comment elle a pu séduire Renaud. Elle est d'un égoïsme féroce. Détruire un foyer, enlever un père à sa fille, ça lui est complètement égal. Elle me l'a dit elle-même. Elle est sûre de son pouvoir sur Renaud, et elle m'a affirmé qu'il était tellement épris d'elle qu'il refuserait de la quitter, même si elle le lui demandait, ce que de toute façon elle ne ferait pas. Je suis indignée, Nathalie, j'avais espéré...

À la déception que je ressentais, je me rendais compte que, moi aussi, contre tout espoir, j'avais espéré. Lorsque ma mère raccrocha, une phrase tournait dans ma tête : « Il est tellement épris d'elle qu'il refuserait de la quitter »... Une profonde tristesse m'accabla. Ce devait être vrai, puisqu'il ne téléphonait même pas pour avoir des nouvelles de Carine, puisqu'il n'éprouvait même pas le désir de la revoir. Impérative, une révolte douloureuse m'emplit d'amertume. Diane avait raison, ma fille et moi n'existions plus pour lui, il nous avait rayées de sa vie, sans remords. Pourquoi, ainsi qu'elle me le conseillait, ne pas faire la même chose, moi aussi, et essayer de l'oublier ?...

Dans un sursaut désespéré, j'appelai Diane, lui dis que j'avais changé d'avis et que je viendrais à la soirée d'anniversaire. Elle fut ravie.

— Tu as raison, Nathalie. Voilà une réaction intelligente. Tu seras avec des gens agréables et gais, ça chassera tes idées noires, tu verras.

J'en doutais, mais je voulais bien essayer.

Ce fut un échec. Depuis tant d'années au cours desquelles j'avais été habituée à sortir avec Renaud, le fait d'être seule me déroutait complètement. Lorsque j'arrivai, avec la même douleur sourde enfouie au fond de mon cœur, la musique et les rires me firent l'effet d'une insulte. Je dus faire un effort pour entrer, essayer de sourire, et surtout lutter contre l'envie qui me prenait de faire demi-tour et de m'enfuir. Diane m'accapara immédiatement, me présenta à des personnes que je ne connaissais pas, me laissa pour s'occuper de ses invités. Je me retrouvai seule dans un coin, un verre entre les mains. Pourquoi avais-je accepté de venir ? Je regardai autour de moi. Toutes les femmes présentes étaient accompagnées de leur mari. Comment faisaient-elles pour le garder ? Et quelle faute avais-je commise, moi qui avais perdu le mien ? Un sentiment de brûlante injustice me donna envie de pleurer.

— Que faites-vous donc là toute seule ? Puis-je vous tenir compagnie ? Permettez-moi de me présenter : Julien Maillard, conseiller en informatique et célibataire. Vous, vous vous nommez Nathalie. Ne me demandez pas comment je le sais. Je l'ai peut-être deviné.

Je levai les yeux. Un séduisant jeune homme d'une trentaine d'années se penchait vers moi en souriant. Je tentai de faire le vide dans mon esprit et de me composer un visage aimable.

— C'est la première fois que je vous rencontre. Il faut dire que je connais Diane depuis très peu de temps. Mais elle m'a quand même fait l'honneur de m'inviter ce soir. Et j'en suis très heureux.

Je ne sus que répondre. Je me sentais engourdie, gauche, stupide. Dans des circonstances identiques, lorsque Renaud était à mes côtés, je ne cessais de bavarder, de rire, de plaisanter. Je réalisais que son absence changeait ma vie à tout point de vue, paralysait mon être tout entier. Sans lui, je n'étais plus rien.

Un sursaut d'orgueil me força à réagir. J'essayai d'écouter les propos de mon séduisant compagnon. Il était agréable, disert, spirituel. Il raconta des anecdotes ayant trait à son travail, parvint à me faire sourire. Mais dès qu'il s'approcha plus près de moi, je reculai. Je n'étais pas prête pour une aventure. Je n'agissais pas comme Diane, ce n'était pas mon genre. S'il espérait me faire tomber dans ses bras, il se trompait.

Il me versa à boire, et je bus pour m'étourdir. Mais, bien vite, l'alcool me donna mal à la tête. Le bruit et la chaleur intensifièrent la migraine qui enserrait mes tempes, et bientôt une douleur lancinante me martela le crâne. Lorsque, parmi les exclamations et les bravos, Diane souffla les bougies de son gâteau d'anniversaire, je n'eus plus qu'une idée : rentrer chez moi le plus rapidement possible.

Je m'éclipsai tandis que mon chevalier servant était au buffet, profitant du départ des premiers invités. Je pris congé de Diane qui me dit :

— Tu n'as pas réussi à t'amuser, n'est-ce pas, ma pauvre Nathalie ? Je m'en doutais un peu, figure-toi, mais j'ai voulu essayer de te distraire. Ce Julien Maillard, pourquoi ne te plaît-il pas ? Il est bien, je t'assure. Je ne vois pas ce que tu lui reproches.

— Ce n'est pas Renaud.

Elle eut un soupir découragé. Je quittai son appartement avec la sensation de fuir. Rentrée chez moi, je pris des comprimés et me couchai, anéantie. Carine était chez ma mère, et les pièces silencieuses et sombres me disaient que j'étais seule, que Renaud était parti, que ma vie sans lui, dorénavant, ressemblerait à un désert. J'eus une violente crise de larmes, qui me laissa encore plus abattue et complètement désespérée.

Cette tentative ratée m'avait montré que ma peine était la plus forte. Je ne cherchai plus à lutter contre elle. Je me laissai aller à la dérive, d'autant plus que, quelques jours plus tard, je reçus une lettre de Renaud qui me laissa effondrée.

Mes mains tremblaient tellement que j'eus de la peine à ouvrir l'enveloppe. La feuille qu'elle contenait portait quelques lignes très sèches : Renaud me faisait savoir qu'il avait réapprovisionné notre compte en banque, afin que Carine et moi ne manquions de rien. Il me donnait également une adresse où je pouvais le joindre en cas de besoin. Était-ce là qu'il habitait, avec Sandra ? Il me disait aussi qu'il me ferait connaître prochainement sa décision, quant à notre situation présente. Qu'entendait-il par là ? Allait-il vouloir divorcer ? Je fixai la lettre avec égarement.

Il ne parlait même pas de Carine. Pourtant, il adorait sa fille. Cette femme était-elle capable de lui faire oublier jusqu'à son propre enfant ? Si cela était, combien elle était dangereuse !

J'essayai de trouver ce que je pouvais faire. Mais je me sentais totalement impuissante. Devais-je aller le supplier de revenir ? D'après ce qu'avait dit ma mère, cela ne servirait probablement à rien. Devais-je lui écrire, lui dire que Carine, de plus en plus souvent, réclamait son retour ? Il devait bien s'en douter, quand même. J'étais désorientée et ne savais que faire. Je ne pouvais que pleurer, incapable de prendre une décision.

Je me mis à sortir le moins possible. Je me repliais sur ma douleur, je me terrais chez moi, comme une bête blessée, avec ma souffrance animale et toujours présente. Le mois de novembre passa, et je n'eus plus d'autres nouvelles de Renaud. Je maigrissais. Carine, de son côté, souffrait de l'absence de son père. Elle avait perdu sa gaieté. Elle était souvent triste et abattue. La nuit, il lui arrivait de faire des cauchemars et de se réveiller en pleurant. Même si je m'efforçais de les lui cacher, elle s'apercevait de mes larmes, de mes yeux rougis, de ma continuelle tristesse. Et l'amour de Renaud lui manquait, à elle aussi, cruellement.

Puis le mois de décembre arriva, et partout, il y eut les préparatifs de Noël. Carine, un jour, me demanda timidement :

— Dis, Maman, est-ce que Papa reviendra, pour Noël ?

Le cœur gros, je dis, en sachant que je mentais :

— Certainement, ma petite chérie.

Chaque jour, désormais, elle me posa la question. Et chaque fois, je répondais la même chose. Mais je voyais qu'elle n'était pas convaincue. Ses grands yeux bleus avaient une expression de doute qui me serrait le cœur.

Une dizaine de jours avant Noël, elle me dit :

— Maman, je vais faire une lettre au Père Noël. Tu la lui enverras, dis ?

Je lui souris :

— Tu as choisi ton cadeau, ma chérie ?

Elle acquiesça d'un signe de tête, gravement :

— Oui. Je sais ce que je vais lui demander.

Elle alla s'enfermer dans sa chambre et, peu de temps après, revint avec un papier plié en quatre, qu'elle mit dans une enveloppe :

— Tiens, Maman, tu la mettras à la poste.

De son écriture enfantine, elle avait inscrit : *Père Noël, au Ciel*. Je plaçai l'enveloppe sur le guéridon de l'entrée, et promis de la poster sans faute le lendemain matin.

Le lendemain, après avoir conduit Carine à l'école, je pris la lettre avec l'intention de la lire, afin de savoir quel jouet ma fille avait choisi. Je savais qu'elle avait prévu de demander un poupon, elle mourait d'envie d'en avoir un. J'irais le lui acheter, en espérant que ce cadeau lui ferait oublier, pour un instant, l'absence de son père.

Je dépliai la feuille. Elle avait écrit quelques lignes, avec beaucoup de fautes d'orthographe, et sa lettre disait :

Cher Père Noël,

Je sais que tu offres, aux enfants qui sont sages, les cadeaux qu'ils demandent. Alors, j'ai été très sage pour te demander le cadeau que je veux. Il est très important, et c'est celui-là seulement que je veux. Papa Noël, s'il te plaît, fais que mon papa revienne à la maison. Je te dis merci, et je t'embrasse. Carine.

J'ai mis la lettre dans mon sac, le cœur chaviré, les doigts tremblants. Ce fut en voyant une larme tomber sur ma main que j'ai compris que je pleurais.

Le soir, Carine me dit :

— Tu as mis ma lettre, Maman ?

J'acquiesçai en baissant les yeux.

— Ah ! c'est très bien, s'exclama-t-elle avec satisfaction. Le cadeau que j'ai demandé te fera plaisir, à toi aussi. Mais je ne le dis pas. C'est un secret !

En voyant l'espoir qui brillait dans son regard, j'eus le cœur serré. Supporterait-elle d'être déçue ?

Cette nuit-là, alors que je me tournais et me retournais dans le grand lit où, dorénavant, je dormais seule, une idée me vint, que je mis à exécution le lendemain matin. Je pris la lettre de Carine, la mis dans une enveloppe sur laquelle j'écrivis l'adresse que Renaud m'avait envoyée. Je la glissai dans une boîte aux lettres en faisant mes courses. Qui sait, en lisant la touchante demande de sa fille, peut-être comprendrait-il à quel point il nous manquait ?...

Je n'avais pas d'autres nouvelles, et tous les jours, en prenant le courrier, j'avais peur. Peur qu'il ne m'écrive pour me dire qu'il avait pris une décision, qu'il voulait divorcer. Tant qu'il n'en parlait pas, il me restait l'espoir, bien mince, qu'il se lasserait peut-être de cette femme, et nous reviendrait ?...

Le samedi, j'emmenai Carine faire des courses. Dans notre rue, à l'intérieur du supermarché, un Père Noël souriant accueillait les visiteurs. Sur la porte, une affiche annonçait aux enfants que, pour une somme modique, ils pouvaient se faire photographier en sa compagnie. Carine s'écria :

— Maman, c'est le Père Noël !

Elle lâcha ma main, courut à lui. Il l'entraîna vers un fauteuil rouge assorti à sa houppelande, s'assit, et sans hésiter Carine grimpa sur ses genoux. Son petit visage radieux levé vers lui, elle semblait aux anges. Je laissai le photographe actionner son appareil. Tout ce qui pouvait distraire Carine était bienvenu dans l'existence terne que nous menions actuellement.

Le Père Noël, prenant son rôle très au sérieux, se penchait vers ma fille. Ils chuchotaient tous les deux, avec des mines de conspirateurs. Lorsque enfin Carine revint vers moi, elle avait un air heureux que je ne lui avais pas vu depuis longtemps. Avec excitation, elle me confia :

— Maman, le Père Noël m'a promis qu'il me donnerait ce que je lui ai demandé. Je ne lui ai pas dit ce que c'était, je lui ai simplement dit que j'avais envoyé une lettre. Il va la lire dès qu'il l'aura reçue. Il lit toutes les lettres des enfants très sages. Et moi je suis sage, n'est-ce pas ?

— Oui, ma chérie, tu es très sage.

Je retins un soupir. Comme c'était difficile ! Avais-je le droit de lui avouer que, peut-être, son père ne reviendrait pas ? Je me disais que Renaud, maintenant, devait avoir reçu la lettre. Devant un tel appel, se pouvait-il qu'il restât indifférent ?...

La veille de Noël, le livreur d'un grand magasin vint apporter, pour Carine, une maison de poupée. Un petit mot de Renaud y était joint : *Pour ma petite fille que je n'oublie pas*. Je regardai la carte avec rancune. S'il ne l'oubliait pas, pourquoi ne venait-il pas la voir ?...

Le cœur gros, je mis le carton tout en haut de l'armoire, avec le poupon que j'avais acheté. Pendant la nuit, tandis que Carine dormait, je les disposai tous deux devant le sapin. Ce fut la première chose qu'elle vit, le lendemain, dès qu'elle se leva. Elle s'immobilisa, et son petit visage sembla s'amenuiser.

— Ah ! dit-elle simplement, le Père Noël n'a pas reçu ma lettre...

Elle ouvrit ses paquets et, les larmes aux yeux, je lisais la déception dans son regard.

— Je n'avais pas demandé ça ! s'écria-t-elle. Oh ! Maman, je n'avais pas demandé ça !

Elle leva les yeux vers moi, et je fus frappée par le désespoir qu'ils contenaient. J'ouvris les bras. D'un seul élan elle s'y jeta. Elle mit ses bras autour de mon cou et, avec de gros sanglots, se mit à pleurer.

— Maman, Maman, dit-elle d'une voix entrecoupée, ce n'est pas ça que je voulais !

Son désespoir d'enfant me faisait mal. Je l'ai bercée contre moi, j'ai essayé de la consoler, de lui dire que ce qu'elle avait demandé viendrait peut-être après, avec un peu de retard. Ses sanglots se sont espacés, et peu à peu, elle s'est calmée. Mais l'espoir des jours précédents avait disparu de son regard.

Ma mère vint partager notre repas. Elle apporta un cadeau, tenta d'égayer Carine en jouant avec elle. Mais ma fille semblait avoir perdu sa vivacité. Pour la distraire, nous avons décidé, d'un commun accord, de l'emmener au cinéma voir *Blanche-Neige et les sept nains*. Elle adorait cette histoire, connaissait par cœur le nom des nains. Et je me disais que ce serait un moyen de lui faire oublier sa déception.

Le dessin animé lui plut. Elle suivit avec passion les péripéties de l'histoire, et je regardais son visage intéressé tendu vers l'écran. Pendant ce temps-là, au moins, elle ne pensait pas à son père.

Mais, dès que les lumières revinrent dans la salle, la réalité fut là, cruelle. Devant nous, un homme se penchait sur ses deux fils, aidant le plus petit à enfiler son blouson. Un peu plus loin, dans notre rangée, deux enfants, une fille et un garçon, étaient accompagnés de leurs parents. Alors que nous avancions dans l'allée, je m'aperçus que Carine les observait. Elle leva les yeux vers moi et demanda, avec une douloureuse incompréhension :

— Maman, pourquoi Papa n'est-il pas avec nous ? Regarde, autour de nous les autres enfants ont leur papa avec eux. Pourquoi pas moi ?

Sans un mot, je serrai sa petite main dans la mienne. Que pouvais-je dire ? Sa réflexion traduisait exactement ce que je ressentais moi-même.

Ma mère intervint :

— Ne t'inquiète pas, ma petite chérie, dit-elle à Carine, lorsque ton papa sera revenu de voyage, il sera de nouveau avec toi.

Dehors, nous fûmes accueillies par une averse de neige fondue et des bourrasques de vent glacial. Parmi les gens qui sortaient du cinéma avec nous, j'aperçus soudain un collègue de Renaud que je connaissais, Jean-Yves, avec sa femme et ses deux enfants. Eux aussi me virent. Ils me saluèrent. Je ne tenais pas à leur parler, mais il y eut un moment de bousculade et, sans l'avoir voulu, je me retrouvai face à eux. Je remarquai l'air gêné de Jean-Yves, et je me dis qu'il devait certainement être au courant de la situation. J'essayai de me composer un visage indifférent et échangeai avec eux quelques banalités.

Leurs deux enfants, un garçon et une fille de dix et huit ans, avaient accaparé Carine. J'entendis le garçon lui demander, d'une voix impérative, un bonbon ou un chewing-gum. Carine répondit qu'elle n'en avait pas. Du coin de l'œil, je les observais avec inquiétude. Je savais, pour les avoir déjà rencontrés avec Renaud, que ces enfants étaient insupportables. Leurs parents m'avaient affirmé une fois, avec fierté, qu'ils pratiquaient une éducation sans contrainte ni punition. Ils laissaient leurs deux enfants libres de faire tout ce qui leur plaisait, et ne leur interdisaient jamais rien. Le résultat était que le jeune Marc et sa sœur étaient tout à fait odieux, et je me souvenais qu'une fois où ils étaient venus dîner à la maison, ils avaient cassé délibérément la moitié des jouets de Carine sans recevoir aucune remontrance de leurs parents.

Je pris prétexte du froid, de la pluie et du vent pour prendre congé. Je mis fin au bavardage insipide de Martine, la femme de Jean-Yves, leur serrai la main à tous deux, me dirigeai vers Carine qui était un peu plus loin et que ma mère surveillait.

Alors que je m'approchais, j'entendis Marc, debout devant elle, affirmer d'une voix perçante :

— Et moi je te dis que ton papa n'est pas en voyage. Il vous a laissées pour aller vivre avec une autre femme. Je le sais, mon père l'a dit à ma mère.

Horrifiée, je pris la main de Carine, l'entraînai :

— Viens, nous partons.

Tout en marchant près de moi, ma mère grommela avec colère, d'une voix indignée :

— Quel sale gosse ! Qu'avait-il besoin de dire ça à Carine, je te le demande !

Je jetai un rapide coup d'œil à ma fille. Je vis que ses lèvres tremblaient. Avec compassion, je me penchai vers elle, dis doucement :

— Ne crois pas ce chenapan de Marc. Il a parlé ainsi pour te taquiner.

Sur son visage passa une expression poignante de doute et d'espoir mêlés :

— Alors ce n'est pas vrai, ce qu'il a dit ?

Je m'obligeai à affirmer, avec une conviction que j'aurais bien voulu éprouver :

— Non, bien sûr que non, ce n'est pas vrai.

Redoublant d'intensité, la bourrasque de neige nous força à courir jusqu'à l'appartement. Nous fûmes heureuses de nous retrouver chez nous, à l'abri et au chaud. Mais combien ces pièces paraissaient ternes sans la présence de Renaud !

Ma mère nous quitta, et je restai seule avec Carine. Ses cadeaux étaient dans un coin du living, là où elle les avait abandonnés le matin même, et elle ne leur accorda pas un regard. Toute la soirée, elle demeura étrangement silencieuse.

Je remarquai qu'elle avait le visage rouge, les yeux anormalement brillants. Je tâtai son front ; il me parut brûlant. Je la déshabillai et la couchai. Sans parler, elle se laissait faire, complètement amorphe. Je restai près d'elle jusqu'à ce qu'elle s'endormît.

Dans la nuit, je l'entendis souvent bouger et pleurer dans son sommeil. Inquiète, j'allai la voir. Les yeux fermés, elle remuait le visage de gauche à droite, sans cesse. J'essayai de la calmer, de lui parler tendrement. Elle ne m'entendait pas. Je pris sa température : elle avait plus de 40 degrés. De plus en plus inquiète, au petit matin j'appelai le médecin.

C'était un tout jeune homme que je ne connaissais pas. Il m'apprit qu'il remplaçait notre médecin habituel pendant les congés de Noël. Il ausculta longuement Carine, et finalement eut une moue indécise :

— Avant tout, il faut faire baisser la fièvre. Je vais prescrire des antibiotiques.

Après son départ, je téléphonai à ma mère, qui vint aussitôt me rejoindre. Pendant qu'elle surveillait Carine, je sortis pour chercher les médicaments. En même temps, j'envoyai un télégramme à Renaud. En quelques mots, je réclamais sa présence auprès de sa fille malade. Cet appel parviendrait-il à le toucher ?

Le soir, le médecin revint. En voyant l'état de Carine, il fit une grimace :

— Continuez le traitement, dit-il. Et mettez-lui des compresses froides sur le front.

Toute la nuit, ma mère et moi nous nous sommes relayées à son chevet. Le petit visage de ma fille était rouge et boursouflé. Ses yeux, noyés de fièvre, étaient vides et ne nous voyaient pas.

Au matin, la fièvre n'avait toujours pas baissé. Alors le médecin ordonna le transport à l'hôpital. Ce fut, une fois de plus, un cauchemar, encore plus horrible. Je ne pensais plus à Renaud, à mon chagrin de l'avoir perdu. Seule comptait maintenant mon enfant, et farouchement, je ne souhaitais plus qu'une chose : sa guérison.

À l'hôpital, elle fut aussitôt mise en traitement. Ils la placèrent dans une chambre particulière, et la vue de son petit corps perdu dans le grand lit blanc m'arracha des larmes amères. Je croisai le regard de ma mère, et je compris que son tourment était identique au mien. Toutes les deux, nous sommes restées près de Carine, silencieuses, essayant de toutes nos forces de ramener vers nous mon enfant.

Dans le courant de la journée, je réalisai que Renaud n'était pas venu. Alors je sortis pour envoyer un autre télégramme, lui annonçant que Carine était gravement malade et qu'elle était à l'hôpital. Pour elle, je souhaitais qu'il vînt. La présence de son père, me disais-je, favoriserait peut-être la guérison de ma petite fille...

Il ne vint pourtant pas, et je commençai à m'inquiéter. C'était son enfant, tout de même, et il l'aimait. Comment pouvait-il ne pas venir ?... L'état de Carine restait alarmant. Après deux jours de traitement intensif, la fièvre baissa un peu mais, malgré tout, ma fille ne retrouvait pas sa lucidité. Elle nous regardait sans nous voir, et je serrais les lèvres sur les cris de souffrance qui me montaient du ventre.

Le surlendemain du jour où j'avais envoyé le télégramme, alors que je ne l'attendais plus, il arriva. Je le vis entrer dans la chambre comme un fou, le visage tendu, les yeux emplis d'angoisse. J'étais seule avec Carine, ma mère était allée, sur mon insistance, se reposer, car elle était épuisée. Il me regarda, regarda notre enfant immobile dans le grand lit :

— Nathalie, dit-il, mon Dieu, Nathalie... Que se passe-t-il ?

— N'as-tu pas eu mon télégramme, mes télégrammes ? Il dit, et j'eus pitié du remords que je lisais dans ses yeux :

— Je suis rentré aujourd'hui, à l'instant. J'étais parti avec Sandra, depuis dix jours, aux sports d'hiver. Je viens de trouver, ensemble, la lettre au Père Noël, et les télégrammes... Oh ! Nathalie, qu'a-t-elle ?

Je le lui expliquai, sans minimiser la déception éprouvée par Carine. Son visage refléta une telle souffrance que j'eus mal pour lui. Il s'approcha du lit, se pencha sur sa fille, prit une de ses mains dans les siennes :

— Ma Carine, dit-il tout bas, ma petite fille...

Il la regarda, longuement, intensément, les yeux pleins d'un immense amour. Et, sous ce regard, Carine remua. Sentit-elle, là où elle était, que ce père qu'elle avait tant réclamé était là, de nouveau près d'elle ? Ses cils frémirent, et elle ouvrit les yeux. Ce fut Renaud qu'elle aperçut, tout de suite. Alors je vis la vie revenir dans son regard. Ce fut, sur son visage, comme un lever de soleil, une aube resplendissante. Il exprima un tel émerveillement, un tel bonheur, qu'il en parut illuminé de l'intérieur. Elle eut un sourire d'une douceur ineffable, et murmura d'une voix extasiée :

— Papa...

Il se pencha et l'embrassa, avec une tendresse infinie. D'une voix que l'émotion rendait rauque, il dit :

— Ma petite Carine... Guéris vite, ma chérie, je suis là maintenant.

Elle murmura, en regardant son père avec adoration :

— Alors, le Père Noël a quand même reçu ma lettre... J'ai cru qu'il ne me donnerait pas ce que je lui demandais, et j'ai eu peur...

Des larmes dans ses yeux clairs, profondément ému, Renaud dit :

— Le Père Noël reçoit toutes les lettres, et il fait toujours ce qu'on lui demande. Parfois, il a un peu de retard, mais il ne faut pas lui en vouloir : il a tellement à faire !

Il sourit à sa fille à travers ses larmes. Carine poussa un profond soupir et demanda, une inquiétude dans la voix :

— Dis, tu es revenu pour toujours ? Tu ne vas plus partir, dis, tu ne vas plus t'en aller et nous laisser ?

Je vis Renaud secouer la tête. Gravement, tendrement, il dit à sa fille :

— Non, je ne vais plus m'en aller. Je suis revenu pour rester toujours près de toi.

En proie à une intense émotion, je me taisais. Je n'osais pas encore croire à mon bonheur : mon enfant allait mieux, et Renaud était revenu. Allait-il rester, comme il le promettait ? Ou disait-il cela uniquement pour rassurer sa fille ?

Un médecin entra. En voyant Carine éveillée, il fut agréablement surpris. Il lui tâta le front, lui prit le pouls. Les yeux brillants comme des étoiles, ma petite fille lui annonça avec fierté :

— Mon papa est revenu.

Le médecin se tourna vers Renaud :

— Eh bien, monsieur, je puis dire que votre présence a opéré un véritable miracle. Elle a fait plus, à elle seule, que des jours entiers de traitement.

Il tendit à Carine un verre empli d'un liquide opaque :

— Tiens, bois ça maintenant. Tu vas dormir, et quand tu te réveilleras, tu seras tout à fait guérie.

Docilement, les yeux fixés sur son père, Carine but tout, jusqu'à la dernière goutte. Ensuite, sans quitter la main de Renaud qu'elle serrait entre les siennes, elle s'endormit paisiblement.

Le médecin sortit, et Renaud se tourna vers moi :

— Nathalie, dit-il, pourras-tu jamais me pardonner ?

Je compris qu'il me revenait, et l'émotion m'empêcha de répondre. Il prit mon silence pour une hésitation. Il baissa la tête et avoua d'une voix sourde :

— Je sais bien que tu as le droit de m'en vouloir. J'ai si mal agi envers toi, envers vous deux. Mais c'est fini, bien fini, je te le jure. J'ai compris ce que valait Sandra. Je me demande encore comment elle a pu m'éblouir. Égoïste, frivole, elle ne pense qu'à s'amuser. Impossible, avec elle, d'avoir une soirée calme. Il fallait qu'elle me traîne partout. Avant-hier, lors d'une soirée organisée par la direction de l'hôtel, je l'ai vue embrasser un de nos amis. À mes reproches, elle a répondu par une scène. J'ai compris alors ce qu'elle valait vraiment. Ce n'était pas moi qui l'intéressais, mais ma situation, ce que je pouvais lui offrir...

Ainsi, ma mère avait raison. « Une véritable petite garce » avait-elle dit.

Renaud me regarda de nouveau, une supplication dans ses yeux clairs :

— Comment ai-je pu te quitter pour elle, toi si douce, si bonne, si désintéressée ? Crois-moi, cela me servira de leçon. Sais-tu qu'elle m'a avoué, au beau milieu de la scène que nous avons eue, qu'elle t'avait envoyé trois lettres anonymes ? Je n'éprouve plus pour elle que du dégoût.

Il tendit une main vers moi :

— Je te supplie de me pardonner, Nathalie. Recommençons tout à zéro, veux-tu ?

Je vis la sincérité, l'espoir, l'amour éclater dans ses yeux. Je décidai de lui faire confiance. Il me promettait un nouveau départ. Pour moi, pour Carine, je ne refuserais pas. J'avais été meurtrie mais, à moi aussi, cela servirait de leçon. Au lieu de m'endormir dans ma routine, je resterais vigilante. Oui, je lui pardonnais et, de toutes mes forces, j'essaierais d'oublier. Je ne voulais voir que son repentir, et son évidente bonne volonté. Et aussi, son amour redevenu intact pour nous deux, Carine et moi.

Une nouvelle fois, il demanda, le visage inquiet :

— Veux-tu, Nathalie ? Veux-tu de moi de nouveau et, je te le promets, pour toujours ?

En souriant, timide devant mon bonheur qui revenait, je dis tout bas :

— Oui, je veux bien, Renaud.

Et, par-dessus la tête de notre enfant endormie, nos mains se sont jointes, et ne se sont plus quittées.

Lucie

Malgré le soleil, le temps restait frais. L'automne était arrivé et, déjà, une humidité insidieuse, dans l'atmosphère, annonçait la fin des beaux jours.

Lucie se redressa, une main sur les reins, en réprimant une grimace de douleur. Elle lança un regard satisfait à son parterre de rosiers qu'elle venait de préparer pour l'hiver. La terre fraîchement remuée exhalait une odeur d'humus que Lucie respira profondément. Machinalement, elle se massa le dos, afin d'estomper la douleur qui irradiait tout le long de sa colonne vertébrale.

« Je ne rajeunis pas, pensa-t-elle. Dans quelques mois, j'aurai soixante-dix ans. Pourtant, je ne me sens pas vieille ! S'il n'y avait pas ces maudites douleurs... »

Elle décida avec sagesse de cesser là son travail de jardinage et elle s'assit sur le muret qui séparait la maison du jardin. Exposée au sud, la terrasse était en plein soleil, et Lucie ferma les yeux sous la douce chaleur automnale. Un engourdissement bienfaisant l'envahissait. Minouche, la chatte blanche et grise, vint se frotter en ronronnant contre les jambes de sa maîtresse, puis se roula en boule et ne bougea plus.

Lucie caressa la tête fine de la chatte, et le ronronnement s'accentua. À mi-voix, Lucie se mit à lui parler et Minouche, les yeux mi-clos, semblait l'écouter. Lorsqu'elle était seule, Lucie bavardait avec Minouche comme si elle avait été un être humain. C'était une habitude qu'elle avait prise dès le début, à partir du jour où ses enfants lui avaient apporté ce petit chaton tout doux, à peine plus gros qu'une pelote de laine...

Lucie soupira en se rappelant qu'à cette époque, elle avait traversé une période très dure. Albert, son mari, son compagnon de quarante années, venait de mourir subitement. Elle s'était retrouvée seule, hagarde, abrutie de douleur, n'arrivant pas à réaliser, et encore moins à admettre. C'étaient ses enfants qui l'avaient aidée à remonter la pente et, grâce à eux, grâce à leur tendresse, à leur affection, elle avait trouvé le courage de continuer à vivre.

Ils venaient souvent la voir. Ainsi, elle n'était jamais longtemps seule. L'aînée, Odile, venait d'avoir quarante ans. Elle aussi avait eu à surmonter une épreuve douloureuse. Cinq ans auparavant, son mari était décédé d'une rupture d'anévrisme. Mais Odile avait une nature énergique. Malgré son chagrin, elle ne s'était pas laissé abattre. Elle était restée seule avec Laurence, sa fille, qui avait alors dix ans. Et elle avait continué à exercer son métier de professeur d'allemand comme si rien ne s'était passé.

La seconde fille de Lucie, Marie-Thérèse, que tout le monde appelait Marité, avait trente-cinq ans. Lucie sourit en pensant à elle. Marité était l'artiste de la famille. Depuis toujours, elle vivait la tête dans les nuages. Dès son enfance, imaginative, intuitive, très douée pour le dessin, elle s'était construit un monde à elle, bien éloigné de toute contingence matérielle. Actuellement, elle travaillait pour une maison d'édition, comme illustratrice de livres pour enfants. Elle peignait aussi, de temps à autre, et il fallait reconnaître que ses toiles se vendaient bien. Elle avait un mari charmant, et deux enfants que Lucie adorait : Raphaël, onze ans, et Lætitia, sept ans. Comme ils habitaient en ville, ils venaient souvent chez Lucie, où ils pouvaient courir librement et jouer dans le jardin.

Avec une tendresse toute particulière, Lucie pensa à son troisième enfant, son seul fils, Frédéric, le « petit dernier » de la famille. À vingt-huit ans, il était toujours célibataire. Il travaillait dans une banque, et il habitait en ville, lui aussi, un studio situé dans un immeuble neuf, à la périphérie. Il vivait seul, et Lucie affirmait qu'il se nourrissait mal : il mangeait dans un self à midi, et, le soir, il se faisait réchauffer un plat surgelé. Le samedi et le dimanche, s'il était libre, il venait chez Lucie qui lui préparait un repas soigné. Lorsque la saison le permettait, elle lui servait son plat préféré, un gratin d'endives qu'elle appelait *chicons*. Elle s'occupait de lui avec sollicitude, comme s'il était encore son petit. Et c'était vrai que, pour Lucie, bien que son fils fût devenu adulte, il était toujours le petit dernier, l'enfant qu'elle avait eu à l'âge de quarante-deux ans, alors que ses filles avaient déjà douze et sept ans.

Le vent fraîchit subitement, la chaleur du soleil parut soudain s'évanouir. Lucie se leva.

— Allez, viens, Minouche, on rentre.

De la terrasse, elle aperçut Delphine, la fille des voisins, qui rentrait du lycée. L'autobus venait de la déposer au coin de la rue. Elle adressa à Lucie un signe amical, s'approcha du portail :

— Dites-moi, Lucie... C'est samedi aujourd'hui. Frédéric va venir ce soir ?

— Oui. Je vais d'ailleurs lui préparer un gratin de chou-fleur. Il adore ça.

— J'ai un problème extra-dur à faire pour lundi. Comme il a toujours été un crack en maths, je voudrais lui demander s'il peut m'aider. Pourrai-je venir le lui montrer ?

— Bien sûr, ma petite Delphine. Tu sais que Frédéric est toujours content de te rendre service.

Lucie regarda avec attendrissement la jeune fille se diriger vers sa maison. Delphine, c'était presque sa quatrième enfant. À l'époque où ses parents avaient acheté le pavillon voisin, elle n'était qu'un bébé. C'était Lucie qui la gardait lorsque ses parents devaient s'absenter. Frédéric, alors âgé de dix ans, avait adopté la petite fille comme une jeune sœur. Et elle, en grandissant, avait toujours admiré ce garçon un peu turbulent qui, pour elle, oubliait ses gestes brusques et savait se faire doux et attentionné.

Le lundi, Lucie vit arriver Odile, sa fille aînée, qui terminait ce jour-là ses cours à 16 heures. Elle venait directement du lycée, bavarder quelques instants avec sa mère. Lucie préparait du café, et elles buvaient en parlant de tout et de rien. Lucie aimait ces moments où elle se retrouvait seule avec sa fille, et elle prêtait toujours une oreille attentive à ce qu'Odile lui racontait.

Contrairement aux autres fois, Odile but son café en silence. Elle avait une expression pensive, et en même temps une sorte d'exaltation secrète faisait briller ses yeux. En posant sa tasse de café, Lucie remarqua :

— Tu es bien silencieuse, mon enfant. Qu'y a-t-il ?

Odile releva la tête, et ses cheveux blonds dansèrent autour de son visage. Lucie remarqua que sa fille les avait fait éclaircir et couper d'une façon qui la rendait plus jeune. Elle le lui dit :

— Ta nouvelle coupe de cheveux est ravissante. Elle te va très bien.

Odile rosit de plaisir, et eut un sourire juvénile qui la fit soudain ressembler à une adolescente. Lucie eut l'impression de la revoir à l'époque où elle était tombée amoureuse de Bruno, son mari décédé cinq ans auparavant. Elle retrouvait dans les yeux de sa fille la même lumière, le même émerveillement.

— Il y a quelque chose, n'est-ce pas, mon enfant ? Je le vois dans tes yeux.

Odile hocha la tête, et un sourire lumineux éclaira son visage :

— Maman, pour la première fois depuis la mort de Bruno, j'ai compris aujourd'hui que je pouvais encore être heureuse. Tu vois, je m'étais résignée à vivre sans amour, uniquement pour Laurence. Et puis, cette année, depuis la rentrée, j'ai commencé tout doucement à changer d'avis.

Elle se tut, et son sourire se fit rêveur. Lucie posa une main sur celle de sa fille, demanda simplement :

— Comment s'appelle-t-il ?

— Il s'appelle Marceau. Il est prof de sport. Il est arrivé au lycée à la rentrée de septembre. Tout de suite, il m'a plu. Et ça a été réciproque. Nous nous voyons tous les jours, nous sommes souvent ensemble. Nous nous attachons l'un à l'autre d'une façon solide, durable. Je crois que, avec lui, je pourrais refaire ma vie.

Elle serra la main de sa mère entre les siennes, avec enthousiasme :

— Tu le verras. Je suis sûre que tu l'aimeras. Il est franc, sincère, loyal. La première chose qui m'a attirée chez lui, c'est son regard. Il est direct. Je me suis dit : « Un homme qui a un pareil regard ne doit pas tricher, ni mentir. »

— C'est bien. La droiture, c'est une qualité importante. Quel âge a-t-il ?

— Il a mon âge. Et lui aussi, il a connu une épreuve très dure. Il a perdu sa femme et sa fille dans un incendie. Il était parti en excursion avec ses élèves, et lorsqu'il est revenu, le soir, il a retrouvé sa maison calcinée, sa femme et sa fille mortes, asphyxiées par la fumée. Il dit qu'il a cru devenir fou.

— Il y a de quoi, opina Lucie. Tu envisages sérieusement de refaire ta vie avec lui ?

— Je commence à l'envisager, oui. Tu ne me blâmes pas, n'est-ce pas, maman ?

— Oh non, pas du tout, ma petite fille. Au contraire, je suis heureuse que tu refasses ta vie. Mais... as-tu pensé à Laurence ?

Un instant, le visage d'Odile s'assombrit :

— Laurence... Oui, je sais. Il va falloir que je lui parle. J'appréhende sa réaction. Elle aimait tellement son père ! Je ne sais pas comment elle va accepter l'idée que j'épouse un autre homme.

— Ce sera difficile, je le crains. Elle n'avait que dix ans lorsque Bruno est mort. Je me souviens de son désespoir. Il était son idole, son dieu.

Odile eut un geste d'assentiment silencieux. Oui, elle savait mieux que quiconque combien sa fille et son mari s'aimaient. Il avait toujours existé entre eux une complicité merveilleuse. Ils n'avaient pas besoin de se parler ; souvent, un regard leur suffisait pour se comprendre. Odile savait également que jamais personne ne pourrait remplacer, pour l'enfant, le père qu'elle avait perdu.

— À mon avis, suggéra Lucie, tu devrais lui en parler le plus tôt possible. Elle t'aime, et elle acceptera sans doute que tu sois heureuse à nouveau.

— Nous verrons. Je ne sais pas comment faire. À toi, j'en parle sans hésiter, parce que je sais que tu me comprendras. Mais Laurence... comprendra-t-elle ?

— Même si elle refuse au départ, elle finira bien par comprendre quand même. C'est une enfant intelligente. Et puis, elle n'est pas méchante. Elle ne voudra pas te faire de mal délibérément.

— Peut-être. Nous verrons bien, répéta Odile. Elle se tourna vers sa mère, eut un soupir :

— La vie n'est pas facile. Il y a toujours des problèmes, alors que tout pourrait être simple.

— À qui le dis-tu ! approuva Lucie. Il faut s'efforcer de résoudre les problèmes au mieux pour tout le monde. Ça non plus, ce n'est pas facile. Si je le peux, je t'aiderai, mon enfant. Je parlerai à Laurence. Nous nous entendons bien, elle et moi, et elle accepte, parfois, de suivre mes conseils.

Odile se leva, embrassa sa mère avec reconnaissance :

— Merci, maman. Maintenant je me sauve, je veux être rentrée lorsque Laurence reviendra du lycée. À plus tard. Et merci pour le café !

Elle courut jusqu'à sa voiture, et elle souriait en démarrant. Elle pensait à Marceau, à son allure sportive, virile, à son regard clair et franc. Oui, elle l'aimait. Elle n'hésiterait pas à le choisir comme compagnon, pour marcher à ses côtés et pour vieillir doucement, ensuite, auprès de lui. Elle était sûre qu'il serait le compagnon idéal. Mais comment le faire comprendre à Laurence ? L'adolescente ne vivait que dans le souvenir de son père.

En rentrant chez elle, Odile décida de ne rien dire pour le moment. Il valait mieux attendre un peu. Il n'y avait que quelques heures, après tout, que Marceau lui avait parlé. C'était ce midi, au self, alors qu'ils prenaient leur repas ensemble. À la fin, comme Odile allait se lever pour reporter son plateau, Marceau l'avait retenue en saisissant son poignet :

— Dis-moi, Odile, j'ai beaucoup réfléchi cette nuit. Je t'aime. J'ai envie d'être heureux avec toi. Qu'en penses-tu ?

Odile était restée coite, immobilisée par un immense éblouissement. Pendant plusieurs secondes, tout avait disparu : le décor, les tables autour d'eux, le bruit des conversations. Lorsqu'elle était revenue sur terre, elle avait vu le regard de Marceau, qui l'interrogeait. Elle avait balbutié :

— Je... je ne m'attendais pas à ce que...

— À ce que je te dise ça, là, maintenant, sans prévenir ? Moi non plus, à vrai dire. C'est parti tout seul. Une impulsion. Je t'ai vue, devant moi, si jolie, si attendrissante... Et j'ai parlé. Je suis désolé si j'ai été trop direct. Tu m'en veux ?

— Pas du tout. Au contraire... Moi aussi, Marceau, j'avais déjà pensé... Mais... Nous en reparlerons, si tu veux bien. Ailleurs, dans un autre endroit.

Ils s'étaient donné rendez-vous pour le lendemain, à la sortie des cours. Odile savait qu'elle dirait oui, et qu'elle s'engagerait sans regret. Il serait bien temps, alors, d'en parler à Laurence. D'ici là, rien ne pressait.

Le mercredi qui suivit, comme tous les mercredis, Raphaël et Lætitia vinrent passer l'après-midi chez leur grand-mère.

Depuis le début de la semaine, le temps restait couvert, mais il faisait doux. Les enfants jouèrent dans le jardin, et lorsque Lucie les rappela pour le goûter, ils arrivèrent avec des joues roses et des yeux brillants. Elle les régala avec un chocolat chaud et des sablés qu'elle avait confectionnés elle-même. Raphaël remarqua :

— C'est toujours délicieux ce que tu nous fais,

mamie. À la maison, maman n'a jamais le temps de préparer les repas. Et lorsqu'elle peint, elle oublie l'heure de manger. Alors, papa se met en colère, et elle fait réchauffer en vitesse un plat surgelé, au four à micro-ondes.

Lucie connaissait cet aspect du caractère de sa fille, et elle dit simplement :

— Mais moi, je n'ai pas de four ultrarapide. Alors, je suis bien obligée de préparer mes repas à l'avance.

À 18 heures, comme d'habitude, elle les ramena chez eux. Ils s'engouffrèrent à l'arrière de sa petite Fiat Panda, qu'elle utilisait pour des petits parcours. Le soir tombait, teintant les rues de la ville d'une ombre bleue. Les vitrines des magasins s'allumaient. Le petit Raphaël, le nez collé à la vitre de la portière, s'écria soudain :

— Regarde, mamie ! Là-bas, c'est papa !

— Papa ? Où ? demanda Lætitia, tournant la tête de tous côtés.

— Là-bas, dans l'autre sens. Sa voiture est arrêtée au feu rouge.

Lucie regarda. C'était bien son gendre, en effet. Il n'était pas seul. Près de lui, une jeune femme brune lui souriait ; il se penchait vers elle avec, sur le visage, une expression tendre qui fit froncer les sourcils à Lucie. Lorsque le feu passa au vert, il démarra, et sa voiture croisa celle de Lucie. Les enfants crièrent, en faisant de grands signes :

— Papa ! Papa !

Mais il ne les vit pas, trop accaparé par sa jolie compagne. Raphaël constata, déçu :

— Il ne nous a pas vus. Et puis, il était avec une femme. Qui est-ce ? Je ne la connais pas.

— Oh ! C'est sans doute une cliente, dit Lucie en prenant un ton dégagé.

Elle s'efforçait de le croire. Après tout, c'était possible. Lorsqu'il s'était retrouvé au chômage, quelques années auparavant, Christian était resté de longs mois sans travail. Il avait alors décidé de créer une société d'installation d'alarmes antivol.

— À notre époque, avait-il dit, avec les cambriolages qui augmentent sans cesse, c'est une entreprise qui ne peut que réussir.

Il avait eu raison. Il avait rapidement engagé un, puis deux employés. Il se rendait souvent au domicile des clients, et tout à l'heure, cette jeune femme, dans la voiture, en faisait certainement partie. Lucie avait décidé de ne pas y attacher d'importance.

Lorsqu'elle arriva au domicile de sa fille, elle dut sonner longuement avant que Marité vienne ouvrir. Coiffée n'importe comment, habillée d'un vieux pull déformé et d'un jean taché de peinture, elle s'écria :

— Oh, c'est toi maman ! Il est déjà 18 heures ? Je ne me rendais pas compte. Lorsque je peins, je ne vois pas le temps passer.

Ils entrèrent, et Lucie pinça les lèvres devant le désordre qui régnait dans l'appartement. Elle ne dit rien, mais Marité s'aperçut de son regard circulaire et chargé de réprobation.

— Je n'ai pas eu le temps de ranger. Je voulais absolument terminer mes aquarelles aujourd'hui. Je dois d'ailleurs finir la dernière avant ce soir.

— Si tu veux, proposa Lucie, je peux t'aider. Comment peux-tu vivre dans un désordre pareil ?

Marité eut un geste désinvolte :

— Oh, je n'y fais pas attention. Je ne le vois même pas. Tu sais bien ce que papa disait toujours de moi. J'ai la tête dans les nuages, et je m'aperçois à peine de ce qui m'entoure.

— C'était sans importance lorsque tu étais enfant

ou adolescente, remarqua Lucie. Mais maintenant, tu as un mari et deux enfants. Tu dois t'occuper de ton intérieur, ma chérie.

Marité repoussa sa frange de cheveux d'une main impatiente.

— J'ai commencé à peindre en début d'après-midi. Je me sentais très inspirée et, dans ces moments-là, il faut que j'en profite. De plus, ce sont des aquarelles que je dois envoyer au plus tard à la fin de cette semaine.

— Eh bien, va les terminer, conseilla Lucie. Je vais mettre un peu d'ordre avant de partir.

Avec une visible satisfaction, Marité se dirigea vers la pièce qu'elle avait baptisée son « atelier ». C'était la pièce la mieux éclairée de la maison, et lorsqu'elle s'y trouvait, elle exigeait de n'être pas dérangée. Elle alla s'y enfermer, et Lucie se tourna vers les enfants :

— Allez regarder les dessins animés à la télé. Pendant ce temps, je vais ranger la maison.

Elle rangea, nettoya, balaya. Dans la cuisine, les assiettes et les couverts du déjeuner voisinaient, dans l'évier, avec une poêle et deux casseroles. Lucie grommela :

— Quand même, elle aurait pu prendre le temps de les mettre dans le lave-vaisselle !

Des vêtements et des chaussures traînaient un peu partout. Elle trouva même le peignoir de l'un des enfants sur le canapé du salon. Elle le ramassa, et alla le ranger dans la salle de bains. Lorsque tout fut à peu près en ordre, elle cria à Marité, à travers la porte de son atelier :

— Je m'en vais, ma chérie ! À plus tard !

Il n'y eut pas de réponse. Ne voulant pas déranger davantage sa fille, Lucie s'en alla dans le salon dire au revoir aux enfants. Captivés par le dessin animé, ils l'embrassèrent distraitement.

Lucie sortit en pensant qu'il serait temps que Marité ait enfin les pieds sur terre. Malgré elle, elle revit l'expression du visage de Christian, tandis qu'il se penchait sur sa passagère. Elle ne pouvait s'empêcher de ressentir une pointe d'inquiétude, sournoise mais persistante.

Dans l'appartement, rien ne bougea jusqu'au retour de Christian. Lorsqu'il revint, les enfants étaient toujours devant la télévision, et Marité venait de terminer sa dernière aquarelle. Elle se précipita au-devant de son mari :

— Te voilà déjà ? Quelle heure est-il ?

— Bientôt 20 heures.

— Déjà ! Je n'ai pas vu le temps passer.

Christian posa avec lassitude son attaché-case sur le sol. Il regarda sa femme sans tendresse. Elle avait de la peinture sur le visage, et il pensa avec amertume qu'elle n'avait pas dû prendre le temps de se coiffer.

— C'est toujours la même rengaine, soupira-t-il. Le repas n'est pas prêt, je suppose ?

— Non, mais ça ne va pas tarder. Je vais mettre quelque chose au four.

— Encore un plat surgelé ? J'aimerais bien, de temps en temps, avoir un repas digne de ce nom. Et j'aimerais bien aussi qu'il soit prêt lorsque je rentre. J'aurais l'impression d'être attendu, et ce serait agréable. Plus agréable en tout cas que de m'entendre dire, lorsque je reviens après une journée de travail : « Te voilà déjà ? »

Marité eut un soupir exaspéré :

— On a raison de dire que les artistes sont souvent incompris. J'ai peint tout l'après-midi, Christian. Moi aussi, j'ai mon travail.

— Mais ce travail, tu peux l'arrêter quand tu veux. Tu peux au moins prévoir de préparer le repas avant que je rentre.

— Je te l'ai déjà dit maintes fois : quand je peins, j'oublie tout.

— Eh bien, essaie de ne pas nous oublier, les enfants et moi. Nous existons, figure-toi.

Ils se regardèrent avec colère, prêts à se disputer. Marité retint une réponse cinglante et se détourna. Christian remit son imper qu'il venait d'ôter et déclara :

— Cette discussion m'a énervé. Je sors. J'ai besoin de marcher pour me calmer. J'espère que tout à l'heure, lorsque je reviendrai, je trouverai le repas enfin prêt et les enfants en pyjama.

Il sortit en claquant la porte, descendit rageusement les escaliers. Sur le trottoir, il s'arrêta pour allumer une cigarette. Ses mains tremblaient. Il respira profondément pour tenter de se calmer. Tout en marchant, il se mit à réfléchir. Il devait reconnaître qu'il supportait de moins en moins le caractère bohème et artiste de Marité. Il avait l'impression qu'elle ne pensait qu'à sa peinture, et que les enfants et lui-même passaient en second. De plus, il avait une nature ordonnée, et même méticuleuse, et il souffrait du désordre continuel qui régnait dans l'appartement.

Il jeta le mégot de sa cigarette et fit demi-tour. Il se sentait mieux. Avec tendresse, il pensa à Françoise. Il l'avait connue en tant que cliente, au début, et il était allé chez elle plusieurs fois pour l'installation d'un système d'alarme. Ils avaient sympathisé, et leur relation avait fini par prendre un tour plus intime. Sans l'avoir prémédité, un soir, elle était devenue sa maîtresse. Il n'avait pas eu l'intention de tromper Marité, mais il n'avait rien regretté.

Chaque fois qu'il allait chez Françoise, il était émerveillé par l'ordre et le calme qui régnaient dans son logement. Elle-même était toujours vêtue de façon féminine et seyante, même lorsqu'elle était en tenue d'intérieur. Il ne pouvait s'empêcher de la comparer à Marité, au détriment de celle-ci. Il trouvait chez Françoise l'équilibre qui lui manquait dans son propre foyer.

Lorsqu'il revint chez lui, les enfants étaient en pyjama et le repas prêt. Il s'assit et se mit à manger en silence. Raphaël et Lætitia racontaient leur après-midi chez leur mamie, et Marité s'intéressait à ce qu'ils disaient, leur posait des questions. Christian devait reconnaître que, lorsqu'elle n'était pas prise par sa peinture, elle savait être très proche des enfants, bien plus qu'il ne l'était lui-même.

— Et quand mamie nous a ramenés, continuait Raphaël, nous t'avons croisé, papa. Mais tu ne nous as pas vus.

Christian, arraché à ses pensées, sursauta :

— Ah bon ? Où ça ?

— Dans la rue nationale, au feu rouge. Il y avait une femme avec toi dans la voiture. Mamie a dit que ce devait être une cliente.

Christian baissa les yeux et se composa un visage indifférent. Une femme ? C'était Françoise, évidemment. Elle travaillait à la poste et terminait son service à 17 heures. Lorsqu'il le pouvait, il allait la chercher et la reconduisait chez elle. C'était, pour lui, une halte dans sa journée de travail qui lui faisait du bien.

— Oui, bien sûr, confirma-t-il, les yeux toujours baissés. C'était une cliente.

Malgré son désir de paraître à l'aise, il avait parlé d'une voix contrainte et peu naturelle. Il ne vit pas le regard mi-étonné mi-inquiet que lui lançait Marité.

— Maman, dit Frédéric à Lucie, je suis amoureux.

Lucie leva les yeux vers son grand fils, et un sourire illumina son visage. Une étincelle d'amusement brilla dans les yeux de Frédéric.

— Je sais ce que tu vas me dire : ce n'est pas trop tôt. Depuis le temps que tu me répètes qu'il serait temps que je me marie !

Son visage se fit sérieux, et il continua, plus grave :

— Je crois que je vais enfin envisager sérieusement cette possibilité. Qu'en penses-tu ? Avec Odile, ça fera deux mariages d'un seul coup !

Lucie s'assit. La tête lui tournait. Elle s'attendait si peu à une nouvelle de ce genre, surtout de la part de Frédéric. Son fils avait toujours été trop sérieux, renfermé, et de plus il s'était toujours montré timide envers les filles. Pourtant, Lucie le trouvait séduisant. Mais ses lunettes à grosse monture lui donnaient un air sévère, et il souriait trop rarement. Et son sourire, justement, était ce qu'il avait de mieux ; chaleureux, il s'ouvrait sur des dents parfaites et régulières. Il transformait le visage austère de Frédéric en le rendant beaucoup plus amical et plus attrayant.

— Qui est-elle ? demanda Lucie.

— Elle s'appelle Marjorie, elle a vingt-cinq ans. Voici plusieurs semaines qu'elle travaille à la banque. Elle est si belle que j'ai été complètement ébloui. Au début, je n'osais même pas lui adresser la parole. Mais elle a réussi à me faire comprendre que je lui plaisais, et j'ai osé lui demander de sortir avec moi. Elle a accepté tout de suite. Depuis, je nage dans le ravissement.

Lucie se sentait émue. Son fils amoureux, prêt à se marier ! Jamais il ne lui avait fait un aveu pareil.

— Il faudra que je te la présente, continuait-il avec une excitation d'enfant heureux. Il est temps que vous

vous connaissiez, toutes les deux. J'espère que tu l'aimeras.

Il regarda sa montre :

— Ce soir, je ne peux pas rester plus longtemps. J'ai promis à Marjorie de passer la prendre et de l'emmener au cinéma. Je ne veux pas la faire attendre.

Il quitta sa mère rapidement et Lucie rit de son empressement. Tout en se dirigeant vers le studio où habitait Marjorie, au volant de sa voiture, Frédéric sifflotait. Il se sentait heureux. Il était tombé amoureux de Marjorie au premier regard, dès qu'il l'avait vue.

Elle était si ravissante qu'il en était resté bouche bée. Une abondante chevelure blonde, des yeux verts en amande, un petit nez mutin, une bouche pulpeuse... Elle était toujours admirablement coiffée et maquillée, habillée de vêtements chics, élégants et de bon goût. Au bout de plusieurs jours c'était elle qui, la première, avait adressé la parole à un Frédéric toujours muet de ravissement.

Il lui avait proposé de prendre un pot un soir, à l'heure de la sortie. Puis, un autre soir, il l'avait emmenée au restaurant. Cette fois-ci, elle l'avait invité à prendre un dernier verre chez elle, et ils s'étaient retrouvés dans son lit. Frédéric, parfois, se sentait un peu embarrassé lorsqu'il pensait à la rapidité avec laquelle elle était devenue sa maîtresse. Lui, il aimait prendre son temps, et cela ne l'aurait pas ennuyé d'attendre un peu plus, de connaître davantage Marjorie, de lui faire un peu la cour, comme on disait à l'époque où Lucie était jeune.

Parfois, il repoussait l'idée qui lui venait et qui suggérait que Marjorie était peut-être une fille facile. Il s'en voulait d'avoir de telles pensées. Il se disait que c'était lui, plutôt, qui était vieux jeu. Et si Marjorie avait cédé si vite, cela signifiait tout simplement qu'elle était aussi éprise de lui qu'il l'était d'elle.

Lorsqu'il sonna à sa porte, elle vint ouvrir, déjà prête. Il la regarda, émerveillé. Il la trouvait plus belle que la plus belle des stars. Un maquillage parfait étirait vers les tempes ses yeux verts, les faisant paraître plus grands et plus langoureux, et une masse de cheveux encadrait son visage dans un désordre de boucles savant et artistiquement réussi.

Frédéric se pencha, la prit dans ses bras, voulut l'embrasser. Elle s'écarta, détourna son visage :

— Ne me décoiffe pas, s'il te plaît. Et attention à mon rouge à lèvres. Ne m'embrasse pas.

Frédéric demeura immobile, l'air stupide, les bras ballants. Marjorie mit son manteau, ses gants, prit son sac à main.

— Ce sac commence à vieillir, remarqua-t-elle.

— Pas du tout, protesta Frédéric avec sincérité. Il est très beau.

Elle le regarda avec dédain :

— Tu n'y connais rien. Moi, je te dis qu'il m'en faut un neuf. Près du cinéma, il y a une maroquinerie. L'autre jour, en vitrine, j'ai remarqué un modèle qui me plaît bien. Je te le montrerai tout à l'heure.

Ils sortirent du studio et, tout en prenant le bras de Marjorie, Frédéric ressentait une fierté de propriétaire. Il pensa que, si cela pouvait lui faire plaisir, il lui offrirait ce nouveau sac à main qu'elle avait remarqué. Depuis qu'ils se connaissaient, elle avait déjà émis des désirs de ce genre, qui toujours concernaient son élégance : un nouveau foulard, un nouveau bijou, un nouveau parfum. Chaque fois, Frédéric était heureux de les lui offrir. Elle était si jolie qu'elle méritait de posséder ce qu'il y avait de plus beau.

La cloche annonçant la fin des cours venait de sonner. Odile suivit le flot d'élèves jusqu'à la sortie. Dehors, une humidité pluvieuse faisait luire l'asphalte des rues et les lumières des magasins s'y reflétaient, donnant à la ville une atmosphère de fête, identique à celle qui précède Noël.

Odile pensa à Marceau, et une bouffée de bonheur l'envahit. Il lui avait avoué qu'il l'aimait et qu'il désirait, avec elle, construire une nouvelle vie. Elle avait acquiescé, tout en demandant un peu de temps. Principalement à cause de Laurence. Il fallait qu'elle lui parle, et elle se demandait comment l'adolescente allait réagir. Elle avait décidé de le faire ce soir même, et elle se sentait un peu crispée. Elle avait pensé qu'elle présenterait Marceau d'abord comme un ami, et puis, progressivement, elle ferait comprendre à Laurence qu'il tenait une place bien plus importante dans sa vie.

Lorsqu'elle arriva chez elle, Laurence n'était pas encore rentrée. Elle la vit arriver quelques instants plus tard, en compagnie de Freddy, un garçon de sa classe qui habitait plusieurs maisons plus loin. Ils faisaient souvent la route ensemble. Ils s'entendaient bien, rendus plus proches par leur situation similaire. Freddy, lui aussi, vivait seul avec sa mère, divorcée depuis plusieurs années. Il veillait jalousement sur elle, entendant bien demeurer le seul homme à ses côtés. Odile espérait qu'il n'aurait pas une mauvaise influence sur Laurence lorsqu'elle lui parlerait de Marceau.

L'adolescente entra dans la maison, claqua la porte, cria :

— Maman, tu es là ?

Avec un sourire, Odile vint à sa rencontre. Laurence, dans le couloir, ôtait son blouson. L'humidité avait bouclé ses cheveux et rosi ses joues. Elle ressemblait tellement à son père que le cœur d'Odile se gonfla de tendresse. Tout en regardant sa fille, elle cherchait le moyen le plus habile de parler de Marceau.

Elle n'eut pas le temps de réfléchir longtemps. Laurence accrocha son blouson au portemanteau et fit face à sa mère dans un mouvement agressif :

— Maman, Freddy vient de me dire quelque chose... Moi-même je l'avais déjà remarqué, mais je ne voulais pas y faire attention. Pourtant, au lycée, tout le monde s'en rend compte. Vous êtes toujours ensemble. Pourquoi es-tu tout le temps avec lui ?

Sous le ton acerbe, Odile décela une réelle inquiétude. Elle prit un air dégagé pour interroger :

— Tu parles de Marceau ?

— Oui, bien sûr. Ce nouveau prof de sport qui est arrivé à la rentrée.

— Il est vrai que nous avons sympathisé. Nous nous entendons bien, tous les deux. Quel mal y a-t-il à ça ?

Laurence ne répondit pas, se contentant de lancer un regard méfiant. Odile continua :

— J'aimerais que tu le connaisses. Tu comprendrais mieux pourquoi je suis si souvent avec lui. J'ai pensé à une rencontre entre vous deux, et je l'ai invité à déjeuner mercredi.

Laurence eut un sursaut :

— À déjeuner ? Où ça ? Ici ?

— Oui, bien sûr. Pour discuter, nous serons plus tranquilles ici que dans un lieu public.

La méfiance s'intensifia dans le regard de la jeune fille.

— Pourquoi veux-tu l'inviter ? Dans quel but ?

— Parce que c'est un ami que j'aime bien. Je le fais pour nos autres amis. Pourquoi pas pour lui ?

— Ce n'est pas pareil. D'abord, c'est ton ami, pas le mien. Et puis, c'est un homme seul. Je trouve ça louche. Que dirait papa ?

— S'il était encore là, je ne sais pas... Il sympathiserait peut-être avec Marceau. C'est un type bien. Il a eu un grand malheur, lui aussi. Il a perdu sa femme et sa fille.

— Mmmouais... marmonna Laurence. Ça veut dire qu'il est libre et qu'il cherche à se faire consoler. Ne tombe pas dans ses bras, en tout cas.

Ce fut au tour d'Odile de sursauter :

— Voyons, Laurence ! Je suis assez grande pour savoir ce que j'ai à faire. Ça me regarde.

Le regard de Laurence se fit hostile.

— Ça me regarde aussi. Je ne veux pas que tu oublies papa, et que tu le remplaces par le premier venu. Lorsque tu es avec ce... Marceau, tu le regardes comme si tu étais amoureuse de lui. L'autre jour, vous étiez dans la cour du lycée, et Freddy me l'a fait remarquer. Il a dit : « On dirait deux tourtereaux. Ils sont ridicules. »

— Ce que peut dire Freddy ne m'intéresse pas, riposta Odile, blessée. J'ai tout à fait le droit d'avoir des amis parmi mes collègues de travail, quand même !

Laurence ne répondit pas. Elle se pencha, ramassa son cartable qu'elle avait jeté sur le sol.

— Bien, je vais faire mes devoirs. J'ai plein de travail pour demain.

— En tout cas, reprit Odile, Marceau vient déjeuner mercredi. Je compte sur toi pour être aimable avec lui.

Avec un grognement qui ne disait ni oui ni non, Laurence se dirigea vers sa chambre. Odile n'insista pas. Elle avait l'impression de n'avoir pas été assez diplomate. Pourtant, elle n'avait pas voulu brusquer les choses et elle avait présenté Marceau comme un ami, alors qu'en fait il représentait beaucoup plus pour elle. Il était l'homme avec lequel elle désirait refaire sa vie et, avec lui, elle serait heureuse, elle en était persuadée.

Le mercredi, Odile prépara le repas avec un mélange d'excitation et d'inquiétude. Marceau allait venir déjeuner et c'était cette perspective qui l'excitait. Mais, en même temps, elle se sentait inquiète à cause de Laurence. Comment la jeune fille allait-elle se comporter ? Pour le moment, elle était au lycée où elle avait des cours jusqu'à midi. Odile espérait simplement qu'elle serait polie avec Marceau. Et puis, elle se disait, pour se rassurer, que le charme de Marceau opérerait sans doute, que son métier lui avait donné l'habitude des adolescents et qu'il parviendrait à établir entre Laurence et lui une relation sympathique. Lui-même, lorsque Odile lui avait confié ses inquiétudes, avait affirmé :

— Ne crains rien. Tout ira bien. Je saurai lui montrer que je ne me présente pas en rival de son père.

Dans l'immédiat, Laurence ne le pensait pas encore, puisque Odile avait présenté Marceau comme un simple ami. Mais elle ne tarderait pas à connaître la vérité. Odile espérait bien que, d'ici là, Marceau aurait fait la conquête de l'adolescente. Il était si franc, si chaleureux, si sympathique, qu'on ne pouvait que l'aimer.

Lorsqu'il arriva, tout était prêt. Laurence était dans sa chambre et elle n'en sortit pas lorsqu'elle entendit le coup de sonnette. Odile alla ouvrir, un sourire accueillant aux lèvres :

— Bienvenue chez moi, Marceau. Entre.

Il lui tendit un bouquet de fleurs, qu'elle prit en rougissant comme une jeune fille. Ils échangèrent un long regard, qui disait leur entente parfaite et l'amour qui, déjà profondément, les unissait. Puis Odile recula d'un pas, troublée.

— Entre, répéta-t-elle. Je vais appeler Laurence.

Elle le conduisit dans le salon, puis elle alla frapper à la porte de sa fille :

— Viens, ma chérie. Marceau est là.

L'adolescente arriva, le visage fermé. Elle se dirigea vers Marceau, lui tendit la main sans même le regarder.

— Bonjour, marmonna-t-elle, à peine aimable.

Il lui fit un sourire chaleureux qu'elle ne vit pas, dit d'un ton enjoué :

— Bonjour, Laurence. Comment vas-tu ?

Elle ne daigna pas répondre. Odile, qui terminait de disposer les fleurs dans un vase, s'empressa :

— Asseyez-vous. Nous allons prendre l'apéritif. Que désires-tu boire, Marceau ?

— Quelque chose sans alcool, de préférence.

Tout en écoutant ce que lui proposait Odile, il observait Laurence. Assise au bord d'un fauteuil, la tête baissée, elle regardait ostensiblement ses pieds. Elle avait un air de petite fille butée, et il eut envie de sourire. Son attitude hostile ne lui faisait pas peur, ne le vexait pas non plus. Il y voyait, au contraire, de la part de l'adolescente, une fidélité au souvenir de son père, et cela le touchait.

Il tenta d'instaurer un dialogue en posant des questions qui lui paraissaient sans risque.

— En quelle classe de seconde es-tu ?

— En seconde 5, répondit-elle du bout des lèvres.

— Humm... Oui, je vois. Je n'ai pas de classe de seconde, cette année, dans mon emploi du temps.

« Tant mieux ! » pensa Laurence. Elle ne souhaitait en aucun cas qu'il fût son professeur !

— Ta mère m'a dit que tu étais une bonne élève. Quelle est la matière que tu préfères ?

— Les maths.

— Ah ! c'est très bien. Et celle que tu aimes le moins ?

— Le sport.

En faisant cette réponse, elle fixa hardiment Marceau, une expression provocante sur le visage. Il haussa les sourcils, l'air surpris et presque amusé :

— Tiens ! Et pourquoi donc ?

Avec conviction, et dans le but délibéré de le vexer, elle dit :

— Parce que c'est idiot. On nous fait faire des tas d'exercices complètement débiles qui ne servent à rien. Et, en plus, c'est dangereux. Une fille de ma classe s'est cassé le pied en sautant au cheval-d'arçons, et une autre s'est cassé le bras en faisant des barres parallèles.

— Elles ont dû s'y prendre maladroitement. Lorsqu'il est effectué correctement, le sport n'est pas dangereux, au contraire. Il est bénéfique pour le corps, excellent pour la santé.

Laurence haussa les épaules, et son expression disait clairement qu'elle n'en croyait rien. Marceau n'insista pas. Il se mit à raconter des anecdotes concernant ses élèves. Certaines étaient amusantes et, à plusieurs reprises, Laurence ne put s'empêcher de sourire. Mais, bien vite, elle reprenait son expression fermée.

Le repas se passa dans une ambiance mitigée. Marceau faisait tout ce qu'il pouvait pour dérider Laurence, et Odile observait sa fille avec un mélange d'inquiétude et de réprobation. À un moment, comme Marceau expliquait qu'il conseillait à ses élèves de ne pas fumer, essayant de leur éviter au moins ce défaut, Laurence releva la tête et déclara froidement :

— Papa fumait. Maman et moi, on n'a jamais trouvé que c'était un défaut.

De nouveau, Marceau ignora la provocation. Laurence, elle, fit semblant de ne pas voir le regard de reproche que lui lançait Odile. Elle baissa le nez dans son assiette et se remit à manger en silence.

Petit à petit, à cause de la mauvaise volonté qu'elle opposait aux essais de conciliation de Marceau, l'atmosphère devint tendue. Après le dessert, Marceau décida de ne pas s'attarder. Pour une première fois, la rencontre avait duré suffisamment longtemps. Il lui paraissait inutile de la prolonger.

Il se leva et prit congé. Odile le reconduisit jusqu'à la porte d'entrée. Là, elle leva vers lui un visage désolé :

— Eh bien ! Ce n'était pas brillant, n'est-ce pas ? Je vais la gronder. Elle aurait pu au moins être plus aimable.

— Allons, ne t'inquiète pas. Ça viendra. J'essaierai de faire mieux la prochaine fois.

Du revers de la main, il lui caressa le visage :

— À bientôt, chuchota-t-il. Je t'aime.

Lorsqu'il fut parti, Odile revint à pas lents vers la cuisine. En levant les yeux, elle s'aperçut que Laurence, debout à la porte du salon, l'observait :

— Enfin, il est parti ! lança-t-elle sans ménagement. Bon débarras ! Je me demande vraiment pourquoi tu as tenu à l'inviter. J'espère qu'il ne reviendra pas.

— Laurence, il s'agit d'un ami. J'étais heureuse de le recevoir. Tu aurais pu te montrer plus polie envers lui.

— Un ami... C'est toi qui le dis. J'ai eu l'impression qu'il était davantage, pour toi, qu'un simple ami. J'ai bien vu comment il te regarde. Freddy m'avait prévenue, mais je n'avais pas voulu le croire.

Son regard interrogeait, accusait et, en même temps, espérait un démenti. Odile perdit patience et décida de dire la vérité.

— Et quand bien même il serait plus qu'un ami ? J'ai quarante ans, Laurence. J'ai le droit de refaire ma vie si je le désire.

Elle vit sa fille devenir très pâle, et la souffrance qui apparut dans ses yeux lui fit mal.

— Alors, c'est vrai, ce qu'a dit Freddy ? murmura-t-elle.

— Ne prends pas cet air catastrophé, voyons ! Marceau est quelqu'un de très bien. Il est seul dans la vie, moi aussi. Nous voulons être heureux ensemble, c'est tout. C'est très simple, au fond. Pourquoi compliquer les choses ?

— Tu n'es pas seule. Je suis là.

— Je le sais bien que tu es là. Lorsque je dis que je suis seule, je veux parler de l'absence d'un compagnon auprès de moi. C'est dur, parfois, Laurence. Tu ne peux pas comprendre, tu es trop jeune. Marceau peut devenir ce compagnon. Il est tout prêt à t'accepter, à t'aimer. Pourquoi le refuses-tu ?

— Parce que, moi, je ne veux pas oublier papa.

— Il ne s'agit pas d'oublier papa, ma chérie. Je ne l'oublie pas, je ne l'oublierai jamais. Pas plus que Marceau n'oubliera sa femme et sa fille. Il s'agit simplement de tenter de retrouver un autre bonheur. Et cette perspective de bonheur qui est là, tout près, il serait stupide de lui tourner le dos sans raison.

Dans les yeux de l'adolescente, la blessure disparut, remplacée par la colère.

— Je n'aurais jamais pensé que tu serais capable d'agir ainsi... Oublier papa, envisager de le remplacer ! Mais moi, je l'aime toujours. Je refuse qu'un autre vienne ici, prendre sa place et vivre avec nous. Je n'accepterai jamais, jamais !

Elle cria les derniers mots avec une sorte de fureur, se détourna et courut s'enfermer dans sa chambre. Odile l'entendit sangloter bruyamment. Elle se laissa tomber sur une chaise et se prit la tête entre les mains. Malheureuse, elle pensa que si Laurence ne changeait pas d'avis, l'avenir ne s'annonçait pas facile.

— Maman, dit Marité, je crois que Christian me trompe.

Lucie ne répondit pas immédiatement et regarda sa fille. Elles étaient assises à la table de la cuisine. Lucie venait de ramener les enfants, comme chaque mercredi, et ils regardaient la télévision dans le salon. Marité, l'air accablé, avait fait entrer Lucie dans la cuisine et là, tout de suite, elle lui avait fait cet aveu qui, visiblement, occupait sans cesse son esprit.

— Tu ne peux pas en être sûre, objecta Lucie. Sur quoi te bases-tu pour avancer une affirmation pareille ?

Marité repoussa en arrière les mèches de cheveux qui pendaient devant son visage. Ses yeux étaient cernés et sa pâleur émut Lucie.

— C'est Marie-Christine, ma voisine, dit Marité en baissant la tête. Elle va souvent voir sa sœur qui habite dans les nouveaux pavillons au nord de la ville. Elle a aperçu Christian sortir ou entrer dans l'un des pavillons à plusieurs reprises avec une jeune femme brune. Elle dit qu'ils semblent intimes. La dernière fois, il lui avait entouré les épaules de son bras et ils marchaient serrés l'un contre l'autre.

Lucie réfléchissait à toute vitesse. Une jeune femme brune... Sans doute était-ce celle qui était dans la voiture de Christian, le jour où elle l'avait croisé. C'était troublant, bien sûr, mais, après tout, cela ne voulait peut-être rien dire.

Elle fit part de cette réflexion à Marité, essayant de la réconforter. Celle-ci secoua la tête :

— Je sens que c'est vrai. Je ne sais pas à quoi l'attribuer avec certitude. Une intuition, sans doute. Mais c'est vrai, j'en suis persuadée.

— Pourquoi ne poses-tu pas la question à Christian ? Cette femme, qui est-elle ? Elle est mariée, elle aussi ?

— Je n'en sais rien. Quant à poser la question à Christian, je ne veux pas. Je préfère qu'il pense que j'ignore tout. Qui sait ce qui se passerait dans le cas contraire ? Il serait capable de me quitter. En ce moment, il est impatient, désagréable, toujours mécontent. Ça doit être à cause d'elle.

Lucie observa sa fille, notant une fois de plus le pull informe, le jean taché de peinture, les cheveux mal coiffés. Avec douceur, elle conseilla :

— Fais un effort, Marité. Essaie de ranger davantage, puisqu'il n'aime pas le désordre. Et montre-toi plus coquette. Va te faire couper les cheveux chez le coiffeur, mets une tenue d'intérieur plus seyante. Et prends la peine de lui préparer de bons repas lorsqu'il rentre le soir. Le chemin du cœur d'un homme passe par son estomac, ton père me le répétait toujours.

Marité poussa un soupir désabusé.

— Oui, peut-être, admit-elle.

— Il s'agit de ton mari, de ton foyer, insista Lucie. Ça vaut la peine de te battre. Pense à tes enfants. Tu aimes toujours Christian, je pense ?

— Oui, souffla Marité. Le problème, c'est de savoir si lui m'aime encore.

— J'en suis persuadée, affirma Lucie avec une conviction qu'elle n'éprouvait pas totalement. Ne te décourage pas, ma chérie. Fais ce que je te dis. Et surtout, montre-lui un autre visage que celui-ci ; on dirait que tu vas te mettre à pleurer d'une minute à l'autre.

Marité eut un sourire tremblant :

— Tu sais, ce n'est pas facile de sourire quand on est malheureuse. Et je le suis. J'ai peur que Christian ne me quitte.

Lucie serra avec force l'épaule de sa fille :

— Fais tout ce qui est en ton pouvoir pour que ça ne se produise pas. Tu es sa femme, la mère de ses enfants. C'est important, quand même !

Marité hocha la tête, l'air peu convaincu. Lucie proposa d'un ton qui se voulait enjoué :

— Allez, secoue-toi. Va te changer et te coiffer. Je vais rester un peu et t'aider à préparer un bon repas. Uniquement des plats qu'aime ton mari. Un soufflé au fromage, par exemple, ou un gratin de *chicons* au jambon. Et de la mousse au chocolat pour le dessert. Les enfants seront ravis.

Marité se leva :

— Oui, tu as raison. Heureusement que tu es là ! Sans toi, je serais restée là, à broyer du noir. Merci, maman.

Elle se pencha, mit un baiser sur la joue de sa mère. Lucie sourit et serra sa fille contre elle :

— Ne t'inquiète pas. Tout va s'arranger, tu verras.

Le lendemain, un peu après 11 heures, Lucie eut l'agréable surprise de voir arriver Laurence. Elle l'embrassa chaleureusement.

— Bonjour, ma chérie ! Quel bon vent t'amène ? Habituellement, à cette heure-ci, tu es au lycée !

— La prof d'anglais était absente, et j'ai pu sortir à 11 heures. J'ai eu envie de venir te dire bonjour, et j'ai pris le bus pour venir jusqu'ici.

— Ça me fait plaisir, ma petite fille. Assieds-toi. Raconte. Ça va bien au lycée ?

Laurence s'assit, allongea les jambes, d'une main repoussa sa frange de cheveux :

— Au lycée, oui, ça va. À la maison, par contre, ça va beaucoup moins bien.

Lucie, mise au courant par Odile, observa un silence prudent. Laurence continua :

— Figure-toi que maman est de plus en plus entichée de son Marceau. C'est ridicule.

Lucie remarqua avec précaution :

— C'est compréhensible, au contraire. J'ai eu l'occasion de le rencontrer. Je l'ai trouvé très sympathique. Chaleureux, ouvert. Il m'a semblé être quelqu'un de bien !

Laurence haussa les épaules :

— Il l'est peut-être, je n'en sais rien. Ça ne me concerne pas.

Elle leva vers Lucie un petit visage malheureux, sur lequel se lisaient désarroi et contrariété.

— Figure-toi que maman parle de refaire sa vie avec lui. Que dis-tu de ça ?

Lucie tenta de se montrer diplomate :

— Il faut essayer de la comprendre, Laurence. Depuis que ton père n'est plus là, elle est seule. Elle n'a que quarante ans, elle est jeune. Si elle retrouve une occasion d'être heureuse, pourquoi lui dire non ? Essaie de comprendre, mon enfant.

— Et moi, qui me comprend ? rétorqua la jeune fille avec violence. Moi, je ne veux pas de lui !

— Pourquoi ? Tu ne l'aimes pas ?

Elle eut le même haussement d'épaules :

— A priori, je n'ai rien contre lui. Ce serait pareil avec un autre. Ce n'est pas lui personnellement que je refuse ; celui que je refuse, c'est l'homme qui veut prendre la place de papa.

« Aïe ! pensa Lucie. Nous y voilà ! » Avec patience, elle protesta :

— Il ne veut pas prendre sa place. Personne ne le

pourrait. Il veut simplement rendre ta mère heureuse, et être heureux lui aussi. Tu ne peux pas leur en vouloir, Laurence.

L'adolescente secoua la tête, le regard douloureux :

— Et papa ? Comment peut-elle l'oublier ? Toi aussi, tu l'oublies ? Ce n'est pas possible ! Souviens-toi, mamie. Souviens-toi comme il m'aimait, et comme on s'entendait bien, lui, maman et moi.

Les larmes aux yeux, elle se tut. La gorge serrée, Lucie avoua :

— Oui, je me souviens, mais...

Laurence la coupa brutalement :

— Jamais je ne l'oublierai, moi ! Et si maman essaie de le faire, je l'empêcherai ! Tu verras, je l'empêcherai !

Elle avait parlé avec une détermination si féroce que Lucie jugea plus sage de ne pas insister. Elle reprendrait cette conversation un autre jour. Peut-être, avec beaucoup de patience, parviendrait-elle à convaincre Laurence... Elle l'espérait.

Le samedi, le temps fut froid et ensoleillé. Pendant la nuit, une légère gelée blanche avait givré les pelouses des jardins. Dans sa cuisine, Lucie s'activait, préparant le repas, faisant appel à ses talents de cordon bleu. Frédéric allait venir déjeuner avec Marjorie, et Lucie espérait que la première rencontre avec la jeune fille se passerait bien.

Lorsque tout fut prêt, elle attendit. Elle vérifia plusieurs fois qu'elle n'avait rien oublié. Le couvert était mis sur une nappe blanche, et dans le salon l'apéritif était préparé. Il suffirait d'ajouter les glaçons au dernier moment. Lucie eut le temps de faire de nombreux allers et retours, suivie par Minouche. Frédéric et Marjorie étaient en retard. Elle se souvint que son fils lui avait dit, une fois, que la ponctualité ne faisait pas partie des qualités de Marjorie. Lucie s'en rendait compte, en effet.

Lorsqu'ils arrivèrent, avec plus d'une heure de retard sur l'horaire prévu, Lucie se précipita à la porte et l'ouvrit toute grande. Marjorie sortait de la voiture et s'avançait, d'une démarche de princesse. Elle était vêtue d'une longue jupe et d'une somptueuse veste en renard argenté. Dans la lumière du soleil, elle était si ravissante que Lucie demeura quelques instants immobile, bouche bée d'admiration.

Frédéric descendit à son tour, couvrant Marjorie d'un regard de propriétaire. Enveloppée dans sa moelleuse veste de renard, elle avait une allure lascive et sensuelle qui l'excitait. Il pensa qu'il avait bien fait de lui offrir ce cadeau pour son anniversaire. Il était coûteux, bien sûr, et Frédéric avait dû sacrifier une partie de ses économies, car il était loin d'être riche. Mais Marjorie désirait tellement cette veste, et elle était si heureuse de la posséder ! De plus, c'était pour elle un écrin digne de sa beauté.

Les jeunes gens s'approchèrent de Lucie, et Frédéric fit les présentations tout en ajoutant :

— Vous pouvez vous embrasser. Après tout, vous êtes les deux femmes de ma vie, maintenant.

Marjorie se pencha vers Lucie, effleurant à peine son visage de sa joue fardée. Lucie respira son parfum et ne put s'empêcher de reculer. « Trop fort, pensa-t-elle, pas assez naturel, trop sensuel et envoûtant. » Néanmoins, elle sourit gentiment à la jeune fille, et l'invita à entrer dans la maison.

Minouche arriva en ronronnant, ravie de voir des visiteurs. Elle se frotta, avec enthousiasme, contre les jambes de Frédéric. Immédiatement Marjorie recula :

— Empêche ce chat de venir contre moi ! Je ne tiens pas à avoir des poils partout.

Frédéric, qui savait que la jeune fille n'aimait ni les chats ni les chiens, se pencha et prit Minouche.

— Qu'à cela ne tienne ! Je vais la mettre dehors ! Allez ! hop, Minouche ! Va voir au jardin comme il fait beau !

Il poussa la chatte dehors, referma la porte. Lucie faillit protester mais ne dit rien. Elle proposa à ses invités d'ôter leur manteau et de passer au salon.

Ils s'assirent, et le parfum de Marjorie emplit immédiatement la petite pièce. Lucie versa l'apéritif, présenta les coupes de biscuits salés et d'olives. Elle ne savait que dire. Elle se sentait empruntée devant cette jeune femme un peu hautaine, dont l'élégance lui donnait l'impression d'être mal habillée.

Frédéric s'aperçut de la gêne de sa mère et tenta de détendre l'atmosphère. Petit à petit, il y parvint. Marjorie accepta un deuxième whisky, et mise en verve par l'alcool, se mit à parler d'elle. Mais ce qu'elle disait déconcertait Lucie, pire même, la désolait. Marjorie disait qu'elle n'aimait pas les animaux, ni les enfants, ni la campagne qui l'ennuyait profondément. Elle disait, par contre, qu'elle aimait les voyages, les robes, les bijoux, les fourrures.

Lucie ne répliquait pas et, consternée, regardait son fils. Lui, il couvait des yeux Marjorie et buvait toutes ses paroles, l'air ravi.

À la fin du repas, malgré son désir de trouver quelque chose de positif chez la femme qu'aimait son fils, Lucie dut se rendre à l'évidence. Elle jugeait Marjorie égoïste, vaniteuse, superficielle, intéressée. Elle se désolait que Frédéric fût si visiblement amoureux d'elle. Elle doutait qu'une fille pareille pût le rendre heureux.

Lorsqu'ils prirent congé, tandis que Marjorie sortait, Frédéric se pencha vers sa mère :

— Qu'en penses-tu ? lui chuchota-t-il sur le ton d'un enfant excité. Elle est super, n'est-ce pas ?

Lucie hocha la tête en souriant. Que pouvait-elle faire d'autre ? Son fils était aveuglé, cela paraissait évident. Devait-elle tenter de lui ouvrir les yeux ? Il ne la croirait probablement pas, et même refuserait de l'écouter.

Debout dans le jardin, elle leur fit des signes d'adieu et regarda la voiture s'éloigner. De l'autre côté de la haie, Delphine, la fille des voisins, avait assisté au départ des deux jeunes gens. Elle s'approcha :

— C'est elle, la fille dont Frédéric est amoureux ? À quoi joue-t-elle ? À la star ?

Lucie ne répondit pas. Delphine reprit :

— Comment la trouvez-vous ?

Lucie observa un silence prudent. Delphine eut un sourire ironique :

— Vous n'osez pas dire votre avis ? Eh bien, moi, je vais vous donner le mien : ce n'est pas une fille pour lui. Elle ne saura pas le rendre heureux.

Lucie voulut protester contre ce jugement qui s'accordait très bien à ce qu'elle pensait secrètement :

— Ça ne veut rien dire. On ne peut pas juger de l'extérieur.

Delphine secoua énergiquement la tête :

— Allons donc ! Ce n'est pas difficile à voir. Moi, je connais Frédéric depuis toujours. Je sais que ce n'est pas cette fille qu'il lui faut. C'est évident.

Lucie ne protesta plus. Malgré sa jeunesse, Delphine possédait une intuition très sûre. Et puis, tout ce qui concernait Frédéric la touchait particulièrement. Depuis son enfance, elle l'admirait et elle l'aimait. Et, pour la première fois, Lucie se posa la question :

l'aimait-elle comme un grand frère, ou bien était-elle amoureuse de lui ? La contrariété qui assombrissait les yeux de la jeune fille était-elle due à la jalousie ?

Tout en appelant Minouche et en rentrant chez elle, Lucie pensait qu'elle aurait bien aimé avoir une bru comme Delphine. Simple, naturelle, sans détours. Delphine, elle, aimait les animaux et les enfants. Mais Frédéric était épris de Marjorie et, pour lui, Delphine était encore une petite fille, le bébé qu'il avait bercé, câliné, promené lorsqu'il avait dix ans.

Dans le studio de Marjorie, ils étaient dans le lit, nus tous les deux. Frédéric sommeillait, béatement heureux. Marjorie, adossée à son oreiller, fumait paisiblement une cigarette. Elle se pencha vers Frédéric et lui secoua l'épaule.

— Frédéric, écoute, j'ai à te parler.

Il ouvrit un œil paresseux :

— Oui ? Qu'y a-t-il ?

— Réveille-toi. Je dois te montrer quelque chose.

Elle se leva et, toujours nue, traversa le studio. Elle prit des papiers sur le secrétaire et revint vers le lit. Frédéric la regardait et sentait renaître son désir. Comme elle était belle ! Jamais il n'avait aimé une fille à ce point ! Elle le rendait fou, littéralement.

Elle s'assit sur le lit, déployant un flot de prospectus :

— Regarde. Je suis allée dans une agence de voyages. J'ai pensé à mon cadeau de Noël. Comme nous prenons quelques jours de congé, pourquoi n'irions-nous pas passer un séjour idyllique, quelque part au soleil ? Ou bien faire une mini-croisière ? Qu'en penses-tu ?

Frédéric jeta un coup d'œil aux photos enchanteresses. L'idée le séduisait tout à fait. Une semaine seul avec Marjorie, avec elle jour et nuit, à s'enivrer de sa présence, dans un cadre de rêve... C'était tentant, en effet. Pourtant, il ne put s'empêcher d'objecter :

— Je ne demanderais pas mieux mais... chaque année, à Noël, maman réunit toute la famille. Elle tient à avoir ses trois enfants autour d'elle. Et cette année, tu es invitée aussi, bien sûr !

Marjorie eut une moue de dédain :

— Un repas de famille ? J'ai horreur de ça. Tu ne vas quand même pas dire que c'est mieux qu'une croisière ? Une croisière où nous serons seuls tous les deux ?

Elle lui souriait, aguichante, souple et ensorcelante comme une sirène. Frédéric se sentit faiblir :

— Non, bien sûr. Je pense que... en lui expliquant... maman comprendra.

Avec une exclamation de victoire, Marjorie lui montra les prospectus, un à un, et ce qu'ils offraient : séjour à Majorque, au Maroc, à la Martinique... Frédéric était de plus en plus tenté. Mais, subitement, il eut une inquiétude :

— Et les prix, où sont-ils ?

— Oh, les prix ! fit Marjorie avec un geste désinvolte.

— Mais c'est important, ma chérie. Il faut que je voie si mes économies sont suffisantes.

Elle s'approcha, se lova tout contre lui :

— Serais-tu radin, par hasard ?

— Mais non, je ne suis pas radin. Simplement, je ne suis pas riche.

De nouveau, les jolies lèvres formèrent leur moue d'enfant gâtée :

— C'est bien dommage. Je n'aime pas les radins, moi. J'aime les hommes riches. Et généreux.

Il y eut un silence. Sourcils froncés, elle demanda :

— Alors, cette escapade, nous la faisons ?

Frédéric jeta un coup d'œil sur les tarifs. Ce devait être financièrement possible. Après, il ne lui resterait plus beaucoup d'argent, mais quelle importance ? Quelques jours de rêve auprès de Marjorie valaient bien le sacrifice de ses économies.

— Oui, ma chérie, dit-il. Tout ce que tu voudras.

Ravie, elle lui tendit ses lèvres. Il les prit avec passion et leurs corps roulèrent sur le lit, froissant les prospectus.

Odile se désolait. L'hostilité de sa fille envers Marceau ne diminuait pas. Chaque fois qu'il venait, Laurence se montrait désagréable, à peine polie. Elle lui opposait un visage fermé, ne parlait pas, répondait du bout des lèvres, les yeux baissés. La dernière fois, après quelques minutes, elle avait dit qu'elle ne se sentait pas bien, qu'elle avait mal à la tête, et elle était repartie s'enfermer dans sa chambre.

Odile ne savait plus comment s'y prendre. Elle avait essayé les reproches, les réprimandes. Sans résultat. Puis, sur le conseil de Lucie, elle avait essayé la douceur, la persuasion. Ça ne marchait pas mieux. Laurence ne sortait pas de son idée fixe : elle refusait que Marceau, ou qui que ce soit d'autre, prît la place de son père.

— Après tout, je n'ai pas de permission à te demander, avait dit Odile, excédée. Si je veux l'épouser, libre à moi.

Laurence l'avait regardée, les yeux fulgurants de colère et de révolte :

— S'il vient vivre ici, c'est moi qui partirai. Je m'enfuirai.

Odile avait rapporté cette menace à Marceau. Celui-ci, contrarié, avait déclaré :

— Ça ne peut pas continuer comme ça. Il faut que nous ayons une explication, ta fille et moi.

Le mardi suivant, après la sortie du lycée, il décida d'aller voir Laurence. Odile était retenue par une réunion de parents d'élèves, et ne rentrerait pas avant une heure ou deux, peut-être davantage. Il avait choisi ce moment exprès. Il voulait parler à la jeune fille sans témoin.

Laurence, dans sa chambre, faisait ses devoirs. Lorsqu'elle entendit sonner, elle alla ouvrir, et, en apercevant Marceau, instantanément son visage se fit hostile. Elle dit, d'une voix brève :

— Maman n'est pas là.

Elle s'apprêtait à lui fermer la porte au nez, mais Marceau la devança. Doucement, il la repoussa vers l'intérieur, entra et déclara calmement :

— Je le sais. C'est pour ça que je suis venu. Pour te parler en tête à tête, comme à une personne bientôt adulte et responsable.

Laurence lui jeta un regard méfiant :

— Vous voulez essayer de m'amadouer ? C'est ça ? Mais je ne me laisserai pas faire, vous savez !

— Pas du tout, rectifia posément Marceau. Allons dans le salon et écoute au moins ce que j'ai à te dire.

Avec réticence, elle le suivit. Dans le salon, il s'assit. Elle l'imita, droite, raide, dans une attitude pleine d'hostilité et de refus. Ignorant le regard de défi avec lequel elle l'observait, Marceau commença :

— J'aime ta mère. Comme tu l'aimes aussi, du moins je le pense, tu ne me le reprocheras pas, n'est-ce pas ?

Il fit une pause, mais Laurence resta immobile et silencieuse.

— Tu comprendras plus tard, continua-t-il, que lorsqu'un homme aime sincèrement une femme, il désire l'épouser, lui donner son nom, vivre auprès d'elle tous les jours.

Là, Laurence réagit et lui lança un regard noir. Il l'ignora délibérément.

— C'est ce que je désire faire. Contrairement à ce que tu crois, je ne prendrai pas la place de ton père, comme toi-même tu ne prendras pas la place de ma fille disparue. Ne peux-tu comprendre ça, Laurence ?

La jeune fille se raidit :

— Non, dit-elle d'une voix dure. Je ne veux pas qu'un homme vienne ici, vivre avec nous comme le faisait papa. Je ne veux pas.

— Bien, n'en parlons plus. Tu ne veux pas, c'est tout. Quant à moi, je ne veux pas apporter la perturbation dans votre vie, à ta mère et à toi. Je ne veux pas non plus voir ta mère en dehors de toi, en cachette ; nous avons passé l'âge de ce genre de choses. Alors, j'ai une proposition à te faire : considère-moi comme un ami de ta mère, un ami très cher, qu'elle invite de temps en temps chez elle. Et lorsque je viens, cesse de te conduire comme une enfant insupportable et mal élevée. Sois aimable comme tu l'es avec d'autres amis, tout simplement. Je ne prendrai pas la place de ton père, tu n'as rien à craindre. En échange, fais un effort et montre-toi gentille. Ne serait-ce que pour ta mère à qui ton attitude fait beaucoup de peine.

Laurence ne disait rien, et son visage avait pris une expression perplexe. En souriant, Marceau conclut :

— Ce que je te propose, au fond, c'est une sorte de coexistence pacifique. Es-tu d'accord ?

Laurence plissa les yeux avec méfiance. Et si c'était un piège ? pensa-t-elle. Marceau vit son hésitation, et lui tendit une main franche et amicale :

— Tu n'as rien à craindre. Tu as ma parole. Considère-moi comme un ami, pas davantage. D'accord ?

Son regard était sincère, son sourire chaleureux. Malgré elle, Laurence eut envie de lui faire confiance. Le raisonnement qu'il venait de lui faire était juste, et s'il promettait de ne pas prendre la place de son père... Spontanément, elle mit une main dans celle qu'il lui tendait :

— Bon, d'accord, concéda-t-elle. Je veux bien.

Le sourire de Marceau s'élargit. Il eut une exclamation enthousiaste, tapota amicalement l'épaule de la jeune fille :

— Merci, Laurence. Tu ne le regretteras pas. Je te le promets.

Le jour de Noël se passa dans une chaleur que ternissait une légère amertume. Pour Lucie, d'abord. Elle ne parvenait pas à se réjouir entièrement. Pour la première fois, tous ses enfants n'étaient pas autour d'elle en ce jour de fête. Il manquait Frédéric. Il avait préféré partir à la Guadeloupe prendre quelques jours de vacances avec Marjorie. Il n'avait pas osé le lui dire en face. Il avait annoncé la nouvelle à Lucie par téléphone, la semaine précédente.

— Ne m'en veux pas, maman, avait-il dit, embarrassé. Marjorie désire que nous allions passer Noël ailleurs, au soleil.

Lucie n'avait rien dit. À quoi bon ? Son fils ne voyait pas les défauts de celle qu'il aimait, et il faisait toutes ses volontés. Ni Odile ni Marité, qui l'avaient rencontrée, ne l'avaient trouvée sympathique. Heureusement, pensait Lucie, ses filles étaient auprès d'elle, avec leur affection solide et fidèle.

Marité avait suivi les conseils de sa mère et fait un

effort. Bien coiffée, discrètement maquillée, habillée d'une robe élégante, elle avait perdu son allure bohème. Lucie savait que Christian continuait à voir la jeune femme brune. Marité était fidèlement tenue au courant par sa voisine. Elle n'en parlait pas à son mari, faisait semblant de ne rien savoir. Lucie observait son gendre à la dérobée et s'étonnait de sa duplicité. Qui aurait pu s'imaginer, en le voyant assis entre sa femme et ses enfants, souriant et apparemment heureux, qu'il trompait Marité et peut-être songeait à la quitter ?...

Odile, quant à elle, éprouvait un espoir encore tremblant, mais qui grandissait de jour en jour. Grâce à l'explication qu'il avait eue avec Laurence, Marceau était maintenant mieux accepté par la jeune fille. Lui aussi, il était allé passer le jour de Noël auprès de sa mère qui vivait seule. Mais Odile l'invitait souvent. Laurence se comportait aimablement. C'était plus agréable, d'autant plus qu'au fil des discussions, Odile remarquait que sa fille s'entendait bien avec Marceau. Il leur arrivait de rire ensemble, et cette fragile complicité qui les unissait parfois faisait naître dans le cœur d'Odile l'espoir que, peut-être... Mais, pour le moment, Laurence restait ferme sur ses positions, et respectait strictement l'accord fixé avec Marceau. Elle se conduisait correctement, ne boudait plus lorsqu'il venait, mais elle ne l'acceptait que comme un ami, pas plus.

— Prends patience, ma chérie, disait Marceau à Odile. Nous avons déjà progressé. En ce moment, nous apprenons à nous connaître, Laurence et moi, et aussi à nous aimer, même si elle ne s'en rend pas compte. Bientôt, la situation se dénouera. Fais-moi confiance.

Odile n'avait d'autre ressource que de le croire. Alors elle prenait patience comme il le lui conseillait.

Et, en ce jour de Noël, Lucie se surprit à formuler un vœu, le vœu que ses enfants s'aiment et soient heureux. Elle n'avait plus qu'eux depuis la mort de son mari, elle ne vivait plus que pour eux. Leur bonheur était ce qui lui importait le plus.

Un soir de la première semaine de janvier, Christian rentra chez lui plus tôt que de coutume. Françoise était partie passer quelques jours chez ses parents qui, depuis leur retraite, habitaient en Normandie. Sans elle, il se sentait un peu perdu, comme s'il lui manquait quelque chose. En fait, ce qui lui manquait surtout, c'étaient les moments qu'il passait auprès d'elle, et qui ressemblaient à un havre de paix. Dans son logement toujours impeccablement rangé, où tout brillait de propreté, Christian se sentait détendu. C'étaient des instants de repos et de calme qui lui faisaient un bien énorme.

Pourtant, il devait s'avouer que Marité faisait un effort. Elle ne ressemblait plus à une souillon toujours tachée de peinture, l'appartement paraissait retrouver un semblant d'ordre, et elle prenait la peine de préparer elle-même de bons repas qui lui rappelaient ceux qu'elle confectionnait amoureusement pour lui au début de leur mariage. Avait-elle eu vent de son histoire avec Françoise ? Il se le demandait, et une sensation désagréable, comme un mélange confus de culpabilité et de remords, venait par instants le tarauder.

Lorsqu'il entra dans l'appartement, tout d'abord il ne vit personne. Dans le salon, la télé marchait. Il supposa que les enfants étaient installés devant le récepteur, une fois de plus. Il posa son attaché-case, ôta sa parka, entra dans la cuisine. Les enfants avaient goûté et, visiblement, rien n'avait été rangé. Sur la table voisinaient du pain, du beurre, un pot de confiture, du sucre, des pots de yaourt vides, des cuillères et des couteaux sales. Pas de Marité ni de dîner en cours. Christian fit une grimace de contrariété. « Ça ne va pas recommencer ? » songea-t-il avec humeur. Il appela :

— Il n'y a personne ?

Lætitia vint vers lui. Elle grignotait un biscuit. Elle se jeta au cou de son père, parsemant sa veste de miettes de biscuit :

— Bonsoir, papa ! Je regardais la télé. Raphaël est dans sa chambre. Il fait ses devoirs.

— Et maman ? Où est-elle ? Dans son atelier ?

— Non, elle est couchée. Elle dit qu'elle a mal au ventre et qu'elle a vomi toute la journée. Elle est malade.

Avec une exclamation de contrariété, il se dirigea vers la chambre. La lumière qui arrivait du couloir éclairait le lit, et il aperçut le visage défait de Marité. Il s'approcha :

— Qu'as-tu, Marité ?

Un gémissement lui répondit :

— J'ai mal...

Il se pencha, lui tâta le front :

— Hmmm... Tu es fiévreuse. C'est sans doute une indigestion. Ne peux-tu te lever pour faire manger les enfants ?

— J'ai trop mal, Christian. Dès que je me lève, la douleur dans mon ventre est insupportable.

— Bon, je vais le faire. Repose-toi et essaie de dormir. Ça ira probablement mieux demain.

Il repartit dans la cuisine, appela Raphaël et Lætitia.

— Maman est malade, leur dit-il, et nous allons nous débrouiller seuls. D'abord, nettoyez la table et mettez le couvert. Je vais sortir un plat du congélateur et le faire réchauffer.

— Elle est très malade ? demanda Raphaël. Qu'est-ce qu'elle a dit ?

— Je pense que c'est une indigestion. Elle ira mieux demain.

Mais, le lendemain, Marité n'allait pas mieux. Au contraire. Dévorée de fièvre, à moitié inconsciente, elle gémissait en se tenant le ventre à deux mains. Elle entendit à peine Christian qui l'interrogeait, ne parvint pas à lui répondre. Inquiet, celui-ci appela le médecin. Il téléphona pour annuler ses rendez-vous, prépara le petit déjeuner des enfants et les envoya à l'école, après leur avoir expliqué que leur maman était toujours malade et que le médecin allait venir.

Lorsqu'ils furent partis, Christian se mit à attendre. L'état de Marité l'affolait. Son petit visage aux traits tirés était livide, la souffrance creusait ses yeux de grands cernes noirs. Elle ne lui répondait pas quand il lui parlait, et il se demandait si elle l'entendait encore.

Après une attente qui lui parut interminable, le médecin arriva. Il interrogea Christian, se pencha sur Marité, lui palpa le ventre, se releva et déclara abruptement :

— Il faut l'opérer d'urgence. Je crains une péritonite. Christian eut un sursaut d'affolement :

— C'est grave ?

Le médecin jugea inutile de mentir :

— C'est sérieux, oui. Il faut faire vite. J'appelle une ambulance immédiatement.

Tandis qu'il sortait de la chambre, Christian, éperdu, regarda Marité. Sa femme, sa compagne, la mère de ses enfants... Il ressentit subitement une telle angoisse à l'idée de la perdre qu'il comprit, avec une certitude aveuglante, qu'il l'aimait comme avant, à l'époque où, jeune fille insouciante et rieuse, elle l'avait séduit par son charme et sa fantaisie.

Lucie était occupée à laver une salade dans la cuisine lorsque le téléphone sonna. Elle alla répondre. Elle reconnut la voix de Christian, mais il parlait avec une telle précipitation qu'au début elle ne comprit rien. Et puis, les mots cheminèrent dans son esprit et un vide glacé se fit en elle : Marité à l'hôpital... en danger... une péritonite... opérée d'urgence...

— J'arrive ! cria-t-elle.

En tremblant d'affolement, elle mit ses chaussures, son manteau, se précipita dans sa voiture, conduisit comme une somnambule jusqu'à l'hôpital. Une hôtesse la renseigna. Elle rejoignit Christian dans une salle d'attente, et l'angoisse la faisait haleter. Ils échangèrent un regard où se lisait la même inquiétude.

— Alors ?... souffla Lucie.

— Ils sont en train de l'opérer, dit Christian. Il faut attendre. On ne peut rien faire d'autre.

Ils attendirent donc, crispés par l'anxiété. Christian expliqua comment il avait trouvé Marité, la veille au soir.

— Elle était couchée et se plaignait d'avoir mal au ventre. J'ai cru bêtement qu'il s'agissait d'une simple indigestion. J'étais plutôt contrarié qu'inquiet. Depuis que nous sommes mariés, je n'ai jamais vu Marité malade.

Lucie acquiesça d'un signe de tête. C'était vrai, Marité avait toujours eu une excellente santé. Même les maladies infantiles avaient glissé sur elle rapidement, et, chaque hiver, elle passait impunément au travers des rhumes et des grippes.

Il fallut attendre longtemps. Enfin, une infirmière apparut. Elle souriait.

— Vous pouvez venir la voir. On vient de la ramener dans sa chambre.

— Comment va-t-elle ? interrogèrent d'une même voix Lucie et Christian.

— Ça va. Elle a été opérée à temps. Tout danger est écarté.

Le soulagement causa à Lucie un éblouissement. Elle vacilla, dut se raccrocher au bras de son gendre. Il la soutint.

— Venez, lui dit-il avec douceur.

Dans le lit blanc, Marité était encore plus blanche que les draps blancs. Lucie et Christian se précipitèrent vers elle. Il lui prit une main, la serra entre les siennes. Lucie se pencha, caressa le visage livide et glacé.

— Ma petite fille... chuchota-t-elle.

Immobile, hiératique, elle paraissait morte. Aucune respiration ne soulevait sa poitrine. Lucie sentit une vague de panique la submerger. Elle se tourna vers l'infirmière.

— Elle est encore sous anesthésie, expliqua celle-ci. Dans quelques heures, elle se réveillera. Vous pouvez rester auprès d'elle si vous le désirez. Si vous remarquez quoi que ce soit d'anormal, n'hésitez pas à sonner.

Elle sortit. Lucie et Christian se regardèrent :

— Je vais rester auprès d'elle, dit-il. J'ai annulé mes rendez-vous pour la journée. Puis-je vous demander un service ?

Lucie hocha affirmativement la tête. L'étau d'angoisse qui lui serrait la poitrine diminuait peu à peu, et il lui semblait qu'elle reprenait pied dans la réalité.

— Il est bientôt midi, continuait Christian. Les enfants vont rentrer de l'école et trouver la porte fermée. Pouvez-vous aller les chercher et tout leur expliquer ? Et les garder chez vous pendant le temps que Marité sera à l'hôpital ? Ça me rendrait un grand service.

— Bien sûr, dit Lucie. Comptez sur moi.

— Je vous téléphonerai dès que Marité se réveillera. Et... merci. Merci infiniment.

Il prit Lucie dans ses bras, l'embrassa avec affection. Après un dernier regard à Marité toujours immobile, elle sortit de la chambre. Après la peur qu'elle avait éprouvée, le soulagement de savoir sa fille hors de danger lui mettait les larmes aux yeux.

Elle alla chercher Raphaël et Lætitia à la sortie de l'école, les ramena chez elle, leur expliqua que leur maman était à l'hôpital : elle avait été opérée, elle allait mieux, bientôt elle reviendrait à la maison.

— En attendant, vous habiterez chez moi. Ce soir, nous irons chercher vos affaires.

Ils posèrent beaucoup de questions, auxquelles Lucie répondit de son mieux. Pendant qu'ils déjeunaient, elle appela Odile, qu'elle n'avait pas pu joindre auparavant à cause de ses cours au lycée. D'abord inquiète, puis rassurée, celle-ci proposa ses services : elle pouvait se charger de Lætitia et Raphaël pour le déjeuner de midi. Ce serait plus pratique puisque leur école n'était pas loin, ils feraient la route à pied, et cela éviterait à Lucie un aller et retour. Lucie accepta, soulagée. Avec ses soixante-dix ans, elle n'était plus très jeune et, au cœur des difficultés, elle était heureuse d'avoir de l'aide et de ne pas se sentir seule.

Elle prévint aussi Frédéric. Il promit de passer à l'hôpital dès qu'il le pourrait. Depuis qu'il était rentré de la Guadeloupe, Lucie ne l'avait vu qu'une fois. Il était venu lui souhaiter une bonne année, seul, et il ne s'était pas attardé : Marjorie l'attendait, il devait aller la chercher pour la conduire à une soirée chez des amis. Lucie les avait invités, tous les deux, à venir manger chez elle un samedi ou un dimanche, pour compenser leur absence le jour de Noël. Il avait dit qu'il en parlerait à Marjorie et qu'il rappellerait. Il ne l'avait pas fait, et maintenant, avec Marité qui était à l'hôpital, ce projet se trouvait reporté.

L'après-midi, pendant que les enfants étaient à l'école, Lucie retourna à l'hôpital.

— Elle va bientôt se réveiller, lui annonça Christian. Elle commence à remuer. Tout à l'heure, elle a ouvert les yeux.

Elle resta auprès de lui, et la peur qu'ils avaient éprouvée ensemble, le matin, les rendait plus proches.

— Je me suis rendu compte, confia Christian, que je l'aimais toujours comme avant.

— Alors, dès qu'elle se réveillera, conseilla Lucie, dites-le-lui. Elle en doutait, ces derniers temps. Elle se contrariait beaucoup au sujet de... hum... d'une jeune femme brune dans votre vie.

Christian baissa la tête, embarrassé.

— Depuis ce matin, j'ai eu tout le temps de réfléchir. Avec Françoise, c'est terminé. Je le lui annoncerai ce soir. Elle sait d'ailleurs, depuis le début, que je suis marié et que notre histoire n'est pas faite pour durer.

Lorsqu'il fut l'heure d'aller chercher les enfants à l'école, Lucie dut partir. Marité n'était pas encore réveillée.

— J'amènerai plutôt les enfants demain matin, dit-elle à Christian. Aujourd'hui, il est encore trop tôt. Ce soir, venez dîner à la maison avec eux. Je vous invite à venir partager nos repas jusqu'à ce que Marité soit rentrée.

Christian remercia avec gratitude. Il se sentait réconforté de n'être pas seul dans une épreuve qui le laissait désorienté. Devant Marité alitée et malade, il se sentait aussi démuni qu'un petit enfant, et il était heureux de ta présence de Lucie auprès de lui.

Seul avec Marité, il s'assit auprès d'elle, lui prit une main. Elle était si pâle qu'il se sentit envahi de compassion et de tendresse. Elle remua, et dans une semi-inconscience murmura :

— Christian...

Ému, il serra la main qu'il tenait :

— Je suis là, dit-il avec force. Je suis là, ma chérie.

Elle entendit sa voix, et elle ouvrit les yeux. Dans un brouillard cotonneux, elle l'aperçut, penché sur elle. Il avait une expression qui lui rappela les premiers temps de leur mariage.

— Christian, ne me quitte pas...

Elle le vit qui se penchait davantage, elle sentit ses lèvres sur son front, elle l'entendit murmurer :

— Ne crains rien. Je reste près de toi.

Avec un soupir heureux, apaisée, elle se rendormit.

Leur installation chez Lucie enchantait Raphaël et Lætitia. Cela ressemblait à des vacances imprévues. Mais le fait de savoir leur maman à l'hôpital les perturbait. Ils étaient allés lui rendre visite, et ils avaient été très impressionnés de la voir allongée dans son lit, faible et endolorie.

— Mamie, demanda Raphaël ce soir-là, maman ne va pas mourir, n'est-ce pas ?

— Bien sûr que non, reprocha Lucie. Où donc es-tu allé chercher une idée pareille ?

— C'est mon copain Anthony. Il dit que sa tante, l'an dernier, a eu une pé... une péritonite. Et qu'elle est morte. Alors il dit que maman va mourir aussi.

— Sa tante n'a peut-être pas pu être opérée à temps, suggéra Lucie. Mais, pour votre maman, vous n'avez rien à craindre. Tout s'est bien passé. Elle va se remettre très vite et revenir à la maison.

L'explication de Lucie rassura les deux enfants. Leur deuxième visite à l'hôpital également. Leur maman paraissait effectivement aller mieux. Elle leur parla, leur sourit, leur posa des questions. Elle leur recommanda d'être bien sages avec Mamie, et ils promirent.

Pendant une semaine, Lucie les conduisit à l'école le matin et alla les rechercher le soir. À midi, ils déjeunaient chez Odile. Lucie préparait pour eux de bons repas et les desserts qu'ils aimaient. Elle s'occupait de leur travail scolaire et s'efforçait de remplacer Marité le mieux possible. Les enfants l'avaient compris, et ils s'adressaient à elle dès qu'ils avaient un problème :

— Mamie, je ne sais pas faire ma conjugaison pour demain. Tu peux m'aider ?

— Mamie, regarde, ma chaussette est trouée.

— Mamie, tu peux nous faire une crème au chocolat pour le dessert ?

— Mamie, la couverture de mon livre est déchirée. Tu peux la remplacer ?

— Mamie, la maîtresse a dit qu'il fallait apporter une plume d'oiseau, demain, pour la leçon de sciences. Tu en as ?

— Mamie, j'ai une dent qui fait mal. Regarde, là, tout au fond.

— Mamie, tu me fais réciter ma leçon ?

Lucie répondait, aidait, rassurait. Le soir, lorsqu'ils étaient couchés, elle venait auprès d'eux et, avant de les quitter pour la nuit, ils « faisaient un câlin », selon l'expression de Raphaël, ou bien elle leur racontait une histoire. C'était un moment de tendresse qu'ils appréciaient tous les trois.

— Sans vous, que ferions-nous ? lui disait Christian avec gratitude. Grâce à votre dévouement, les enfants ne souffrent pas trop de l'hospitalisation de leur mère. Merci, mamie.

— Il ne faut pas me remercier, répliquait Lucie avec sincérité. Ce que je fais est naturel. Et puis, je suis contente d'avoir les enfants avec moi quelque temps. Avec eux, je me sens beaucoup moins seule.

Cette animation donnait à Lucie l'impression de rajeunir. Il lui semblait se retrouver à l'époque où ses propres enfants étaient encore petits, et elle pensait avec nostalgie à ces années si rapidement enfuies.

Marité sortit de l'hôpital la semaine suivante. Encore faible, elle avait besoin de repos. Lucie fit les courses, remplit le réfrigérateur de ravitaillement, et Raphaël, avec importance, déclara qu'il était grand et qu'il pourrait aider pour les travaux ménagers ou la préparation des repas.

— Si tu as besoin de quoi que ce soit, n'hésite pas à m'appeler, dit Lucie avant de repartir chez elle.

— Ça va aller, affirma Marité. Demain et dimanche, Christian ne travaille pas. Il sera là pour m'aider.

Dans sa grande maison, sans la présence des enfants, Lucie se sentit un peu perdue. Elle s'assit dans un fauteuil, désorientée, et prit Minouche sur ses genoux. Tout en caressant la chatte, elle pensa avec satisfaction que Christian avait rompu avec sa maîtresse et qu'il était revenu vers sa famille. Le problème était réglé et Lucie en était heureuse. Par contre, elle ne pouvait pas s'empêcher d'être inquiète en ce qui concernait Frédéric. Depuis qu'il connaissait Marjorie, il ne venait pratiquement plus. Lucie n'osait pas insister.

Lorsque ses enfants étaient devenus adultes, et plus encore lorsque ses filles s'étaient mariées, elle s'était promis de ne pas être une belle-mère abusive et encombrante. Elle restait discrète, ne se mêlait jamais de leurs affaires mais, par contre, se montrait toujours disponible. Et en ce qui concernait Frédéric, malgré sa prévention contre Marjorie, elle n'intervenait pas.

Ce samedi-là, elle le vit arriver, en début d'après-midi. Il était seul et paraissait effondré. Devant son visage sombre, elle s'affola :

— Frédéric ! Que se passe-t-il ?

Il se laissa tomber sur une chaise et leva vers elle un regard malheureux :

— Marjorie m'a quitté.

Lucie ne put retenir une exclamation. Pourtant, elle n'était pas surprise. Elle s'approcha de son fils, posa une main sur son épaule, demanda doucement :

— Mon enfant... que s'est-il passé ?

Il baissa la tête, se prit le front entre les mains :

— Je ne comprends pas. Je l'aimais tellement ! Et je croyais qu'elle m'aimait aussi. Eh bien non, pas du tout. Elle me l'a dit en face. Elle n'aime que l'argent. Figure-toi qu'elle m'a quitté pour le directeur de la banque. Il a le double de son âge, mais lui, au moins, il est riche ! Comme elle me l'a fait remarquer, il ne risque pas de se retrouver ruiné après lui avoir offert une petite veste et quelques jours de vacances !

Il leva de nouveau vers Lucie un regard empli de détresse :

— Maman... gémit-il. Je suis si malheureux !

Elle le prit contre elle, comme lorsqu'il était un petit garçon et qu'il avait un gros chagrin. Pour le consoler, elle dit :

— Je ne te le disais pas, mais j'ai compris tout de suite qu'elle n'était pas une fille pour toi. Elle n'aurait pas été capable de t'apporter le bonheur. Il vaut mieux que tu t'en sois rendu compte avant de l'épouser plutôt qu'après !

Frédéric eut un ricanement plein d'amertume :

— M'épouser ! Elle ne le voulait pas, de toute façon. Chaque fois que je lui en parlais, elle se moquait de moi. Elle voulait garder son indépendance, elle refusait de se marier, et encore plus d'avoir des enfants.

— C'est ce que je dis, reprit Lucie. Elle n'était pas pour toi. Tout est mieux ainsi. Tu es libre, maintenant, pour accueillir celle qui saura être ta femme, te rendre heureux, te donner des enfants.

Il soupira profondément :

— Oui, peut-être... Mais je l'aimais. Et je suis si malheureux ! répéta-t-il.

— Il faut laisser faire le temps, dit Lucie avec tendresse. Bientôt, tu guériras. Tu te rendras compte qu'il y a, autour de toi, d'autres filles capables d'être de bonnes épouses.

Il resta avec Lucie une bonne partie de l'après-midi, et elle essaya de le réconforter. Pour le distraire de sa peine, elle lui raconta le séjour de Raphaël et de Lætitia, elle lui donna des nouvelles de Marité, elle lui annonça que l'épreuve avait renforcé son couple. Elle parla d'Odile, de Laurence qui acceptait Marceau comme un ami, mais pas plus. Odile souffrait de cette situation boiteuse, désirait vivre avec Marceau et, pourtant, c'était lui qui conseillait la patience. « Brusquer l'adolescente ne servirait qu'à envenimer la situation », répétait-il.

Frédéric écoutait et se disait que, pris par sa passion pour Marjorie, il avait délaissé sa famille, oublié ses sœurs. Il n'était allé voir Marité qu'une seule fois à l'hôpital. Et il se reprochait, maintenant, de n'avoir pas été présent le jour de Noël, auprès de Lucie qui tenait à être entourée de toute sa famille ce jour-là.

Lorsqu'il s'en alla, quelques heures plus tard, il se sentait mieux. Un peu revigoré, un peu moins triste. Alors qu'il se dirigeait vers sa voiture, garée près du portail, il vit Delphine qui arrivait en courant de la maison voisine.

— Frédéric ! s'exclama-t-elle. C'est la première fois que je te rencontre depuis la nouvelle année. Je te présente mes meilleurs vœux. Bonne année, Frédéric, et bonne santé !

— Bonne année à toi aussi, Delphine.

Elle l'embrassa sur les joues. Ses cheveux avaient une odeur de chèvrefeuille. Elle était fraîche et naturelle. Combien différente de Marjorie ! La comparaison réveilla le chagrin de Frédéric. Il ne put s'empêcher de confier d'un air sombre :

— Marjorie m'a quitté.

Sans réfléchir, Delphine s'exclama :

— Eh bien, ça alors, c'est une bonne nouvelle !

— Tu trouves ? dit Frédéric, blessé.

— Bien sûr, Frédéric. Réfléchis un peu. Tu n'aurais jamais été heureux avec elle.

— Tu dis la même chose que maman, constata-t-il.

— C'est parce que nous t'aimons toutes les deux. Et notre amour pour toi nous rend lucides. Cette fille, je ne l'aimais pas. Quand je l'ai vue, avec son allure de star, son regard dur et son manteau de fourrure, elle m'a tout de suite été antipathique. Moi, je défends les animaux, tous les animaux. Je serais incapable de porter une veste en fourrure.

— Ce n'est pas ça le plus grave, protesta Frédéric. Figure-toi qu'elle m'a quitté pour un amant plus riche, qui n'est autre que le directeur de la banque.

— Et si elle en trouve un autre encore plus riche, elle n'hésitera pas à le quitter lui aussi, prédit Delphine. Cette fille n'était pas pour toi, Frédéric. C'était évident. Je l'ai compris immédiatement. Je te connais depuis toujours. Je sais ce qu'il faut pour que tu sois heureux.

Elle hésita un instant, puis dit, d'une voix plus basse :

— Moi, par exemple, je saurais te rendre heureux.

Surpris, il la regarda. Le petit visage levé vers lui était grave, pathétique, empreint d'une tendresse qui l'émut. Delphine, il la considérait comme une enfant, comme la petite sœur qui avait partagé ses jeux...

Était-ce possible ? Il ne l'avait pas vue grandir. Et il se rendit compte, subitement, que le regard qu'elle posait sur lui était un regard de femme, ardent, profond, un regard qui, un instant, lui donna le vertige.

Dans un geste d'une infinie douceur, il lui caressa le visage.

— Delphine... murmura-t-il. Je ne sais que te dire...

Elle se retint de crier : « Je t'aime depuis si longtemps ! Depuis toujours... » Elle dit simplement :

— Je ne suis plus une petite fille, Frédéric.

Il sourit avec tendresse :

— Je m'en rends compte, en effet. Il me semble que je te découvre d'un seul coup. Delphine...

Ils se regardèrent un long moment, intensément. Puis, dans un élan spontané, Delphine se haussa sur la pointe des pieds et posa sur la bouche de Frédéric un baiser, avant de s'enfuir. Abasourdi, il passa un doigt sur ses lèvres. Puis, avec un sourire, il se dirigea vers sa voiture. Delphine, la petite Delphine... Qui l'eût cru ? Il avait l'impression, subitement, qu'une grande clarté chassait sa peine.

Progressivement, Marité reprenait des forces. Pour l'aider, Lucie venait chaque jour. Elle faisait les courses, rangeait le ravitaillement, mettait de l'ordre dans l'appartement, repassait le linge, aidait Marité à préparer les repas.

Un soir du mois de janvier, Raphaël revint de l'école tout excité.

— Mamie ! Écoute ! La maîtresse nous a expliqué qu'on pouvait participer à un concours. Ça s'appelle « Grand-mère, tu es formidable ! » Attends, je vais t'expliquer. J'ai tout noté.

Il sortit un cahier de son cartable, tourna les pages avec fébrilité, lut d'un air important et ravi :

« Ce concours s'adresse aux enfants de CM2. Le sujet est : "Raconte en prose, en vers ou en BD, une histoire vécue avec ta grand-mère." Les copies sont à envoyer avant le 31 janvier. Un jury composé d'écrivains et de personnalités de la région établira un classement de dix gagnants, parmi lesquels un lauréat. Chaque gagnant, son instituteur et sa grand-mère recevront des cadeaux : livres des membres du jury, cassettes, chèque-lire jeunesse. De plus, Paris recevra le lauréat et sa grand-mère pour quarante-huit heures le mercredi 2 et le jeudi 3 mars. Ils participeront à une conférence de presse et à la remise des prix, ainsi qu'à des visites : Maison de la radio, tour Eiffel, bateau-mouche. »

Le petit garçon s'arrêta, regarda Lucie avec des yeux brillants :

— Qu'en penses-tu, mamie ? Je vais faire le concours, et je vais raconter comment tu t'es occupée de nous pendant que maman était à l'hôpital. Je serai parmi les gagnants, tu verras !

Lucie approuva en souriant :

— Je n'en doute pas, mon chéri. Tu fais toujours de si belles rédactions ! Mais, tu sais, je n'ai rien fait d'extraordinaire. Prendre soin de toi et de Lætitia pendant le séjour de ta maman à l'hôpital était tout à fait normal.

— Moi, au contraire, je trouve que tu as été formidable. D'ailleurs, le titre du concours, c'est « Grand-mère, tu es formidable ! » C'est tout à fait ça, mamie !

Quelques jours plus tard, il montra à Lucie le récit qu'il avait fait. Il racontait, avec talent et émotion, les jours passés chez Lucie pendant l'absence de Marité.

« Grâce à ma mamie, terminait-il, nous n'avons pas été malheureux pendant que maman était à l'hôpital. Elle nous a préparé de bons repas, nous a fait des desserts et des gâteaux délicieux. Le soir, avant de nous endormir, elle venait près de nous, pour faire un câlin. Elle est douce, gentille, formidable : mamie-gâteau, mamie-tendresse, c'est ma mamie ! »

Lucie termina sa lecture les larmes aux yeux.

— C'est bien, mon petit, dit-elle. C'est très bien. Mais tu me fais jouer un rôle trop important. Ce que j'ai fait est normal, je le répète.

— Pas du tout ! protesta Raphaël avec force. Moi, je trouve que tu es formidable, et je veux le dire !

Avec application, il recopia son récit sur les pages centrales d'une grande copie que lui avait remise son institutrice. Il indiqua soigneusement ses nom, prénom, adresse et téléphone, ainsi que ceux de sa grand-mère, et également l'adresse de son école. En repliant la feuille, il affirma de nouveau à Lucie :

— Je vais gagner, mamie. Et ce sera grâce à toi.
Lucie ne protesta plus. Émue, elle embrassa son petit-fils avec tendresse.

Laurence revenait du lycée avec Freddy. C'était samedi, et ils avaient terminé leurs cours à midi. Ils marchaient lentement, parlant de leurs profs et de leur travail scolaire. Pendant la dernière heure, le prof de maths avait rendu un devoir où la majorité des élèves avaient eu une mauvaise note.

— Comment as-tu fait pour avoir 15 ? demanda Freddy. Moi, je n'ai eu que 8, et pourtant, je suis bon en maths.

— Marceau m'a aidée, avoua Laurence.

— Ah ! Voilà l'explication ! Il n'a pas abandonné l'espoir de t'amadouer. Et comment ça se passe avec lui ? Tu l'aimes ?

Laurence secoua la tête, offusquée :

— Mais non, je ne l'aime pas. Enfin, pas spécialement. Je le considère comme un ami, c'est tout. Et je dois reconnaître qu'il est sympa.

— Un de ces jours, ils vont t'annoncer qu'ils se marient, et tu ne pourras rien faire.

— Je ne pense pas. Maman n'en parle plus. Et, avec Marceau, j'ai passé une sorte de contrat : tant qu'il n'essaie pas de prendre la place de papa, je veux bien l'accepter.

— Et... il n'essaie pas ?

— Non. Il respecte sa part de contrat, comme je respecte la mienne. Maman l'invite de temps en temps, mais pas davantage que d'autres amis. Demain soir, par exemple, il vient dîner chez nous. Mais après, il repart. Il ne s'incruste jamais.

— Mais, pour ta mère, il est plus qu'un ami ? Laurence haussa les épaules :

— Ça... Je ne sais pas ce qu'ils font en dehors de la maison. Peut-être va-t-elle le rejoindre chez lui de temps en temps. Sincèrement, je n'en sais rien. Et ça ne me regarde pas. Je ne vais pas commencer à surveiller ma mère ! Tant qu'elle ne m'impose pas Marceau tout le temps...

— Je ne te comprends pas, coupa Freddy. Moi, je la surveille, ma mère. Je ne veux pas qu'un homme vienne de nouveau nous empoisonner la vie. Jusqu'à l'âge de douze ans, j'ai souffert des disputes et des cris. Lorsque mes parents ont divorcé, j'ai été soulagé. Maintenant, j'ai ma mère à moi tout seul, et j'entends bien la garder comme ça tout le temps.

— Nous aussi, nous vivons seules, et c'est ce que je veux. Je parle toujours de papa, pour qu'elle ne l'oublie pas. Marceau joue son rôle d'ami, et je ne désire pas en savoir plus. Je ne peux pas empêcher ma mère d'avoir des amis, quand même !

Freddy eut une moue pleine de doute :

— Méfie-toi. Ce Marceau est plus qu'un ami, c'est évident. Et si ta mère, subitement, décide qu'elle en a assez de cette situation, et t'annonce qu'elle va se remarier ?

Laurence se raidit, le regard dur :

— Je n'accepterai pas. Je serais capable de m'enfuir. N'importe où. Elle le sait. Je le lui ai déjà dit.

— Mmmouais... En tout cas, méfie-toi.

L'air sombre et suspicieux de Freddy amusa Laurence. Elle ne put s'empêcher de rire :

— Ne t'inquiète pas pour moi, Freddy.

Ils étaient arrivés devant la maison de Laurence, et il se pencha pour l'embrasser, quatre fois, sur les joues.

— Bon, alors, à lundi. Tchao !

Laurence entra chez elle, un peu contrariée par cette conversation. Freddy avait-il raison ? Elle ne cessa d'y penser tout au long de l'après-midi. Lorsqu'elle se coucha, elle était toujours dans l'expectative. Que devait-elle faire ? Son attitude vis-à-vis de Marceau était-elle la bonne, finalement ?

Pendant la nuit, elle fit un rêve. Elle était redevenue une enfant, et elle se promenait avec son père dans une campagne verdoyante et ensoleillée. Il lui tenait la main, et elle se sentait heureuse. Et puis, soudain, ils arrivaient à l'orée d'une épaisse forêt. Alors son père s'arrêtait et disait :

— Ma petite fille, je vais devoir te laisser. Je vais dans la forêt, mais tu ne peux pas venir avec moi.

Affolée, elle voulait crier, protester. Pourtant, aucun son ne sortait de ses lèvres. Son père continuait :

— Ne t'inquiète pas, je ne vais pas te laisser seule. Quand je serai parti, quelqu'un viendra et s'occupera de toi. Tiens, le voilà. Va avec lui, ma petite fille, et ne crains rien. Nous deux, nous nous retrouverons plus tard.

Subitement, Marceau apparaissait, là, près d'eux. Et Laurence voyait son père s'éloigner. Il entrait dans la forêt, bientôt il allait disparaître parmi les arbres. Elle voulait aller le rejoindre mais, comme il arrive souvent dans les rêves, elle était incapable de bouger et elle ne pouvait pas le suivre là où il allait. Elle sentait les larmes couler sur ses joues.

— Viens, mon enfant.

Marceau lui parlait d'une voix douce. Laurence regarda autour d'elle. Son père avait disparu, mais ses dernières paroles restaient gravées dans son esprit. Elle comprit que, malgré sa peine, elle devait lui obéir. Alors, elle prit la main que Marceau lui tendait et elle partit avec lui.

Sans transition, elle se réveilla, le cœur battant à grands coups sourds. Ce n'était qu'un rêve, mais il paraissait tellement réel que Laurence se sentait profondément troublée. Fallait-il en tenir compte ? Était-ce son père qui, par-delà la mort, lui envoyait un message ? À qui pourrait-elle en parler ? Pas à sa mère, qui s'empresserait de l'interpréter à sa façon. Laurence avait besoin de l'avis d'une personne neutre. Elle décida de raconter son rêve à Lucie dès qu'elle la reverrait.

L'impression laissée par le rêve ne se dissipa que très lentement et, toute la matinée, Laurence continua à se sentir troublée. Vers midi, les voisins, Jean et Simone, arrivèrent. Odile les avait invités à déjeuner. C'était un couple d'une cinquantaine d'années. Ils n'avaient pas d'enfant, et Laurence était un peu leur petite-fille. Elle les connaissait depuis toujours et elle les aimait bien.

Après le repas, Odile et Simone débarrassèrent la table, rangèrent la cuisine. Puis Simone proposa :

— Il fait un rayon de soleil... Que diriez-vous d'aller faire un tour au foyer des personnes âgées ? Aujourd'hui, il y a une exposition de leurs travaux. Ma tante Germaine, qui y vit, m'a dit qu'il y avait de jolies choses. Ce sont des travaux d'aiguille et de broderie.

— C'est une bonne idée, approuva Odile.

— Et cela fera plaisir à ma tante, continua Simone.

— Moi, je n'y vais pas, dit Laurence. J'ai un devoir de latin à faire pour demain.

— Moi non plus, déclara Jean, qui fumait paisiblement sa pipe. Les tricots et les napperons, très peu pour moi. Je vais rester ici et regarder la télé jusqu'à votre retour.

Laurence gagna sa chambre pour aller travailler, Jean s'installa dans un fauteuil du salon, et Odile et Simone partirent. Assise à son bureau, Laurence essayait de se concentrer. Son rêve était toujours présent dans son esprit, et elle ne pouvait s'empêcher d'y penser.

Elle travaillait depuis une dizaine de minutes lorsque Jean frappa et entra. Il tenait à la main une revue ouverte à la page des mots fléchés.

— Laurence, peux-tu me prêter ton dictionnaire ? Je dois vérifier l'orthographe d'un mot.

Laurence se leva et se dirigea vers l'endroit où était rangé son dictionnaire. Elle était vêtue d'un caleçon et d'un pull chaussette qui la moulaient étroitement. Elle ne vit pas le regard appuyé que Jean posait sur elle, la détaillant de la tête aux pieds. Elle leva le bras pour attraper le dictionnaire, posé sur une étagère, et ce geste fit saillir ses jeunes seins. Alors qu'elle s'apprêtait à se retourner, son dictionnaire à la main, elle se sentit subitement saisie par derrière.

Pétrifiée de surprise, elle ne réagit pas tout de suite. Puis elle se mit à bégayer :

— Mais... mais... que se passe-t-il ? Jean, voyons ! Qu'est-ce qu'il vous prend ?

Jean, le nez enfoui dans ses cheveux, la serrait étroitement. Elle essaya de se dégager, mais il la tenait fermement et elle n'y parvint pas. Elle s'affola en l'entendant murmurer des mots saccadés :

— Allons, laisse-toi faire... Je sais bien que tu n'attends que ça... Je le vois bien... Avec ta tenue, tu n'as pas cessé de m'aguicher... Laisse-toi faire, voyons...

Laurence s'affolait de plus en plus. Elle se débattit, mais cela ne fit qu'exciter Jean davantage. De ses mains impatientes et brutales, il lui palpa les seins, le ventre, les cuisses.

— Mais laisse-toi faire ! Tu ne le regretteras pas, tu verras... Ce sera mieux qu'avec Freddy... Je te vois quand tu reviens du lycée avec lui... Lui, ce n'est qu'un gamin ; moi, je suis un homme, un vrai... Je vais te montrer... Allons, viens !

Il essayait de la pousser vers le lit. Laurence fut prise de panique. En même temps, elle ressentait une sorte d'incrédulité. Jean était-il devenu fou ? Jean, qu'elle connaissait depuis toujours, qu'elle considérait comme un oncle, comme un grand-père, qui l'avait tant de fois tenue sur ses genoux quand elle était petite... Elle cria :

— Mais lâchez-moi ! Lâchez-moi !

Comme il ne lui obéissait pas, elle se débattit davantage. Elle parvint à lui donner un coup de coude dans l'estomac, qui le fit reculer un peu. Elle en profita pour le frapper au visage avec le dictionnaire qu'elle tenait toujours. Il la lâcha. Alors elle se précipita hors de la chambre.

Dans une panique aveugle, elle courut dans le couloir. La porte du bureau de sa mère était grande ouverte. Sans réfléchir, elle s'y engouffra, claqua la porte derrière elle, tourna la clef dans la serrure. Haletante, elle s'appuya au mur. Elle avait l'impression que tout tournait autour d'elle.

— Ouvre-moi ! Espèce de petite garce ! Allumeuse !

Elle eut un sursaut d'effroi. Jean, derrière la porte, agitait violemment la poignée tout en criant des insultes. Laurence eut envie de hurler. Que pouvait-elle faire ? Elle lança autour d'elle un regard de bête aux abois.

Ses yeux se posèrent sur le téléphone, et dans l'affolement de son esprit, une idée lui vint. Fébrilement, elle prit l'agenda d'Odile, chercha le numéro de Marceau. Elle tremblait en le composant sur le cadran.

« Pourvu qu'il soit chez lui ! pensa-t-elle comme une prière. Pourvu qu'il soit chez lui ! »

Il répondit à la première sonnerie. Le soulagement fit chanceler Laurence, et elle dut s'appuyer au bureau. Dans le couloir, Jean se faisait menaçant. Il criait qu'il allait enfoncer la porte si Laurence ne lui ouvrait pas.

Avec précipitation, elle dit dans le téléphone :

— Marceau... Au secours, Marceau ! C'est Jean ! Il est devenu fou... Il veut enfoncer la porte ! Au secours !

Il ne perdit pas de temps à essayer de comprendre. Il s'écria : « J'arrive ! » et raccrocha immédiatement.

Un peu rassurée, Laurence reposa le combiné. Jean, maintenant, donnait des coups d'épaule dans la porte, et à chaque fois celle-ci tremblait dangereusement. La jeune fille la consolida avec un lourd fauteuil. Elle tenta de bouger le bureau, mais elle n'y parvint pas. Ne sachant que faire, elle prit un coupe-papier et le tint fermement afin d'en menacer Jean s'il réussissait à enfoncer la porte.

En même temps, tendue vers la fenêtre, elle guettait l'arrivée de Marceau. Elle s'efforçait de ne pas écouter les propos injurieux entrecoupés de menaces que Jean, derrière la porte, continuait de crier. Elle avait l'impression d'être au centre d'un mauvais rêve. La voiture de Marceau, qui arrivait en trombe, s'arrêta en faisant crisser les pneus. Elle le vit sortir en courant et se diriger vers la porte d'entrée. Elle réalisa qu'elle était fermée à clef. Mais, au même moment, elle se souvint qu'un double de la clef se trouvait toujours dans le premier tiroir du bureau.

Frénétiquement, elle le chercha, le trouva. Elle alla à la fenêtre, l'ouvrit, appela Marceau :

— Voici la clef ! dit-elle en la lui lançant. Il est dans le couloir, il est devenu fou... Essayez de le calmer, je vous en prie !

Marceau attrapa la clef :

— Ne crains rien, Laurence, je suis là maintenant.

Ces paroles, et surtout le ton avec lequel il les prononça, eurent sur Laurence un effet rassurant. Elle sut qu'il disait vrai, et que, maintenant qu'il était là, effectivement elle ne craignait plus rien.

Elle entendit Marceau entrer dans la maison. Tout de suite après, les cris et les coups dans la porte cessèrent. Il y eut des exclamations, et la voix de Marceau retentit, impérative. Sans comprendre toutes les paroles, Laurence se rendit compte qu'il essayait de calmer Jean. Puis les voix s'éloignèrent, et la porte d'entrée claqua. Par la fenêtre, Laurence vit Jean qui s'en allait. Il marchait la tête baissée, l'air honteux et accablé.

Dans le couloir, Marceau appela :

— Laurence ! Ça y est, il est parti. Tu peux ouvrir, mon enfant.

« Mon enfant »... C'était la première fois qu'il l'appelait ainsi, et cela rappela à Laurence son rêve de la nuit. Dans ce rêve, Marceau utilisait la même expression. Troublée, encore tremblante, elle tourna la clef dans la serrure.

Elle l'aperçut aussitôt, calme, rassurant, et sans réfléchir à ce qu'elle faisait, instinctivement, elle se jeta dans ses bras. Se libérant de toute la peur qu'elle avait éprouvée, elle se mit à sangloter sur son épaule.

— Allons, cesse de pleurer... C'est tout, maintenant, il est parti.

Mais elle continuait de pleurer. Et lui, s'efforçant de la calmer, lui tapotait l'épaule, lui caressait les cheveux. Il avait l'impression que c'était sa propre fille qu'il tenait ainsi contre lui, sa fille qui aurait eu le même âge que Laurence... C'était une sensation étrange. Avec douceur, il lui essuya le visage, il sécha ses larmes. Il l'emmena dans le salon, l'installa dans un fauteuil, la regarda avec attendrissement. Avec ses yeux encore gonflés de pleurs, elle ressemblait à une petite fille perdue.

— Raconte, lui dit-il. Que s'est-il passé ?

À mots entrecoupés, encore traumatisée, elle raconta. Elle termina, les yeux pleins de larmes :

— Je ne comprends pas ce qu'il lui a pris. Jamais je n'aurais cru que Jean se comporterait de cette façon... Je le connais depuis toujours. C'est incroyable !

— Un coup de folie, dit Marceau. Je lui ai fait peur, et il n'est pas près de recommencer, crois-moi.

Elle leva vers lui un regard empli d'une gratitude qui le toucha.

— Merci, Marceau. Merci d'être venu à mon secours.

— C'est normal, mon enfant. Tu m'as appelé, je suis venu aussi vite que j'ai pu.

Il hésita un instant, puis continua :

— Cet incident, au fond, prouve que je pourrais être utile... Même si je n'en parle plus, je désire toujours épouser ta mère, et venir vivre avec elle. Je ne viendrais pas prendre la place de ton père. Je sais bien que dans ton cœur, il est irremplaçable. Je viendrais simplement pour veiller sur ta mère et sur toi.

Pour la première fois depuis qu'elle connaissait Marceau, Laurence ne s'insurgea pas. Le rêve qu'elle avait fait, joint à ce qui venait de se passer, à la peur qu'elle avait éprouvée et à la gratitude qu'elle ressentait envers Marceau, la laissait ébranlée. Marceau vit son désarroi et eut la sagesse de ne pas insister.

— Nous en reparlerons, dit-il avec douceur.

— Mamie, je ne sais vraiment plus quoi faire.

Dès la fin des cours, Laurence s'était précipitée chez sa grand-mère et lui avait tout raconté : la scène de la veille, la façon dont elle avait appelé Marceau à son secours, et aussi le rêve qu'elle avait fait la nuit précédente et qui l'avait fort troublée. Lorsqu'elle se tut, Lucie la regarda avec tendresse et remarqua doucement :

— Sans parler de ton rêve, qui n'est pas difficile à interpréter, ta réaction est suffisamment révélatrice : pourquoi as-tu appelé Marceau, à ton avis ?

Du bras, Laurence fit un geste d'ignorance :

— Je n'en sais rien, justement. Lorsque je me suis retrouvée dans le bureau de maman, j'ai aperçu le téléphone, et j'ai pensé à demander du secours. Il fallait que j'appelle quelqu'un, et tout de suite j'ai eu l'idée d'appeler Marceau. Pourquoi lui, plutôt que quelqu'un d'autre ? J'aurais pu aussi bien téléphoner à oncle Frédéric, ou à tante Marité, ou même à toi, mamie, ou encore à Freddy. Mais c'est à Marceau que j'ai pensé tout de suite, comme une évidence.

Lucie s'assit auprès de sa petite-fille, lui caressa les cheveux. Minouche vint se frotter contre elles en ronronnant.

— C'est ça qui est révélateur, ma petite enfant. Tu as pensé à l'appeler, lui, parce que, même si c'est inconscient, tu as compris qu'il est capable de veiller sur toi et de te tirer de situations comme celle-là, et que c'est son rôle, bien plus que celui de ton oncle Frédéric ou de moi-même. Peut-être est-ce ton rêve qui t'a influencée, mais c'est ainsi que je comprends ta réaction.

Laurence releva la tête, indécise :

— Alors, ça veut dire que je l'accepterais dans notre vie, à maman et à moi ? Et je voudrais qu'il vienne remplacer papa ?

Dans ses yeux se lisait un dernier sursaut de révolte. Lucie objecta :

— C'est une erreur de dire qu'il remplacerait ton père. Comprends-le. C'est comme si Marceau t'accusait, toi, de vouloir remplacer sa fille.

— Ce serait ridicule, affirma énergiquement Laurence.

— Eh bien, dans l'autre sens aussi, c'est ridicule. Il ne prendrait la place de personne, il serait simplement là pour t'aimer et pour veiller sur toi. Et toi, en l'acceptant, tu n'oublierais pas pour autant le père que tu aimais tant. Aimer Marceau ne t'empêcherait pas de penser à lui avec la même tendresse. Comprends-tu ?

— Oui, murmura Laurence. Oui, peut-être...

— Et puis, si tu aimes ta mère, tu ne dois pas lui refuser la perspective d'un nouveau bonheur. Pense à elle, aussi.

Laurence hocha la tête sans répondre. Avec la même douceur, Lucie continua :

— Elle aurait pu choisir quelqu'un de moins bien que Marceau, quelqu'un de plus catégorique, qui ne se serait pas préoccupé de toi et qui l'aurait épousée sans demander ton avis. Au moins, tu ne peux pas reprocher ça à Marceau. Il est correct.

— C'est vrai, admit Laurence. Si je veux être honnête avec moi-même, je suis obligée d'avouer qu'il est bien. Et je sens qu'on peut lui faire confiance. Il est sincère.

— Maintenant, reprit Lucie, si tu voulais avoir l'avis de ton père sur la décision que tu dois prendre, je te répondrais ceci : sa réponse, il est venu te la dire, il y a deux nuits.

— Tu veux parler de mon rêve ?

— Oui. Vois-tu, je crois qu'il y a, après la mort, un monde où les esprits des défunts continuent à vivre. De là, ils nous voient, ils veillent sur nous, essaient de nous donner des conseils. Je le crois très fort, parce que ça me permet d'espérer que, le jour où je mourrai, j'irai rejoindre ton grand-père.

— Et tu crois que papa... est venu me conseiller ?

— Je le pense, oui.

Laurence regarda Lucie avec des yeux pleins de larmes :

— Oh, mamie ! s'écria-t-elle. Mamie !

Elle se jeta dans les bras de sa grand-mère et se mit à pleurer. Lucie la serra contre elle avec amour.

— Ne pleure pas, ma chérie, ne pleure pas. Tout est bien. Il est venu te montrer la voie à suivre pour que ta mère et toi, vous soyez heureuses à nouveau, même s'il n'est plus auprès de vous.

Laurence prit son mouchoir, essuya ses joues mouillées de larmes, et regarda Lucie, le visage apaisé :

— Oui, dit-elle tout bas. Je comprends.

Le mois de février arriva, et dans l'air flottait parfois une douceur qui annonçait la prochaine venue du printemps. Dans le jardin de Lucie, les pousses vertes des jonquilles croissaient de jour en jour, et les rosiers offraient timidement leurs premiers bourgeons. Lucie les regardait avec plaisir. Elle aimait, chaque année, constater le réveil de la nature après le long engourdissement de l'hiver. Il constituait, pour elle, comme un message d'espoir.

Dans le même état d'esprit, elle pensait que les problèmes de ses enfants s'étaient résolus. Christian et Marité ressemblaient à nouveau à deux jeunes mariés. Le regard que Christian posait sur sa femme disait qu'il avait eu peur de la perdre et qu'il appréciait d'autant plus, maintenant, de l'avoir auprès de lui.

Pour Odile, également, la situation s'était arrangée. Elle était venue un jour dire à Lucie, avec un enthousiasme de jeune fille :

— Maman, c'est formidable ! Laurence m'a dit qu'elle ne voyait plus d'inconvénient à ce que j'épouse Marceau. Je n'en reviens pas. Elle se bloquait tellement ! Il était impossible de la raisonner.

Les yeux de la jeune femme scintillaient de bonheur. Lucie avait simplement constaté :

— Lorsque Marceau est accouru à son secours, le jour où Jean l'avait poursuivie jusqu'à ton bureau, elle a compris. Et puis, c'est une bonne petite fille. Son amour pour toi l'a sans doute poussée à changer d'avis.

— Peut-être. En tout cas, je suis heureuse. D'autant plus qu'elle s'entend très bien avec Marceau. Lui qui a perdu sa fille, et elle qui n'a plus son père, ont sans doute besoin l'un de l'autre, même s'ils ne s'en rendent pas compte consciemment.

En s'en allant, Odile avait déclaré :

— Nous nous marierons au printemps, Marceau et moi. En toute simplicité, bien entendu.

Lucie était heureuse de voir que sa fille avait pu se construire un nouveau bonheur. Quant à Frédéric, bien qu'il ait été blessé par sa rupture avec Marjorie, il retrouvait son optimisme naturel. Lucie devait s'avouer que Delphine y était pour beaucoup. Dès que Frédéric venait, la jeune fille s'arrangeait pour le rencontrer, lui parler, et lui faire comprendre qu'elle n'était plus une enfant et qu'elle l'aimait. La semaine précédente, elle l'avait invité à une exposition, au lycée. Depuis, Delphine arborait un sourire secret que Lucie interprétait à sa façon. Qui sait ? pensait-elle. Frédéric finirait bien par se rendre compte que là était son bonheur, avec cette jeune fille toute simple qui l'aimait depuis toujours.

Un jour de la fin du mois, Lucie vit arriver ses trois petits-enfants. Ils paraissaient à la fois ravis et excités, et Raphaël, en avant des autres, accourait en brandissant un papier. Lucie, intriguée, sortit sur le seuil de sa maison.

— Mamie ! criait Raphaël. Mamie ! C'est formidable ! J'ai gagné le concours ! Je le savais ! Je le savais !

Il se jeta dans les bras de sa grand-mère, se pendit à son cou, l'embrassa avec un enthousiasme contagieux.

Lucie se mit à rire :

— Voyons, explique-toi mieux. Qu'est-ce que cela signifie ?

— Ça veut dire que j'ai gagné ! Tu sais, mamie, la rédaction dans laquelle je raconte que tu t'es occupée de nous pendant que maman était à l'hôpital... Eh bien, elle a été classée première ! Regarde, c'est écrit là. Je suis le lauréat, et nous sommes invités à Paris la semaine prochaine, pour deux jours, les 2 et 3 mars. C'est vraiment formidable, non ?

— À Paris... répéta Lucie. Et je suis invitée, moi aussi ?

— Bien sûr, mamie ! Et mon institutrice également ! Nous visiterons Paris, il y aura la remise des prix à la Maison de la radio. Je suis vraiment très content !

— Paris... reprit Lucie, le regard rêveur. La dernière fois que j'y suis allée, c'était avec votre grand-père, mes enfants. Lorsque nous sommes revenus, il m'a dit : « Nous y retournerons, Lucie. » Il est mort deux mois plus tard. Et je n'y suis jamais retournée.

— Eh bien, tu y retourneras avec moi ! Si j'ai gagné le concours, c'est grâce à toi, mamie !

— Ce n'est pas grâce à moi, mon petit, corrigea Lucie. C'est parce que tu as fait un beau récit. Moi, je n'y suis pour rien.

— Tu te trompes, mamie, intervint Laurence. Ce que tu as fait compte également. Tu peux nous croire lorsque nous te le disons, mamie, parce que nous le pensons vraiment : tu es formidable.

— Oui, oui, tu es formidable ! répétèrent en chœur Raphaël et Lætitia.

— Si vous le dites... murmura Lucie, les larmes aux yeux.

— Et puis, le dimanche 6 mars, c'est la fête des grands-mères, continua Laurence. Et toute la famille a décidé de t'emmener au restaurant ce jour-là. Pour toi, mamie, et aussi pour fêter le succès de Raphaël.

— J'emporterai mon appareil photo, reprit Raphaël, et nous ferons plein de photos à Paris. Tu es d'accord, mamie ?

— Bien sûr, mon chéri, bien sûr.

Elle les regarda tour à tour, vit sur leur visage la même joie, la même tendresse. Elle leur sourit :

— Moi aussi, je peux dire une chose : j'ai des petits-enfants formidables !

Elle les prit contre elle et, enlacés, ils entrèrent dans la maison, tandis que Raphaël s'écriait avec conviction :

— En tout cas, la plus formidable, c'est toi, mamie !

Deux amis inséparables

Ce soir-là, Jean-Pierre sifflotait en rentrant chez lui, sa journée de travail terminée. Une fois de plus, il avait soigné des caries, arraché des dents, consolé des enfants en pleurs. En sortant de son cabinet, il avait respiré à pleins poumons, regardé le ciel bleu et pur dans lequel les dernières hirondelles volaient haut. Et maintenant, tout en conduisant sa voiture sur la route qui menait au petit village de l'Avesnois où il habitait, il sifflotait, heureux à l'idée de se détendre enfin en compagnie de Carole et des enfants.

Il sourit en pensant à Carole. C'était une femme parfaite. Elle savait l'entourer d'attentions, et c'était l'une des choses qu'il appréciait le plus chez elle. Ainsi, ce soir, comme il faisait beau, elle aurait préparé sur la terrasse la chaise longue, dans laquelle il n'aurait qu'à s'installer dès son arrivée. Elle lui apporterait une boisson fraîche, qu'il siroterait en contemplant le paysage verdoyant qui l'entourait.

Dès qu'il descendit de voiture, les enfants se précipitèrent vers lui. Il les regarda courir à travers la pelouse et ne put s'empêcher de sourire. Comme ils étaient beaux ! Anne, à sept ans, était une réplique exacte de Carole. Elle avait ses cheveux blonds et ses yeux clairs. Sylvain, plus jeune d'un an, rappelait à Jean-Pierre le petit garçon qu'il avait été. Il se pencha pour répondre à leur baiser d'accueil. Sylvain s'accrocha à son cou, tout excité :

— Maman dit qu'elle va faire un gâteau au chocolat pour mon anniversaire ! Avec des bougies ! Il y en aura six, termina-t-il d'un ton important.

Jean-Pierre caressa la tête de son fils :

— Tu es un grand garçon maintenant, Sylvain. Tu n'es plus un bébé.

L'enfant acquiesça avec fierté. Il allait avoir six ans le surlendemain, qui était un samedi. Comme Jean-Pierre ne travaillait pas ce jour-là, il avait promis d'emmener toute la famille pique-niquer s'il faisait beau. Les enfants attendaient cette petite fête avec une joie mêlée d'impatience.

Carole sortit sur la terrasse et posa sur la table de jardin un verre dans lequel flottaient joyeusement plusieurs glaçons, ainsi qu'une coupe contenant des cacahuètes salées et des olives. Jean-Pierre embrassa sa femme, ôta sa veste et s'installa, avec un soupir de satisfaction, dans la chaise longue. Ce moment était l'un de ceux qu'il préférait. Il aimait le calme et la paix qu'il pouvait goûter longuement et qui le détendaient, tandis que les hirondelles poussaient des petits cris joyeux, que les enfants couraient sur la pelouse et que Carole, dans la maison, finissait de préparer le repas et de dresser la table. Un moment de bonheur et d'harmonie, qui lui faisait comprendre combien sa vie familiale était équilibrée et heureuse...

Il but une gorgée de Martini et laissa de nouveau errer ses regards sur le paysage qui s'offrait à lui : des prairies vertes et vallonnées, parsemées de bouquets d'arbres que l'approche de l'automne teintait déjà d'or et de pourpre. Jean-Pierre sentait un alanguissement agréable l'envahir. Il s'étira et croisa ses mains derrière sa nuque, tout en souriant aux deux enfants qui se poursuivaient.

Il entendit à peine la sonnerie du téléphone, laissa Carole aller répondre. Il était trop bien pour bouger et ne tenait pas à être dérangé. Lorsqu'il entendit les talons de Carole claquer sur le carrelage, il fronça les sourcils avec déplaisir. Qui donc venait perturber cet instant privilégié ?

Carole apparut, le visage tendu :

— C'est Mme Nou, annonça-t-elle d'une voix brève. Elle veut te parler. Elle dit que c'est grave.

Jean-Pierre posa son verre sur la table, se leva, toute sa sérénité envolée. Mme Nou ? Il fallait que ça soit grave, en effet, pour qu'elle appelle de l'Est de la France. Jamais elle ne téléphonait. Que se passait-il ?

Mécontent, Jean-Pierre entra dans la maison, gagna le salon, attrapa le combiné :

— Allô ? dit-il d'un ton rogue.

Un bruit indéfinissable lui répondit, quelque chose comme un sanglot. Jean-Pierre crut qu'il s'agissait d'une farce, faillit raccrocher.

— Allô ? répéta-t-il pourtant, intrigué malgré lui. C'est Mme Nou ?

Suivit alors un flot de paroles entrecoupées :

—... Désolée de vous déranger... J'aurais dû le faire déjà cet après-midi, mais je n'ai pas eu le temps... Quelle catastrophe, mon pauvre Monsieur !... C'est France... Elle a eu un accident, en allant travailler, tout de suite après le déjeuner... Un camion, sur la nationale... Sa petite voiture a été aplatie comme une crêpe... France a été tuée sur le coup...

De nouveau, ce bruit qui ressemblait à un sanglot. Jean-Pierre se secoua, avec l'impression d'avoir reçu un coup sur la tête. Ahuri, incrédule, il bégaya :

— Que... que dites-vous ? France ? Tuée ?

— Tuée sur le coup, oui... Ah, quel malheur ! Il fallait que je vous prévienne, surtout pour Emmanuel. Il est effondré, le pauvre petit. Le voilà seul au monde, maintenant. Vous allez vous occuper de lui, n'est-ce pas ? Après tout, vous êtes son père, même si France et vous étiez séparés...

Stupide, n'arrivant pas encore à réaliser, Jean-Pierre balbutia :

— Emmanuel... Oui, bien sûr, Emmanuel...

— Moi, je veux bien le garder jusqu'à l'enterrement, continuait la voix au bout du fil, mais pas plus. Je suis vieille et ma santé ne me permet pas de m'occuper d'un enfant de dix ans. Dites, pour l'enterrement, vous viendrez ?

— Quand a-t-il lieu ? parvint à demander Jean-Pierre, toujours aussi abasourdi.

— Après-demain samedi. Dans l'après-midi. Qu'est-ce que je dis à Emmanuel ? Que vous le reprendrez avec vous ?

— Ne lui dites rien. Attendez samedi. Je viendrai. Je serai là en fin de matinée.

Il raccrocha d'un geste sec. Cette nouvelle brutale et imprévue avait détruit, en quelques secondes, la paix de la soirée. Jean-Pierre se retourna, aperçut Carole qui l'observait de la porte du salon, les traits figés.

— Que se passe-t-il, Jean-Pierre ?

— C'était bien Mme Nou, la voisine de France. Elle a appelé pour m'annoncer que France a été tuée dans un accident, cet après-midi. On l'enterre samedi.

Carole devint pâle.

— Tu vas y aller ? demanda-t-elle.

— Je ne peux pas faire autrement. Comprends-le, Carole.

Elle serra les lèvres :

— Ce que je comprends, c'est que Sylvain va être déçu. Rappelle-toi ce que tu lui as promis pour son anniversaire, justement samedi. Comment vas-tu lui expliquer ça ? Toi qui apprends à tes enfants qu'il faut toujours respecter ses promesses...

Jean-Pierre eut un geste d'agacement :

— Ceci est un cas spécial, Carole, grave et imprévu. J'essaierai de le faire comprendre à Sylvain. Le pique-nique ne sera pas annulé, seulement reporté. Ne me rends pas les choses plus difficiles, ma chérie. Il faut que j'y aille. Ne serait-ce que pour Emmanuel.

Carole releva la tête :

— Emmanuel ? Que vas-tu faire à son sujet ?

Jean-Pierre ne répondit pas tout de suite. Il regarda sa femme dans les yeux, longuement. Elle ne cilla pas, attendant sa réponse. D'une voix basse mais décidée, il dit :

— France n'avait pas de famille, à part des cousins éloignés. Emmanuel se retrouve seul. Je suis son père, je ne vais quand même pas l'abandonner. Je le ramènerai avec moi. Il vivra ici, avec nous.

Carole était devenue blanche. Avec effort, elle remarqua :

— Tu pourrais au moins me demander mon avis. Et si je ne veux pas ?

Jean-Pierre passa une main dans ses cheveux, ce qui était chez lui signe de colère, d'impatience ou d'embarras :

— Voyons, Carole, tu ne peux pas refuser. Nous n'allons quand même pas laisser cet enfant... Il faut que nous le prenions, comprends-le. Ce n'est pas un problème insurmontable. Tu le connais, il est déjà venu en séjour ici, et tout s'est toujours très bien passé. Sylvain et Anne l'aiment bien et s'entendent bien avec lui.

Carole eut une moue peu convaincue :

— C'était pour les vacances. Cela n'a rien à voir. Ce sera très différent s'il vient vivre ici de façon permanente. Il ne pourra pas dormir continuellement sur le divan du salon. Il faudra lui installer un lit dans la chambre de Sylvain. Comment notre fils va-t-il l'accepter ?

— Il sera content d'avoir un grand frère. Je ne suis pas inquiet pour ça. Le plus dur, ce sera plutôt pour Emmanuel. Cela va faire pour lui un changement énorme, joint au chagrin d'avoir perdu sa mère. Je compte sur toi pour l'accueillir avec gentillesse, Carole, et avec compréhension. Après tout, il est mon fils aussi, au même titre que Sylvain.

Cette dernière remarque déplut à Carole. Elle se retint pour ne pas répliquer : « C'est ton fils, mais pas le mien. » Elle ne se sentait pas responsable de cet enfant qu'elle connaissait à peine, qu'elle avait hébergé, par la force des choses, à chacune des vacances scolaires. Et dorénavant, il serait là, tout le temps ?... D'instinct, elle refusait l'intrusion dans sa vie d'un étranger qui ne pourrait que perturber l'harmonie de leur famille. Mais que pouvait-elle faire ? Elle comprenait bien qu'elle ne pouvait pas refuser. Le seul parent d'Emmanuel restait Jean-Pierre, et celui-ci voulait reprendre son fils. C'était normal, elle devait bien l'admettre. Pourtant, une réticence la retenait, et elle maudissait cet accident qui avait coûté la vie à France, simplement parce qu'il lui imposait la présence d'Emmanuel.

De retour sur la terrasse, Jean-Pierre jeta un coup d'œil à l'assiette d'olives et au verre dans lequel les glaçons achevaient de fondre. Ils lui semblèrent faire partie d'un autre monde, où il s'était senti heureux et détendu. Il détourna la tête. Il n'avait plus faim ; la mauvaise nouvelle lui avait coupé l'appétit.

Il était décidé à mettre les enfants au courant le plus vite possible. Il les aperçut, sur le portique qui se trouvait dans le fond du jardin. Anne se balançait, tandis que Sylvain avait entrepris de grimper à l'échelle de corde. Il les appela. Ils arrivèrent en se bousculant, les joues roses et les cheveux emmêlés. Deux enfants heureux de vivre, songea Jean-Pierre. Et si c'était à eux qu'un tel drame arrivait ? Il fallait qu'il leur fasse comprendre celui que vivait Emmanuel, et qu'il leur recommande d'être particulièrement gentils envers lui.

— Écoutez-moi, commença-t-il, le visage grave. Je viens d'apprendre une nouvelle très triste. France, la maman d'Emmanuel, a eu un accident de voiture. Elle a été tuée. Son enterrement a lieu samedi, et il faut que j'y aille. Je sais bien que c'est le jour de ton anniversaire, Sylvain, et que nous devions aller pique-niquer. Mais nous mangerons le gâteau dimanche, et nous ferons le pique-nique une autre fois.

La mine des enfants s'allongea. Sans aucun doute, ils étaient déçus. Jean-Pierre s'en rendit compte, mais il continua, imperturbable :

— Il y a autre chose. Emmanuel, qui vivait avec sa maman, se retrouve seul. Je vais le ramener ici. Dorénavant, il vivra avec nous. Il a sans doute beaucoup de chagrin, et il faudra que vous soyez gentils avec lui. Je compte sur vous. D'accord ?

Cette nouvelle les intéressa davantage. Ils se mirent à questionner Jean-Pierre :

— Il va venir ici, comme pendant les vacances ?

— Et il ne repartira plus ?

— Il restera toujours ?

Lorsqu'ils eurent compris, ils se montrèrent

enchantés. Emmanuel était, pour eux, un grand frère qu'ils voyaient trop rarement. Quand il était là, il leur faisait découvrir des tas de jeux amusants qu'ils ne connaissaient pas. En juillet, aux dernières vacances, il avait construit une sorte de hutte, avec des planches, et ils avaient joué à Robinson Crusoé... Ils avaient été désolés lorsqu'il était parti, à la fin du mois. Et depuis, leur compagnon de jeux leur manquait.

— Ça, c'est chouette, résuma Sylvain.

Jean-Pierre se sentit soulagé. Ils acceptaient la situation bien mieux que Carole. Il crut néanmoins utile d'expliquer :

— N'oubliez pas que sa mère est morte et qu'il sera sans doute très triste. S'il pleure, vous le consolerez.

— Je serai gentille avec lui, déclara Anne, déjà maternelle. Je lui ferai tout plein de bisous.

Rassuré, Jean-Pierre entra dans la maison, suivi par les enfants. Ceux-ci, excités par la prochaine venue d'Emmanuel, ne cessèrent de poser des questions tout au long du repas : Quand arriverait-il ? Et où irait-il à l'école ? Et où dormirait-il ?

— C'est une bonne question, dit Carole, qui jusque-là était restée muette, se contentant de passer les plats et de ramasser les assiettes. Il va falloir l'installer dans la chambre de Sylvain. Demain, après ton travail, continua-t-elle à l'adresse de Jean-Pierre, nous irons acheter un lit et une armoire.

— Dans ma chambre ? tiqua Sylvain, qui se montrait fier d'avoir une chambre pour lui tout seul. Et pourquoi pas dans celle d'Anne ?

— Parce que les frères dorment toujours ensemble, dans la même chambre, lorsqu'il n'y a pas assez de place, dit Jean-Pierre. Moi, j'ai toujours dormi avec Bertrand, et ça ne m'a pas dérangé. Nous en avons fait, des batailles de polochons !

Cette nouvelle perspective chassa, dans l'esprit de Sylvain, le désagrément qui s'y était un instant installé. Il imagina les batailles d'oreillers, les roulades dans le lit et les fous rires qui en résulteraient. Comme ils allaient s'amuser, tous les deux, Emmanuel et lui !

— Alors, si je comprends bien, reprit Carole d'une voix aigre, tu le ramènes ici samedi soir ?

— Il sera peut-être très tard. Ne m'attendez pas et couchez-vous. Si vous dormez, nous essaierons de ne pas faire de bruit pour ne pas vous réveiller.

— Mais, papa, nous voulons voir Emmanuel ! objecta Anne.

— Vous aurez tout le temps de le voir ensuite, répondit Jean-Pierre, puisqu'il restera toujours avec nous.

Carole soupira, mécontente, et se réfugia dans un mutisme désapprobateur. Une sorte de révolte, lentement, montait en elle. Comment Jean-Pierre pouvait-il lui imposer cela ? L'obliger à s'occuper d'un enfant qui n'était pas le sien, qui n'était absolument rien pour elle, au même titre que ses propres enfants. Devrait-elle l'aimer, aussi ? Elle savait qu'elle ne le pourrait pas. Il n'était pas seulement le fils de Jean-Pierre, il était aussi celui de France. Et, par sa présence, il rappellerait sans cesse à Carole que Jean-Pierre, avant elle, avait aimé une autre femme, avait vécu avec elle, lui avait fait un enfant... Elle essayait de ne pas penser à cette partie de la vie de son mari, elle supportait Emmanuel le temps des vacances – il le fallait bien –, mais, chaque fois qu'il s'en allait, elle éprouvait un soulagement qu'elle se gardait bien d'avouer. Et maintenant, il faudrait accepter qu'il soit là, tout le temps... Carole n'était pas sûre d'y parvenir.

Ce soir-là, dès qu'ils furent couchés, elle tourna le dos à son mari, dans une attitude de ressentiment muet. Jean-Pierre eut un geste vers elle, qu'elle ne vit pas. Mais il ne dit rien. La façon dont Carole réagissait le peinait profondément, mais il pensait qu'elle était due à la jalousie et qu'elle ne durerait pas. Et puis, il n'avait pas le courage de se lancer dans une grande discussion. La nouvelle de la mort de France l'avait anéanti. Il avait l'impression d'être vidé, et, bien qu'il n'aimât plus France depuis longtemps, il ressentait, tout au fond de lui, quelque chose comme une tristesse sourde qui lui griffait le cœur.

Les yeux ouverts dans l'obscurité, allongé près de Carole qui ne faisait pas un mouvement, il laissa les souvenirs revenir en foule, lui rappeler ce temps heureux et oublié, ces années où il avait connu France, alors qu'ils étaient tous deux étudiants...

Il avait été séduit, dès le début, par sa vivacité d'oiseau et sa bonne humeur inaltérable. Très vite, ils étaient devenus amants. Lorsqu'elle s'était rendue compte qu'elle attendait un enfant, Jean-Pierre avait considéré cela comme une catastrophe. Mais elle avait voulu le garder, poussant des cris d'indignation dès qu'une de ses amies lui parlait d'avortement. Par devoir d'abord, parce qu'il l'aimait ensuite, Jean-Pierre lui avait offert de l'épouser. Pour l'enfant, elle avait accepté.

Ils s'étaient retrouvés mariés, alors que Jean-Pierre avait encore deux années d'études à terminer. Dès que l'enfant était né, le studio où ils vivaient était devenu impraticable, entre les langes qui séchaient et les biberons. De plus, les pleurs du bébé, la nuit, empêchaient Jean-Pierre de dormir. C'était la période des examens et il se montrait nerveux, irascible. Plus d'une fois, France s'était rebellée. Elle prenait toujours la défense d'Emmanuel, et Jean-Pierre se sentait rejeté. Il se demandait parfois si elle l'avait aimé. Depuis que son fils était né, plus rien ne comptait pour elle.

Après plusieurs mois d'une vie qui devenait infernale entre les disputes, les hurlements de l'enfant et les études que Jean-Pierre voulait à tout prix réussir, France avait décidé de partir. Avec son fils. Elle avait arrêté ses études de médecine et s'en était allée dans l'Est, dans le petit village où elle avait passé son enfance. Elle avait loué une maison, s'y était installée avec Emmanuel. Jean-Pierre s'était senti soulagé, après leur départ, et dans le calme revenu il avait pu terminer brillamment ses études.

Dès qu'il le pouvait, pourtant, il allait voir son fils. France acceptait volontiers ses visites, mais elle lui donnait l'impression d'être plus heureuse sans lui. Emmanuel lui suffisait. Elle était de ces femmes qui veulent être mères, mais qui n'ont pas besoin d'un compagnon dans leur vie. Elle exerçait le métier d'infirmière, se partageait entre son travail et son enfant. Si Jean-Pierre restait attaché à Emmanuel, peu à peu pourtant il sentait qu'il s'éloignait de France. Elle demeurait la mère de son enfant, mais elle n'était plus la femme qu'il aimait.

Le jour où il avait rencontré Carole, l'amour entre eux avait été immédiat et réciproque. Pour elle, il avait voulu redevenir libre. France n'avait fait aucune difficulté pour divorcer. Il avait exigé, néanmoins, de voir Emmanuel régulièrement, et elle n'avait jamais refusé de le lui confier. Sans doute avait-elle compris qu'un père, même intermittent, était nécessaire à son enfant.

Dès que le divorce avait été prononcé, Jean-Pierre avait épousé Carole. Ils s'étaient installés dans ce petit village de l'Avesnois, et Jean-Pierre avait ouvert, dans la ville la plus proche, un cabinet de chirurgie dentaire qui marchait bien. Anne était née, puis Sylvain. Une vie normale, heureuse, équilibrée. Aux vacances scolaires, régulièrement, Jean-Pierre s'en allait chercher Emmanuel, qu'il ramenait à sa mère à la fin des vacances. Carole n'avait jamais rencontré France. Elle ne la connaissait que par les photos qu'Emmanuel montrait quelquefois. Chacun était satisfait de cet accord. France d'abord, qui prêtait son enfant avec la certitude de le retrouver. Jean-Pierre ensuite, qui était heureux d'avoir, pour un peu de temps, son fils auprès de lui. Quant à Emmanuel, habituellement enfant unique, il se montrait ravi d'avoir pour compagnons de jeux un frère et une sœur qui l'accueillaient toujours avec plaisir. Et Carole s'occupait d'Emmanuel comme elle s'occupait de ses enfants. Pas un seul instant, Jean-Pierre n'avait pensé que cet ordre des choses pourrait se trouver bouleversé.

Il écouta la respiration de Carole, qui s'était endormie sans lui avoir dit bonsoir, pour la première fois depuis qu'ils étaient mariés. Il espérait que ce mouvement d'humeur ne durerait pas. Il connaissait Carole, il savait qu'elle était incapable d'en vouloir longtemps à quelqu'un. Et il souhaitait que la venue d'Emmanuel dans leur vie se passe de façon harmonieuse. Car il devait s'avouer, malgré la mort de France, qu'il était heureux à l'idée d'avoir enfin auprès de lui, d'une façon continue, son fils aîné. Il souffrait, parfois, d'être séparé de lui.

Avant de s'endormir, il se tourna vers Carole et l'attira à lui. Dans son sommeil, la jeune femme murmura quelques mots et se blottit contre lui. Il sourit, l'entoura de ses bras et s'endormit, le visage dans ses cheveux.

Le samedi matin, lorsque Jean-Pierre quitta la maison, il pleuvait. Une pluie fine, serrée, ininterrompue, qui rendait la visibilité mauvaise et faisait gicler une poussière d'eau derrière les roues des voitures.

Jean-Pierre conduisait vite, contracté. « Au moins, se dit-il, s'il pleut, Sylvain ne regrettera pas son pique-nique. » Les enfants attendaient impatiemment la venue de leur grand frère. Quant à Carole, elle semblait s'être résignée. Allons, pensa Jean-Pierre avec optimisme, tout se passerait bien. La veille, ils avaient installé, dans la chambre de Sylvain, heureusement vaste, un deuxième lit. Il avait fallu les placer parallèlement, comme des lits jumeaux, afin de réserver un endroit où mettre l'armoire qui contiendrait les affaires d'Emmanuel. Sylvain, un peu désorienté par le changement, s'était consolé en pensant que bientôt son grand frère serait auprès de lui.

Le petit village où habitait France était désert sous la pluie. Jean-Pierre arrêta sa voiture, descendit, claqua la portière.

— Vous voilà ! Entrez, monsieur, entrez. Nous vous attendions. Venez la voir une dernière fois, avant qu'on la mette dans son cercueil, pauvre petite !

Brutalement rappelé à la réalité, Jean-Pierre se retourna. Sur le seuil de la maison de France, Mme Nou s'agitait. Petite, vêtue de noir, tordue de rhumatismes, elle avait plus de quatre-vingts ans. Depuis que France s'était installée près de chez elle, elle l'avait prise sous sa protection, et elle était, pour Emmanuel, la grand-mère qu'il n'avait pas.

Jean-Pierre entra, suivit sans un mot Mme Nou qui, avec un flot de paroles, l'entraînait vers la chambre. Sur le seuil, il se figea, désagréablement impressionné. France était là, couchée dans son lit, les yeux clos, les mains jointes sur les grains d'un chapelet. Lentement, il s'approcha, la contempla. Il ne ressentait qu'une immense incrédulité. Ce n'était pas possible, cette jeune femme immobile au visage hiératique et glacé ne pouvait être France... Il se souvenait de sa vivacité, de ses yeux noirs pétillants de vie, de son sourire éclatant. Désemparé, il se tourna vers Mme Nou.

La vieille femme s'essuyait les yeux :

— Qui aurait pensé ça ? gémit-elle. Ça a été tellement brutal ! On n'a pas encore réussi à réaliser... Et Emmanuel, le pauvre enfant... Il est désespéré. C'est bien simple, il ne fait que pleurer. Venez, allons le voir.

Il la suivit de nouveau dans le couloir. Elle ouvrit une porte, un peu plus loin. Pistou, le chien roux que France avait recueilli alors qu'il n'était qu'un chiot abandonné, plusieurs années auparavant, sortit de la pièce et vint flairer les talons de Jean-Pierre en poussant des gémissements plaintifs. Mme Nou s'adressa à une petite silhouette qui, assise sur le lit, le dos courbé et la tête penchée, ne bougeait pas.

— Emmanuel, mon petit, c'est ton papa. Il est là.

L'enfant releva la tête, et Jean-Pierre put apercevoir son visage marbré de pleurs. Malheureux, il s'avança, et reçut contre lui le petit corps secoué de sanglots de son fils, qui hoquetait à travers ses larmes :

— Papa... Papa...

Avec maladresse, Jean-Pierre caressa les cheveux de l'enfant. Pour la première fois, il prenait conscience du fait que la disparition de France représentait pour Emmanuel un véritable drame. Il ne trouvait pas de paroles de consolation. Impuissant et désolé, il attendait que cesse la crise de larmes, offrant à son fils le réconfort silencieux de sa présence.

L'enterrement, sous la pluie, fut sinistre. Jean-Pierre serra des mains, reçut des paroles de condoléances de gens qu'il ne connaissait pas. C'étaient des clients de France, des amis, des habitants du village. Tous s'accordaient à déplorer sa mort :

— Quel malheur !

— Fauchée en pleine jeunesse... Elle avait à peine trente ans.

— Tout le monde au village l'aimait bien... Toujours de bonne humeur, toujours souriante...

— Et son fils, son Emmanuel, que va-t-il devenir ?

Près de Jean-Pierre, l'enfant demeurait droit, les lèvres tremblantes mais les yeux secs, bien que rouges des pleurs précédents. Malgré ses dix ans, il se comportait comme un petit homme, digne dans sa douleur et courageux. Plusieurs femmes l'embrassèrent. Certaines pleuraient. Emmanuel, avec un visible effort, réussit à refouler ses larmes.

Lorsque tout fut terminé, ils se retrouvèrent dans la petite maison vide et silencieuse. Mme Nou, fidèle jusqu'au bout, était restée avec eux. Jean-Pierre regarda son fils :

— Tu vas revenir avec moi, Emmanuel. Tu comprends bien que tu ne peux pas rester ici ?

Le petit garçon hocha tristement la tête :

— Je le sais. Mamie Nou m'avait prévenu. J'ai emballé toutes les affaires que je veux emmener. Et elle a fait un paquet de mes vêtements. Je suis prêt. De toute façon, je ne veux plus rester ici, maintenant que maman...

Sa voix s'enroua et il parut prêt à pleurer.

— Viens, dit Jean-Pierre pour faire diversion, allons charger la voiture.

Il y avait une grosse valise et un ballot de linge, qui furent vite casés dans le coffre. Pistou s'agitait autour d'eux, et son attitude disait clairement qu'il désirait être du voyage, lui aussi. Mme Nou posa la question à Jean-Pierre :

— Que décidez-vous pour le chien ? Moi, je vous préviens, je n'en veux pas.

Emmanuel poussa un cri d'indignation :

— Pistou ? Mais il vient avec moi, bien sûr !

La surprise, sur le moment, empêcha Jean-Pierre de répondre. Dans ses projets, il n'avait pas pensé au chien. Carole n'en voudrait certainement pas. Elle avait toujours refusé à Anne et à Sylvain de ramener un animal quelconque à la maison. Il interrogea Mme Nou :

— N'y aurait-il pas quelqu'un, dans le village, qui accepterait de s'en charger ?

Emmanuel accueillit cette suggestion avec une surprise horrifiée.

— Oh ! papa ! Comment peux-tu dire ça ? Je ne peux pas laisser Pistou ! Lui et moi, on ne se quitte jamais.

— Allons, ne dis pas de bêtises, remarqua sévèrement Jean-Pierre. Chaque fois que tu es venu en vacances chez nous, tu n'as jamais pris Pistou avec toi.

— Parce que maman était là ! Elle le gardait avec elle. Mais maintenant...

De nouveau ses lèvres tremblèrent. Il s'accroupit, entoura de ses bras le cou du chien qui, aussitôt, se mit à lui lécher le visage à grands coups de langue.

— Pistou, c'est mon ami, continua-t-il d'une voix gonflée de sanglots. Laisse-le venir avec nous, papa, s'il te plaît...

Il levait vers Jean-Pierre des yeux implorants, où de grosses larmes affluaient. Celui-ci se sentit faiblir. Comment trouver le courage d'enlever son chien à un petit garçon qui, déjà, avait perdu sa mère ? C'eût été de la cruauté, et le commentaire de Mme Nou le sous-entendait clairement :

— Vous ne pouvez pas les séparer, monsieur, ce serait trop dur. Emmanuel n'a plus que lui, maintenant.

Jean-Pierre lança un dernier regard à l'enfant et au chien toujours enlacés. Non, vraiment, il n'en avait ni le courage ni l'envie. Il se décida :

— Eh bien, qu'il vienne avec nous, lui aussi. J'espère que Carole l'acceptera.

— Sans doute ! s'empressa de dire Mme Nou. Quand elle verra à quel point ce chien est attaché à Emmanuel...

Jean-Pierre soupira :

— Moi, j'en suis moins sûr. Mais enfin, tant pis. Nous verrons bien. Emmenons-le toujours.

Le soulagement et la gratitude qui, à travers les larmes, faisaient briller le regard d'Emmanuel le récompensèrent. Il ouvrit la portière. D'un même élan, l'enfant et le chien grimpèrent et s'installèrent sur le siège arrière. Jean-Pierre se tourna vers Mme Nou :

— Pardonnez-moi de repartir aussi vite, mais j'ai beaucoup de route à faire. Et merci pour tout.

Elle eut un geste vers la maison :

— Tout ce qui est là, et qui appartenait à France, qu'est-ce que j'en fais ?

Jean-Pierre haussa les épaules :

— Faites-en ce que vous voulez. Donnez ses vêtements, ou vendez-les, et si vous le désirez, prenez les objets auxquels elle tenait. Débrouillez-vous. Je vous fais confiance.

— Vous ne voulez pas revenir, un week-end, pour tout trier avec moi ? Il y aura peut-être des choses que vous voudrez avoir...

Jean-Pierre fit un geste de dénégation énergique :

— Non, pas du tout. France avait sa vie à elle, qui n'avait plus rien de commun avec la mienne. Mon existence est ailleurs maintenant. Tout ceci ne me concerne plus.

Mme Nou n'insista pas. Sans un mot, elle se pencha à l'intérieur de la voiture et, avec affection, embrassa chaleureusement Emmanuel.

— Au revoir, mamie Nou, dit l'enfant. Je t'écrirai. Je ne t'oublierai pas, tu sais... Au revoir.

De crainte de se mettre à pleurer, la vieille dame abrégea leurs effusions. Jean-Pierre lui serra la main, la remercia encore, monta dans la voiture et démarra. Il était un peu gêné de se montrer aussi expéditif, mais, comme il venait de le dire, sa vie était ailleurs. Il était inutile de rester là plus longtemps. Inutile également, pour Emmanuel, de ressasser ses regrets et son chagrin. Une nouvelle existence commençait pour lui à partir d'aujourd'hui.

Tout en conduisant, Jean-Pierre jeta un coup d'œil dans le rétroviseur. En dépit de l'obscurité qui envahissait la voiture, il réussit à voir, sur le siège arrière, deux silhouettes pelotonnées l'une contre l'autre. Celle du chien formait une grosse masse sombre et, à moitié couché sur lui, un bras passé autour de son cou, Emmanuel semblait dormir. Jean-Pierre se sentit ému. Son fils... Il le ramenait avec lui, et il aurait tous les jours de sa vie, dorénavant, pour l'aimer.

Au cours de ce même après-midi, Anne et Sylvain ne parlèrent que de l'arrivée de leur grand frère. Ils l'annoncèrent à leur oncle Bertrand, le frère aîné de Jean-Pierre, lorsqu'il arriva avec son fils Laurent. Tandis que Carole relatait à Bertrand les derniers événements, les enfants emmenèrent leur cousin dans la chambre de Sylvain, afin de lui montrer le deuxième lit installé pour Emmanuel. Laurent, qui à onze ans se jugeait supérieur à Sylvain qui n'en avait que six, regarda les lits jumeaux et déclara :

— Ça ne me plairait pas, à moi, que quelqu'un d'autre vienne dormir dans ma chambre.

— Papa dit qu'il dormait avec oncle Bertrand dans la même chambre, rétorqua Sylvain, et qu'ils étaient très contents tous les deux. Ils faisaient des batailles de polochons et ils s'amusaient bien.

— Mmmouais... marmonna Laurent sur un ton peu convaincu.

Il avisa, sur une étagère, la collection de petites voitures de Sylvain.

— Tu vas laisser tout ça là ? demanda-t-il.

— Bien sûr, dit Sylvain, surpris. Pourquoi ?

— À ta place, je me méfierais. Je mettrais tout dans l'armoire et je la fermerais à clef.

— Mais... pourquoi ? répéta Sylvain.

Laurent le considéra avec une supériorité narquoise :

— Voyons, réfléchis. C'est évident. Quand Emmanuel verra tes voitures, il va vouloir te les prendre. Il n'en a pas, lui ?

— Je... je ne sais pas, balbutia Sylvain.

— Eh bien, s'il n'en a pas, il voudra les tiennes. Tu verras. Et pas seulement ça. Toutes les choses que tu as, et qu'il n'a pas, il te les prendra.

— Ce n'est pas vrai ! protesta Anne avec indignation. Emmanuel n'est pas comme ça. Il est déjà venu ici, et il n'a jamais voulu prendre nos affaires.

Laurent eut un sourire condescendant :

— C'est parce qu'il savait qu'il allait repartir. Mais maintenant, s'il reste toujours avec vous, comme il est le plus grand, il va tout vouloir pour lui. Vous allez voir. Il vous prendra tout.

Sylvain ne disait plus rien ; toute la joie de voir son frère arriver s'était évanouie. Anne fronça les sourcils et tapa du pied :

— Tu mens ! cria-t-elle à Laurent. De toute façon, maman ne laissera pas Emmanuel faire ça !

— Alors il le fera en cachette. Méfiez-vous. Faites bien attention à vos jouets.

Bertrand, qui appelait son fils, mit fin à la conversation. Laurent quitta ses cousins, ravi d'avoir semé le doute dans leur esprit. Il s'était senti jaloux lorsqu'il avait constaté leur joie à l'idée d'accueillir bientôt leur grand frère. Il savait par expérience que, quand Emmanuel était là, Anne et Sylvain faisaient à peine attention à lui. Et dorénavant, il serait toujours là... Laurent n'entendait pas perdre l'ascendant qu'il exerçait sur ses deux cousins.

Il faisait nuit lorsque Jean-Pierre arrêta la voiture le long de la terrasse. La pluie s'était remise à tomber, faisant luire les graviers de l'allée. Il descendit de la voiture et étira son corps courbatu par la longue route. À l'arrière, Emmanuel et Pistou avaient dormi pendant tout le voyage. Il leur jeta un coup d'œil. Ils se réveillaient ; Pistou s'ébrouait, Emmanuel se frottait les yeux. Il leur ouvrit la portière et ils descendirent, frissonnant sous la pluie.

Une pièce à l'intérieur de la maison s'éclaira. La porte-fenêtre du salon s'ouvrit, la silhouette de Carole apparut, vêtue d'un long peignoir. La jeune femme bâillait, le visage ensommeillé.

— Je vous attendais, chuchota-t-elle. Ne faites pas de bruit. Sylvain et Anne dorment.

Jean-Pierre sortit du coffre la valise et le ballot de linge. Un cri étranglé de Carole le fit se retourner.

— Qu'est-ce que... Que fait ce chien ici ?

Elle venait d'apercevoir Pistou, qui se tenait contre Emmanuel. Jean-Pierre les regarda. Ils avaient un air tellement perdu tous les deux, sous la pluie, le chien et l'enfant, qu'il sentit son cœur s'émouvoir :

— C'est Pistou, le chien de France. Je l'ai ramené avec Emmanuel. Je n'ai pas eu le courage de le laisser.

Carole eut une moue de désapprobation :

— Tu sais pourtant, Jean-Pierre, que je ne veux pas d'animaux ici. Sylvain et Anne m'embêtent assez avec ça. Si je refuse un chien à mes enfants, ce n'est pas pour en accepter un autre comme ça, sans raison.

— La raison est que... commença Jean-Pierre.

Puis il vit l'expression butée de Carole, une expression qu'il connaissait bien. Lorsqu'elle avait cet air-là, il était inutile d'essayer de la faire changer d'avis. Il abandonna son explication, dit simplement :

— Nous discuterons de tout ça demain. Pour le moment, allons nous coucher. Il est tard.

Il poussa Emmanuel devant lui. L'enfant avança ; Pistou également. Carole poussa un cri et barra le passage au chien :

— Je ne veux pas de ce chien dans la maison. Il a les pattes mouillées, il va tout salir. Sans compter les poils qu'il va mettre partout !

Emmanuel se tourna vers son père, osa une timide protestation :

— Chez maman, il dormait toujours avec moi, sur le tapis près de mon lit.

Carole eut une exclamation horrifiée :

— Ne t'attends pas à ce qu'il fasse la même chose ici ! J'ai dit que je ne voulais pas de ce chien et je ne changerai pas d'avis.

Puis, comme si la discussion était close, elle ordonna :

— Entre, Emmanuel, il est temps de te déshabiller et d'aller au lit.

Le petit garçon, de nouveau, se tourna vers son père. Jean-Pierre se contenta de dire brièvement :

— Va, Emmanuel. Pour cette nuit, je mettrai Pistou dans le garage. Nous verrons demain.

Emmanuel voulut protester. Mais Carole l'entraîna dans la maison rapidement, ferma la porte-fenêtre. Pistou agita la queue d'un air malheureux et gémit. Jean-Pierre l'attrapa par le collier :

— Viens, mon chien. Viens avec moi.

Il fit monter de nouveau le chien dans la voiture, qu'il rentra dans le garage. Puis il en referma la porte et s'en alla. Dès qu'il se vit seul, Pistou se mit à s'agiter et à gémir. Ses petits cris plaintifs devinrent des aboiements de protestation, qui se firent de plus en plus aigus et poursuivirent Jean-Pierre tandis qu'il revenait vers la maison.

— Heureusement que le garage est au fond du jardin, pensa-t-il. Si ce pauvre chien hurle ainsi toute la nuit...

Dans la salle de bains, Emmanuel, en pyjama, se brossait les dents. Il leva vers son père un visage désolé :

— C'est Pistou qui crie ? Il n'est pas content d'être enfermé dans le garage, et il est malheureux d'être séparé de moi. En plus, ici, il ne connaît rien. Il doit se demander où il est. Peut-être croit-il que je l'ai abandonné...

Des larmes de nouveau remplirent les yeux noirs de l'enfant, si semblables à ceux de France. Jean-Pierre posa sur l'épaule de son fils une main apaisante :

— Ne t'inquiète pas. Il verra bien demain que tu es

toujours là. Pour le moment, il faut aller dormir. Viens, nous t'avons installé un lit dans la chambre de Sylvain.

Il conduisit l'enfant jusqu'à la chambre. Devant la porte, Carole avait déposé la valise et le sac de linge. Emmanuel dénoua les liens du sac, en sortit un petit bonhomme en tissu, au costume d'Arlequin défraîchi. Il le serra contre lui.

— Je vois que tu n'as pas oublié ton fétiche, sourit Jean-Pierre. Tu dors toujours avec lui ?

Emmanuel fit un signe de tête affirmatif. Dans la pénombre, Jean-Pierre le mena jusqu'au lit, le coucha, le borda. Dans le lit voisin, Sylvain remua un peu, se retourna de l'autre côté. Jean-Pierre mit un doigt sur ses lèvres :

— Dors bien, mon petit, dit-il tout bas. À demain.

— À demain, papa, chuchota Emmanuel. Dis... tu crois que Pistou s'est calmé ? On ne l'entend plus.

— Il a dû s'endormir. Bonne nuit, mon petit.

Jean-Pierre sortit de la chambre sur la pointe des pieds.

Avant de gagner sa propre chambre, il alla vérifier dans le salon si la porte-fenêtre était bien fermée. Dans cette pièce, qui donnait sur le jardin, les aboiements de Pistou, bien qu'assourdis, s'entendaient parfaitement. Jean-Pierre soupira. Il alla dans la salle de bains, se déshabilla, se brossa les dents, puis se dirigea vers sa chambre.

Dans le lit, Carole ne dormait pas. Elle avait laissé la lampe de chevet allumée et attendait son mari. Malgré l'air mécontent qu'elle affichait, Jean-Pierre ne put s'empêcher de la trouver jolie. Ses épais cheveux blonds tombaient en cascades légères sur ses épaules, et son visage bronzé par le soleil de l'été avait, à la lueur de la lampe, un teint de pêche. Tandis que Jean-Pierre s'approchait du lit, elle dit avec véhémence :

— Il faut que nous parlions, Jean-Pierre. Pourquoi as-tu ramené ce chien ? Tu savais que je n'en voulais pas. Mon avis compte-t-il si peu dans cette maison ?

Ennuyé, Jean-Pierre eut un geste d'impuissance :

— Essaie de comprendre, Carole. Emmanuel était si malheureux à l'idée de le laisser ! Il vient de perdre sa mère, c'est déjà dur pour lui. Je ne pouvais pas, en plus, le priver de son chien. Ils s'aiment beaucoup, Pistou et lui.

— Cet enfant a donc plus d'importance que moi ? Si tu lui passes tous ses caprices en piétinant mes décisions, il va vite devenir impossible. Et moi, je n'admettrai pas une situation pareille.

— Il n'en est aucunement question, répondit Jean-Pierre en s'efforçant à la patience. Pour le moment, Emmanuel est malheureux et désemparé. J'ai pensé qu'il serait cruel de lui enlever son chien. Laisse-le-lui un peu. Tu peux faire au moins ça, Carole.

La jeune femme revit l'air malheureux du petit garçon lorsqu'elle avait empêché Pistou d'entrer dans la maison. Malgré elle, elle se sentit fléchir. Pourtant, elle ne voulut pas céder complètement.

— Je persiste à dire que je ne veux pas de ce chien dans la maison. Dans la journée, il restera dehors, et la nuit, il couchera dans le garage. Et Emmanuel s'occupera lui-même de sa nourriture.

— Je suis sûr qu'il ne demandera pas mieux, assura Jean-Pierre, soulagé de ce demi-acquiescement. Le chien représente beaucoup pour lui. Merci, Carole, de le comprendre.

Il s'approcha de sa femme et l'embrassa avec une gratitude sincère. Mais, avant de se coucher, il tint à retourner une nouvelle fois voir Emmanuel. Peut-être l'enfant sanglotait-il, de chagrin ou de solitude, privé définitivement de sa mère et séparé de Pistou auprès de qui il avait toujours dormi ?

Jean-Pierre se dirigea à pas de loup vers la chambre de Sylvain, qui serait, dorénavant, la « chambre des garçons ». Il entrouvrit la porte, se pencha. La lumière du couloir éclaira les deux enfants endormis. Recroquevillé sur lui-même, Emmanuel serrait contre lui le petit Arlequin de tissu. Sur son visage, des larmes finissaient de sécher. Jean-Pierre regarda avec attendrissement son fils, pauvre enfant déraciné, et se promit de faire de lui un petit garçon de nouveau heureux de vivre.

Le lendemain, il pleuvait toujours. Jean-Pierre, qui s'était réveillé tôt, était dans la cuisine et préparait le café lorsque Emmanuel arriva, l'air ensommeillé. Il vint vers Jean-Pierre, l'embrassa :

— Bonjour, papa.

— Bonjour, mon grand garçon. Tu as bien dormi ?

Emmanuel acquiesça d'un signe de tête, une expression inquiète sur son visage :

— Est-ce que je peux aller voir Pistou ? Il aboie. Il doit être réveillé.

Jean-Pierre se retint de dire que le pauvre chien avait sans doute aboyé toute la nuit.

— Attends un peu, dit-il. Prends d'abord ton petit déjeuner et habille-toi.

Emmanuel voulut répondre, mais l'entrée impétueuse de Sylvain l'en empêcha.

— Emmanuel ! cria-t-il. Tu es déjà levé ? Je ne t'ai pas entendu, cette nuit. Tu sais, c'est mon anniversaire, et après le repas il y aura un gâteau avec des bougies !

Emmanuel sourit distraitement à son petit frère. Son objectif principal, pour le moment, était Pistou qui aboyait. Tout en répondant par monosyllabes aux questions de Sylvain, il s'empressa d'avaler son petit déjeuner, et ensuite alla dans la salle de bains s'habiller rapidement. Puis il sortit et courut jusqu'au garage.

Il ouvrit la porte et entra. Dans la voiture, Pistou aperçut son petit maître. Il se mit à sauter d'un siège à l'autre tout en continuant d'aboyer, mais cette fois ses aboiements n'étaient plus des appels. C'étaient des jappements de joie et de satisfaction.

Emmanuel le libéra. Le chien sauta sur lui, manifestant bruyamment son plaisir de le retrouver. Le petit garçon s'accroupit en souriant ; aussitôt Pistou se mit à le lécher avec une énergie allègre.

— Viens, Pistou. Viens dans le jardin.

Dehors, le chien courut à travers la pelouse, décrivant de grands cercles qui, tous, le ramenaient vers Emmanuel. Bien que la pluie eût cessé, il eut bientôt les pattes complètement trempées, car l'herbe restait mouillée. Sans se soucier d'être mouillé à son tour, Emmanuel de nouveau s'accroupit et serra son ami contre lui. Le brave animal était, pour le moment, son seul réconfort, et malgré le refus de Carole de le laisser entrer dans la maison, il était heureux de ne pas être séparé de lui.

Un peu plus tard, Sylvain et Anne vinrent le rejoindre. Le temps était resté humide, mais il faisait doux. Ils jouèrent à cache-cache avec Pistou, s'amusèrent à lui lancer des bouts de bois que le chien rapportait en frétillant. Ils ne rentrèrent qu'au moment du déjeuner, lorsque Carole les appela pour manger. Pistou voulut les suivre, mais la jeune femme ordonna sèchement :

— Pistou, dehors !

Emmanuel se pencha vers son chien qui, sans comprendre, l'interrogeait de ses bons yeux. Il lui tapota amicalement la tête, et dit avec un soupir :

— Tu restes, Pistou. Tu restes là.

Obéissant, le chien s'assit et ne bougea plus. Il regarda les enfants entrer dans la maison, puis s'allongea sur la terrasse, le museau posé sur ses pattes antérieures, les yeux fixés sur la porte-fenêtre où venait de disparaître son ami. Et, avec patience, il attendit.

Carole avait préparé un repas de fête à l'occasion de l'anniversaire de Sylvain. Tout le monde y fit honneur. Seul Emmanuel devait se forcer pour avaler ; sa gorge serrée ne voulait rien laisser passer. Dans cette maison qui lui était étrangère, il ne se sentait pas à sa place. Il pensait à sa mère. Une envie de pleurer l'oppressait. Lorsque Carole apporta le gâteau orné de six bougies, il eut l'impression très nette d'être en dehors de la joie des autres. Il revit son dernier anniversaire, le jour de ses dix ans. Sa mère était près de lui alors, et Pistou aussi. Il regarda Sylvain qui aspirait profondément pour souffler sur les bougies. Lui, il avait réussi à éteindre, d'un seul coup, les dix bougies de son gâteau. Il se souvenait que France avait applaudi et l'avait embrassé en commentant avec satisfaction :

— Bravo ! C'est du bonheur pour toute l'année !

Une amertume soudaine lui noua la gorge. Du bonheur... Quelle ironie, lorsqu'on songeait à l'épreuve qui venait de le frapper ! La scène qu'il avait sous les yeux se brouilla, devint floue. Il baissa la tête pour dissimuler ses larmes.

Le soir, il porta à Pistou les restes du dîner et, courageusement, alla l'enfermer dans le garage. Le chien, mécontent, se remit à aboyer. Emmanuel, la tête basse et le cœur lourd, rentra dans la maison.

Il se sentait profondément malheureux. Sylvain et

Anne, trop petits pour comprendre, s'étonnaient de le voir abattu, et tellement différent du garçon intrépide qui, cet été, les entraînait dans des jeux passionnants. Au moment de se coucher, il s'assit avec découragement sur son lit, regardant d'un œil distrait Sylvain faire rouler l'auto radio-commandée qui avait constitué son cadeau d'anniversaire.

Anne, qui était avec eux dans la chambre, aperçut sur l'oreiller d'Emmanuel le petit Arlequin de tissu. Elle le prit, le tourna dans tous les sens.

— Comment peux-tu dormir avec quelque chose d'aussi affreux ? demanda-t-elle d'un air dégoûté. Tu ne vois pas comment il est ? Sale, déchiré...

— Ça ne fait rien, dit Emmanuel. C'est parce qu'il est vieux. Je dors avec lui depuis toujours.

Anne se dirigea vers la porte, l'Arlequin dans les mains :

— Je vais demander à maman de le laver et de le recoudre.

Dans un élan irréfléchi et impulsif, Emmanuel bondit :

— Rends-moi mon Arlequin ! s'écria-t-il.

D'un geste vif, il reprit des mains d'Anne le petit personnage bariolé. Sans le faire exprès, il la bouscula, et la petite fille trébucha. Elle se cogna au coin de l'armoire. D'une voix aiguë, elle cria :

— C'est à cause de toi ! Méchant, tu m'as fait mal !

Ses cris et ses pleurs attirèrent l'attention de Carole.

Elle laissa Jean-Pierre regarder les informations à la télévision et vint se rendre compte de ce qui se passait. Un coup d'œil lui suffit pour voir Anne qui pleurait, Sylvain qui, près de sa nouvelle voiture, l'air interdit, ne bougeait pas, et Emmanuel, assis sur son lit, qui serrait contre lui son ridicule petit bonhomme en tissu.

— Que se passe-t-il ? dit-elle avec sévérité. Anne, pourquoi pleures-tu ?

La petite fille tendit vers Emmanuel un doigt accusateur :

— C'est lui ! Il m'a poussée, et je me suis cognée.

Carole regarda Emmanuel qui, le visage fermé, demeurait immobile. Elle s'adressa à lui :

— Pourquoi as-tu fait ça, Emmanuel ?

Le petit garçon ne répondit pas. Ce fut Anne qui expliqua, avec le désir de se faire plaindre :

— Je lui ai dit que son Arlequin était sale et qu'il fallait le laver. Je voulais te l'apporter, maman, mais il m'a bousculée pour me le reprendre. J'ai failli tomber, et je me suis cognée. Là, précisa-t-elle en montrant son front où une trace rouge apparaissait.

Carole se tourna vers le petit garçon toujours silencieux.

— Je n'apprécie pas cette attitude, Emmanuel. Tu ne dois pas te montrer aussi brutal. De toute façon, Anne avait raison. Ton Arlequin est dégoûtant. Puisque c'est ainsi, je vais te le confisquer. Allez, donne-le-moi.

Carole tendit une main impérative. Emmanuel leva vers elle un visage égaré. Elle voulait lui prendre son Arlequin ! Instinctivement, il le serra farouchement contre lui.

— Obéis quand je te parle ! ordonna durement Carole.

Elle se pencha, s'empara de la petite poupée de chiffons à qui elle trouva, en effet, une piteuse allure. Elle l'emporta en déclarant :

— Et maintenant, tout le monde au lit ! Je reviens dans cinq minutes et je veux que vous soyez couchés.

Sylvain et Anne gagnèrent leur lit, tandis qu'Emmanuel retenait ses sanglots. Après Pistou, on lui enlevait maintenant son Arlequin ! Il pensa avec désespoir qu'il ne lui restait plus rien.

Malheureux, il se coucha à son tour et se recroquevilla sous les couvertures. Lorsque Carole vint éteindre la lumière et souhaiter une bonne nuit aux enfants, il serra les paupières avec force et, au moment où elle se pencha sur son lit, il fit semblant de dormir. Sans insister, la jeune femme sortit de la chambre et ferma la porte.

Dans l'obscurité, Sylvain chuchota :

— Emmanuel ? Tu dors ?

Il n'y eut pas de réponse. Il répéta plusieurs fois la même question, et finit par se dire qu'effectivement son frère dormait. Il s'apprêta à faire la même chose, mais un bruit ténu l'intrigua. Il écouta. Cela venait du lit d'Emmanuel, sans aucun doute.

Silencieusement, il se leva, s'approcha :

— Emmanuel ? interrogea-t-il, indécis.

Il s'approcha plus près. Dans la pénombre, il aperçut le corps d'Emmanuel, secoué de soubresauts. Il perçut nettement le bruit d'un sanglot. Timidement, il tendit une main :

— Emmanuel... tu pleures ?

Toujours pas de réponse. Sylvain resta là, à la fois triste et désemparé. À la fin, il repartit se coucher, et il entendit longtemps, avant de s'endormir, les sanglots qu'Emmanuel étouffait dans son oreiller.

Ce fut très dur, pour le petit garçon transplanté, de s'adapter à sa nouvelle vie. Carole lui rendit son Arlequin dès le lendemain, mais, pour Pistou, elle resta intraitable. Le chien passait ses journées dans le jardin, ses nuits dans le garage. Il attendait pendant des heures, près du portail, le retour d'Emmanuel, chaque midi et chaque soir, lorsqu'il rentrait de l'école.

À la maison, Emmanuel ne se sentait pas à l'aise. Il avait l'impression que Carole le tolérait mais qu'elle ne l'aimait pas. Elle le regardait à peine, lui parlait toujours brièvement, la plupart du temps pour lui donner des ordres. Lorsque son père était là, l'atmosphère lui semblait plus détendue. Lui, au moins, posait des questions, faisait preuve d'un intérêt affectueux. Emmanuel trouvait chez lui un succédané de l'amour dont l'avait entouré France et qui lui manquait cruellement.

Avec Anne et Sylvain, il s'entendait bien. L'incident qui, le premier soir, l'avait opposé à sa sœur n'avait été qu'un fait isolé. Les deux enfants étaient ravis d'avoir leur grand frère auprès d'eux, et il avait apporté avec lui ce que Carole leur avait toujours refusé malgré leurs demandes répétées : un chien. Ils jouaient tous ensemble dans le jardin, et ces moments-là étaient les seuls où Emmanuel se sentait un peu heureux depuis la mort de sa mère.

À Carole, par contre, la présence du chien pesait davantage chaque jour. Lorsqu'il était dans le jardin, il courait après les oiseaux, après le chat des voisins, et il piétinait les massifs de fleurs qui, par endroits, ornaient la pelouse. Elle s'en plaignait à Jean-Pierre, mais celui-ci répondait invariablement :

— Ce n'est pas grave, Carole. Il faut bien que cet animal se dépense.

Comme elle insistait, de plus en plus excédée, il avait promis :

— Je dirai à Emmanuel d'apprendre à son chien à respecter les parterres. Il est très capable de le faire obéir.

Il y avait aussi les aboiements interminables la nuit. Pistou ne s'habituait pas à dormir seul dans le garage et continuait à protester vigoureusement. Là aussi, Jean-Pierre avait trouvé la bonne réplique :

— C'est parce qu'il a toujours été habitué à dormir auprès d'Emmanuel. Tu n'as qu'à le lui permettre, et il n'aboiera plus.

Mais Carole ne voulait pas céder.

Un dimanche de la fin du mois, Bertrand, le frère de Jean-Pierre, vint passer la journée avec sa femme Janique et leur fils Laurent. Il faisait beau. L'été, avant de s'en aller complètement, offrait une dernière fois la lumière dorée d'un soleil que l'approche de l'automne rendait plus doux.

— Nous mangerons sur la terrasse, décréta Carole. Ce sera plus agréable.

Les invités approuvèrent. Jean-Pierre installa le barbecue afin de faire griller en plein air les côtelettes prévues pour le déjeuner. Pendant ce temps, les enfants jouaient dans le jardin. Laurent, qui avait compris que les aboiements de Pistou agaçaient Carole, excitait le chien et lançait des cailloux afin de le faire aboyer de plus belle.

— Ne fais pas ça, lui dit Emmanuel. Carole va se fâcher et l'enfermer dans le garage.

Laurent toisa son cousin :

— Je ferai ce que je veux. Je suis plus âgé que toi et je n'ai pas à t'obéir.

Emmanuel sentit la colère l'envahir. Il n'aimait pas être provoqué. Il allait répliquer vertement et se fâcher lorsqu'il s'aperçut de l'air ironique de Laurent. Il comprit que ce dernier n'attendait que ça. Il fit un effort pour se calmer. Son père l'aida sans le savoir en appelant :

— À table, les enfants ! On mange !

Ils se précipitèrent. Pistou eut le droit de s'allonger au bout de la terrasse, au soleil. Carole servit l'entrée, puis Jean-Pierre se mit à faire cuire les côtelettes. Il les surveilla attentivement, les tournant et les retournant sur le gril. Lorsqu'elles furent prêtes, il cria :

— Carole ! Apporte le plat, s'il te plaît.

La jeune femme s'avança. Juste au même moment, le chat des voisins traversa le jardin, et Pistou l'aperçut. Comme une flèche, il fila droit sur lui. Dans sa hâte, il heurta les pieds du barbecue, qui bascula et tomba dans l'herbe. Les côtelettes et les braises rougeoyantes s'éparpillèrent pêle-mêle. Carole poussa un cri. Les autres quittèrent la table et s'approchèrent, consternés.

— Pistou, viens ici ! ordonna Emmanuel, affolé par ce qui venait de se produire.

Le chat avait disparu dans le jardin voisin. Pistou, l'oreille basse et l'air coupable, revint en courbant l'échine.

— Ce chien est impossible, dit Carole, blanche de rage. Je ne peux plus le supporter. Jean-Pierre, va l'enfermer dans le garage.

Penché sur les côtelettes, Jean-Pierre essayait de voir si elles étaient récupérables. Emmanuel dit d'une voix tremblante :

— Je vais y aller. Viens, Pistou.

Il s'éloigna, suivi du chien toujours penaud. Il le fit entrer dans le garage, l'y laissa et referma la porte. Immédiatement, Pistou se mit à aboyer. Avec un soupir découragé, Emmanuel revint sur la terrasse. Jean-Pierre finissait de ramasser les côtelettes qui, tout compte fait, n'étaient pas récupérables. Carole vitupérait : à cause de cet affreux animal, il allait falloir se contenter de jambon. Se sentant aussi coupable que son chien, Emmanuel se fit tout petit et s'assit en silence.

Sylvain et Anne commentaient l'incident et le trouvaient amusant. Ils riaient. Laurent déclara d'un air important :

— Ce chien mériterait d'être fouetté. Moi, c'est ce que je ferais.

Horrifié, Emmanuel ne répondit pas. Il devait s'avouer que Pistou avait fait une grosse bêtise, mais il ne l'avait pas fait exprès. Il craignait les représailles de Carole. Et si elle refusait de garder Pistou, dorénavant ? Il demeura inquiet tout au long de l'après-midi.

Ce même soir, dès qu'elle se retrouva seule avec son mari, Carole revint à la charge :

— Jean-Pierre, je ne veux plus de ce chien.

Jean-Pierre, qui ne voulait pas faire de la peine à Emmanuel, et qui, de son côté, commençait à s'attacher à Pistou, tenta de minimiser l'incident :

— Ce n'était pas grave, Carole. Il n'a fait que suivre son instinct en voulant poursuivre le chat. Le barbecue se trouvait sur sa route, malheureusement.

La jeune femme eut un mouvement d'humeur :

— C'est ça, trouve-lui des excuses, maintenant ! Pendant que tu y es, pourquoi ne pas t'accuser toi-même et dire que tu es responsable ? Si tu avais placé le barbecue ailleurs, cela ne serait pas arrivé !

L'ironie de sa femme ne plut pas à Jean-Pierre. Il essaya de la raisonner :

— C'était un malheureux concours de circonstances, c'est tout. Le chien va finir par s'adapter, il s'assagira. Pour le moment, il est encore plus désorienté qu'Emmanuel. Il a perdu ses habitudes, il doit s'en faire des nouvelles. Nous avons accepté ta décision de ne pas le laisser entrer dans la maison. Essaie, en échange, d'accepter sa présence, même si elle crée, pour le moment, quelques inconvénients.

Carole serra les lèvres et, contrariée, se tut. Elle pensa qu'elle trouverait bien un moyen de se débarrasser de Pistou. Mais l'événement qui se produisit la semaine suivante annula son projet.

Les prévisions météorologiques avaient annoncé un week-end exceptionnellement beau et doux pour la saison. Jean-Pierre proposa de faire, ce dimanche-là, le pique-nique qui, prévu pour l'anniversaire de Sylvain, avait dû être reporté.

Les cris de joie des enfants accueillirent sa suggestion. Carole prépara un repas froid et, un peu avant midi, tout le monde s'engouffra dans la voiture.

— Allons jusqu'à la forêt, dit Jean-Pierre. Nous pique-niquerons à l'ombre.

La forêt de Trélon les accueillit, et les enfants se mirent à courir, ravis, tandis que Pistou bondissait autour d'eux en aboyant joyeusement.

Carole étendit une couverture à l'ombre des arbres, y installa les mets qu'elle avait apportés : pâté, jambon, œufs durs, salade de tomates et de pommes de terre, carottes râpées, fromages, et, au centre de la nappe, le gâteau au chocolat préféré des enfants. Elle les appela et ils accoururent immédiatement, rouges et essoufflés. À la vue des plats, ils poussèrent des exclamations d'enthousiasme gourmand.

Ils s'installèrent tous sur la couverture, Pistou auprès d'Emmanuel qui le surveillait et l'obligeait à se tenir tranquille. Le petit garçon ne voulait pas que son chien fît encore une bêtise comme celle du dimanche précédent, qui pousserait peut-être la patience de Carole à bout. L'enfant se rendait parfaitement compte que, si son père l'aimait, il n'en était pas de même pour Carole. Il ne lui en voulait pas, il comprenait bien qu'elle ne pouvait pas l'aimer de la même manière que France, puisqu'elle n'était pas sa mère. Et, déjà, la tendresse maternelle de France lui manquait. Il ne le disait à personne, mais chaque soir, avant de s'endormir, il pleurait en se rappelant la façon dont elle l'embrassait en lui souhaitant bonne nuit.

Il préleva sur sa part quelques bouts de pain, de fromage et de gâteau qu'il offrit à Pistou, lequel engloutit tout avec une visible satisfaction. Après le repas, Carole ramassa les restes, que Jean-Pierre alla porter dans la voiture. Paresseusement, elle s'allongea sur la couverture, et Jean-Pierre s'adossa contre un arbre, son journal sur les genoux.

— Nous pouvons aller jouer à cache-cache ? demanda Sylvain.

Carole acquiesça.

— Oui, mais ne vous éloignez pas trop.

Ils s'en allèrent en courant. Leurs cris décrurent progressivement. Carole ferma les yeux, se laissa envahir par une douce somnolence. À tâtons, elle tendit une main vers Jean-Pierre. Elle sentit qu'il la lui prenait et qu'il la serrait entre les siennes. Elle sourit :

— On est bien, n'est-ce pas ? murmura-t-elle, les yeux toujours clos.

— Oui, dit Jean-Pierre en se penchant vers elle.

Ils étaient seuls. Les enfants et le chien avaient disparu, Jean-Pierre se pencha davantage et embrassa sa femme. Elle poussa un soupir satisfait. Il se redressa, lui caressa les cheveux :

— Nous continuerons à être heureux, Carole. Il ne faut pas que la venue d'Emmanuel soit une cause de perturbation. Au contraire. Il sera notre enfant comme les autres, n'est-ce pas ?

L'esprit ensommeillé, Carole poussa un grognement qui pouvait être approbateur. Elle n'avait pas envie de gâcher cet instant agréable en discussions pénibles. Le chant des oiseaux lui parvenait assourdi, et la chaleur du soleil, tamisée par l'ombre des arbres, l'engourdissait délicieusement. Elle se laissa glisser dans le sommeil.

Lorsqu'elle ouvrit les yeux, elle s'aperçut que le

soleil avait baissé. Il faisait plus frais. L'automne rappelait sa présence et, malgré le beau temps, montrait que la chaleur de l'été s'était enfuie. Carole frissonna, regarda autour d'elle. Jean-Pierre, toujours adossé à l'arbre, dormait, le menton sur la poitrine. Son journal gisait un peu plus loin, abandonné. Carole se redressa, chercha les enfants des yeux. Elle ne les aperçut nulle part. Elle se leva, fit quelques pas, alla jusqu'à la voiture. Elle se sentit inquiète. Où étaient-ils ?

Elle revint vers Jean-Pierre. À son tour il se réveillait, s'étirait. Il aperçut sa femme, lui sourit.

— Jean-Pierre, je ne vois pas les enfants. Où sont-ils allés ?

— Ils ne peuvent pas être bien loin. Je vais les chercher.

Il s'éloigna tandis que Carole ramassait la couverture, la secouait, la repliait. Elle consulta sa montre : dix-sept heures, bientôt... Un coup de vent plus vif fit frémir les arbres. L'ombre, déjà, s'allongeait. Il allait être temps de rentrer. Elle rangea la couverture dans le coffre de la voiture et se mit à marcher de long en large sur la route, en prenant soin de rester au soleil afin de profiter de la chaleur qu'il dispensait encore.

Après un temps qui lui parut assez long, elle vit revenir Jean-Pierre avec les deux garçons, suivis de Pistou. Elle remarqua immédiatement qu'Anne n'était pas avec eux. Elle cria :

— Et Anne ? Où est-elle ?

Ils s'approchèrent, et elle s'aperçut de l'air embarrassé des garçons. Du regard, elle interrogea Jean-Pierre. Celui-ci haussa les épaules, mécontent :

— Ils jouaient à cache-cache. Sylvain et Anne sont allés se cacher, chacun de leur côté. Emmanuel a retrouvé Sylvain, mais pas Anne. Depuis, ils la recherchent tous les deux, sans résultat.

Carole sentit sa gorge se contracter.

— Mon Dieu ! gémit-elle. Si elle s'est éloignée dans la forêt... elle a pu se perdre...

Jean-Pierre s'efforça de raisonner posément :

— Elle ne peut être que dans les environs. Nous allons la chercher et l'appeler.

Ils commencèrent à tourner dans les sentiers et à appeler Anne à tous les échos, décrivant des cercles de plus en plus larges. Carole observait les sous-bois qui, avec le jour qui baissait, prenaient un aspect menaçant. Elle fit part de son inquiétude à Jean-Pierre :

— Où peut-elle être ? Elle nous répondrait, quand même ! Il faut la chercher plus efficacement. Il faut retourner à la maison, prévenir la police, organiser des battues. Bientôt, il fera trop sombre...

Jean-Pierre passa une main dans ses cheveux :

— Il est évident que, si on ne la retrouve pas avant la nuit...

Carole se sentait prête à pleurer d'angoisse et d'impuissance. Timidement, Emmanuel proposa :

— J'ai une idée. Si on demandait à Pistou ?

Carole regarda l'enfant sans comprendre, faillit le rabrouer. Jean-Pierre interrogea :

— Que veux-tu dire, Emmanuel ?

— Eh bien, Pistou sait retrouver les gens. Avec maman, on lui avait appris. On se cachait, et il nous retrouvait. On lui faisait respirer un vêtement et on lui disait de chercher.

— Essayons, décida Jean-Pierre. Pourquoi pas ? Avons-nous ici un vêtement d'Anne, Carole ?

— Il y a son gilet dans la voiture, dit la jeune femme d'une voix étranglée.

Elle alla le chercher, le rapporta. L'angoisse creusait son visage et rendait ses yeux hagards. Elle tendit la petite veste de laine à Emmanuel.

— Tu crois que ça va marcher ? demanda-t-elle avec doute.

Le petit garçon prit le gilet, le donna à flairer à Pistou :

— Cherche, Pistou, cherche ! Va chercher Anne, va !

Le chien renifla longuement le vêtement, remua la queue, émit un aboiement sonore. Puis, le nez au sol, il se mit en route.

— Il a compris ! s'écria Emmanuel. Suivons-le !

Ils s'élancèrent derrière le chien. Celui-ci refit le trajet déjà fait précédemment, toujours flairant le sol. Parfois, il revenait sur ses pas, repartait. Après plusieurs minutes, Carole, de nouveau, perdit patience.

— Ça ne sert à rien. Sait-il au moins ce qu'il cherche ?

— Continuons, insista Jean-Pierre. S'il suit la trace d'Anne, il finira par la retrouver.

Le chien s'engagea dans le sous-bois. Il s'engouffra à travers plusieurs buissons, puis s'arrêta et se mit à aboyer d'une manière ininterrompue.

— Il a trouvé ! s'exclama Emmanuel. Il fait toujours ça quand il a trouvé !

Il se dirigea vers le chien. Sylvain le suivit, imité par Jean-Pierre et Carole. Derrière d'autres buissons, au pied d'un arbre, Anne gisait, inanimée.

— Anne ! cria Carole.

L'enfant, les yeux clos, ne réagit pas. Son pantalon était déchiré à la hauteur du genou. Au milieu de son front, Carole vit une énorme bosse. D'une écorchure à la tempe, un peu de sang coulait.

Carole se pencha sur sa fille, lui caressa doucement le visage.

— Anne ! répéta-t-elle d'une voix pressante. C'est maman.

Il lui sembla que les cils de l'enfant frémissaient. Avec précaution, elle palpa le petit corps. Elle ne décela rien d'anormal.

— Anne ! appela-t-elle à nouveau.

La petite fille poussa un profond soupir et ouvrit les yeux. Son regard interrogateur se posa sur Carole.

— Maman ? questionna-t-elle d'une toute petite voix. Jean-Pierre intervint :

— Ne bouge pas. Je vais te porter jusqu'à la voiture. Il souleva l'enfant, qui tâta son front, à l'endroit de la bosse, et gémit :

— J'ai mal, là...

— Ce n'est pas grave, ma poupée. Ce n'est qu'une bosse. Nous te soignerons à la maison.

Prête à pleurer, la petite fille se retint. Son père l'appelait *ma poupée* dans les seuls moments où il se montrait particulièrement tendre avec elle. Et, à ces moments-là, elle ne voulait pas le décevoir.

Ils regagnèrent la voiture. Carole, immensément soulagée, prit sa fille sur ses genoux.

— C'est Pistou qui a trouvé où tu étais ! dit Emmanuel à sa sœur. Sans lui, on te chercherait encore !

— Que s'est-il passé ? demanda Carole.

— On jouait à cache-cache, expliqua Anne, et j'ai voulu aller loin pour qu'Emmanuel ne me trouve pas. Je suis entrée dans la forêt et, au bout d'un moment, j'ai vu que j'étais perdue. Je ne retrouvais plus le sentier. J'ai eu peur. J'ai couru, et je suis tombée. J'ai cogné mon front contre un arbre et après... je me suis réveillée quand tu m'as appelée, maman.

Sur le siège arrière, Emmanuel, fier de son chien, se sentait soulevé par un nouvel espoir. Après ce que venait de faire Pistou, sans aucun doute, Carole l'accepterait mieux. Il souhaita qu'il ne fît que des actes de bravoure comme celui-ci, et jamais plus de bêtise.

Anne n'avait que des blessures superficielles et se remit rapidement. Carole, quant à elle, renonça à son désir de se débarrasser de Pistou d'une manière ou d'une autre. Elle admettait que le chien s'était montré utile ; cependant elle ne changeait pas son attitude et continuait à refuser qu'il entre dans la maison.

Emmanuel, peu à peu, s'intégrait à la famille. Carole devait reconnaître qu'il ne posait pas de problème. Il obéissait toujours parfaitement, et montrait ainsi le bon exemple à Anne et Sylvain, dont l'obéissance n'était pas la vertu première. « S'il n'avait pas son chien, pensait souvent Carole, cela irait beaucoup mieux. »

Il faut dire que Pistou faisait encore, de temps à autre, quelques bêtises. Il n'abîmait plus les fleurs, car Emmanuel lui avait appris à respecter les parterres. Mais il aboyait toujours la nuit, incapable de s'habituer à dormir sans Emmanuel. Il y avait aussi le chat des voisins. Pistou éprouvait envers lui une aversion instinctive. Dès qu'il l'apercevait, il fonçait vers lui sans s'occuper du reste, poussé par le désir impératif de l'attaquer.

Un après-midi où il faisait beau, Carole avait invité Marie-Christine, sa meilleure amie, à venir prendre une tasse de café. Installées sur la terrasse, elles bavardaient en grignotant des biscuits secs et des petits fours. Dans le jardin, Pistou allait et venait, se rendant souvent au portail pour observer la rue d'où arriverait, à la sortie de l'école, Emmanuel. À la fin, il vint s'allonger sur la terrasse, au soleil, à proximité des deux amies. Il ferma à moitié les yeux et ne bougea plus.

Soudain, il aperçut le chat des voisins qui traversait furtivement le jardin. Il bondit et, dans sa précipitation, heurta la chaise de Marie-Christine. Celle-ci, surprise, lâcha sa tasse de café, et le liquide brûlant se répandit sur sa robe. Elle se leva en poussant un cri.

Carole, désolée, essaya de réparer les dégâts et épongea les taches de café. Mais les traces persistèrent. Furieuse contre Pistou, la jeune femme l'enferma dans le garage.

— Une nouvelle robe ! dit Marie-Christine avec humeur. Quel affreux animal ! Es-tu vraiment obligée de le garder, Carole ?

— Jean-Pierre ne veut pas le séparer d'Emmanuel, soupira Carole.

— À ta place, j'insisterais pour qu'il le fasse. À la longue, il se laissera convaincre. Ne crois-tu pas ?

— Je ne sais pas. Je lui en parlerai ce soir.

Le soir même, lorsque Jean-Pierre rentra, Carole lui raconta l'incident de l'après-midi. Elle conclut :

— Après avoir renversé le barbecue l'autre jour, cette fois-ci il a taché la robe de Marie-Christine. Je lui ai dit que je rembourserai les frais de nettoyage. Que pouvais-je faire ? J'étais furieuse, Jean-Pierre.

Ce dernier demeura impavide :

— Pistou n'agit ainsi que lorsqu'il aperçoit le chat des voisins. Le reste du temps, il ne nous gêne pas.

— Et ses aboiements la nuit ?

— Ne fais pas preuve de mauvaise foi, Carole. Les chambres sont disposées de telle façon qu'on ne les entend pas. Et je persiste à dire qu'à la longue, il se calmera. À moins que tu ne lui permettes d'entrer dans la maison. Nous en revenons toujours au même problème. Que fera-t-il, en hiver, lorsqu'il gèlera ? L'obligeras-tu encore à rester dehors ?

Carole fit un geste vague et ne répondit pas. Emmanuel, qui avait écouté en silence la conversation, caressait son chien avec inquiétude. À son retour de l'école, il avait eu la permission de le sortir du garage, avec obligation de le surveiller. Carole avait pris un ton menaçant pour annoncer au petit garçon :

— S'il continue à faire des bêtises, nous ne le garderons pas.

Mais elle savait, en prononçant ces paroles, qu'elle se heurterait à l'opposition de Jean-Pierre et des enfants. Anne et Sylvain s'étaient attachés au chien, et refusaient l'idée de s'en séparer. Anne surtout, qui avait raconté à toutes ses amies, à l'école, la façon dont Pistou l'avait retrouvée le jour du pique-nique. Son récit avait soulevé enthousiasme, incrédulité ou admiration, et la petite fille s'était sentie très fière. Elle était devenue l'héroïne d'une aventure peu ordinaire.

Carole elle-même devait reconnaître que Pistou avait, à certains moments, son utilité. Ainsi, un après-midi où elle était seule, deux hommes à l'allure louche étaient passés dans la rue et s'étaient approchés du portail. Pistou, qui se trouvait dans le jardin, s'était aussitôt dirigé vers eux en aboyant furieusement. Son air féroce avait dissuadé les deux hommes qui s'étaient éloignés sans insister. Carole ne savait pas qui ils étaient, et elle ne les avait plus revus. Mais elle avait été heureuse, cette fois-là, de la présence de Pistou.

Jean-Pierre espérait que sa femme, petit à petit, se laisserait fléchir. Elle n'était pas insensible aux démonstrations d'amitié que lui faisait Pistou, à elle comme aux autres membres de la famille. Et il était vrai que la jeune femme, malgré elle, s'amadouait. Mais un événement fâcheux vint de nouveau tout bouleverser.

Mme Currier, la mère de Carole, vivait seule à une centaine de kilomètres de là. Elle venait de temps à autre chez sa fille, trop souvent au gré de Jean-Pierre. Il n'aimait pas sa belle-mère. Il la trouvait exigeante et acariâtre. Elle n'était jamais satisfaite, se plaignait du bruit que faisaient les enfants, critiquait leur réticence à obéir et la façon dont, parfois, ils protestaient.

— De mon temps, affirmait-elle d'un air pincé, les enfants n'avaient pas le droit de répondre à leurs parents. Ils n'avaient qu'un seul droit : obéir et se taire.

Jean-Pierre se retenait de répliquer vertement. C'était la mère de Carole et, à ce titre, il la respectait. Mme Currier, pourtant, aimait bien ses petits-enfants. Mais, à chaque fois qu'elle les voyait, après les effusions du début, bien vite son caractère aigri prenait le pas sur la tendresse qu'elle éprouvait pour eux.

Comme Carole était fille unique, elle invitait souvent sa mère à venir passer un week-end. Ce fut ainsi qu'un samedi de la fin octobre, Mme Currier arriva sous une pluie battante. Elle avait pris le train, et Jean-Pierre était allé la chercher à la gare. Dès son arrivée, elle fronça les sourcils en apercevant, dans le garage où Jean-Pierre venait de rentrer la voiture, le chien d'Emmanuel. Elle serra les lèvres, exactement comme le faisait Carole, parfois, lorsqu'elle n'approuvait pas quelque chose. Mais elle ne dit rien.

Dans la maison, elle embrassa avec affection sa fille et ses petits-enfants, mais elle regarda à peine Emmanuel. Elle le connaissait pourtant, elle avait eu l'occasion de le rencontrer au cours des vacances scolaires, chaque fois qu'Emmanuel venait chez son père. Mais elle s'était toujours montrée froide et distante envers l'enfant. Il lui rappelait que sa fille s'était stupidement éprise d'un homme divorcé et qu'elle était restée sourde à ses conseils de ne pas l'épouser.

Au cours du déjeuner, elle ne cessa de réprimander les enfants :

— Sylvain, ne mange pas si vite !

— Anne, tais-toi. De mon temps, les enfants n'avaient pas le droit de parler à table.

— Emmanuel, cesse d'émietter ton pain, voyons !

Les remarques se succédèrent pendant tout le repas, et Jean-Pierre se retenait visiblement de répliquer. Après le dessert, il se leva en poussant un soupir de soulagement. Il alla se réfugier dans le salon pendant que Carole et sa mère débarrassaient la table et chargeaient le lave-vaisselle.

La pluie avait cessé, et un timide rayon de soleil s'infiltrait à travers les nuages.

— Maman, demanda Anne, on peut aller jouer dans le jardin ?

Carole donna la permission, et ils sortirent en courant et en se bousculant. Ils libérèrent Pistou qui joignit ses aboiements à leurs cris. Mme Currier les observa par la fenêtre.

— Sylvain n'a pas fermé son blouson, remarqua-t-elle. Il va prendre froid.

Carole ne répondit pas directement. Elle regarda le soleil qui brillait dans un ciel qui, peu à peu, redevenait bleu. Les nuages s'éloignaient ; bientôt ils ne formeraient plus qu'une masse sombre à l'horizon.

— La pluie a cessé, dit-elle. Si nous en profitions pour descendre en ville toutes les deux ?

Elle savait que sa mère adorait faire du lèche-vitrines, et à chacune de ses visites, s'il faisait beau, elle l'emmenait pour quelques heures jusqu'à la ville voisine. Elles se promenaient tranquillement, faisaient quelques achats, et terminaient leur escapade dans un salon de thé. Carole aimait ces moments où sa mère, seule avec elle, oubliait ses sempiternelles critiques.

Mme Currier accueillit cette suggestion avec plaisir. Elle alla chercher son imper, son sac, son parapluie « au cas où la pluie reviendrait » précisa-t-elle. Carole alla prévenir Jean-Pierre, prit les clefs de la voiture et sortit rejoindre sa mère qui, sur la terrasse, observait les enfants qui jouaient. Ils lançaient à Pistou un gros ballon que celui-ci leur rapportait en le poussant de son museau. Sylvain s'agenouilla pour attraper le ballon, puis se roula dans l'herbe en riant.

— Sylvain ! ordonna Mme Currier. Relève-toi immédiatement. L'herbe est toute mouillée !

Elle fit quelques pas, voulut descendre de la terrasse. Carole, qui arrivait derrière elle, la vit trébucher, perdre l'équilibre et tomber.

— Maman ! cria-t-elle.

Elle se précipita, trop tard, pour tenter de retenir sa mère. Celle-ci venait de s'affaler lourdement sur le sol. Carole se pencha :

— Maman ! Tu t'es fait mal ?

Avec une grimace de douleur, Mme Currier eut un geste vers son pied :

— Ma cheville... gémit-elle. Je crois que je me suis cassé la cheville...

D'un coup d'œil, Carole constata que le pied de sa mère faisait effectivement un angle bizarre avec la jambe. Elle s'affola. Les enfants, qui avaient vu tomber leur grand-mère, arrivèrent en courant. Avec un intérêt mêlé de curiosité, ils se groupèrent autour d'elle. Elle les chassa de la main :

— Éloignez-vous, les enfants, grommela-t-elle. Je n'ai pas besoin de vous en ce moment.

— Allez chercher votre père, ordonna Carole. Les enfants entrèrent dans la maison en criant :

— Papa ! Viens vite ! Mamie est tombée !

Pistou vint flairer d'un air circonspect Mme Currier, qui le repoussa avec colère :

— Carole, éloigne ce chien, s'il te plaît.

— Recule, Pistou, va-t'en ! Quant à toi, maman, il va falloir que tu essaies de te lever. Tu ne peux pas rester sur cette terrasse toute mouillée. Ah ! voilà Jean-Pierre !

Carole se tourna vers son mari avec soulagement :

— Viens m'aider à redresser maman. Elle vient de tomber et je crois qu'elle s'est cassé la cheville.

Sous les yeux inquiets des enfants immobiles, tandis qu'Emmanuel retenait Pistou auprès de lui, Carole et Jean-Pierre aidèrent Mme Currier à se remettre debout. Celle-ci essaya de poser son pied à terre, mais une douleur fulgurante lui arracha un cri. Elle devint si pâle que Carole crut qu'elle allait s'évanouir.

— Il faut la conduire à l'hôpital, dit la jeune femme. Là-bas, ils feront une radio et plâtreront la cheville.

Jean-Pierre, mécontent d'avoir été arraché au journal sportif qu'il lisait tranquillement, s'en alla, le visage sombre, sortir la voiture du garage. Pour y faire entrer Mme Currier, ce ne fut pas facile, d'autant plus que chaque mouvement réveillait la douleur de sa cheville. Lorsqu'elle fut enfin allongée sur le siège arrière, Carole s'adressa aux enfants :

— Nous allons conduire Mamie à l'hôpital. Soyez sages pendant ce temps. Toi, Emmanuel, puisque tu es l'aîné, empêche ton frère et ta sœur de faire des bêtises. Et surveille bien ton chien. Tu fermeras le portail.

Emmanuel, la main sur le cou de Pistou qu'il obligeait à rester immobile, acquiesça d'un signe de tête. Il voyait partir Mme Currier avec un soulagement qui lui donnait une impression de culpabilité et qu'il n'osait pas avouer. Il n'aimait pas cette femme sévère qui critiquait toujours tout. Il avait entendu Carole, un soir, rapporter à Jean-Pierre le commentaire qu'elle avait fait en apprenant la mort de France, et l'arrivée d'Emmanuel. « Ma pauvre fille, avait-elle dit, te voilà maintenant avec cet enfant sur les bras ! Comme je te plains ! » Ces paroles avaient peiné Emmanuel. Tout en refermant le portail, il regarda la voiture s'éloigner, et il souhaita que Mme Currier demeurât longtemps à l'hôpital, et même qu'elle ne revînt jamais.

Elle y resta plusieurs jours. Chaque après-midi, Carole allait lui rendre visite. Elle laissait Pistou dans le jardin. Derrière le portail, le chien montait la garde et attendait fidèlement Emmanuel. Les enfants avaient une clef de la maison et rentraient seuls. Leur goûter était préparé dans le réfrigérateur, et ils mangeaient en attendant le retour de Carole. Leur vie était un peu désorganisée, et un jour Sylvain se plaignit à sa mère :

— Pourquoi n'es-tu plus jamais là quand on revient de l'école ?

— Prends patience, répondit Carole, Mamie va bientôt sortir de l'hôpital. Je n'aurai plus à aller la voir chaque jour.

Mais le retour de Mme Currier, s'il permit à Carole de rester à la maison, n'arrangea pas pour autant les choses. Carole avait dit à Jean-Pierre :

— Nous garderons ma mère ici, jusqu'à ce que sa cheville aille mieux. Elle ne peut pas rester seule dans l'état où elle est.

Forcé d'acquiescer, Jean-Pierre l'avait fait à contrecœur. Cela sous-entendait des jours et des jours où il faudrait vivre avec Mme Currier, et il ne voyait pas cette cohabitation d'un œil favorable.

Elle revint un soir, et, dès le lendemain, les problèmes commencèrent. Ce fut surtout à cause de Pistou. Le chien dormait toujours dans le garage, et il continuait à aboyer sans cesse tout au long de la nuit. Le sommeil de Mme Currier en fut troublé, et le lendemain matin, elle se plaignit à sa fille :

— Ce chien est insupportable, Carole. À cause de lui, je n'ai pas fermé l'œil de la nuit.

— Il ne s'habitue pas à dormir dans le garage, constata Jean-Pierre, le visage fermé. Ce qu'il voudrait, c'est être près d'Emmanuel, comme avant. Là, il n'aboierait pas.

— Tu connais mon avis à ce sujet, dit Carole d'un ton pincé. Nous en avons déjà discuté. Nous n'allons pas recommencer.

Mme Currier intervint de nouveau, mi-autoritaire, mi-geignarde :

— En tout cas, il faut faire quelque chose. Je veux pouvoir dormir en paix. Le chien ne vous gêne peut-être pas parce que vos chambres sont de l'autre côté. Mais moi, je suis dans le salon, et ses aboiements m'arrivent directement.

Jean-Pierre ne put retenir un mouvement d'impatience :

— Si nous avions une chambre supplémentaire, nous ne serions pas obligés de vous faire dormir sur le divan du salon. Pour le moment, il n'y a pas d'autre solution. La nuit prochaine, j'enfermerai Pistou dans la voiture, toutes vitres fermées. S'il aboie, vous l'entendrez moins.

Mais les aboiements de Pistou, bien qu'atténués, furent encore parfaitement audibles. Mme Currier continua à s'en plaindre. De plus, son immobilité forcée la rendait irascible. Carole s'épuisait à la distraire, à la calmer, à empêcher les enfants de faire du bruit. Jean-Pierre ne rentrait de son travail que pour entendre les jérémiades de sa belle-mère, et son humeur s'en ressentait.

— Vivement qu'elle reparte chez elle ! disait-il en aparté à Carole. Elle n'est jamais satisfaite et ne fait aucun effort.

Carole ne répondait pas, mais elle était obligée de s'avouer que son mari avait raison.

Un mercredi après-midi, Mme Currier qui, une fois de plus, n'avait pas bien dormi, déclara qu'elle allait faire la sieste. Carole envoya les enfants jouer dans le jardin, avec la recommandation de ne pas faire de bruit. Elle aida sa mère à se coucher, soupira de soulagement lorsqu'elle la vit s'endormir et s'éloigna sur la pointe des pieds.

Dehors, les enfants décidèrent de jouer à cache-cache. Emmanuel, qui devait chercher Anne et Sylvain, se fit aider de Pistou.

— Cherche, Pistou, cherche ! lui dit-il.

Le chien se mit à flairer, à fureter, finit par trouver la cachette. Ravi, il lança plusieurs aboiements sonores qui réveillèrent Mme Currier. Furieuse, elle appela sa fille.

— Carole, je ne peux plus supporter ce chien. Il faut faire quelque chose. Ou tu t'en débarrasses, ou c'est moi qui m'en vais. Ça ne peut pas continuer comme ça.

Carole sortit dans le jardin, appela les enfants, gronda Emmanuel.

— Il faut que tu surveilles mieux Pistou, lui dit-elle. Empêche-le au moins d'aboyer.

— Oh ! maman, Pistou ne le fait pas exprès ! protesta Anne, les joues roses. Nous jouons à cache-cache, et il aboie parce qu'il nous trouve.

— Eh bien alors, jouez à autre chose. Que ce soit silencieux, au moins. Vous empêchez mamie de faire la sieste.

Les enfants, penauds, s'éloignèrent. Carole revint auprès de sa mère :

— Je pense qu'ils vont être calmes maintenant. Tu peux te rendormir, si tu veux.

Mme Currier haussa les épaules avec impatience :

— Impossible. Je suis trop énervée. Je suis désolée d'insister, Carole, mais il faut que tu éloignes ce chien. Ne peux-tu trouver quelqu'un pour le garder, au moins jusqu'à ce que je reparte chez moi ?

Carole demeura pensive quelques instants :

— Je pense que nous pourrions demander à Bertrand, dit-elle enfin. Janique n'y verra pas d'inconvénient, elle aime les animaux. Mais je ne sais pas si Jean-Pierre acceptera...

Mme Currier eut un geste catégorique :

— Dans ce cas, je refuse de rester ici plus longtemps. Les aboiements de ce chien vont finir par me rendre folle. Je passe mes nuits à les entendre, et je n'en peux plus.

En retenant un soupir, Carole se dirigea vers le téléphone, appela sa belle-sœur, à qui elle exposa la situation. Comme elle s'y attendait, Janique n'hésita pas :

— Bien sûr, Carole, nous garderons Pistou autant qu'il le faudra. Il ne nous gênera pas, je t'assure. Amène-le quand tu voudras.

Carole remercia, raccrocha. Elle rapporta la conversation à sa mère et conclut :

— Nous en parlerons à Jean-Pierre ce soir.

Ce fut à l'issue du repas, alors qu'ils terminaient le dessert, que Carole aborda le sujet. Avec difficulté, elle avait réussi à convaincre Mme Currier de ne pas se plaindre à Jean-Pierre dès son retour.

— Il faut lui laisser le temps de se détendre, avait-elle affirmé. Sinon, tu ne réussiras qu'à le mettre de mauvaise humeur.

Mme Currier avait dû réprimer son impatience et attendre que Carole se décide enfin à parler. La jeune femme observa son mari qui, repu, allumait une cigarette.

— Jean-Pierre, nous avons, maman et moi, une question à te poser.

D'un mouvement vif, Jean-Pierre releva la tête. Ses yeux allèrent de sa femme à sa belle-mère. L'air embarrassé de la première et le visage sévère de la seconde l'alertèrent. Qu'avaient-elles manigancé, toutes les deux ?

— De quoi s'agit-il ? interrogea-t-il avec méfiance.

— C'est à cause de Pistou, déclara directement Carole. Ses aboiements empêchent maman de dormir. Nous avons pensé que, peut-être, nous pourrions le conduire chez Bertrand et Janique jusqu'à ce que maman puisse repartir chez elle.

Jean-Pierre fronça les sourcils. Emmanuel devint rouge, ouvrit la bouche comme s'il suffoquait, la referma. Il parvint à protester, d'une voix à peine audible :

— Non, papa, non... Je ne veux pas que Pistou s'en aille... S'il te plaît, papa...

Mme Currier fusilla le petit garçon du regard :

— Toi, on ne t'a pas demandé ton avis. Tu n'as rien à dire. De mon temps, les enfants obéissaient aux parents sans protester.

Elle conclut, avec un regard circulaire :

— Et il y avait moins de problèmes, croyez-moi.

Sans rien dire, Jean-Pierre considérait sa cigarette qui se consumait. Il réfléchissait. La proposition de Carole ne lui plaisait pas, car il se doutait bien qu'une telle décision peinerait Emmanuel. Mais, d'un autre côté, si cela pouvait mettre fin aux plaintes incessantes de sa belle-mère, ce serait un réel soulagement. Il fallait simplement faire comprendre à Emmanuel que l'éloignement de Pistou serait provisoire et de courte durée.

Ce ne fut pas facile. Les yeux du petit garçon se remplirent de larmes, et le regard de reproche qu'il adressa à Jean-Pierre mit celui-ci mal à l'aise, et lui donna l'impression gênante d'avoir trahi la confiance de son fils.

— Pistou reviendra, dit-il en guise de consolation. Ce sera comme les fois où tu venais en vacances ici. Tu savais qu'ensuite tu allais le retrouver. C'est exactement pareil.

— Non, ce n'est pas pareil, rectifia Emmanuel d'une voix tremblante de larmes retenues. Ces fois-là, il restait chez nous, avec maman. Tandis qu'ici, il va aller chez des gens qu'il connaît à peine...

— Il sera bien soigné, ne t'inquiète pas, affirma Jean-Pierre d'un ton qui se voulait rassurant.

Mme Currier s'agita, pinça les lèvres avec désapprobation :

— Jean-Pierre, vous n'avez pas à discuter avec cet enfant. On dirait que vous cherchez à vous justifier. Il doit accepter votre décision, un point c'est tout. De mon temps...

Jean-Pierre se leva, excédé :

— Excusez-moi de vous le dire, coupa-t-il, mais ce temps dont vous parlez est révolu. Moi, je suis pour un dialogue ouvert avec les enfants. Maintenant, soyez satisfaite : Pistou ira chez Bertrand.

Il quitta la pièce. Carole se mit à débarrasser la table, tandis qu'Emmanuel retenait visiblement une forte envie de pleurer. Anne et Sylvain, désolés, ne disaient rien. Eux aussi s'étaient attachés à Pistou, et ils étaient tristes de devoir se séparer de lui, même pour peu de temps.

Le lendemain, dès que les enfants furent partis pour l'école, Carole mit le chien dans la voiture et le conduisit chez sa belle-sœur. Janique et Bertrand habitaient un petit village distant de dix kilomètres environ. Leur pavillon avait un grand jardin, où Pistou pourrait s'ébattre librement. Carole y entra sa voiture et libéra Pistou. Il courut partout, humant les feuilles mortes qui déjà tapissaient le sol, aboyant après les oiseaux qui s'envolaient, effarouchés. Janique voulut rassurer sa belle-sœur :

— Nous le soignerons bien, tu n'as pas de crainte à avoir. Et Laurent sera content d'avoir un compagnon de jeux.

Carole bavarda quelques instants avec Janique, mais ne s'attarda pas.

— Maman est seule, je ne peux pas rester longtemps. À plus tard, Janique, et merci. S'il y a un problème quelconque avec Pistou, n'hésite pas à nous téléphoner.

— Il n'y en aura pas. Tout se passera très bien, je t'assure.

— Tu serais moins affirmative si tu l'entendais aboyer des nuits entières.

— Il n'aboiera pas. Je serai moins sévère que toi, je lui permettrai de dormir dans la maison. Toi, dès le début, tu as refusé cette pauvre bête. Tu as fait à son sujet une sorte de blocage. Tu as eu tort, Carole. De là sont venus tous les problèmes, à mon avis.

Carole pinça les lèvres et, pendant un court instant, elle ressembla à sa mère.

— Je fais ce que je veux chez moi. Cela me regarde. Elle quitta sa belle-sœur, contrariée. Alors qu'elle s'apprêtait à monter dans sa voiture, Pistou accourut vers elle en bondissant et en aboyant. Elle le repoussa :

— Non, tu ne viens pas. Tu restes, Pistou. Tu restes ! répéta-t-elle avec force au chien qui, incompréhensif, cherchait à monter dans la voiture.

Elle s'installa sur son siège, claqua la portière. Alors qu'elle démarrait, elle aperçut les yeux dorés du chien, fixés sur elle avec désarroi. Elle sortit la voiture du jardin, vit Janique refermer le portail. Derrière, Pistou bondissait, courait de gauche à droite, protestait à sa manière contre cet abandon qu'il ne comprenait pas. Et Carole ressentit un pincement au cœur qui lui laissa une impression de remords.

Au cours des jours suivants, si Mme Currier clama sa satisfaction de pouvoir enfin dormir en paix, les enfants, Emmanuel surtout, arborèrent un visage malheureux. Pistou leur manquait. Il n'était plus là, le soir, à leur retour de l'école, pour leur souhaiter la bienvenue et les accueillir avec des bonds de joie. Il n'y avait plus, pour Emmanuel, ces instants où, lorsqu'il allait lui porter son repas dans le garage, il restait un long moment seul avec lui. C'était, de toute la journée, le moment qu'il préférait. Il regardait le chien manger, ensuite il le caressait, lui parlait, et Pistou l'écoutait. C'était à lui qu'Emmanuel confiait sa tristesse et son chagrin de n'avoir plus sa mère. Il ne pouvait le dire à personne d'autre ; Anne et Sylvain étaient trop jeunes, Carole trop indifférente. Même à son père, il n'osait pas en parler ; il savait bien que France n'était plus, pour Jean-Pierre, qu'un souvenir. Alors c'était Pistou qui recueillait ses confidences. Et lorsque Emmanuel, parfois, pleurait, le chien léchait, à grands coups de langue affectueux, les larmes sur ses joues.

Voilà pourquoi le petit garçon se sentait triste. Il

aspirait au départ de Mme Currier, parce qu'il lui ramènerait Pistou. Mais elle ne semblait pas vouloir s'en aller. Carole l'avait emmenée à l'hôpital, où on lui avait enlevé son plâtre. C'étaient maintenant les séances de rééducation, et Carole n'entendait pas laisser repartir sa mère avant qu'elle fût complètement remise.

Pistou, de son côté, s'ennuyait profondément. Il errait comme une âme en peine, gémissait de longues heures devant le portail. Bertrand et Janique avaient soin de toujours bien le refermer, car le chien ne demandait qu'à s'échapper. Emmanuel lui manquait, et il n'écoutait que son instinct, qui lui commandait d'aller le rejoindre.

Laurent, quant à lui, n'avait pas vu d'un bon œil l'arrivée de Pistou. Il se sentait toujours jaloux d'Emmanuel, qu'Anne et Sylvain lui préféraient. Et, s'il n'aimait pas Emmanuel, il n'aimait pas non plus son chien. Au début, il essaya bien de jouer avec lui, mais Pistou n'avait pas le cœur à jouer. Il passait son temps à pleurer et à gémir.

Après quelques jours, un soir où il rentrait de l'école, Laurent aperçut Pistou près du portail. Alors qu'il approchait, le chien agita la queue, mais Laurent savait que ce n'était pas pour l'accueillir. Le chien ne pensait qu'à s'enfuir. Au lieu de refermer rapidement le portail comme il le faisait habituellement, le petit garçon le laissa grand ouvert et s'exclama avec colère :

— Va donc le rejoindre, ton Emmanuel, sale cabot !

Pistou ne se le fit pas dire deux fois. Comme une flèche, il s'élança et se mit à courir si rapidement que, en quelques secondes, il eut disparu. Dans la poitrine de Laurent, le soulagement chassa la désagréable impression de culpabilité qu'il ressentait. Il haussa les épaules avec insouciance, se dirigea vers la maison. Il dirait à ses parents que Pistou s'était échappé au moment où, avec précaution, il avait entrouvert le portail.

Il était l'heure de se coucher. Emmanuel, dans sa chambre, révisait une dernière fois ses leçons. Il avait fini par s'adapter à sa nouvelle école, s'était même fait plusieurs amis. Il était un bon élève et s'efforçait de bien travailler, afin que son père soit fier de lui. Dans le lit voisin, Sylvain dormait déjà à moitié. Emmanuel le regarda avec tendresse. Il aimait bien son petit frère. Finalement, ils s'entendaient bien tous les deux. Il ferma son livre, éteignit la lampe et se glissa sous les draps.

Ce fut à ce moment précis qu'il entendit les aboiements. Il se redressa, le cœur battant. Pistou ! Aucun doute, c'était Pistou ! Emmanuel aurait reconnu sa façon d'aboyer n'importe où. Il bondit de son lit, courut dans le couloir, attrapa son blouson au portemanteau, l'enfila sur son pyjama, ouvrit la porte de la maison.

— Emmanuel ! cria Carole. Où vas-tu ?

Le petit garçon ne s'arrêta pas.

— C'est Pistou ! lança-t-il d'une voix vibrante. Il est revenu !

Il se rua dans le jardin, fonça jusqu'au portail. Le lampadaire de la rue éclairait une forme fauve qui bondissait et dont les aboiements, dès qu'Emmanuel s'approcha, se firent plus pressants et se transformèrent en jappements de joie.

Le petit garçon eut à peine le temps d'entrouvrir le portail qu'un tourbillon de poils fondit sur lui avec tant de force qu'il le déséquilibra. Ils roulèrent tous les deux sur le sol. Emmanuel riait et pleurait en même temps, sous les coups de langue affectueux de son grand ami. Il était si heureux qu'il ne s'aperçut pas que Jean-Pierre et Carole l'avaient suivi. Jean-Pierre, ému, regardait la scène et ne disait rien. Carole, l'air mécontent, constata :

— Comment a-t-il pu s'enfuir de chez Bertrand ? Janique m'avait pourtant promis de bien le surveiller.

D'un ton dur, elle apostropha Emmanuel :

— Relève-toi, Emmanuel, et va mettre ton chien dans le garage. Et ne te réjouis pas trop vite. Demain matin, j'irai le reconduire chez Bertrand.

Le petit garçon se releva et obéit. La sévérité de Carole ne l'atteignait pas. Il se sentait si heureux ! Son Pistou était revenu vers lui... Il avait parcouru, tout seul, les dix kilomètres qui les séparaient. Ça, c'était un ami fidèle ! À la joie d'Emmanuel se mêlait une grande fierté. Demain, quand il raconterait ça à l'école, tout le monde l'envierait. On avait beau vouloir les séparer. Pistou et lui, ils se retrouvaient toujours.

Carole, fidèle à sa décision, reporta le chien dès le lendemain chez sa belle-sœur. Celle-ci promit de le surveiller davantage, tout en commentant tristement :

— Il est malheureux ici, Carole. Il passe son temps à gémir. Il me fait pitié. Emmanuel lui manque, c'est certain. C'est pour cela qu'il s'est échappé. Quand je m'en suis rendu compte, hier soir, je n'ai même pas osé vous téléphoner. J'espérais qu'il reviendrait ici, mais j'aurais dû penser qu'il se rendrait directement chez toi...

Carole ne répondit pas. Tant pis si Pistou était malheureux. L'essentiel était qu'il ne perturbât plus, par ses aboiements, le repos de Mme Currier. Celle-ci, depuis que le chien n'était plus là, se plaignait moins. Le kinésithérapeute qui venait chaque jour lui masser la cheville affirmait que tout se passait bien et que, d'ici peu, elle pourrait marcher comme avant. Après tout, Pistou n'était qu'un chien, et il était normal qu'il passe au second plan. Il reviendrait après le départ de Mme Currier, et c'était déjà bien beau !

Sans expliquer toutes ces pensées à sa belle-sœur, Carole la quitta, persuadée d'avoir bien agi. Elle s'obligea à ne pas regarder Pistou qui, enfermé dans la maison, se mit à lancer des aboiements suppliants lorsqu'il la vit s'éloigner. Elle s'engouffra dans sa voiture et démarra bien vite pour ne plus l'entendre.

Un jour passa, puis un autre. Le soir du troisième jour, alors que Jean-Pierre rentrait de son travail et s'apprêtait à refermer le portail, il aperçut, tout au bout de la rue, courant vers lui ventre à terre et langue pendante, un grand chien roux qu'il reconnut immédiatement.

— Pistou ! s'exclama-t-il avec un mélange d'exaspération et d'attendrissement.

Le chien arriva, se jeta sur Jean-Pierre en poussant des jappements de plaisir. Tout de suite, Emmanuel fut là. Comme la fois précédente, les retrouvailles des deux amis furent un délire de joie. Jean-Pierre souriait. La fidélité du chien le touchait, mais qu'allait dire Carole ?

Celle-ci, justement, venait d'apparaître sur la terrasse. Elle donnait le bras à sa mère qui s'appuyait sur une canne. Toutes deux avaient, sur le visage, la même expression de désapprobation. Anne et Sylvain, à leur tour, sortirent de la maison en criant :

— Pistou ! C'est Pistou !

Le chien courut vers eux pour leur faire fête. Dans

sa précipitation, il heurta au passage Mme Currier, qui chancela. Carole la soutint, la fit entrer dans la maison, incapable de calmer Pistou qui, tout en sautant, mêlait ses aboiements aux cris des enfants. Mme Currier s'affala dans un fauteuil, la main sur le cœur :

— Ce chien... gémit-elle. Encore un peu, il me faisait tomber...

Carole releva la tête avec colère :

— Ça ne peut pas continuer comme ça, dit-elle. Il faut faire quelque chose.

Elle attendit que les enfants fussent couchés pour en parler. Elle se plaignit à Jean-Pierre des retours répétés du chien, du problème qu'il posait vis-à-vis de Mme Currier, qui avait besoin de calme et dont la rééducation nécessitait l'assurance de ne pas être bousculée dès qu'elle sortait dans le jardin.

— Que veux-tu que j'y fasse ? bougonna Jean-Pierre. Ce chien veut Emmanuel. Il reviendra toujours.

— Eh bien, moi, j'ai une solution pour qu'il ne revienne pas.

Jean-Pierre fixa sur sa femme des yeux surpris :

— Ah ! oui ? Et que veux-tu faire ? L'attacher ?

Carole secoua la tête, sûre d'elle :

— Il existe une solution bien plus simple. Demain, c'est samedi, tu ne travailles pas. Conduis-le au refuge de la SPA. Là, ils l'enfermeront. Il ne pourra plus s'échapper.

Emmanuel, dans le couloir, porta une main à sa bouche et étouffa un cri. Énervé par le retour de Pistou, il ne dormait pas. Il avait eu soif et avait voulu se rendre dans la cuisine pour boire un verre d'eau. Par la porte entrouverte, les premiers mots de la conversation lui étaient parvenus. Comme il s'agissait de Pistou, il s'était arrêté, avait écouté.

Horrifié par la proposition de Carole, il fit demi-tour et regagna sa chambre. Sa fuite précipitée l'empêcha d'entendre le refus indigné de Jean-Pierre, et il se blottit dans son lit en tremblant, persuadé que le lendemain Pistou serait conduit au refuge.

Il serra les poings avec fureur et impuissance. Jamais il ne laisserait faire une chose pareille ! Il avait visité un refuge, un jour. Il avait vu les yeux éteints des chiens, leur air malheureux et suppliant. Tous dans une cage, prisonniers sans avoir rien fait, ils ne comprenaient pas... Emmanuel arrosa de ses larmes son Arlequin. Il refusait que Pistou connût un tel sort.

Il se mit à réfléchir. Que pouvait-il faire ? Supplier Carole ne donnerait aucun résultat, surtout avec Mme Currier qui ne cesserait de répéter que, de son temps, les enfants acceptaient sans protester les décisions de leurs parents. Alors ? Quoi d'autre ? Essayer de fléchir Jean-Pierre ? Emmanuel savait bien que son père, au fond, était d'accord avec lui. Mais, à cause de sa femme et de sa belle-mère, pour avoir la paix il n'hésiterait peut-être pas à sacrifier Pistou... Cette solution ne convenait pas non plus, elle était trop aléatoire.

Finalement, dans un éclair d'une aveuglante simplicité, Emmanuel trouva. Puisqu'on ne voulait pas de Pistou, il l'emmènerait. Il partirait avec lui, sans rien dire à personne. Ils retourneraient tous les deux chez mamie Nou, qui les aimait bien, mamie Nou qui était gentille, qui ne pensait qu'à donner et qui, elle, ne critiquait jamais...

Emmanuel mit son plan au point, calculant chaque détail. Plus il y pensait, plus il était persuadé d'avoir raison. Pistou et lui étaient deux amis inséparables. Pistou avait déjà prouvé qu'il ne supportait pas d'être éloigné de son petit maître et qu'il n'avait qu'une idée en tête : revenir auprès de lui et ne plus le quitter. Emmanuel, à son tour, allait démontrer aux autres qu'il en était de même pour lui.

En se levant le lendemain matin, Emmanuel se dit que le temps n'allait pas faciliter son projet. Il faisait gris et froid. De brusques bourrasques de vent faisaient tourbillonner les feuilles mortes. Le ciel était chargé de gros nuages noirs qui se bousculaient, annonciateurs de pluie.

Emmanuel éternua. Il était enrhumé depuis plusieurs jours, mais ce n'était pas un petit rhume qui allait l'empêcher de faire ce qu'il avait prévu. Sans rien dire, il se prépara comme les autres jours, prit son petit déjeuner, alla sortir Pistou du garage et joua quelques instants avec lui dans le jardin.

Lorsqu'il fut l'heure d'aller à l'école, il partit sagement avec Sylvain et Anne. Mais, arrivé au bout de la rue, il se ravisa brusquement :

— Zut ! J'ai oublié mon cahier de récitation à la maison. Il faut que j'aille le rechercher. Continuez sans moi, dit-il à Anne et Sylvain qui le regardaient, indécis. Je courrai pour vous rattraper.

Il revint sur ses pas, ralentissant au fur et à mesure qu'il approchait de la maison. Pistou, fidèle à son habitude, montait la garde derrière le portail. Emmanuel s'approcha avec précaution, sortit de son cartable la laisse qu'il y avait dissimulée.

— Chut, Pistou, chut ! dit-il à voix basse. Ne fais pas de bruit. C'est moi.

Pistou connaissait la signification du mot « chut ». Obéissant, il se contenta d'agiter frénétiquement la queue. Emmanuel entrouvrit le portail, et Pistou se glissa aussitôt à l'extérieur. Le petit garçon se pencha, attacha la laisse au collier du chien, et murmura avec excitation :

— Viens, Pistou, on s'en va.

Rapidement, il entraîna le chien. Au bout de la rue, il constata avec soulagement qu'Anne et Sylvain ne l'avaient pas attendu. Au lieu de tourner à droite, vers l'école, il prit le chemin de gauche, qui conduisait à la sortie du village. Il savait ce qu'il voulait faire : rejoindre la ville voisine, aller à la gare et prendre le train. Au fond de son cartable, il avait dissimulé tout l'argent de sa tirelire. Il y en avait beaucoup, suffisamment pour prendre le train en tout cas. Il irait jusqu'à Nancy, et, de là, il se rendrait, en bus, chez mamie Nou. En pensant à elle, Emmanuel sentit ses yeux se remplir de larmes. Il revit la petite maison où, avec sa mère, il était si heureux ! Personne, alors, ne voulait le séparer de Pistou.

Dès qu'il se fut suffisamment éloigné du village, Emmanuel ralentit le pas. Il était essoufflé, et quelque chose dans sa poitrine, comme un point douloureux, l'empêchait de respirer. Son nez coulait. Il l'essuya d'un revers de la main. Pistou, auprès de lui, trottait joyeusement, ravi de cette escapade.

Au vent qui soufflait avec force se mêla bientôt la pluie. Elle tomba, drue et glaciale. Emmanuel remonta frileusement le col de son blouson, rentra la tête dans les épaules, et avança sous l'averse.

Il fut bientôt complètement trempé. Ses cheveux lui collaient au crâne, la pluie coulait dans ses yeux. Les poils de Pistou, ruisselants, pendaient lamentablement. L'averse redoubla soudain de violence, à tel point qu'Emmanuel, aveuglé, ne distinguait plus rien. Il parvint à apercevoir, sur le bas-côté de la route, un abri prévu pour l'arrêt du bus, et il courut s'y réfugier avec Pistou.

Il y resta longtemps, grelottant, attendant que la tempête se calme. Le vent furieux lui envoyait des gerbes d'eau qui lui trempaient les pieds. Pistou se collait contre lui. De rares voitures passaient, que l'intensité de la pluie forçait à rouler lentement. À celles qui allaient vers la ville, Emmanuel aurait bien voulu faire signe. Peut-être un conducteur sympathique accepterait-il de les prendre, Pistou et lui ? Mais il ne l'osait pas. Il avait trop peur de se faire voir par quelqu'un du village. Son départ devait rester secret. Sinon, on l'empêcherait de s'en aller, et de nouveau on les séparerait, Pistou et lui.

Au bout d'un temps qui parut à Emmanuel interminable, la tempête se calma enfin. Le vent cessa de souffler rageusement, la pluie diminua d'intensité. Mais elle continua à tomber, monotone et ininterrompue, prête à durer des heures. Néanmoins, Emmanuel considéra qu'il était temps de repartir. Il tira sur la laisse de Pistou et, courageusement, tous deux se remirent en route.

Ce fut l'absence de Pistou qui, d'abord, éveilla la méfiance de Jean-Pierre. Il chercha le chien partout, en vain, allant même jusqu'à soupçonner Carole de l'avoir conduit à la SPA.

— Voyons, c'est ridicule, s'insurgea Carole. Je n'ai pas quitté la maison de la matinée. Tu as bien pu le voir toi-même, puisque tu étais là.

— Mais où est ce chien ? Il ne s'est pas volatilisé, quand même !

— Il a pu s'enfuir. Il l'a bien fait quand il était chez Bertrand.

— D'ici, il ne se serait pas enfui. S'il est parti, il n'a pu le faire qu'avec Emmanuel.

Pris d'un soupçon, Jean-Pierre se rendit dans la chambre des garçons. Sur l'oreiller d'Emmanuel, l'Arlequin n'était plus là. Jean-Pierre fronça les sourcils, de plus en plus inquiet. Il souleva l'oreiller, les couvertures, regarda partout dans la chambre, fouilla l'armoire. Pas d'Arlequin nulle part. Par contre, sur la table de nuit, la tirelire d'Emmanuel était ouverte, et vide. Jean-Pierre sentit une sorte d'angoisse lui nouer la gorge.

Il sortit de la chambre et alla vérifier, dans le couloir, si la laisse de Pistou se trouvait bien à sa place, accrochée au portemanteau. Apparemment, elle n'y était pas. Il écarta fébrilement les vêtements, chercha mieux. Il dut se rendre à l'évidence. La laisse avait disparu.

Jean-Pierre eut l'impression qu'un grand froid l'envahissait. Pistou d'abord, l'Arlequin ensuite. La tirelire, puis la laisse. Emmanuel était parti, et il avait emmené tout ce à quoi il tenait.

La colère enflamma le cœur de Jean-Pierre, remplacée bien vite par la honte. Si Emmanuel était parti, c'était parce que lui, Jean-Pierre, n'avait pas su remplir son rôle de père. Et où était-il, par ce temps ? Il fallait absolument le retrouver.

Comme un fou, Jean-Pierre courut jusqu'au garage. Il sauta dans sa voiture, démarra en trombe. Il n'entendit pas les appels affolés de Carole.

Il sortit du village, prit instinctivement la direction de la ville. Il s'obligeait à conduire lentement, maudissant la pluie qui brouillait la vue et noyait le paysage. Les virages ne lui avaient jamais paru aussi nombreux, ni la route aussi longue. Par ce temps, elle était déserte. Jean-Pierre s'affolait de ne pas apercevoir Emmanuel. Où était-il ?... Il sillonnerait toute la région s'il le fallait, mais il le retrouverait.

Ce fut à la fin, alors qu'il était presque arrivé à la ville, qu'il les vit. Deux silhouettes trempées et ruisselantes qui avançaient, serrées l'une contre l'autre comme pour mieux braver la pluie et le vent qui s'était remis à souffler. Jean-Pierre les dépassa, arrêta la voiture, se pencha et ouvrit la portière. Il reçut, comme un coup au cœur, le regard affolé d'Emmanuel qui recula comme s'il voulait s'enfuir.

— Monte, ordonna-t-il.

Baissant la tête d'un air résigné, le petit garçon obéit. La pluie coulait dans son cou, sa poitrine lui donnait l'impression de brûler, et il avait de plus en plus de mal à respirer. Il se retenait pour ne pas claquer des dents.

Jean-Pierre lui tâta le front :

— Mais tu as de la fièvre ! C'est une folie, ce que tu as fait là. Tu tiens à tomber malade ?

Emmanuel voulut parler, se rendit compte que sa gorge lui obéissait à peine. D'un geste, il montra le chien qui, à ses pieds, s'ébrouait, les aspergeant tous les deux.

— Pistou... avec moi... balbutia-t-il.

— Oui, je sais, dit Jean-Pierre. Mais tu aurais dû m'en parler. Je ne suis pas un ogre, je t'aurais écouté. Aurais-tu peur de moi ?

Emmanuel secoua la tête. C'était trop long à expliquer. Il n'en avait pas le courage. Un battement sourd résonnait dans son crâne, l'emplissant d'une douleur lancinante. Il entendit, à travers un brouillard, la voix de Jean-Pierre qui disait :

— Il faut vite rentrer à la maison, te frictionner et te changer. Pour le moment, c'est le plus urgent.

Il voulut répondre, demander ce qu'il allait advenir de Pistou. Mais le battement, dans sa tête, s'amplifia, s'accéléra, et brutalement éclata dans une explosion de souffrance. Avec un gémissement, Emmanuel glissa sur son siège et perdit conscience.

Il fut malade ; la fièvre s'empara de son corps et le dévora. Pendant trois jours et trois nuits, il délira. Le médecin, appelé en urgence, prescrivit un traitement d'antibiotiques par piqûres. Anne et Sylvain étaient consternés. Jean-Pierre se penchait sur son fils avec inquiétude. Même Mme Currier ne trouvait rien à dire. Elle avait bien essayé de placer, dès le retour de Jean-Pierre avec Emmanuel, que de son temps les enfants qui se conduisaient ainsi n'auraient récolté qu'une bonne fessée, mais un regard de Jean-Pierre avait suffi à la réduire au silence. Et maintenant, devant la maladie qui emprisonnait Emmanuel, elle se taisait.

Carole soignait l'enfant avec dévouement. Dans son délire, il prononçait des paroles incohérentes où revenait, sans cesse, le nom de Pistou, et parfois, avec un accent déchirant, le mot maman. La jeune femme sentait s'éveiller, au fond d'elle-même, une tendresse insoupçonnée pour cet enfant qui était celui de Jean-Pierre. Elle commençait à prendre conscience du fait que son intransigeance était responsable de tout. Au chevet d'Emmanuel, elle réfléchissait. L'inquiétude qui creusait le visage de Jean-Pierre lui disait qu'il aimait cet enfant-là autant que les deux autres. Et Carole acceptait ce qu'elle avait jusque-là refusé. Elle comprenait qu'elle devait, elle aussi, considérer Emmanuel comme son fils, tout simplement parce qu'il était celui de son mari.

Emmanuel rêvait. Il était allongé dans l'herbe, à l'ombre d'un arbre, et sa mère était assise près de lui.

Avec tendresse, elle lui caressait les cheveux. Emmanuel fermait les yeux et se laissait faire avec béatitude. Puis France disparut, et Pistou la remplaça.

Avec fougue, le chien se mit à lui lécher la main. Comme Emmanuel ne réagissait pas, il lui donna de petits coups de museau. Ce furent eux qui firent comprendre à Emmanuel qu'ils ne faisaient pas partie du rêve, mais qu'ils étaient bien réels.

Lentement, le petit garçon entrouvrit les yeux. Les coups de langue de Pistou, sur sa main, devinrent plus pressants. Les yeux d'Emmanuel s'ouvrirent tout grands, s'écarquillèrent avec stupeur. Pistou, ici, dans sa chambre, auprès de son lit ? Était-ce possible ?

— Emmanuel ! Tu es réveillé ? Tu vas mieux ?

Anne se penchait, pleine d'une tendre sollicitude.

Emmanuel fit un mouvement, aussitôt salué, de la part de Pistou, par une série d'aboiements heureux. Encore éberlué, le petit garçon caressa la tête du chien.

Anne cria :

— Maman ! Viens vite, Emmanuel est réveillé !

Elle reprit plus bas, s'adressant à son frère d'un ton confidentiel :

— Tu as vu ? Pistou a le droit d'être ici, maintenant. Il était si malheureux quand tu étais malade et qu'il ne te voyait plus ! Il pleurait à la porte d'entrée, sans jamais s'arrêter. À la fin, papa a décidé de le faire entrer. Et maman a accepté !

Malgré sa faiblesse, Emmanuel sentit une grande joie le soulever. Encore un peu inquiet, il dit :

— C'était seulement parce que j'étais malade ? Maintenant, il va devoir retourner dans le garage ?

Anne secoua ses cheveux blonds avec énergie.

— Pas du tout ! Il va rester ici tout le temps. J'ai entendu papa et maman en discuter. Maman a reconnu qu'elle avait été trop sévère. Pistou pourra dormir près de ton lit, comme il le faisait avant. Regarde, on a installé un tapis exprès pour lui.

Emmanuel se pencha. Le chien, assis sur son tapis, leva la tête et, d'un grand coup de langue, lui balaya la figure. Emmanuel sourit, les larmes aux yeux.

— Mamie ne va rien dire ? demanda-t-il encore.

La réponse d'Anne le surprit et le tranquillisa à la fois :

— Mamie est repartie chez elle. Elle a dit que sa cheville allait mieux et qu'elle pouvait se débrouiller seule. De toute façon, maman n'avait plus le temps de s'occuper d'elle. Elle devait te soigner, parce que tu étais malade.

Emmanuel poussa un long soupir heureux :

— Maintenant, avec Pistou auprès de moi, je vais guérir très vite, affirma-t-il.

Carole arriva, suivie de Sylvain. Elle tâta le front d'Emmanuel et parut soulagée :

— Enfin, tu n'as plus de fièvre ! Tu nous as fait peur, mon enfant. Tu as été très malade.

— Tu ne nous reconnaissais pas, constata Sylvain, et tu ne répondais pas quand on te parlait.

Emmanuel aperçut, sur le visage de Carole, comme une douceur nouvelle. Un reste d'incrédulité le poussa à demander :

— Pistou aura le droit de rester ici, et de dormir auprès de mon lit ?

— Mais oui ! Je viens de te le dire ! s'écria Anne avec vivacité. N'est-ce pas, maman ?

La jeune femme eut un sourire complice :

— C'est le meilleur moyen pour qu'il n'aboie plus la nuit, dit-elle en sortant de la chambre.

Elle venait d'entendre la voiture de Jean-Pierre, qui revenait de son travail. Elle alla l'accueillir et lui annonça tout de suite la bonne nouvelle :

— Jean-Pierre, Emmanuel va mieux. Il n'a plus de fièvre.

Avec une exclamation de bonheur, Jean-Pierre se précipita vers la chambre des garçons. Carole le suivit plus posément. Sur le seuil, elle s'arrêta. Jean-Pierre, assis sur le lit, serrait Emmanuel contre sa poitrine, tandis que Pistou agitait la queue avec satisfaction et que Sylvain et Anne souriaient. Carole se sentit baignée d'une immense tendresse en regardant le tableau que formaient, avec son mari, leur chien et leurs *trois* enfants.

Les cloches de Pâques

Adèle se tournait et se retournait dans le lit, incapable de se rendormir.

C'était ce rêve qui l'avait réveillée, toujours le même. Elle s'était retrouvée, comme d'habitude, les yeux grands ouverts dans le noir, la respiration haletante, le cœur battant. Avec, dans les oreilles, le son de la voix de Jean-François qui disait :

— Me voici. Je suis revenu.

Une fois de plus, elle s'était rendu compte que ce n'était qu'un rêve, que la réalité était beaucoup plus cruelle, parce que Jean-François ne reviendrait jamais. Et, une fois de plus, elle s'était mise à pleurer silencieusement, laissant les larmes couler sur son visage, se mordant les lèvres pour étouffer ses sanglots afin de ne pas réveiller Roger, qui ronflait doucement auprès d'elle. Peu à peu, elle s'était calmée, tandis que s'éloignait la voix qui était venue lui dire avec tendresse :

— Ne pleure plus, maman. Je suis là, tu vois bien, je suis revenu.

Adèle soupira avec désespoir. Jean-François, son fils, son unique enfant, son petit garçon tant aimé... Beau, brillant, intelligent. Avec amour, avec fierté, elle l'avait vu grandir, devenir un homme. Toujours, il ne lui avait donné que des satisfactions. Il avait été un adolescent studieux, puis un jeune homme séduisant dont toutes les filles tombaient amoureuses. Lorsque Adèle lui en faisait la remarque, Jean-François riait, la prenait dans ses bras, la serrait contre lui :

— Ma petite maman, disait-il, tu es jalouse ? Tu as tort. Sache que c'est toi, la première femme de ma vie.

Tout petit déjà, il le proclamait fièrement à tout le monde :

— Moi, ma maman, je l'aime. Plus tard, quand je serai grand, je me marierai avec elle.

Adèle riait, heureuse, comblée. Lorsque Jean-François avait épousé Véronique, elle n'avait pas été jalouse. Ils étaient si visiblement amoureux l'un de l'autre ! Adèle avait compris que la jeune femme représentait le bonheur de son fils, et elle l'avait accueillie comme la fille qu'elle n'avait pas eue.

Des années paisibles avaient suivi, illuminées par un grand bonheur : la naissance d'une adorable petite fille, née un jour de Pâques et baptisée Pascale. Roger venait de prendre sa retraite, et ils avaient joué aux grands-parents gâteux, bêtifiant d'admiration et d'amour devant ce joli bébé potelé qui avait les yeux de Jean-François et qui les reportait d'un seul coup trente ans en arrière...

Ils étaient les seuls grands-parents disponibles, car les parents de Véronique, retraités eux aussi, étaient partis vivre dans le Midi. Et c'était à eux que le jeune couple, lorsqu'il sortait le soir, confiait la petite Pascale qu'ils accueillaient toujours avec un sourire radieux et une joie immense.

Adèle soupira de nouveau. Le regret lui déchira le cœur. Oui, ces années avaient vraiment été heureuses. Pourquoi avait-il fallu que le drame, subitement, vienne tout détruire de manière aussi cruelle ?

Les larmes aux yeux, elle se souvint de ce jour fatidique où tout avait basculé lorsqu'elle avait appris l'horrible nouvelle : son Jean-François, son grand fils, avait eu un accident de travail. Ingénieur des Ponts et Chaussées, il visitait un chantier lorsqu'il était tombé d'un échafaudage. La colonne vertébrale brisée, il était resté plusieurs jours dans le coma avant de mourir sans reprendre connaissance. Roger, fou de douleur, avait hurlé qu'il porterait plainte, que de tels accidents ne devaient pas se produire. Adèle, hébétée d'abord, désespérée ensuite, était restée de longues semaines abrutie par une souffrance intolérable, qui lui rongeait le cœur et lui donnait l'impression d'étouffer. C'était à partir de ce moment-là que les cheveux de Roger avaient commencé à blanchir et, lui qui était demeuré jusque-là si droit, il s'était voûté petit à petit, comme si la vie l'obligeait subitement à porter un fardeau trop lourd.

Véronique aussi avait été effondrée. Le drame était d'autant plus injuste que la jeune femme attendait son second enfant. Christophe était né sept mois après la mort de son père, et sa naissance avait ressemblé à un arc-en-ciel : pluie et soleil, joie et larmes... Pourtant c'était lui qui, avec sa sœur, avait ramené vers la vie les adultes meurtris. Pour eux, les grands-parents et la mère avaient réappris à sourire. Pour eux, il avait fallu jouer, chanter, et malgré la tristesse toujours présente, toujours pesante, accepter tout de même que revînt le soleil... Adèle eut un soupir d'attendrissement en pensant aux deux petits. Pour Roger et pour elle-même, ils étaient devenus leur seule raison de vivre. C'était comme un cadeau que leur avait fait Jean-François avant de disparaître si brutalement, un cadeau qui était une sorte de prolongement de lui-même et qui, malgré son insupportable absence, leur donnerait le courage de marcher malgré tout jusqu'au bout de leur existence.

Au même moment, dans son appartement, à l'autre bout de la ville, Véronique était elle aussi en proie à l'insomnie. Seule dans le grand lit qu'elle avait partagé avec Jean-François, elle essayait vainement de retrouver le sommeil. Le mari qu'elle avait tant aimé lui manquait toujours atrocement. Il y avait plus de deux ans qu'il lui avait été brutalement enlevé, et la douleur de l'avoir perdu, si elle se faisait plus diffuse, était toujours là, ne se laissant jamais oublier.

Heureusement, il y avait les enfants. Ils avaient empêché Véronique de plonger dans le désespoir total. Ils dormaient dans la chambre voisine, inconscients du grand malheur qui avait frappé leur jeune vie. À cinq ans et deux ans, ils étaient insouciants, comme tous les enfants. Pourtant, Pascale commençait à poser des questions sur ce père absent dont elle ne se souvenait pas. Véronique essayait de parler à sa fille de la mort, la présentant comme un voyage sans retour. Elle expliquait que Jean-François avait eu un accident et qu'il avait été tué. Mais l'enfant n'était-elle pas trop petite pour comprendre ? Elle semblait pourtant avoir admis que son père ne reviendrait pas. Aux explications de Véronique, elle avait répondu :

— C'est comme Médor, le chien des voisins. Lui aussi a eu un accident, quand il s'est fait écraser par une voiture. Depuis, il n'est plus là.

Quant à Christophe, à deux ans, il n'était encore qu'un bébé. Véronique souffrait en pensant que Jean-François était mort sans savoir qu'il aurait un fils. Elle se rappelait, comme une blessure brûlante et cruelle, le jour où on lui avait annoncé l'accident. Ce jour-là, elle avait eu la certitude d'être enceinte, et elle voulait l'apprendre à Jean-François le soir même. Elle s'était dépêchée de rentrer de son travail, et elle était occupée à préparer un repas de fête lorsque le téléphone avait sonné... À ce souvenir, Véronique eut un sanglot, qu'elle étouffa dans son oreiller. Cela avait été trop brutal, trop cruel.

Depuis, elle ne vivait que pour ses enfants, soutenue par l'affection de ses beaux-parents. C'était auprès d'eux qu'elle se réfugiait, au début, lorsqu'elle avait des crises de désespoir, et bien souvent Adèle, tout aussi malheureuse, pleurait avec elle. Avec eux, elle parlait de Jean-François, et ils étaient les seuls à pouvoir comprendre sa détresse. Autour des enfants, ils avaient essayé de rebâtir une vie familiale qui, sans Jean-François, n'était plus que bancale.

Privée de ce mari qui l'aimait tant, qui l'appelait « ma petite reine », Véronique n'avait plus de goût à rien. À quoi bon s'acheter des vêtements élégants puisque Jean-François n'était plus là pour les admirer, pour lui dire qu'elle était jolie ? À l'agence immobilière où elle travaillait, sa collègue Marion lui avait dit la semaine précédente :

— Quand vas-tu te décider à recommencer à vivre ? Tu es jeune, tu n'as que trente ans, ta vie n'est pas finie. Voici deux ans que ton mari est mort. Vas-tu donc le regretter ton existence entière ? Tu ne vas quand même pas rester seule indéfiniment !

Sur le moment, Véronique avait été offusquée par ces paroles, et elle n'avait pas répondu. Mais, si elle était sincère avec elle-même, elle devait s'avouer que, de plus en plus, la solitude lui pesait. Malgré les enfants, malgré l'affection de ses beaux-parents, elle ressentait parfois le besoin d'avoir une présence masculine à ses côtés. Marion affirmait que c'était normal, que c'était la vie, tout simplement. Mais Véronique, elle, se sentait coupable comme si elle trompait Jean-François, ou tout au moins son souvenir. Et elle n'en était que plus malheureuse.

Ce matin-là était un lundi. Lorsque le réveil sonna, Véronique se leva en bâillant. Encore endormie, elle gagna la salle de bains pour faire sa toilette. Elle se coiffa et se maquilla machinalement. Puis elle but son café habituel, grignota sans appétit une biscotte, fit chauffer du lait pour les enfants. Enfin, lorsqu'elle fut prête, elle alla dans leur chambre.

Avant de les réveiller, elle les regarda longuement, attendrie. Comme ils étaient mignons ! Pascale avait gardé, serré contre elle, son nounours préféré, et Christophe avait encore, posé sur l'oreiller tout contre sa bouche, le pouce qu'il avait sucé avant de s'endormir. La douleur sourde toujours présente dans la poitrine de la jeune femme s'agita de nouveau : pourquoi Jean-François n'était-il pas là, auprès d'elle, en train d'admirer leurs enfants ? Elle se dit en soupirant qu'elle ne parviendrait jamais à accepter sa cruelle absence.

Pascale remua, ouvrit les yeux :

— Maman ? interrogea-t-elle.

Véronique s'avança, se pencha sur la petite fille encore toute chaude de sommeil. Avec amour, elle l'embrassa.

— Bonjour, ma petite princesse. Tu as bien dormi ? J'espère que tu as fait de beaux rêves.

Ma petite princesse... C'est ainsi que Jean-François avait appelé sa fille, dès sa naissance. Véronique avait pris elle aussi cette habitude, mais à chaque fois qu'elle employait cette expression, elle revoyait les yeux pleins d'amour de son mari, et elle ressentait un douloureux pincement au cœur.

Christophe, à son tour, s'éveilla. Il tendit les bras :

— Maman ! Maman ! cria-t-il avec impatience.

Véronique s'occupa de lui également, l'embrassa, le chatouilla. Pendant une heure, elle n'eut plus un instant à elle. Elle fit déjeuner les enfants, les lava, les habilla, puis elle remit de l'ordre dans l'appartement.

Sa petite voiture était garée en bas, dans la rue. Elle y fit monter les enfants, les conduisit jusqu'à l'école. Puis elle se rendit à son travail comme tous les matins. Elle remarqua, toujours machinalement, qu'il faisait beau. Lorsqu'elle descendit de voiture, elle trouva que quelque chose, comme une douceur dans l'air, annonçait le printemps, qui bientôt serait là. Une nostalgie lui noua la gorge. Les beaux jours reviendraient, et elle devrait de nouveau les affronter sans Jean-François. Une sorte de révolte, subitement, la secoua. Elle se rendit compte qu'elle n'en pouvait plus d'être seule et, pour la première fois, elle s'affola en pensant à la vie qui s'étendait devant elle, longue, solitaire, sans l'amour de Jean-François, sans l'amour d'un homme pour partager avcc elle les peines et les joies.

Lorsqu'elle poussa la porte de l'agence où elle travaillait, Marion releva la tête. Assise à son bureau, elle était occupée à s'observer dans son miroir de poche et à rectifier quelques boucles que le vent avait dérangées. Son regard glissa sur Véronique tandis que celle-ci enlevait son manteau, et se fit désapprobateur.

— Véronique ! Tu as encore mis cette vieille jupe ! Elle pend sur les côtés, elle est lamentable. Tu as des tenues plus élégantes, quand même !

Avec un étonnement mêlé de confusion, Véronique baissa les yeux sur sa jupe.

— Je n'ai pas fait attention, avoua-t-elle. J'aime

bien cette jupe, je me sens bien dedans. Et puis, continua-t-elle d'une voix plus basse, plus sourde, Jean-François l'aimait bien aussi. Nous l'avions achetée ensemble.

Marion eut un soupir d'exaspération et ne répondit pas. Elle éprouvait beaucoup de sympathie pour Véronique, avec qui elle travaillait depuis plusieurs années, et elle se désolait de la voir s'enliser dans une vie grise et morne, basée uniquement sur le regret de Jean-François. Pour Marion, il ne fallait jamais s'éterniser sur le passé, mais au contraire regarder devant soi. Divorcée une première fois, elle s'était remariée et était parfaitement heureuse avec son second mari. Un jour où elle reprochait à Véronique de s'engluer dans ses regrets, celle-ci avait tenté de lui faire comprendre que, sans Jean-François, plus rien n'avait d'intérêt.

— Imagine un peu, Marion. Tu dis que tu es amoureuse de ton mari. S'il mourait subitement, tu ne serais pas désespérée ?

Marion avait réfléchi un instant.

— Sans doute. Mais je ne ferais pas comme toi qui te complais indéfiniment dans ta tristesse. Je tournerais la page. En un mot, je vivrais à nouveau, même sans lui, même avec un autre.

— C'est que tu ne l'aimes pas, avait répondu Véronique.

— Mais si, je l'aime. Mais si un jour il n'est plus là, à quoi cela me servira-t-il d'être une veuve éplorée ? Je suis sûre que lui-même ne le voudrait pas. Et ton Jean-François, crois-tu qu'il serait content de te voir toujours triste ? S'il t'aimait vraiment, il devrait souhaiter que tu sois de nouveau heureuse, même si tu refais ta vie avec un autre que lui.

Véronique avait serré les lèvres et n'avait pas répliqué. Elle n'aimait pas entendre ce genre de réflexion, et elle ne voulait pas admettre le point de vue de Marion. Elle préférait l'attitude d'Adèle, sa belle-mère, qui ramenait tout à Jean-François. À n'importe quelle occasion, elle parlait de lui.

— Jean-François aimerait bien ceci, disait-elle. Il aurait été satisfait de voir cela...

Elle non plus ne se guérissait pas de son absence. Auprès d'elle, Véronique se sentait comprise, soutenue, approuvée.

Elle se mit au travail sans enthousiasme. La routine, comme d'habitude... Vers le milieu de la matinée, elle se leva pour aller placer, dans la vitrine, la photo d'un pavillon à vendre. Elle écarta un peu les autres photos, s'efforçant de ne pas détruire l'agencement de la vitrine. M. Mauret, leur patron, était très exigeant et aucun détail ne lui échappait.

Dehors, il faisait beau. Retrouvant une nouvelle vigueur, le soleil brillait et sa clarté éblouissait Véronique. Elle fixait la photo en plissant les yeux lorsqu'elle se sentit observée. Elle tourna la tête.

Debout à l'extrême bord du trottoir, les mains dans les poches, un homme d'une quarantaine d'années la regardait. Il était très séduisant. Sous son regard, Véronique se troubla. Elle pensa à sa jupe informe, à son maquillage un peu négligé, à sa coiffure. Le rouge aux joues, elle se détourna, quitta la vitrine, regagna sa place.

Elle venait de s'installer à son bureau lorsque le carillon de la porte lui fit lever les yeux. Son cœur fit un bond dans sa poitrine. Le séduisant inconnu était là, devant elle, et il la fixait avec une telle intensité que, de nouveau, elle se sentit rougir.

Ce fut à elle qu'il s'adressa, ignorant Marion qui s'était arrêtée de taper à la machine.

— J'envisage de vendre mon appartement. Puis-je le mettre en vente dans votre agence ?

Comme Véronique demeurait muette, Marion répondit :

— Bien sûr, monsieur. Nous sommes la meilleure agence de toute la ville. Ma collègue va s'occuper de vous, n'est-ce pas, Véronique ? Moi, il faut que je termine ce dossier pour midi.

Et, avec un regard entendu à l'adresse de Véronique, elle se remit à taper à la machine.

Retrouvant ses réflexes professionnels, Véronique sortit des formulaires, interrogea le client. Il répondait sans la quitter des yeux, et elle ne pouvait s'empêcher d'être troublée. C'était la première fois, depuis la mort de Jean-François, que le regard d'un homme la faisait se sentir de nouveau féminine, désirable. Que lui arrivait-il ?

Elle se secoua, s'efforça de prendre un ton conventionnel :

— Il faudra que nous mettions une photo en vitrine. Il faudra aussi que nous visitions les lieux afin de nous assurer de leur état. C'est nécessaire pour le descriptif.

Il répondit sans hésiter :

— Si vous voulez, nous pouvons y aller maintenant. Je suis libre toute la journée.

Un instant prise de court, Véronique ne répondit pas. Ce fut Marion qui, occupée à introduire une nouvelle feuille dans sa machine, approuva cette suggestion :

— C'est parfait. Tu peux y aller, Véronique. Je serai là s'il arrive d'autres clients.

Véronique ne put faire d'objections. Cela faisait partie de son travail. Il fallait simplement qu'elle considère cet inconnu comme un client tout à fait ordinaire, et non pas comme un homme séduisant dont le regard la troublait. Elle décrocha son manteau.

— Allons-y, dit-elle.

Dehors, dans la clarté du soleil, elle cligna des yeux. Elle se laissa entraîner par son compagnon qui lui prenait le bras pour l'aider à traverser.

— Venez, c'est par ici. On peut y aller à pied, ce n'est pas loin. Autant profiter de cette belle journée, non ?

Elle acquiesça d'un signe de tête, en proie à un trouble grandissant. Depuis Jean-François, c'était la première fois qu'elle marchait ainsi dans le soleil auprès d'un homme qui lui tenait le bras et qui, elle devait se l'avouer, l'attirait étrangement. Elle se sentit soudain furieuse contre elle-même. Pour tenter d'échapper au trouble qui ne la lâchait pas, elle s'écarta, retira son bras. De quel droit lui prenait-il le bras, après tout ? Elle résolut de se montrer très froide afin de décourager toute familiarité.

Il la fit entrer dans son appartement, lui fit visiter les trois pièces qui le composaient. Elle les détailla d'un œil professionnel, ne pouvant s'empêcher de les trouver austères et nues. Il y manquait visiblement la trace d'une main féminine. Justement, il expliquait :

— Je vis seul. L'appartement sera libre d'occupation dans trois mois, fin juin. À cette date, je dois déménager. La société d'informatique qui m'emploie m'envoie comme sous-directeur dans une succursale à Périgueux. C'est une promotion.

Tout en parlant, il gardait les yeux fixés sur elle. Mais Véronique s'appliquait à éviter son regard. Dès qu'elle eut fait le tour de l'appartement, elle se détourna pour sortir, pressée subitement de partir :

— C'est bien, dit-elle en lui tendant la main, toujours sans le regarder. Nous allons vous préparer un contrat de vente. Passez demain ou après-demain pour le signer. Il faudra aussi nous laisser un jeu de clefs afin que nous puissions faire visiter l'appartement aux éventuels acheteurs.

Il approuva, lui serra la main très fort, la gardant dans la sienne plus longtemps qu'il n'était nécessaire. Elle la lui retira précipitamment, bougonna un au revoir, et s'en alla comme si elle fuyait.

Lorsqu'elle revint à l'agence, Marion l'accueillit par ces mots :

— Te voilà déjà ! Où est passé ton soupirant ? Ma parole, tu lui as tapé dans l'œil ! As-tu vu comment il te regardait ? C'est un vrai coup de foudre ou je ne m'y connais pas !

Véronique haussa les épaules, mécontente :

— Allons, ne dis pas de bêtises !

— Mais c'est vrai ! insista Marion. D'ailleurs, ajouta-t-elle perfidement, tu as dû t'en rendre compte par toi-même puisque tu es toute rouge !

— C'est ridicule, dit Véronique en portant les mains à ses joues. J'ai marché vite, tout simplement. Cela m'a donné chaud.

— En tout cas, reprit Marion avec un air sévère, j'espère que tu ne laisseras pas passer cette occasion, d'autant plus que c'est un bel homme. Il est temps que tu te remettes à vivre, il y a assez longtemps que je me tue à te le répéter.

Véronique ne répondit pas et, pour montrer qu'elle désirait clore la conversation, elle se plongea dans ses papiers. Pourtant, le trouble qui lui enflammait les joues mit longtemps à s'estomper. Et, tout au long de la journée, l'image d'un visage viril et séduisant ne cessa de s'imposer entre elle et son travail.

Elle rêva de lui, cette nuit-là. Elle rêva qu'elle marchait à ses côtés sur une route ensoleillée. Elle riait, heureuse et insouciante, ravie de se sentir aimée à nouveau. Elle ne pensait plus à Jean-François, elle était libérée de son souvenir comme s'il n'avait jamais existé.

En se réveillant, elle se sentit coupable. Elle regarda la photo de son mari qui lui souriait dans son cadre d'argent. Elle regarda ses enfants qui étaient son souvenir vivant. Et elle pensa avec force que jamais elle ne pourrait l'oublier.

Ce soir-là, le client revint. Il arriva cinq minutes avant la fermeture de l'agence, alors que Manon venait de partir. Il adressa un sourire désarmant à Véronique :

— Je suis désolé, je n'ai pas pu venir plus tôt. C'est pour signer le contrat de vente dont vous m'aviez parlé...

Avec des mains tremblantes, Véronique le lui tendit. Il le parcourut du regard, le signa rapidement. Puis, tandis qu'elle le remettait dans le dossier, il dit :

— Il est dix-neuf heures. Je suppose que vous avez fini votre journée de travail ? Puis-je vous inviter à dîner ? Je connais un restaurant sympa, pas loin d'ici. Qu'en dites-vous ?

Une bouffée de chaleur monta au visage de Véronique. Sur le moment, elle ne sut que répondre. Depuis la mort de Jean-François, elle refusait ce genre d'invitation sans hésiter. Mais cette fois-ci, elle se rendit compte qu'elle n'avait pas envie de refuser. Pourtant, elle s'obligea à étouffer la petite voix qui lui soufflait d'accepter. Elle releva la tête, dit d'un ton ferme :

— Ce n'est pas possible. Il faut que j'aille rechercher mes enfants. Ils sont chez mes beaux-parents, qui les gardent chaque soir après leur sortie de l'école.

— Ne pouvez-vous pas leur téléphoner ? Ils pourraient passer la nuit là-bas. Et vous, vous seriez libre d'accepter mon invitation. Je vous en prie...

Il lui adressa un sourire charmeur. Véronique, incapable de résister, s'entendit répondre :

— Après tout, pourquoi pas ? Les enfants seront ravis. Et puis, demain, c'est mercredi, ils ne vont pas à l'école. Ils passeront la journée là-bas...

Comme dans un rêve, elle prit le téléphone, fit le numéro de ses beaux-parents. Ce fut Adèle qui décrocha.

— Allô, maman ? dit Véronique. Je vous appelle parce que... eh bien... j'ai un imprévu, là, d'un seul coup... Je vous expliquerai. Bref, je voudrais que vous gardiez les enfants cette nuit, et demain comme tous les mercredis. Je viendrai les rechercher demain soir. Oui ?... Merci. À demain.

Elle reposa le téléphone d'une main ferme, et elle se sentit soudain une autre femme.

À l'autre bout du fil, Adèle raccrocha, songeuse. Elle entendait les cris des enfants qui jouaient dans le jardin avec Nanette, la chienne boxer que Roger avait recueillie deux ans auparavant. Visiblement abandonnée, elle errait sur la route comme une âme en peine. Roger, en pestant furieusement contre les « sans-cœur capables d'abandonner une bête pareille », l'avait ramenée à la maison. C'était peu de temps après la mort de Jean-François et la chienne, par sa présence, sa fidélité, son affection, avait apporté un adoucissement au chagrin des parents meurtris par la perte de leur fils unique. De plus, elle avait tout de suite été un compagnon de jeux idéal pour les enfants.

— Qu'y a-t-il ? demanda Roger. C'était Véronique qui téléphonait ? Que voulait-elle ?

— Elle me demande de garder les enfants jusque demain soir. Elle dit qu'elle a un empêchement.

— Eh bien, où est le problème ? Les petits seront ravis, et nous aussi.

Adèle secoua la tête, l'air réticent :

— Je ne sais pas, elle m'a paru... Comment dire ?... Bizarre, excitée, comme si elle n'était pas dans son état normal. Je me demande ce qui se passe.

Roger eut un sourire rassurant :

— Allons, ne t'inquiète pas. Elle nous expliquera tout demain. En attendant, allons annoncer ça aux enfants.

Il sortit dans le jardin et Adèle, sur le seuil, l'entendit expliquer aux enfants qu'ils resteraient pour la nuit. Ils poussèrent des cris de joie et se mirent à danser, accompagnés par la chienne qui sautait autour d'eux en aboyant. Adèle sourit. Ces enfants étaient tout ce qui lui restait de son fils chéri, et ils représentaient le rayon de soleil qui apportait chaleur et joie dans leur maison.

Le lendemain soir, Véronique vint les chercher. Adèle remarqua tout de suite les joues roses et les yeux brillants de sa belle-fille. Véronique avait choisi de dire la vérité, et elle expliqua qu'un client de l'agence l'avait invitée à dîner.

— En tout bien, tout honneur, ajouta-t-elle. Ne craignez rien. Je ne suis pas prête à oublier Jean-François. Je n'ai rien fait de mal. J'ai passé une soirée agréable. Elle se reproduira peut-être de temps à autre. Nicolas me l'a proposé.

— Ah ? Il s'appelle Nicolas ? remarqua Adèle et, sans le vouloir, son ton était pincé.

— Oui, et il est divorcé. Sans enfants.

En prononçant ces mots, Véronique fronça les sourcils. Nicolas lui avait avoué qu'il détestait les enfants en général. C'était pour cette raison que sa femme l'avait quitté. Parce qu'elle voulait un enfant et que lui n'en voulait pas. Véronique préféra ne pas rapporter ce détail à ses beaux-parents. Car s'il n'aimait pas les enfants, il n'aimerait pas non plus Pascale et Christophe ? C'était impossible, se disait Véronique. Ils étaient si mignons, si gentils, si adorables qu'on ne pouvait que les aimer.

Pour l'instant, ils se précipitaient vers elle, se pendaient à son cou, et Christophe lui mettait sur les joues de gros baisers mouillés. À elle aussi, ils étaient tout ce qui restait de son amour perdu, et elle les aimait plus que sa propre vie.

Pourtant, maintenant, elle devait s'avouer qu'ils n'étaient plus seuls à occuper ses pensées. Depuis la soirée agréable passée en compagnie de Nicolas, ce dernier était présent dans son esprit. Et, avec lui, l'espoir d'être de nouveau aimée, désirée, heureuse... Qui sait, Marion avait peut-être raison, après tout ? Jean-François lui-même n'aurait pas voulu qu'elle reste seule, toute sa vie. Il y avait des moments où c'était trop dur. Avec Nicolas, retrouverait-elle un autre bonheur ?...

Ils se revirent souvent. Il venait la chercher, le soir, à la sortie de son travail. Elle téléphonait à ses beaux-parents pour qu'ils gardent Pascale et Christophe. Et, l'esprit libre, elle savourait le plaisir d'être courtisée, d'être l'objet d'attentions masculines, ce qui lui avait cruellement manqué au cours des deux longues années précédentes et qu'elle redécouvrait avec ivresse.

Le soir où il l'emmena chez lui, où il la prit dans ses bras, l'embrassa et la caressa, elle se rendit compte que son corps réagissait avec passion. Elle comprit qu'il avait soif d'être aimé, lui aussi, et que sa solitude de femme ne pouvait durer toujours. Elle n'avait que trente ans, elle était trop jeune pour faire une croix, déjà, sur les joies de la vie à deux.

Après, Nicolas l'embrassa avec tendresse, et il remarqua les pleurs qui mouillaient les cils de la jeune femme.

— Tu pleures, Véronique ? Pourquoi ? Tu regrettes ?... Elle secoua la tête en souriant à travers ses larmes :

— Non, oh non ! Ne crois pas ça. C'est que... Tu vois, depuis Jean-François, il n'y a eu personne... Et c'est comme s'il m'arrivait trop de bonheur, d'un seul coup...

Il la regarda avec gravité :

— Je suis amoureux de toi, Véronique. Tu m'as plu dès la première seconde, dès que je t'ai aperçue dans la vitrine, en train d'épingler cette photo... Je suis seul, et toi aussi. Ne pourrions-nous pas unir nos solitudes ? Qu'en penses-tu ?

Il sembla à Véronique qu'une grande clarté se faisait en elle, qu'une grande joie allait l'étouffer. Nicolas, elle l'aimait, de plus en plus. Elle aimait ses attentions, la façon qu'il avait de la regarder comme si elle était précieuse, elle aimait ses yeux clairs et son visage séduisant. Elle eut envie de lui sauter au cou, mais elle s'obligea à répondre posément :

— C'est que je ne suis pas complètement seule. Il y a mes enfants, Pascale et Christophe. Je t'ai déjà parlé d'eux. Si tu veux vivre avec moi, il faudra les accepter, eux aussi.

Elle vit nettement Nicolas faire une grimace, et son cœur se serra douloureusement.

— Je reconnais que, pour moi, c'est un inconvénient, avoua-t-il sincèrement. Les enfants, je ne les supporte pas. Je n'y arrive pas. Ils m'agacent, ils m'énervent ; avec eux, on ne peut jamais être tranquille, ils sont bruyants et indisciplinés.

Véronique serra les lèvres :

— Pas les miens. Pascale et Christophe ne sont ni bruyants ni indisciplinés. Ils sont gentils. Tu ne peux pas juger sans les connaître. Attends de les rencontrer, tu verras.

Nicolas eut une moue sceptique :

— Je veux bien essayer. Mais je n'y crois pas. C'est plus fort que moi. Je ne supporte pas les pleurs, les chamailleries, le bruit qu'ils font. Ça doit venir de mon enfance. Nous étions huit à la maison et c'était moi l'aîné. Notre père était routier, il était souvent parti. Notre mère n'arrivait pas à faire obéir la bande de galopins que nous étions. Ce n'était que disputes, cris, bagarres. Je n'ai jamais rien pu posséder. Dès que quelque chose m'appartenait, il y avait toujours l'un ou l'autre de mes frères qui ne tardait pas à s'en emparer. Je me souviens d'une maquette d'avion à laquelle je tenais beaucoup. Un jour, je l'ai retrouvée en morceaux... Moi qui aime le calme, je ne pouvais jamais avoir un instant de tranquillité. À dix-huit ans, je suis parti, en me jurant bien que jamais je n'aurais d'enfant.

Il se tourna vers Véronique, l'air à la fois déterminé et suppliant :

— Je veux bien faire un effort, mais je ne promets rien. Tout ce que je te demande, c'est que tu me comprennes.

— Je te comprends, dit Véronique, mais toi aussi il faut que tu admettes que la situation est différente. Mes enfants ne sont que deux, et non huit. Et puis, si tu m'aimes, tu les aimeras aussi. Tu verras, ils sont vraiment mignons, c'est très facile de les aimer.

Nicolas ne répondit pas. Véronique insista :

— Viens dimanche partager notre repas. Tu feras leur connaissance. Je leur ai déjà parlé de toi et ils sont très impatients de te voir.

Nicolas accepta sans enthousiasme. Pour se rassurer, Véronique se dit qu'il ne pourrait pas résister au charme et à la spontanéité de ses deux enfants.

Ce dimanche-là, elle mit une jolie nappe sur la table du living, habilla Pascale et Christophe comme pour une fête et leur recommanda surtout d'être sages.

— Voyez-vous, leur expliqua-t-elle, Nicolas est persuadé que tous les enfants font du bruit, sont turbulents et vilains. Il faut lui prouver qu'il se trompe et, pour cela, il faut que vous soyez très sages et obéissants, d'accord ?

Pascale acquiesça. Elle avait bientôt six ans et elle était assez grande pour comprendre ce qu'on attendait d'elle. Quant à Christophe, à deux ans et demi, il prenait sa sœur comme modèle et l'imitait en tout. Si elle se tenait immobile et silencieuse, il n'y avait qu'à espérer qu'il en ferait autant. Véronique souhaitait de toutes ses forces que cette première rencontre se passe bien.

Malheureusement, elle fut déçue. Dès le début, les enfants se sentirent glacés par cet homme qui les regardait si sévèrement. Nicolas, de son côté, ne fit aucun effort pour tenter de les conquérir. Il n'avait même pas pensé à leur apporter des bonbons ou un jouet.

Au cours du repas, il parla à Véronique en les ignorant totalement. Ce n'était pas ce que celle-ci désirait. Elle essaya d'attirer l'attention de Nicolas sur les deux petits :

— Que penses-tu de mes enfants ? demanda-t-elle. N'est-ce pas qu'ils sont sages ?

Nicolas posa un regard froid sur Pascale, puis sur Christophe, immobiles et silencieux sur leur chaise.

— C'est la première fois qu'ils me voient et ils sont intimidés, constata-t-il. Je suis persuadé qu'ils ne sont pas toujours aussi sages qu'en ce moment.

« Heureusement ! » pensa Véronique, qui préférait voir ses enfants animés et vivants. Mais elle ne dit rien, se promettant d'interroger Nicolas lorsqu'ils se retrouveraient seuls tous les deux.

À la fin du repas, il y eut un incident. Le petit Christophe, assis près de Nicolas, en voulant boire, attrapa maladroitement son verre d'eau et le renversa. Le contenu gicla sur la chemise de Nicolas, qui se recula avec colère :

— Espèce de petit imbécile ! s'exclama-t-il sur un ton irrité. Tu ne peux pas faire attention, non ?

Christophe, effrayé, se mit à pleurer. Pascale, voulant défendre son petit frère, protesta avec indignation :

— Il ne l'a pas fait exprès ! Vous êtes méchant de le faire pleurer !

Nicolas repoussa sa chaise et se leva. Il semblait furieux. Il dit d'une voix glaciale :

— Je m'en vais. Je ne supporterai pas qu'une enfant me parle sur ce ton. Si je ne me retenais pas...

Véronique, les larmes aux yeux, tenta de le calmer :

— Voyons, mon chéri, c'est vrai qu'il ne l'a pas fait exprès. Et puis ce n'est qu'un peu d'eau. Ça va sécher.

Mais il se détourna, le regard chargé d'orage.

— Laisse-moi partir. Ça suffit comme ça.

Il mit sa veste et sortit en claquant la porte. Véronique se laissa tomber sur une chaise, malheureuse. Elle ne comprenait pas. Nicolas, jusqu'alors si charmant, venait subitement de se montrer emporté et coléreux, pour une simple peccadille. Elle se mordit les lèvres pour ne pas pleurer. Christophe, près d'elle, reniflait, le visage barbouillé de larmes.

— Je ne l'aime pas, dit la petite voix de Pascale, chargée de rancune. Il est méchant. Je ne veux plus jamais le voir.

Véronique releva la tête :

— C'est simplement parce qu'il s'est mis en colère. Il ne faut pas faire attention. Le reste du temps, il est gentil. Je le sais, je le connais bien.

La jeune femme se leva, essuya la trace des larmes sur le visage de son fils, l'embrassa tendrement, attira Pascale à elle et l'embrassa également.

— Il ne fallait pas lui parler comme tu l'as fait, ma chérie, lui reprocha-t-elle. C'était impoli.

L'indignation flamba de nouveau dans les yeux de Pascale, si semblables à ceux de Jean-François :

— Ce n'est pas moi ! C'est lui qui a été méchant !

— Il s'est mis en colère, mais ce n'était pas une raison pour lui dire ce que tu as dit. Promets-moi que tu ne recommenceras pas.

Les lèvres de Pascale tremblèrent :

— Il va revenir ? Moi, je voudrais ne plus le revoir, jamais.

Véronique soupira. Nicolas reviendrait-il ? Il était parti si précipitamment, si furieusement... Elle n'en savait rien. Elle ne répondit pas et, le cœur gros, se mit à débarrasser la table.

Il appela le soir, alors qu'elle venait de coucher les enfants. Il paraissait embarrassé. Il dit :

— Pardonne-moi pour tout à l'heure, Véronique. Je suis désolé. Je n'aurais pas dû me mettre en colère, mais... ça a été plus fort que moi. Me pardonnes-tu ?

— Je veux bien, Nicolas, mais il faut me promettre de ne pas recommencer. Ta réaction a fait peur aux enfants. Pascale dit qu'elle ne veut plus te voir.

Elle l'entendit soupirer à l'autre bout du fil :

— Bien, j'essaierai de faire un effort.

Véronique se contenta de cette promesse. Il continua de parler un instant, sur un ton plus badin, et lui répéta qu'il l'aimait et qu'il était amoureux d'elle. Lorsqu'elle reposa le téléphone, la jeune femme se sentit rassurée. Puisque Nicolas l'aimait, tout finirait par s'arranger.

Les jours passèrent. La situation évolua différemment, selon qu'ils se voyaient seuls ou avec les enfants.

Lorsqu'ils étaient seuls, tout allait bien. Ils s'entendaient parfaitement, et de plus en plus Nicolas parlait de refaire sa vie avec Véronique.

— Je pars en juin à Périgueux, disait-il. Je chercherai sur place un logement pour nous, et tu viendras me rejoindre ensuite. Qu'en penses-tu ?

— Je viendrai pour la rentrée, continuait Véronique. Ce sera plus pratique pour les enfants. Ainsi, ils n'auront pas à changer d'école en pleine année scolaire. Et il faudra aussi que j'annonce la nouvelle à mes beaux-parents. Je ne sais pas comment ils vont l'accepter. Jusqu'ici, je n'ai encore rien dit.

— Il faudra bien qu'ils l'acceptent, protestait Nicolas. Ils devront comprendre que tu tournes la page. Maintenant, tu ne vis plus dans le passé, mais dans un présent qui te mènera à un nouvel avenir. C'est normal.

Véronique approuvait, se serrait contre Nicolas, accueillait avec passion ses baisers. Elle n'éprouvait même plus de culpabilité vis-à-vis de Jean-François. Elle ne l'oubliait pas, mais elle voulait refaire sa vie. Comme le disait sa collègue Marion, et Nicolas lui-même, c'était normal.

Les choses se passaient moins bien lorsqu'ils étaient avec les enfants. Nicolas paraissait alors être un autre. Il se montrait impatient, et la moindre chose l'agaçait. Un jour où ils étaient allés au cirque, il gronda Christophe, parce que celui-ci, excité par les clowns, criait trop fort. Toute joie envolée, le petit garçon faillit se mettre à pleurer.

Nicolas ne parvenait pas à supporter leur exubérance enfantine et les réprimandait pour des riens. Une autre fois, alors qu'ils étaient allés au jardin public, Christophe, en poursuivant des pigeons, trébucha et tomba. Il se mit à hurler. Aussitôt, Nicolas le secoua en lui ordonnant brutalement de se taire. L'enfant pleura de plus belle, et Véronique, instinctivement, l'attira à elle pour le calmer. Nicolas déclara froidement qu'il ne supportait pas les cris et s'en alla sans se retourner. Une fois de plus, Pascale déclara :

— Il est méchant. Je ne l'aime pas.

Et, une fois de plus, Véronique essaya de raisonner sa fille. En même temps, elle tentait de se convaincre elle-même : ce n'était qu'un mouvement d'impatience, et il ne fallait pas y attacher trop d'importance. Elle se disait que Nicolas avait besoin de s'habituer à la présence des enfants, et que petit à petit il finirait par les accepter.

La venue du printemps installait sur les branches des arbres de tendres bourgeons vernissés. L'herbe prenait une couleur plus verte, et dans le jardin d'Adèle les premières jonquilles fleurissaient. Elle coupait les plus belles et les plaçait dans un vase, devant le portrait de son fils. Et, en faisant cela, son cœur se serrait d'appréhension. Car Véronique leur avait parlé, à elle et à Roger, et leur avait annoncé que, pour la rentrée, elle partirait pour Périgueux avec les enfants. Cela avait été, pour Adèle, comme si le soleil subitement s'engloutissait dans un immense trou noir.

— Périgueux ! avait-elle dit, affolée. Mais c'est à l'autre bout de la France ! Nous ne les verrons plus... nos petits chéris...

Depuis, elle ne dormait plus, ne parvenant pas à admettre la dure réalité. Sans les enfants de leur fils pour les aider à vivre, que deviendraient-ils, Roger et elle ? Ils ne connaîtraient plus qu'une existence terne et sans joie...

Véronique insista pour leur faire rencontrer Nicolas, et ils acceptèrent, avec réticence, de le recevoir. Dès qu'il arriva, Adèle le trouva antipathique. Elle remarqua immédiatement l'air excédé avec lequel il considérait les enfants, et elle jugea qu'il ne les aimait pas. Elle serra les lèvres, jeta un bref coup d'œil à sa belle-fille. Véronique ne s'en apercevait-elle pas ? Était-elle donc aveugle ?

Nicolas, pourtant, fut courtois. Mais Roger lui-même, pourtant mieux disposé qu'Adèle au départ, resta méfiant. Car Nanette, la chienne, se mit à gronder dès que Nicolas s'approcha d'elle. Roger tenta de la faire taire.

— Paix, Nanette ! Ça suffit !

Mais la chienne, pourtant toujours docile, refusa d'obéir, et continua de gronder sourdement. En désespoir de cause, Roger l'attrapa par son collier et alla l'enfermer dans le garage.

Adèle, de son côté, ne pouvait s'empêcher de remarquer que les enfants, en présence de Nicolas, étaient différents. Ils semblaient mal à l'aise, on eût dit qu'ils n'osaient pas bouger. Avant de parler, ils lui lançaient des regards apeurés. Pourtant, il affectait de les ignorer.

Une autre chose aussi faisait mal à Adèle. C'était la façon dont Véronique regardait Nicolas. Ces yeux pleins d'amour, elle les avait eus pour Jean-François. Comment osait-elle regarder un autre homme de la même façon ? Adèle sentait une brûlante souffrance incendier son cœur de mère.

Lorsqu'ils s'en allèrent, et qu'elle ne vit plus Nicolas, elle eut l'impression de respirer plus librement. Elle se tourna vers Roger, vit son visage soucieux :

— Qu'en penses-tu ? demanda-t-elle.

Il haussa les épaules avec impuissance :

— Je n'en sais rien. Nanette a grondé lorsqu'il est arrivé, ce qu'elle ne fait jamais. Ce n'est certainement pas en sa faveur.

— Moi, il ne me plaît pas, déclara Adèle catégoriquement. As-tu remarqué comment il regarde les enfants ? Il ne les aime pas, c'est visible. Véronique ne s'en rend-elle pas compte ?

— Il a réussi à la séduire. Il faut avouer qu'il a du charme. Et elle a envie de refaire sa vie. C'est compréhensible, Adèle. Elle est jeune, elle ne peut pas rester seule indéfiniment.

— Alors, qu'elle choisisse mieux. Avec lui, nos petits seront malheureux, c'est moi qui te le dis. Je ne peux pas supporter cette pensée. – Sa voix se mit à trembler. – Et quand je me dis qu'elle va les emmener et que nous ne les verrons plus...

Elle ne put continuer et, les larmes aux yeux, cacha son visage dans l'épaule de son mari. Malheureux, Roger lui caressa les cheveux.

— Que pouvons-nous faire, ma pauvre Adèle ? murmura-t-il.

La chienne, qu'il avait sortie du garage, s'approcha et lui lécha la main. Roger considéra tristement la grosse tête aux yeux bons et compréhensifs :

— Toi aussi tu te méfies de lui, dit-il. Mais que faire ? répéta-t-il. Que faire ?

Ce mardi-là, comme chaque mardi soir, Véronique et Nicolas passèrent la soirée ensemble, sans les enfants qui dormirent chez leurs grands-parents. Ils allèrent dîner dans un petit restaurant, puis revinrent chez Nicolas, où ils s'aimèrent avec passion. Dans le lit, blottie contre Nicolas, Véronique se sentait envahie par une agréable torpeur. Avec un long soupir, elle s'étira langoureusement :

— Mmmh... Il se fait tard. Il va falloir que je parte.

Nicolas se tourna vers elle, posa sur son épaule nue une main possessive :

— J'aimerais que tu restes toujours avec moi. Je voudrais ne plus jamais te quitter.

Véronique sourit, demanda en prenant un ton volontairement léger :

— Est-ce une demande en mariage ?

Nicolas demeura sérieux et hocha la tête avec force :

— Oui, c'en est une. Je t'aime, Véronique. Je désire vivre avec toi, tous les jours de ma vie. Dès que nous serons à Périgueux, je m'occuperai des formalités. Qu'en penses-tu ? Es-tu d'accord ?

Véronique s'obligea à répondre posément :

— Vivre avec moi implique que tu devras vivre aussi avec mes enfants. Y parviendras-tu ? Tu es si impatient avec eux !

Elle vit le visage de Nicolas se rembrunir :

— Oui, je sais bien, soupira-t-il. C'est plus fort que moi, ils m'agacent. Mais pour l'avoir, toi, je veux bien les supporter, eux.

Véronique étouffa, un soupir et ne répondit pas.

Elle aurait voulu que Nicolas parle d'aimer les enfants, et non de les supporter. Était-ce trop demander ?... Une ombre vint ternir l'euphorie qu'elle ressentait.

— Pour te prouver ma bonne volonté, voilà ce que je te propose : c'est bientôt Pâques. Pourquoi n'irions-nous pas passer le week-end au bord de la mer ? Tous les quatre, comme une vraie famille. Les enfants seront enchantés, non ?

Surprise et incrédule, elle regarda Nicolas. En voyant son expression, il sourit :

— Ça te plaît ? Alors, c'est oui ?

En riant de plaisir, la jeune femme se serra contre son amant. L'inquiétude qui l'avait effleurée s'éloignait. Avec un peu de bonne volonté, se dit-elle, tout allait s'arranger.

Le lendemain soir, en allant rechercher ses enfants, Véronique profita d'un moment où elle était seule avec sa belle-mère, dans la cuisine, pour lui annoncer la nouvelle :

— Nicolas et moi avons décidé d'aller passer le week-end de Pâques au bord de la mer, avec les enfants. Ça nous fera du bien à tous les quatre.

Elle fit semblant de ne pas remarquer l'air peiné d'Adèle.

— Vous ne serez pas avec nous pour Pâques... alors que c'est l'anniversaire de Pascale ? Depuis sa naissance, nous avons toujours passé cette journée ensemble...

— Mais cette année, c'est changé, dit Véronique avec fermeté. Maintenant, il y a Nicolas dans ma vie. Il faut en tenir compte.

Adèle se détourna pour dissimuler les larmes qui, soudain, lui emplissaient les yeux. Sans répliquer, elle sortit de la cuisine, le cœur si gonflé de chagrin qu'il lui semblait prêt à éclater.

Lorsque ses petits-enfants s'en allèrent, elle les regarda partir en songeant avec une sorte de désespoir que, bientôt, ils s'en iraient loin d'elle, et qu'elle ne les verrait plus.

Ce même soir, de retour dans l'appartement où elle avait vécu avec Jean-François plusieurs années de bonheur, Véronique décida de parler à ses enfants. Elle les laissa raconter leur journée chez leurs grands-parents, leurs jeux avec Nanette, puis, lorsqu'ils furent déshabillés et couchés, elle leur annonça sur un ton complice et enjoué :

— Figurez-vous que nous irons passer le week-end de Pâques à la mer. C'est chouette, non ?

Pascale approuva avec enthousiasme :

— Ah oui, alors ! Ça c'est chouette ! Papy et Mamie vont venir avec nous ?

— Non, dit Véronique. Nous y allons avec Nicolas.

Elle vit le visage des enfants se rembrunir, exactement comme celui de Nicolas quelques heures auparavant. Elle préféra ne pas y prêter attention, se fit persuasive :

— Ce sera bien, vous verrez. Vous pourrez jouer et courir sur la plage.

Cette perspective leur plut et ils se déridèrent.

— Je pourrai emmener mon seau et ma pelle ? demanda Pascale.

— Bien sûr, ma chérie. Et puis, continua Véronique de la même voix enjouée, au cours de l'été, nous déménagerons. Nous irons vivre dans une autre ville.

Christophe était trop petit pour comprendre, mais Pascale questionna de nouveau :

— Papy et Mamie viendront aussi ?

— Non, ils resteront ici.

Le regard de Pascale s'emplit d'inquiétude :

— Alors, on ne les verra plus ?

— Tu les verras encore de temps en temps, mon chou, mais moins souvent. C'est Nicolas qui va venir avec nous.

L'angoisse, dans les yeux de Pascale, devint de l'affolement :

— Nicolas ? Oh non ! protesta-t-elle. Il est méchant. Il ne nous aime pas.

— Si vous êtes sages et raisonnables, il vous aimera, répondit Véronique d'un ton sans réplique. Et maintenant, il est l'heure de dormir. Bonne nuit, mes petits chéris.

Elle les embrassa tendrement, refusant de laisser leur réaction perturber le bonheur qu'elle avait ressenti en compagnie de Nicolas. Elle voulait s'obstiner, voulait croire à un nouveau bonheur possible avec Nicolas qu'elle aimait et qui l'aimait. Avec optimisme, elle se dit une nouvelle fois que les relations entre Nicolas et les enfants finiraient bien par s'arranger avec le temps.

Les jours passèrent rapidement et le week-end de Pâques arriva. Le vendredi, Véronique quitta l'agence plus tôt que d'habitude. Elle avait sollicité auprès de M. Mauret une permission exceptionnelle, et celui-ci la lui avait accordée.

Elle marchait vite, elle courait presque, heureuse du week-end qui s'étendait devant elle. Trois jours entiers, avec Nicolas et les enfants, au cours desquels ils apprendraient à vivre ensemble, en famille. Ce serait un excellent prélude à la vie commune qui les attendait par la suite.

Lorsqu'elle parvint devant son immeuble, elle s'arrêta un instant, essoufflée. Elle aperçut la voiture de Nicolas, garée un peu plus loin. Elle savait qu'il l'attendait chez elle. Il lui avait proposé d'aller chercher les enfants à l'école et de les ramener à l'appartement. En souriant, Véronique grimpa l'escalier.

Sur le palier, elle s'arrêta, et son sourire subitement se figea. De l'intérieur, lui parvenaient des pleurs d'enfants, mêlés à des cris de colère. Fébrilement, elle chercha sa clef dans son sac. Les mains tremblantes, elle ouvrit la porte et entra.

Elle se dirigea rapidement vers le living d'où venaient les pleurs et les éclats de voix. À la porte, elle s'arrêta, horrifiée par la scène qu'elle découvrait. Nicolas, le visage convulsé de colère, était en train de frapper le petit Christophe, assis devant un verre de lait renversé. L'enfant protégeait son visage de son bras replié, tandis que Pascale, impuissante et visiblement terrifiée, pleurait bruyamment.

— Sale gamin, criait Nicolas, au comble de la fureur. Sale gosse ! Je vais t'apprendre à obéir, moi !

Une rage froide s'empara de Véronique. Elle s'avança dans la pièce et, avec détermination, saisit le bras de Nicolas.

— Arrête immédiatement, ordonna-t-elle.

Nicolas, surpris, se retourna. Il ne l'avait pas entendue arriver. Il fit un effort pour se calmer et bégaya, encore furieux :

— C'est Christophe... Il... il a refusé de m'obéir...

Véronique aperçut sur la joue du petit garçon une marque rouge. La rage qui l'habitait explosa en un flot de paroles indignées :

— Frapper ainsi un enfant de cet âge ! Tu n'as pas honte ? C'est lâche, Nicolas. Je ne te pardonnerai pas. Sors immédiatement de chez moi.

Il voulut protester, répondre, mais Véronique l'en empêcha. Elle le fusilla du regard et répéta d'une voix glaciale :

— Sors, Nicolas, va-t'en.

Le visage sombre, il ramassa son blouson et s'en alla en claquant violemment la porte. Véronique s'aperçut qu'elle tremblait. Elle mouilla un gant de toilette, l'appliqua sur la joue meurtrie de Christophe. Le petit garçon tremblait, lui aussi, et ses yeux étaient remplis de terreur. Véronique le prit contre elle et le berça tendrement. Pascale s'approcha, le visage barbouillé de larmes.

— Maman, demanda-t-elle timidement, il est parti ? Il ne va plus revenir ?

Avec douceur, Véronique lui caressa les cheveux.

— Que s'est-il passé ? Pourquoi frappait-il Christophe ?

Dans les yeux de Pascale, une crainte s'agita.

— Christophe ne voulait pas boire son verre de lait. Nicolas s'est mis en colère, il a crié. Christophe a eu peur et il a renversé le lait. Alors Nicolas l'a frappé. Dis, maman, il ne reviendra plus, n'est-ce pas ? J'ai peur de lui. Il est méchant. Il ne nous aime pas.

À force de tendresse, Véronique parvint à calmer ses enfants et, peu à peu, la peur quitta leurs yeux. Ils refusèrent de manger et elle n'insista pas. Elle-même n'avait pas faim. La scène qu'elle avait surprise lui avait ôté tout appétit. Elle coucha les enfants et resta près d'eux jusqu'à ce qu'ils fussent endormis. Puis elle gagna sa chambre, s'assit dans son lit et se mit à réfléchir.

Posément, elle se posa la question qui la hantait depuis des jours et qu'elle avait jusque-là repoussée : pouvait-elle espérer que Nicolas, un jour, aimerait Pascale et Christophe ? Elle comprit qu'elle avait repoussé cette question parce qu'elle avait peur de la réponse. La scène qu'elle avait surprise l'avait rendue lucide.

Elle se rendait compte subitement, avec certitude,

que jamais Nicolas n'aimerait ses enfants. Elle s'était aveuglée en voulant croire qu'avec le temps, la situation s'arrangerait. C'était un espoir fallacieux, qui jamais ne se réaliserait.

Au contraire, pensait-elle avec amertume, la situation, au lieu de s'améliorer, ne ferait qu'empirer. Elle devait s'avouer que Nicolas ne supportait pas les enfants, et le fait qu'il se soit mis à frapper Christophe était inquiétant. Il continuerait, se disait Véronique, il terroriserait les enfants qui, déjà, avaient peur de lui, et la vie deviendrait impossible. Elle refusait instinctivement, farouchement, de faire de ses enfants des enfants battus, des enfants martyrs. Elle préférait dire adieu au bonheur qu'elle avait envisagé, un instant, avec Nicolas. De toute façon, elle ne pourrait jamais être heureuse si Pascale et Christophe étaient malheureux.

Avec une froide détermination, elle prit le téléphone, composa le numéro de Nicolas. Il répondit aussitôt. Il semblait calmé, et même confus. Il dit :

— Je suis désolé pour tout à l'heure. Je ne voulais pas frapper Christophe. Mais il m'a énervé, et je...

— Il est un peu tard pour regretter, coupa Véronique d'une voix glaciale. Tu as terrorisé les enfants, Nicolas. Il est impossible de continuer ainsi. Jusqu'ici, tu te contentais de les gronder, et maintenant, ce sont les coups. Où cela va-t-il s'arrêter ?

— Je... Ça a été plus fort que moi. Je n'ai pas pu supporter que...

Véronique serra les lèvres et déclara calmement :

— Dans ces conditions, je pense qu'il vaut mieux ne plus nous voir.

Il protesta, d'une simple phrase qui, malgré elle, toucha la jeune femme :

— Je t'aime, Véronique.

Elle se raidit, refusant de se laisser fléchir :

— Tu m'aimes, mais tu n'aimes pas mes enfants. Pour moi, ce n'est pas suffisant.

Il y eut un silence. Véronique reprit avec effort :

— Je ne veux pas que la scène de cet après-midi se reproduise. J'ai bien réfléchi, Nicolas. Ma décision est prise : tout est fini entre nous. Si tu veux être honnête avec toi-même, tu conviendras que c'est la meilleure solution.

Cette fois-ci, il ne protesta pas. Il demanda, d'une voix blanche :

— C'est vraiment ce que tu veux ? Tu es sûre ?

— Oui, dit Véronique avec fermeté.

— Alors, adieu, Véronique.

Et, sans un mot de plus, il raccrocha.

La jeune femme reposa le récepteur. Elle avait les yeux pleins de larmes.

Le dimanche de Pâques arriva, et Adèle, en écoutant les cloches carillonner, se sentait heureuse pour la première fois depuis la mort de Jean-François. La veille, Véronique avait appelé. Elle avait annoncé, sans commentaires, qu'elle avait rompu avec Nicolas et qu'elle viendrait passer la journée du lendemain avec les enfants. Le soulagement qui avait envahi Adèle l'avait obligée à s'asseoir, et une grande joie avait déferlé en elle, tandis qu'elle répondait à sa belle-fille :

— Nous fêterons l'anniversaire de Pascale. Je ferai un gâteau, avec six bougies.

Ce matin, le gâteau trônait fièrement sur la desserte.

Dans le jardin, Roger finissait de cacher, dans les massifs de fleurs, les œufs en chocolat enrobés de papiers colorés que, tout à l'heure, Pascale et Christophe trouveraient avec des cris de plaisir. Adèle sortit sur la terrasse et l'observa en souriant. Il vint vers elle avec Nanette, la chienne, qu'Adèle caressa affectueusement.

— Cette brave bête avait compris, constata-t-elle. Te souviens-tu, Roger, comme elle a grondé le jour où cet homme est venu ici avec Véronique ?

— N'y pense plus, Adèle. C'est terminé maintenant. Dieu merci, Véronique a pris la bonne décision.

Adèle hocha la tête, et rentra dans la maison pour surveiller le repas qui cuisait. Elle regarda le portrait de son fils, devant lequel elle avait placé un bouquet de jonquilles du jardin. Elle savait qu'elle ne se consolerait jamais de sa mort, mais elle se disait avec soulagement que les enfants, au moins, lui resteraient. Ils ne partiraient pas loin d'elle et de Roger.

Lorsqu'elle les entendit arriver, elle se précipita sur la terrasse. Véronique arrêta sa voiture dans l'allée, ouvrit la portière arrière, fit sortir les enfants. Déjà, Roger était près d'eux et les embrassait. Nanette bondissait et poussait des aboiements sonores. Adèle remarqua que sa belle-fille avait le visage tiré, mais qu'elle s'efforçait de sourire courageusement.

Pascale, suivie de Christophe, accourut vers sa grand-mère en brandissant un panier en osier multicolore :

— Regarde, mamie ! C'est pour mettre les œufs. Les cloches sont passées, ce matin ?

Adèle hocha la tête vigoureusement.

— Je les ai entendues. Elles ont survolé le jardin et je crois bien qu'elles ont laissé tomber plein de bonnes choses. À toi et à Christophe de les trouver !

— Tu viens, Christophe ? cria Pascale, si excitée et si impatiente qu'elle en oublia d'embrasser Adèle.

Entraînant son frère, elle se mit à fouiller dans la

verdure des massifs, poussant des cris de triomphe dès qu'elle trouvait quelque chose. Adèle regardait leurs deux têtes penchées et souriait.

Près de la voiture, Roger disait à sa belle-fille :

— Merci, Véronique. Merci d'avoir repoussé cet homme. Nous étions inquiets, tu sais. Pascale nous confiait souvent qu'elle avait peur de lui, elle disait qu'il était méchant, impatient avec elle et Christophe. Ce sont les enfants de mon fils, tu comprends, et je ne veux pas qu'ils soient malheureux. Et cet homme... Je comprenais bien qu'il ne les aimait pas. D'ailleurs, Nanette a grondé quand elle l'a vu. Tu peux lui faire confiance, à ma chienne. Son instinct ne se trompe jamais.

— Elle est plus perspicace que moi, murmura Véronique. Je ne voyais rien, ou plutôt je ne voulais pas voir. C'est une scène qui m'a ouvert les yeux. Vendredi, lorsque je suis arrivée chez moi, Nicolas était en train de frapper Christophe. Les deux petits pleuraient et paraissaient terrorisés. Je n'ai pas pu le supporter. J'ai mis Nicolas dehors immédiatement.

Roger poussa une exclamation et serra les poings :

— Le salaud ! Le lâche ! Oser battre les enfants de mon fils ! – Il se tut un instant, puis reprit avec gravité :

— Merci, Véronique, de l'avoir renvoyé. Merci pour eux, et pour Jean-François. Il n'aurait jamais accepté que ses enfants soient battus et malheureux.

Véronique ravala ses larmes :

— Je le sais bien. Moi non plus, je ne l'accepte pas. C'est pour ça que tout est fini entre Nicolas et moi.

Roger posa une main sur le bras de la jeune femme :

— Merci, ma fille, répéta-t-il.

Les larmes aux yeux, Véronique regarda ses enfants. Adèle les avait rejoints. Fiers comme des princes, ils lui montraient leur récolte. Leur visage était rose, animé, leur sourire joyeux et confiant. Dans l'air printanier, les cloches carillonnaient. Véronique chassa le souvenir de Nicolas et se dit qu'elle avait choisi la bonne solution. Un jour, sans doute, elle referait sa vie, mais elle savait maintenant que ce serait avec un homme capable d'aimer Pascale et Christophe, capable d'être pour eux le père qu'ils n'avaient plus.

Un beffroi et un cœur

Fabienne marchait d'un pas allègre dans les rues de Douai. Elle se sentait heureuse et excitée comme une adolescente se rendant à son premier rendez-vous. Cette soirée marquerait une étape importante dans sa vie. Thibaut et elle avaient décidé de fêter, par un repas au restaurant, la décision qu'ils avaient prise récemment : refaire leur vie ensemble.

Tout en se dirigeant vers *Le Turbotin*, Fabienne pensait à Thibaut avec amour et tendresse. Elle nageait dans une sorte d'euphorie qui l'incitait à trouver merveilleux tout ce qui l'entourait. Ses sandales claquaient joyeusement sur le trottoir, au rythme de son pas rapide, et sa longue jupe fleurie virevoltait autour de ses mollets. Elle aperçut son reflet dans la vitrine d'un magasin et, d'un coup d'œil, apprécia sa silhouette mince et juvénile.

— Thibaut a peut-être bien raison lorsqu'il me répète que je ne fais pas mes trente-huit ans, se dit-elle avec une satisfaction inconsciente.

Malgré elle, elle fit une petite grimace. Trente-huit ans, cela évoquait la quarantaine toute proche. Fabienne ne put retenir un sourire amusé en pensant qu'elle-même, à vingt ans, trouvait vieux ceux qui en avaient quarante. Et, maintenant qu'elle approchait de cet âge jugé autrefois canonique, elle ne se sentait pas vieille du tout.

À vrai dire, ce qui la gênait surtout, c'était la différence d'âge qui existait entre elle et Thibaut. Il n'avait que vingt-neuf ans. Pour se rassurer, Fabienne se disait que neuf ans de différence, ce n'était pas énorme. Mais, malgré tout, cela la gênait que Thibaut fût plus jeune qu'elle. Il avait, par moments, des enthousiasmes d'adolescent auxquels Fabienne se sentait étrangère. Dans ces cas-là, elle avait l'impression d'être beaucoup plus mûre que lui, plus détachée et... oui, plus vieille.

Mais ce n'était qu'un détail, comme aimait à le répéter Thibaut, qui, de toute façon, ne parviendrait pas à altérer le bonheur que ressentait Fabienne. En traversant la place d'Armes, elle admira les jets d'eau, qui chuchotaient doucement. Dans le soleil, ils donnaient l'impression d'éparpiller des milliers de gouttelettes qui ressemblaient à des diamants. Aux terrasses des cafés, de nombreuses personnes sirotaient un rafraîchissement, profitant d'un agréable moment de détente après la fatigue de la journée. En tenue estivale, des jeunes gens flânaient. Fabienne remarqua qu'elle était la seule à marcher vite. Mais elle ne ralentit pas son allure. Elle ne voulait pas faire attendre Thibaut.

Thibaut... Fabienne se surprit à sourire, le regard rêveur. Elle était tombée amoureuse de lui sans s'en rendre compte, petit à petit. Elle avait fait sa connaissance au début de l'année scolaire, lors d'une réunion de parents d'élèves. Il était le professeur d'histoire de Martial. À l'époque, Martial venait d'avoir quatorze ans, et après une enfance sans histoire, son entrée dans l'adolescence se distinguait par une attitude de révolte continuelle. Il était devenu si difficile que Fabienne ne savait plus comment se comporter avec lui. Il se montrait sans cesse désagréable, opposant un mutisme hargneux aux questions qu'elle lui posait. Et, les rares fois où il répondait, il le faisait avec tant d'insolence qu'elle se retenait pour ne pas le gifler.

Elle connaissait au moins la cause de cette hostilité. C'était le départ de Patrick qui avait tout déclenché. Fabienne avait sa part de responsabilité, elle le reconnaissait humblement. C'était elle qui avait chassé Patrick de sa vie lorsqu'elle avait appris qu'il avait une liaison. Elle avait trouvé, de la façon la plus banale, dans la poche de sa veste, une lettre d'amour signée « Ta Cri-Cri qui t'adore ». Lorsqu'elle avait interrogé Patrick, il n'avait pas nié. Furieuse, Fabienne avait appris que « Cri-Cri » était la maîtresse de son mari depuis plusieurs mois, et qu'elle était à peine plus âgée que sa propre fille. Il avait avoué qu'il l'aimait, et Fabienne, étranglée par la colère, par l'indignation, et par une souffrance qui la consumait tout entière, avait crié :

— Eh bien, si tu l'aimes, pars la rejoindre ! Que fais-tu ici ?

Très pâle, Patrick avait obéi. Fabienne ne l'avait plus revu. C'était à partir de là que Martial était devenu impossible. Il n'avait accepté ni le départ de son père ni la séparation de ses parents. Et il avait voué une sourde rancune à sa mère à qui il reprochait son intransigeance, qu'il jugeait seule responsable de la situation. Que son père fût le premier coupable, pensait Fabienne avec humeur, ne lui venait pas à l'esprit. Les hommes, même lorsqu'ils sont père et fils, se soutiennent toujours entre eux.

Heureusement, Thibaut était intervenu. Alerté par les mauvaises notes de Martial, il avait convoqué

Fabienne. Mise en confiance par le visage ouvert et intelligent du jeune professeur, par la sympathie et l'intérêt sincère qu'exprimait son regard, Fabienne avait clairement exposé la situation. Thibaut avait promis de s'occuper particulièrement de Martial, et il avait tenu parole. Petit à petit, l'adolescent était devenu moins tendu, moins agressif. Thibaut convoquait régulièrement Fabienne afin de constater les progrès accomplis, et il lui donnait les conseils qu'il jugeait nécessaires.

Insensiblement, ils en étaient venus à parler d'eux-mêmes et Thibaut, à l'issue de ces entretiens qui avaient toujours lieu au lycée, proposait à Fabienne d'aller boire un verre au café d'en face. C'était ainsi que, sans s'en rendre compte, elle s'était mise à l'aimer. Il sortait, lui aussi, d'une douloureuse histoire sentimentale. Il avait vécu plusieurs années avec une fille qui l'avait quitté brutalement afin d'en épouser un autre. Malheureux et désorienté, il avait demandé à aller enseigner ailleurs, afin de s'éloigner de celle qui lui avait fait tant de mal. Il s'était retrouvé à Douai, et il affirmait à Fabienne qu'il en était heureux, puisque cela lui avait permis de la rencontrer.

Alors qu'elle descendait la rue de la Mairie, Fabienne entendit le carillon du beffroi sonner la demie de sept heures. Elle pressa davantage encore le pas, pressée d'aller rejoindre Thibaut qui lui avait donné rendez-vous au *Turbotin*, pour 19 h 30.

Elle fronça les sourcils en songeant que, dès lundi, elle devrait annoncer à Martial qu'elle désirait demander le divorce et refaire sa vie avec Thibaut. Comment l'adolescent accueillerait-il cette nouvelle ? Il aimait bien son professeur, il le trouvait compréhensif, tolérant, « sympa et tout » selon ses propres paroles. Mais il ne voyait en lui qu'un professeur et rien d'autre. Il s'obstinait à croire à une réconciliation entre ses parents. Il aimait et admirait son père, avec qui il passait chaque week-end ; Patrick allait régulièrement chercher son fils le vendredi soir à la sortie du lycée, et le ramenait au même endroit le lundi matin. Il avait toujours existé entre eux une entente parfaite, et Fabienne appréhendait la réaction de Martial en face d'une réalité complètement opposée à ce qu'il espérait.

Il faudrait aussi qu'elle annonce la nouvelle à Dorothée. De ce côté-là, Fabienne était beaucoup moins inquiète. À vingt ans, Dorothée, plus indépendante, réagissait beaucoup mieux que son frère. Étudiante en histoire, elle ne revenait que chaque week-end. Elle avait compris, peut-être par solidarité féminine, la réaction de Fabienne lorsque celle-ci avait chassé Patrick.

Fabienne aperçut Thibaut qui, devant le restaurant, faisait les cent pas en l'attendant. Elle admira de loin son visage intelligent et sympathique. Comme elle le trouvait séduisant ! Elle accéléra le pas et il l'aperçut. Il vint au-devant d'elle, les mains tendues.

— Fabienne, ma chérie... Comme tu es jolie ! J'aime quand tu laisses tes cheveux libres ainsi sur tes épaules...

La jeune femme sourit, heureuse. Ils entrèrent dans le restaurant, et le maître d'hôtel les conduisit à une table pour deux, située un peu à l'écart des autres.

— C'est très bien, dit Thibaut. Nous aimons avoir un peu d'intimité.

Ils s'assirent et, lorsque le maître d'hôtel leur demanda s'ils prendraient l'apéritif, Thibaut répondit avec emphase :

— Du champagne ! Apportez-nous une bouteille de champagne ! Nous avons quelque chose de très important à fêter ce soir !

Fabienne pouffa, heureuse comme une collégienne. Les yeux clairs de Thibaut lui disaient qu'il l'aimait et qu'il la trouvait jolie. Le maître d'hôtel revint avec le champagne, déboucha la bouteille, versa le liquide ambré et pétillant dans les coupes. Thibaut leva la sienne :

— Buvons à nous deux, Fabienne, et à notre décision d'unir nos destinées. À notre amour, à notre avenir !

Elle but, et le champagne accentua l'euphorie que lui procurait déjà la présence de Thibaut. Elle lui adressa un sourire radieux. Fugitivement, elle pensa qu'elle aurait à annoncer cette décision à Dorothée, à Martial, à Patrick. Mais elle chassa vite cette pensée importune. Elle voulait que cette soirée avec Thibaut fût réussie, à l'image de ce que serait leur vie ensemble.

Le lendemain matin, Fabienne se réveilla tard. Elle se sentait alanguie, reposée, heureuse. Elle paressa au lit, savourant la possibilité de faire la grasse matinée. C'était samedi, elle n'avait pas à se dépêcher pour être à l'heure au bureau, et Martial était parti pour le week-end avec son père. Quant à Dorothée, elle avait des cours, le samedi matin, et elle ne rentrerait qu'aux environs de midi.

Fabienne se leva, prit une douche en chantonnant, puis se fit un petit déjeuner léger. Elle tenait à rester mince pour plaire à Thibaut. Lorsqu'elle avait envie de faire des écarts alimentaires, elle pensait à la phrase que répétait souvent sa mère : « Grossir, c'est vieillir. » Cette phrase avait sur Fabienne, qui voulait oublier qu'elle était plus vieille que Thibaut, un effet magique.

Elle prépara le repas pour elle et pour Dorothée, tout en revivant en pensée la soirée de la veille. Elle avait promis à Thibaut de parler à toute la famille, y compris à sa mère, que les enfants appelaient mamie Toinette et qui habitait Lille.

Elle commencerait par Dorothée, et elle avait invité Thibaut à venir déjeuner – dans le Nord, on disait « dîner » – avec Dorothée et elle le lendemain dimanche.

— Tu connais déjà Martial, lui avait-elle dit, il est normal que tu connaisses également ma fille. J'espère que vous vous entendrez bien tous les deux. Vous avez déjà quelque chose en commun, c'est votre passion pour l'histoire. Cela vous donnera au moins un sujet de conversation.

Lorsque Dorothée revint, Fabienne l'embrassa avec tendresse. Elle était fière de sa fille ; elles avaient les mêmes cheveux, les mêmes yeux, la même forme de visage. Elles se ressemblaient énormément.

— Quoi de neuf, ma chérie ?

— Oh ! rien de spécial. Beaucoup de travail, beaucoup de révisions. Les examens approchent.

La jeune fille regarda sa mère plus attentivement :

— Tes yeux brillent et tu as un air radieux. Que se passe-t-il ?

Fabienne brûlait d'annoncer la nouvelle qui la rendait si heureuse. Elle dit :

— Je t'ai déjà parlé de Thibaut, n'est-ce pas ?

— Le prof d'histoire de Martial ? Oui, tu m'as dit que vous aviez sympathisé. Pourquoi ?

— Parce que cette sympathie a évolué. Nous avons découvert que nous nous aimons. J'ai l'intention de demander le divorce afin de pouvoir l'épouser.

Dorothée resta bouche bée un instant. Fabienne s'inquiéta :

— Ça te surprend ? Tu n'es pas d'accord ?

Dorothée secoua d'un air abasourdi ses longs cheveux bruns :

— Pour me surprendre, oui, ça me surprend ! Je ne m'attendais pas à... enfin, tu n'avais jamais laissé entendre que...

— Thibaut et moi n'avons pris cette décision que récemment. Mais nous sommes sûrs de nous.

Dorothée regarda sa mère et eut un sourire à la fois amusé et attendri.

— Tu ressembles à une adolescente qui parle de son premier amour. Tu l'aimes donc tant que ça ?

— Quand tu le connaîtras, tu me comprendras. À propos, il vient demain. Je l'ai invité à partager notre repas. Tu... euh... tu es d'accord ?

— Pour le repas ?

— Pour le repas et pour le reste. Si je l'épouse...

Dorothée se mit à rire :

— Maman, tu es majeure et responsable. Tu fais ce que tu veux. J'espère simplement pour toi que tu ne te trompes pas.

— Oh non ! Je suis sûre de moi, répéta Fabienne.

— Alors tout est pour le mieux. De quoi as-tu donc peur ?

— De la réaction de Martial. Il est très attaché à son père, tu le sais.

Dorothée eut un geste d'humeur :

— Il devrait comprendre que papa s'est très mal conduit envers toi. Te quitter pour une fille à peine plus âgée que moi ! Si, de ton côté, tu veux refaire ta vie, tu as bien raison. Ce n'est pas moi qui te critiquerai.

Dans un élan spontané, Fabienne s'approcha de Dorothée et l'embrassa :

— Merci, ma petite fille. Merci de ta compréhension. Tu ne peux pas savoir à quel point j'en suis heureuse.

— Et ne t'inquiète pas pour Martial. S'il réagit mal, je lui parlerai. Après tout, celui que tu as choisi est quelqu'un qu'il aime bien, qu'il connaît et qu'il apprécie. Ce n'est pas comme si tu lui imposais un individu antipathique avec lequel il risquerait de ne pas s'entendre.

Fabienne ne put s'empêcher de rire.

— Ta façon d'interpréter la situation me rassure un peu. Merci, ma chérie, dit-elle à nouveau.

Elles échangèrent un sourire complice, heureuses de se comprendre.

Le dimanche, Thibaut arriva à l'heure fixée, un énorme bouquet de fleurs dans les bras. Fabienne fut ravie de constater que Dorothée l'accueillait aimablement et que, dès le premier regard, ils semblèrent s'apprécier mutuellement. « Chère petite Dorothée ! pensa-t-elle. Avec elle, il n'y a jamais de problèmes. Depuis sa naissance, elle a toujours été d'un caractère facile et tolérant. Si seulement Martial pouvait lui ressembler ! »

— Dorothée, fais donc visiter l'appartement à Thibaut pendant que je mets les fleurs dans un vase, dit Fabienne, encombrée par l'immense bouquet. Ensuite, nous prendrons l'apéritif.

Elle n'avait jamais amené Thibaut chez elle et, maintenant qu'ils avaient pris la décision d'unir leurs vies, elle voulait qu'il se sente chez lui dans l'appartement où elle avait toujours vécu, d'abord avec Patrick, puis seule depuis que ce dernier était parti.

Dorothée obéit. Thibaut jeta un coup d'œil rapide dans toutes les pièces, et devant une porte s'arrêta en souriant.

— Je parie qu'ici c'est le domaine de Martial.

— C'est sa chambre, en effet, acquiesça Dorothée. Comment avez-vous deviné ?

— À ceci, dit Thibaut en montrant l'autocollant qui ornait la porte. J'ai déjà remarqué que Martial avait collé cette effigie partout, sur ses cahiers, sur son cartable... C'est le logo qui symbolise le Nord-Pas-de-Calais, n'est-ce pas ?

Dorothée fit un signe d'assentiment :

— Un beffroi et un cœur, expliqua-t-elle. Le beffroi, c'est celui que possède chaque ville de la région. Et le cœur, c'est celui de ses habitants. Martial a eu ces autocollants à un copain dont la mère travaille au Conseil régional. Moi-même, j'en ai collé un sur la vitre arrière de ma voiture. Martial pourra vous en donner un ou deux si vous le désirez.

Ils revinrent dans le salon tandis que Dorothée continuait à bavarder :

— Savez-vous que le beffroi de Douai a séduit Victor Hugo lorsqu'il a visité la ville en 1837 ? Il a été charmé par son carillon et ses ritournelles, différentes selon qu'il sonne l'heure, la demie ou le quart.

— Je l'ai remarqué dès que je suis arrivé à Douai, dit Thibaut, et moi aussi, j'ai été séduit.

— Toutes les heures, intervint Fabienne, le carillon joue l'air des *Puritains d'Écosser*, de Bellini. Au quart, c'est le thème de Gayant. Nous sommes tellement habitués à l'entendre qu'il fait partie de notre vie. Si nous ne l'avions plus, nous aurions l'impression d'un grand vide.

— Il faudra que nous vous fassions visiter le beffroi, déclara Dorothée à Thibaut. Il en vaut la peine. Ne serait-ce que pour les cloches du carillon. Il en compte 62, et il est le deuxième de France, tout de suite après celui de Dijon qui en compte 63 !

— Je ne demande qu'à découvrir les beautés de la ville, affirma Thibaut avec sincérité. J'y suis depuis la rentrée, mais j'avoue que je n'ai encore rien vu.

— Je prends mes congés en juillet, dit Fabienne. Et comme, à ce moment-là, vous serez en vacances tous les deux, nous en profiterons pour visiter tout ce qui vaut la peine de l'être. Et pas seulement à Douai. Nous te ferons découvrir notre région, Thibaut, et tu verras que tu l'aimeras.

— Le premier rendez-vous à ne pas manquer, décida Dorothée, c'est le défilé de Gayant, le 10 juillet. Vous connaissez Gayant, j'espère ?

Thibaut fit un geste vague :

— Le géant de Douai... J'en ai entendu parler, oui, mais je ne l'ai jamais vu.

Fabienne sourit :

— Le jour du défilé, c'est sa grande sortie. Tu auras l'occasion de le voir, lui, sa femme, et ses trois enfants.

— Eh bien, constata Thibaut ravi, je crois que mes vacances vont être agréablement occupées !

Fabienne leva son verre :

— Trinquons à ces futures découvertes ! À notre santé !

Ils burent l'apéritif en continuant à bavarder. Thibaut parla de ses élèves, interrogea Dorothée sur ses études. Lorsqu'ils passèrent à table, la conversation était axée sur l'histoire, et c'étaient Thibaut et Dorothée seuls qui discutaient. Fabienne les écoutait en souriant. L'histoire, elle n'y connaissait rien. Elle préférait ne pas intervenir. Mais elle était heureuse de voir que Thibaut et sa fille semblaient s'entendre à merveille. Elle ne remarqua pas que, pris complètement par une conversation qui le passionnait, Thibaut la délaissa jusqu'à la fin du repas, au profit de Dorothée. Elle l'écoutait parler des tsars de Russie, de Henri VIII et de ses femmes qu'il faisait décapiter, de la reine Margot incarnée à l'écran par Isabelle Adjani, et elle se disait avec un peu d'effarement : « Je ne connais rien de tout ce qui le passionne. Sur ce plan-là, Dorothée est beaucoup plus proche de lui. Ils viennent de se rencontrer, et ils donnent l'impression de se connaître depuis toujours. »

Lorsque, vers 18 heures, Thibaut prit congé, il était enchanté de sa journée. Alors qu'il était à la porte, Dorothée eut soudain une idée.

— Attendez, dit-elle. Je vais vous prêter un livre.

Elle alla rapidement jusqu'à sa chambre, revint avec un livre qu'elle tendit à Thibaut :

— Avant de visiter notre région, découvrez-la à travers cet ouvrage. Il en parle d'une façon que je trouve formidable !

Thibaut jeta un coup d'œil sur le titre :

— *Les vents du Nord m'ont dit* de Jacques Duquesne. J'avoue que je ne l'ai pas lu.

— Eh bien, lisez-le, conseilla Dorothée avec chaleur. Vous découvrirez le Nord, son histoire, ses habitants. L'auteur en parle avec une tendresse qui m'a touchée. Si je devais le définir, je dirais que ce livre est l'hymne d'amour d'un homme à sa région. Une région parfois meurtrie, mais qui s'est toujours courageusement efforcée de lutter et de vaincre.

— Merci, dit Thibaut. Je l'emporte. Je le lirai avec plaisir.

Lorsqu'il fut sorti, Fabienne regarda sa fille dont les yeux brillaient d'animation :

— Alors, demanda-t-elle, comment le trouves-tu ?

— Très bien ! s'exclama Dorothée avec une conviction sincère. Vraiment très bien. Il est très intéressant. Je ne me suis pas ennuyée une seule seconde. Au contraire !

Fabienne hocha la tête et sourit, heureuse. Dorothée acceptait Thibaut sans problème, et même avec enthousiasme. Si seulement Martial pouvait faire de même ! pensa-t-elle à nouveau. Quant à Patrick, il fallait qu'elle l'appelle pour le mettre au courant. Elle se dit qu'elle le ferait dès le lendemain.

Elle fut devancée dans son projet par Patrick lui-même. Une heure environ après le départ de Thibaut, le téléphone sonna. Comme Dorothée était dans sa chambre, Fabienne courut répondre.

— Allô, Fabienne ? Je te dérange ?

— Patrick ? C'est toi ?

Fabienne était abasourdie. Depuis qu'il était parti, pas une seule fois Patrick ne l'avait appelée. S'il avait quelque chose à lui dire, il utilisait Martial comme porte-parole. Au début, Fabienne, ulcérée et blessée, avait pensé qu'il ne lui pardonnait pas de l'avoir chassé alors que c'était lui le coupable. Et puis, au fil des mois, à mesure qu'évoluait sa situation avec Thibaut, elle avait trouvé que, finalement, c'était aussi bien ainsi. Patrick était sorti de sa vie, et elle n'avait pas besoin de rester en relation avec lui.

Au bout du fil, il y eut un petit rire :

— Hé oui, c'est moi ! Cela te surprend ?

— Plutôt, oui, rétorqua Fabienne sans amabilité. Que se passe-t-il pour que tu daignes me téléphoner ?

— Eh bien, figure-toi que Martial et moi, on vient d'avoir une longue conversation, dont voici la conclusion : je trouve, et lui aussi, que notre séparation a assez duré. Et je désirerais reprendre la vie commune. Qu'en penses-tu ? Serais-tu d'accord ?

La surprise laissa Fabienne sans voix. Elle était loin de s'attendre à une telle proposition ! Pourtant, elle avait appris par Martial, plusieurs semaines auparavant, que Patrick avait rompu avec sa « Cri-Cri ».

Mais, prise par son idylle avec Thibaut, elle n'y avait pas attaché d'importance. Ce que faisait Patrick ne la concernait plus.

— Tu ne dis rien ? Que penses-tu de mon idée ? Il y a un moment déjà que j'y pense. Lorsque j'en ai parlé à Martial, il a sauté de joie.

Une colère, subitement, s'empara de Fabienne :

— C'est un peu fort ! s'exclama-t-elle. Tu t'en vas, tu me quittes pour une autre, et maintenant, sous prétexte que tu désires revenir, il faudrait que je sois d'accord ! Mais je ne suis pas une girouette, figure-toi !

Au bout du fil, il y eut un silence. Puis la voix de Patrick reprit :

— Tu m'en veux encore ? Oh, Fabienne, je t'en prie, pardonne-moi. J'ai mal agi, c'est vrai. Mais je me suis rendu compte que je n'ai pas cessé de t'aimer. Je désire revenir vivre auprès de toi. Pour Martial, ne peux-tu accepter ?

— De toute façon, il est trop tard, dit Fabienne, glaciale. J'ai d'autres projets. J'ai rencontré quelqu'un avec qui je désire refaire ma vie. J'ai l'intention de demander le divorce.

Il y eut un autre silence, plus long cette fois-ci. Puis, d'une voix changée, Patrick interrogea :

— Le divorce ? Tu parles sérieusement ?

— On ne peut plus sérieusement, dit Fabienne d'un ton sec. J'allais t'appeler demain pour te l'annoncer.

— Mais... mais... ce n'est pas possible ! Enfin, je veux dire, c'est tellement inattendu ! Martial ne m'a jamais dit...

— Martial n'est pas au courant. C'est très récent. Nous avons pris cette décision, Thibaut et moi, il y a quelques jours seulement.

— Ah, il s'appelle Thibaut ! Qui est-ce ?

Le ton de Patrick se faisait grinçant. Fabienne répliqua froidement :

— Tu ne le connais pas. Je l'ai rencontré après ton départ. C'est le professeur d'histoire de Martial.

Il y eut un silence encore plus prolongé. Puis Patrick reprit :

— Tu ne veux pas reconsidérer la situation, Fabienne ? Prendre en compte le fait que je désire revenir ? Je n'ai jamais cessé de t'aimer. Et je ne peux pas croire que tu ne m'aimes plus.

— C'est pourtant le cas. Ma décision est prise, et je ne changerai pas d'avis.

— Même pour Martial ?

— Même pour Martial. Il aime bien Thibaut. Je pense qu'il l'acceptera volontiers.

— Je ne dis pas comme toi. Depuis qu'il sait que je désire revenir, il nous voit déjà tous réunis. Je t'en prie, Fabienne, réfléchis encore.

— C'est tout réfléchi. J'ai l'intention de demander le divorce pour épouser Thibaut, et je vais le faire sans tarder.

— Mais moi, je ne suis pas d'accord. Je m'y opposerai. Fabienne eut un rire sec, sans joie :

— Tu ne peux pas. Je te rappelle, mon cher, que tu m'as quittée pour aller vivre avec une autre.

— Je n'ai jamais vécu avec Cri-Cri, protesta Patrick. Elle habitait et elle habite toujours avec sa mère. Je pourrai le prouver.

— Peut-être, mais ça ne servira à rien. Tous les torts sont de ton côté. Tu m'as trompée et tu as quitté le domicile conjugal.

— À qui la faute ? C'est toi qui m'a mis dehors. Si je ne peux pas m'opposer au divorce, de toute façon, je ne te faciliterai pas les choses. Je te mettrai des bâtons dans les roues. Je ferai valoir le fait que je désire reprendre la vie commune, dans l'intérêt de notre fils.

Contrariée, Fabienne fronça les sourcils. Elle ne s'attendait pas à cette attitude de la part de Patrick. Elle connaissait son caractère entêté, et elle savait qu'il était capable de lui créer des difficultés.

Néanmoins, elle ne voulut pas lui laisser voir son mécontentement. Elle déclara simplement :

— Peu importe ce que tu as l'intention de faire. Je finirai bien par gagner. Et ce n'est pas en agissant ainsi que tu me feras changer d'avis. Bien au contraire.

Sur ces mots, elle raccrocha d'un geste sec. Elle s'aperçut qu'elle tremblait d'énervement. Elle s'efforça de respirer profondément, afin de se calmer.

Elle s'assit dans un fauteuil, alluma une cigarette dont elle tira de rageuses bouffées. En même temps, elle se mit à réfléchir. Cette nouvelle décision de Patrick – reprendre la vie commune – tombait bien mal. Juste au moment où elle-même avait l'intention de refaire sa vie avec Thibaut. Et Patrick qui voulait s'opposer au divorce ! Qu'espérait-il donc ? Il l'avait quittée sans s'occuper de ses larmes, et maintenant, sous prétexte qu'il voulait revenir, il aurait fallu que Fabienne l'accueillît les bras grands ouverts ! Et puis quoi encore ? songea-t-elle avec humeur. Il avait mal agi, tant pis pour lui. Maintenant, il était trop tard.

Avec un soupir, Fabienne écrasa sa cigarette dans le cendrier. Patrick... Elle l'avait aimé, pourtant. Elle n'avait que dix-huit ans, lorsqu'elle l'avait rencontré et épousé. Lui en avait vingt-deux, et travaillait déjà comme représentant pour une maison d'édition. Un métier qui lui plaisait, et qu'il exerçait toujours. Il avait besoin de bouger, de voyager, de rencontrer des gens.

— S'il fallait que je travaille toujours au même endroit, enfermé du matin au soir dans un bureau, disait-il, je mourrais d'ennui.

Ils avaient été heureux au début. Très vite, Dorothée était venue éclairer leur foyer de sa présence, de ses sourires. Après sa naissance, Fabienne avait suivi par correspondance des études de droit, et elle avait trouvé une place de secrétaire chez un notaire. La vie avait continué. Martial était né et, immédiatement, Patrick avait été fou de son fils. Le petit, quant à lui, prenait son père pour modèle en tout. Une connivence, une complicité étroite avaient toujours existé entre eux. Et Fabienne craignait que ce lien qui les unissait ne devînt un obstacle à son nouveau bonheur.

Lorsque Fabienne, le lendemain, voulut exposer la situation à Martial, elle se rendit compte qu'il savait déjà tout.

— Papa m'a expliqué, déclara-t-il. Il est très déçu. Et moi aussi. On avait espéré, tous les deux, que tu accepterais qu'il revienne.

— Je suis désolée, dit Fabienne, mais j'ai d'autres projets maintenant.

— Avec Thibaut ? Maman, ce n'est pas possible ! Thibaut, je l'aime bien, il est sympa, et je n'ai rien contre lui. Mais il est plus jeune que toi. Et puis, il ne vaut pas papa.

— C'est ton avis, répliqua Fabienne, le visage fermé, mais ce n'est pas le mien.

— Papa a fait une erreur, continua Martial, obstiné. Il la regrette et il te demande de lui pardonner. Fais-le, maman, oublie tout et dis-lui de revenir.

Malgré l'air suppliant du garçon, Fabienne demeura ferme :

— Non, Martial. Il est trop tard.

L'adolescent voulut répondre, hésita un instant et, finalement, se tut. Il se contenta de hausser les épaules et partit s'enfermer dans sa chambre. Fabienne soupira. Elle savait que son fils s'opposerait à son projet, et elle avait même craint qu'il ne réagît plus violemment. Elle était soulagée de constater que Martial ne s'était pas montré agressif. Simplement réprobateur. C'était déjà positif, et Fabienne se dit qu'avec le temps, il finirait bien par accepter la situation.

Le mois de juin arriva. Dorothée passa ses examens, fut reçue, et Fabienne la félicita sincèrement. Martial, qui était en seconde, terminait tranquillement son année scolaire. Il attendait avec impatience les vacances, car il avait prévu d'aller passer trois semaines, en juillet, chez son correspondant anglais. Quant à Fabienne, elle était allée trouver un avocat et avait engagé une procédure de divorce. Elle éprouvait envers Patrick qui, après l'avoir rendue malheureuse, voulait maintenant s'opposer à son nouveau bonheur, un ressentiment mêlé d'indignation. Thibaut avait dit :

— Peu importe ce qu'il fera. De toute façon, il ne gagnera pas, et tôt ou tard, je t'épouserai.

Forte de cette promesse, Fabienne s'était sentie rassérénée. Puisque Thibaut l'aimait et qu'elle l'aimait, elle n'avait aucune crainte à avoir. Patrick ne pourrait rien contre leur amour, qui finirait par triompher.

Le 18 juin, c'était l'anniversaire de mamie Toinette, qui avait ce jour-là soixante-dix ans. Fabienne avait téléphoné à sa mère :

— Nous irons fêter ça au restaurant. Thibaut viendra avec nous. Ainsi, tu feras sa connaissance. Je suis sûre qu'il te plaira.

Martial, catégorique, avait dit :

— Ce jour-là, c'est un samedi. Moi, je suis avec papa. J'irai souhaiter un bon anniversaire à mamie Toinette un autre jour.

Contrariée, Fabienne n'avait pourtant pas osé insister de peur de braquer l'adolescent. Elle avait annoncé cette défection à sa mère, qui avait répondu avec insouciance :

— Bah ! Laisse-le aller avec son père. Je ne veux pas aggraver vos histoires de famille. Martial viendra me voir dans la semaine. Mercredi après-midi, comme il le fait parfois.

Le samedi 18 juin, en fin de matinée, Fabienne, Thibaut et Dorothée se retrouvèrent donc chez mamie Toinette. Dès l'entrée, Thibaut s'inclina en tendant le bouquet de fleurs qu'il avait apporté :

— Je suis très heureux de faire votre connaissance, dit-il. Permettez-moi de vous souhaiter un joyeux anniversaire.

Rose de plaisir, mamie Toinette prit l'énorme bouquet. À première vue, ce garçon lui plaisait. Il avait un visage sympathique, un regard direct, un sourire chaleureux. Fabienne, à son tour, lui offrit son cadeau : un foulard en soie. Quant à Dorothée, emportée par sa passion pour l'histoire, elle avait acheté pour sa grand-mère un livre sur la Libération. En le découvrant, mamie Toinette eut un sourire appréciateur :

— Quelle bonne idée ! Merci, ma petite fille. Je suis sûre qu'il va me passionner. Figurez-vous que j'ai suivi, à la télévision, toutes les émissions qui ont parlé de la Libération.

— Vous vous intéressez à l'histoire ? demanda Thibaut.

Mamie Toinette sourit à nouveau.

— Oui, mais je préfère, égoïstement, celle que j'ai vécue. J'y retrouve mes souvenirs. La Libération, c'est pour moi la liberté enfin revenue, après quatre années d'occupation, de peur, de tristesse... Mais asseyez-vous. Nous allons prendre l'apéritif avant de nous rendre au restaurant.

Ils passèrent dans le salon, s'installèrent. Thibaut remarqua :

— Pour vous qui aimez l'histoire, la date de votre anniversaire est particulièrement historique : le 18 juin...

Mamie Toinette hocha la tête :

— Le 18 juin 1940, oui... L'appel du général de Gaulle. J'ai eu seize ans ce jour-là. Nous étions, mes parents et moi, encore effondrés par ce qui s'était passé le mois précédent. Je peux dire que ça a été l'anniversaire le plus triste de ma vie.

Fabienne et Dorothée, qui connaissaient l'explication de ces paroles, ne demandèrent rien. Mais Thibaut interrogea :

— Que voulez-vous dire ? Que s'était-il passé ?

L'intérêt sincère qu'exprimait son visage incita mamie Toinette à raconter. Tout en passant le plat de biscuits salés, elle expliqua en soupirant :

— Nous habitions à l'époque, mes parents et moi, un petit village du Pas-de-Calais qui s'appelle Oignies. En mai 1940, les Allemands sont arrivés, et ils ont apporté avec eux le drame, la détresse, la mort. On a parlé justement, à l'occasion de la Libération, de ces villages incendiés et de leurs habitants massacrés lors de la retraite allemande, comme celui d'Oradour-sur-Glane. Mais déjà, en 1940, il y avait eu la même chose. Et Oignies fait partie de ces villes-martyres.

Thibaut se pencha en avant :

— Et vous étiez là ? Vous avez vécu une telle... une telle horreur ?

— Une telle horreur, vous pouvez le dire, en effet. Je ne pourrai jamais oublier... C'était le 28 mai. Au cours des trois jours précédents, des soldats français, britanniques, et un détachement de spahis marocains avaient tenu en échec les Allemands qui, arrivés par le sud, tentaient d'entrer dans Oignies par le pont de la Batterie. Pour se venger, ceux-ci décidèrent de détruire et d'incendier la ville.

Thibaut écoutait attentivement mamie Toinette qui, reportée cinquante-quatre ans en arrière, revivait des souvenirs que le temps ne pourrait jamais effacer.

— Ma mère et moi, nous venions de nous lever lorsque les Allemands ont envahi les rues, courant et vociférant, tirant des coups de feu, lançant des grenades dans les maisons sous prétexte que des francs-tireurs se cachaient dans la population. Ils sont entrés chez nous, nous ont fait sortir en hurlant et, avec d'autres femmes, nous ont poussées sans ménagement vers le pont de la Batterie. Nous étions ahuries, affolées de terreur. Nous avions entendu des rafales de mitraillette, et plusieurs femmes, en sanglotant, nous expliquaient que des hommes du village venaient d'être abattus à bout portant. Nous étions au cœur de la sauvagerie dont nous avaient parlé les réfugiés belges qui traversaient le village, fuyant l'avance allemande et nous conseillant de partir le plus loin possible.

— Vous n'étiez pas partie ? demanda Thibaut.

— Non, ma mère n'avait pas voulu quitter sa maison. Certaines avaient été littéralement pillées et, de plus, elle affirmait que partir à l'aventure sur les routes et se faire mitrailler par les Stukas était tout aussi dangereux que rester. Ce jour-là, pourtant, elle a bien regretté sa décision. Ce que nous avons vécu a dépassé en horreur tout ce que nous pouvions imaginer. Les Allemands se sont conduits comme de véritables barbares. Alors qu'ils nous poussaient vers la Batterie, nous sommes passées devant la villa « Les Floralies », et nous avons entendu des cris atroces, inhumains, qui nous ont fait dresser les cheveux sur la tête. Après toutes ces années, le fait de les évoquer me donne encore la chair de poule. Nous n'avons connu que par la suite l'explication de ces cris. C'était un officier anglais que les Allemands avaient ligoté dans un fauteuil et aspergé d'essence avant d'y mettre le feu. Il était en train de brûler vif.

— Quelle horreur ! s'écria Thibaut, révolté.

Avec des mains tremblantes, mamie Toinette posa son verre sur la table basse avant de continuer d'une voix assourdie :

— Lorsque nous sommes arrivées à la Batterie, nous avons assisté à l'incendie de notre village, que les Allemands ont déclenché au moyen de grenades et de lance-flammes. Nous sanglotions, impuissantes et terrifiées. Mais, alors que la plupart des maisons brûlaient, un orage a éclaté, une pluie violente s'est mise à tomber. Ma mère et moi, nous étions toujours en peignoir et en chaussons, et nous avons été complètement trempées. Mais cette pluie a eu au moins le mérite d'éteindre l'incendie, et nous avons été soulagées de retrouver notre maison à peu près intacte.

Thibaut ne disait plus rien. Fabienne et Dorothée, qui connaissaient pourtant ce récit par cœur, se sentaient la gorge serrée. Le regard de mamie Toinette se fit lointain, triste infiniment :

— Dans le village, un peu partout, nous avons retrouvé les cadavres des hommes qu'ils avaient tués. Parmi eux, il y avait celui de Jean... Je peux dire qu'il était mon premier amour. Oh, un amour platonique, bien innocent. Nous étions si jeunes tous les deux ! Il avait été tué avec son père et son oncle, sous les yeux mêmes de sa mère et de ses sœurs, alors qu'ils remontaient tous de la cave où ils s'étaient réfugiés. Il venait d'avoir dix-huit ans.

Les yeux pleins de larmes, elle se tut. Plus d'un demi-siècle avait passé, et pourtant la douleur, bien qu'estompée, était toujours présente.

— Par la suite, j'ai rencontré André, je l'ai aimé, je l'ai épousé. Mais je n'ai jamais oublié Jean, tué sauvagement sans raison... Et il n'était pas le seul. Quatre-vingts hommes du village ont ainsi été abattus en ce jour tragique du 28 mai. Il y a eu, après la guerre, un mausolée qui a été construit à leur mémoire, et Vincent Auriol, alors président de la République, est venu l'inaugurer en 1947. Ces événements tragiques que nous avons vécus, à l'époque, d'autres villages dans la région les ont connus également. Aubigny-en-Artois, Courrières, Emmerin, Seclin, Beuvry, Carvin, Ostricourt, Wahagnies... et j'en oublie. Plusieurs centaines de civils ont été massacrés par les Allemands, et bien avant Ascq ou Oradour, ces villages faisaient déjà partie de la liste des villes-martyres.

Fabienne tenta de secouer la tristesse que le récit de sa mère avait suscitée :

— Allons, dit-elle en prenant son verre, nous ne sommes pas venus pour rappeler ces tristes souvenirs, mais au contraire pour fêter ton anniversaire. À ta santé, maman !

Mamie Toinette but une gorgée de porto et constata avec un sourire désolé :

— C'est vrai. Pardonnez-moi mais, à chacun de mes anniversaires, je ne peux m'empêcher de penser à cette année où j'ai eu seize ans. Ceux de ma mère n'avaient pas été beaucoup plus gais... C'était en avril 1916, et elle habitait à l'époque Tourcoing, qui était occupé par les Allemands. Il y a eu une rafle, et elle a été emmenée dans les Ardennes, avec d'autres jeunes gens et jeunes filles, pour y travailler dans les champs pendant plusieurs mois ; ils étaient mal nourris, surveillés par des sentinelles armées comme de véritables prisonniers. Quant à mon père, à la même époque, il se battait dans les tranchées. Il était parti, en 1912, faire son service militaire. Lorsque la guerre a éclaté, en 1914, il a été enrôlé automatiquement. Et il n'a été démobilisé qu'en 1919. Ce sont huit années de sa vie, de sa jeunesse, qui ont été ainsi sacrifiées. Et dans quelles conditions ! Il me racontait les tranchées, parfois. Lui aussi, il a connu l'horreur.

— Je me permets d'insister, coupa Fabienne en faisant tinter les glaçons de son verre. Assez de souvenirs tristes. Si nous parlions d'autre chose ?

Mamie Toinette se secoua comme pour tenter d'éloigner d'elle un passé qu'elle ne pouvait oublier et sourit à Thibaut :

— Ainsi, vous êtes professeur d'histoire ? Ce métier vous plaît ?

Thibaut répondit, parla de ses élèves, raconta des anecdotes amusantes, cita quelques perles qu'il avait relevées dans les copies qu'il corrigeait. L'atmosphère se détendit, se fit plus gaie. Lorsque les verres furent vides, mamie Toinette regarda sa montre :

— Il est temps de partir. J'ai retenu une table pour 13 heures.

Comme le restaurant n'était pas très éloigné, ils firent la route à pied. Le temps était splendide. Dans un ciel uniformément bleu, un soleil allègre brillait. Alors qu'ils passaient devant la gare, un homme vint vers eux, brandissant un journal. Il l'agita sous le nez de Thibaut :

— Achetez *Macadam !* proposa-t-il. Pour les SDF, s'il vous plaît, 10 F !

Thibaut sortit une pièce de sa poche et la donna au vendeur, qui la prit et se détourna aussitôt pour apostropher quelqu'un d'autre. Tout en pliant le journal, le jeune professeur expliqua :

— Je ne refuse jamais d'aider quelqu'un lorsque je peux le faire. Ces gens luttant contre le chômage et l'exclusion en vendant des journaux de rue ont besoin d'être encouragés. Puisque j'ai la chance d'avoir un métier stable, je me dois d'aider ceux qui n'ont plus ni travail ni logement, qui luttent pour conserver leur dignité.

Dorothée leva vers Thibaut un regard approbateur :

— C'est très bien. Nous sommes tous motivés par ce problème car, de toutes les régions, le Nord est l'une des plus touchées par le chômage. Notre mamie Toinette, elle, fait partie du Secours catholique, et distribue des vivres et des vêtements à ceux qui sont dans le besoin, n'est-ce pas, mamie ?

Mamie Toinette fit un signe d'assentiment et dit, comme pour s'excuser :

— Cela m'occupe tout en me donnant l'impression d'être utile.

André, son mari, avait travaillé à la SNCF, et avait terminé sa carrière comme inspecteur divisionnaire à la Direction régionale de Lille. Elle jouissait d'une confortable retraite, et elle n'hésitait pas à aider les plus démunis.

Dorothée se tourna à nouveau vers Thibaut :

— Savez-vous que, dans le Nord, nous avons également notre abbé Pierre ?

— Ah bon ? dit Thibaut, surpris. Comment cela ?

— C'est un prêtre, le Père Léon. Il dirige la communauté Emmaüs de Bruay-la-Buissière. De plus, sur une friche industrielle abandonnée par les Houillères, il a monté une entreprise qui s'occupe du ramassage et de l'exportation de vêtements et de vieux papiers. Ce qui lui a permis de donner du travail à de nombreux exclus. Il dit que le vrai bonheur consiste à rendre heureux les autres.

— Nous l'avons vu à la télévision, il y a quelques mois, commenta Fabienne. Il démolissait à la pioche la porte d'une maison murée par les Houillères, pour y loger un jeune couple de ses amis. Il vient en aide à tous ceux qui sont dans le besoin, et nous l'admirons beaucoup.

— Avec sa longue chevelure et sa barbe blanches, sourit Dorothée, il me fait penser au Père Noël. Et c'est certainement ce qu'il représente pour les gens qu'il aide.

Tout en bavardant, ils étaient arrivés à la Grand-Place. Thibaut leva la tête vers la statue qui en occupait le centre, juchée tout en haut de son immense piédestal.

— Que représente-t-elle ?

— C'est la déesse de Lille, expliqua Dorothée. Elle représente la résistance des Lillois lors du siège de 1792, lorsque les Autrichiens ont attaqué la ville.

— Je vois, dit Thibaut. C'est vrai que les habitants ont résisté courageusement. La Convention a déclaré, à l'époque, que la ville de Lille avait bien mérité de la patrie.

Dorothée sourit à Thibaut, l'air ravi :

— C'est agréable de discuter avec vous. Vous savez toujours de quoi je parle et, en histoire, vous pourriez m'apprendre plein de choses !

— Attention, intervint Fabienne, prenant sa mère à témoin, s'ils se mettent à parler d'histoire, nous sommes fichues !

Ils se mirent à rire, tout en passant devant le *Furet du Nord* que mamie Toinette, avec fierté, qualifia de plus grande librairie d'Europe, et même du monde. Puis ils arrivèrent au restaurant *Le Paris*, où Loïc, le patron, les accueillit. Il connaissait bien mamie Toinette, qui venait fêter chacun de ses anniversaires dans son restaurant. Lorsque André vivait encore, ils le fréquentaient plus assidûment, et les deux hommes étaient devenus des amis.

— Votre table vous attend, dit Loïc. Avec du champagne offert par la maison. Joyeux anniversaire, Antoinette ! Avez-vous vraiment un an de plus ? Vous paraissez toujours aussi jeune !

Mamie Toinette eut un rire amusé. Elle souriait encore en s'installant sur une des confortables banquettes de velours.

— J'aime l'ambiance intime et raffinée de ce restaurant, confia-t-elle. Sans compter qu'on y mange bien. Ce que nous propose Loïc est toujours original et délicieux.

Loïc finissait de verser le champagne, et tous levèrent leur verre :

— Joyeux anniversaire, mamie !

Mamie Toinette but une gorgée et eut une fugitive pensée pour André, qui n'était plus auprès d'elle depuis plusieurs années déjà. La solitude était parfois bien difficile à supporter. Heureusement, elle avait ses enfants. Sa fille, Fabienne ; et son fils, Robert, qui avait épousé Viviane dont le père avait été mineur toute sa vie. Ils n'avaient pas d'enfants, mais ils s'entendaient bien tous les deux, et ils ne songeaient pas à divorcer. Mamie Toinette s'aperçut subitement qu'elle n'acceptait pas si facilement le divorce de Fabienne. Pour elle, un divorce représentait un échec, l'échec d'une vie à deux, l'échec d'un amour.

— Où en est ton divorce ? demanda-t-elle à sa fille. Sa question jeta un froid. D'une voix neutre, Fabienne répondit, tout en posant son verre :

— Il suit son cours. J'ai engagé la procédure, et mon avocat affirme que, même si Patrick tente de s'y opposer, il n'a aucune chance de gagner.

— De toute façon, ajouta Thibaut, nous attendrons le temps qu'il faudra. Nous ne sommes pas pressés.

Mamie Toinette leva de nouveau son verre :

— Alors, à votre avenir et à votre bonheur !

De nouveau, ils trinquèrent, puis Fabienne fit dévier la conversation. Elle ne voulait pas parler de Patrick. Elle l'avait rayé de son existence. Maintenant, c'était avec Thibaut qu'elle voulait vivre. Thibaut qu'elle aimait et qui l'aimait.

Le premier vendredi de juillet, Martial fit ses bagages. Il partait le lendemain pour l'Angleterre, où il passerait un mois chez son correspondant. Surexcité, il abrutissait Dorothée d'un flot de paroles ininterrompu.

— Tu te rends compte ! Je vais prendre l'avion ! C'est la première fois, et j'avoue que j'ai un peu peur. Papa va me conduire demain à l'aéroport de Lesquin. Et je vais partir tout seul. C'est la première fois aussi que je voyagerai seul. Ça me fait un effet bizarre... Comme si j'étais devenu adulte d'un seul coup ! Heureusement, William sera à Londres et m'attendra. Nous partirons directement chez lui.

Il ferma son sac de voyage, bourré à craquer, et constata avec sérieux :

— Plus tard, lorsque je serai un homme d'affaires important, j'emprunterai le tunnel sous la Manche. Ça doit être drôlement pratique !

— Sais-tu que Napoléon avait déjà eu l'idée d'un tunnel qui relierait la France et l'Angleterre ?

Martial leva les yeux au ciel :

— La voilà qui repart dans ses élucubrations historiques ! commenta-t-il en prenant à témoin un interlocuteur invisible. Mais oui, ma chère sœur, je le sais. Thibaut nous en a parlé, figure-toi. Il nous a même fait un cours là-dessus. Et nous avons eu un devoir sur le sujet. Il fallait dire ce que le tunnel pouvait apporter à notre région.

— Et qu'as-tu dit ?

— Qu'il apporterait certainement un afflux de touristes, ce qui ferait marcher le commerce, le secteur hôtelier et immobilier. Et qu'il pourrait apporter aussi une expansion économique. J'ai eu une bonne note, conclut-il avec fierté.

— Je n'en doute pas. Tu sais être brillant quand tu veux t'en donner la peine.

Sans transition, Martial s'approcha de sa sœur, baissa la voix :

— Dorothée, dis-moi... Ne pourrais-tu pas parler à maman et essayer de la faire changer d'avis ? Moi, elle ne m'écoute pas. C'est ridicule, cette idée de vouloir se remarier avec Thibaut. Il est plus jeune qu'elle ! Et puis, papa voudrait revenir. Il me l'a encore dit la semaine dernière.

Dorothée secoua la tête :

— Moi non plus, elle ne m'écoutera pas. Laisse-la donc, Martial. Elle est assez grande pour savoir ce qu'elle doit faire.

Martial tapa du pied et fronça les sourcils comme un petit garçon en colère :

— Mais moi, je veux que papa revienne, et que tout soit comme avant !

— Eh bien, il n'avait qu'à réfléchir avant d'agir

comme il l'a fait, et ne pas s'en aller ! rétorqua Dorothée avec humeur.

Martial la regarda un instant, avant de reprendre plus calmement, plus tristement aussi :

— Je vois. Tu raisonnes comme maman. Vous, les femmes, vous êtes toutes pareilles. Tant pis, ne lui parle pas. Mais moi, je continuerai à espérer qu'elle changera d'avis.

Dorothée ne répondit pas. Thibaut lui plaisait, elle le trouvait intelligent et sympathique. Comme elle, il aimait l'histoire, et ils avaient des conversations passionnantes tous les deux. Il s'intéressait à elle, à ses études, bien plus que ne l'avait jamais fait son propre père. Patrick avait toujours délaissé sa fille au profit de Martial, et Dorothée, qui heureusement n'avait pas une nature jalouse, avait accepté cette situation un peu comme une fatalité. Mais maintenant, grâce à Thibaut, elle constatait combien il était agréable de pouvoir partager une même passion avec quelqu'un. Et elle devait s'avouer qu'elle se sentait bien plus proche de lui que de son père.

Le lundi qui suivit, Fabienne, qui prenait ses congés en juillet, décida de profiter de son temps libre pour laver les rideaux et nettoyer toutes les vitres de l'appartement. Elle se sentait heureuse, excitée. Dès le lendemain, Thibaut serait en vacances lui aussi. Ils pourraient commencer leurs excursions et leurs visites, afin de faire connaître au jeune homme le Nord où il vivrait dorénavant. Néanmoins, Fabienne eut un petit soupir d'agacement en songeant que, trop souvent à son gré, Dorothée et Thibaut faisaient dévier la conversation sur des épisodes historiques qui finissaient par l'ennuyer, elle, Fabienne. Mais elle se morigéna intérieurement. Elle devait se montrer satisfaite, au contraire, de constater que sa fille et Thibaut s'entendaient parfaitement, encore mieux qu'elle ne l'avait espéré.

Elle grimpa sur l'escabeau pour décrocher le grand panneau du salon. Au moment où elle redescendait, le rideau dans les bras, son pied glissa sur la dernière marche. Elle perdit l'équilibre, bascula, tenta de se rattraper à l'escabeau. Son genou heurta violemment l'une des marches, et la douleur fut telle que Fabienne tomba en poussant un cri.

La moquette amortit sa chute et, un peu étourdie, elle parvint à se relever. Avec une grimace de souffrance, elle se massa le genou, fit quelques pas en boitillant un peu.

— Bah, ça passera, pensa-t-elle avec philosophie. Ça m'apprendra à faire attention. J'en serai quitte pour un bleu, voilà tout.

Mais, le soir, son genou lui faisait si mal qu'elle dut le bander. Le lendemain, il n'allait pas mieux, bien au contraire. Il était gonflé, violacé, et marbré de noir par endroits. De plus, dès que Fabienne tentait de marcher, elle ressentait un élancement insupportable. Dorothée s'affola :

— Tu ne peux pas rester ainsi, maman. Je vais appeler le médecin.

Fabienne se lamenta :

— Et Thibaut qui doit venir nous chercher tout à l'heure ! Rappelle-toi, nous avions prévu de commencer à visiter Douai.

— Je le sais bien, mais pour le moment, le plus urgent est de te soigner. Thibaut comprendra.

En maugréant contre sa maladresse, Fabienne fut obligée de se ranger à l'avis de sa fille. Elle avait trop mal. Le médecin l'envoya passer des radios du genou, qui révélèrent une fissure de la rotule. Dès le lendemain, Fabienne se retrouva avec un plâtre qui lui emprisonnait la jambe de la cuisse à la cheville. Elle se lamenta de plus belle :

— Me voilà immobilisée pour trois semaines au moins ! Mes congés sont fichus ! Ah, c'est vraiment réussi !

Dorothée essaya de la consoler :

— Ça aurait pu être plus grave, maman. Tu aurais pu te retrouver à l'hôpital. Au moins, tu es ici, chez toi, et nous sommes là, Thibaut et moi, pour te tenir compagnie.

Fabienne se tourna vers Thibaut qui la regardait avec désolation :

— Mon pauvre chéri ! Te voilà avec une invalide sur les bras ! Alors que nous avions prévu de faire tant de promenades !

— Nous les ferons après, dit Thibaut d'un ton rassurant, lorsque tu pourras marcher à nouveau.

— Mais après, je ne serai plus en vacances ! Et puis, je ne supporterai pas de vous voir tourner autour de moi comme des âmes en peine. Il ne faut pas vous priver de sortir pour moi. Dimanche, c'est le défilé de Gayant. Il ne s'agit pas de le rater. Vous irez le voir sans moi.

Dorothée et Thibaut protestèrent, mais Fabienne demeura inflexible. Elle refusait, affirma-t-elle catégoriquement, de faire supporter aux autres les conséquences de sa maladresse. Finalement, pour ne pas la contrarier, ils s'inclinèrent devant sa volonté.

Ainsi, dès le lendemain, ils s'en allèrent, d'un pas conquérant, visiter Douai. Fabienne les regarda partir avec un soupir d'envie et de regret. Pourtant, c'était elle qui, une fois encore, avait insisté, allant même jusqu'à prétendre qu'elle ne se sentait pas bien, et qu'elle voulait être seule pour se reposer. Avec tristesse, elle clopina jusqu'à la chaise longue que Dorothée lui avait installée et s'y laissa tomber, découragée. Elle prit une revue et tenta désespérément de s'y intéresser.

Pendant ce temps, Dorothée et Thibaut marchaient allégrement vers le centre-ville.

— Commençons notre visite par le beffroi et la mairie, décida Dorothée. Je n'ai pas peur de dire que notre mairie est la plus belle du Nord.

Thibaut eut une protestation amusée :

— Hum ! Cet avis ne serait-il pas un peu chauvin ?

Ensemble, ils rirent, complices. Thibaut, de plus en plus, appréciait Dorothée, son caractère facile, enjoué. En la regardant, il pouvait avoir un aperçu de ce qu'avait été Fabienne à vingt ans. De plus, avec la jeune fille, il discutait d'histoire autant qu'il le voulait. Ce qui était impossible avec Fabienne qui, il le voyait bien, n'écoutait que par politesse et s'efforçait de cacher son ennui.

Ils pénétrèrent dans la cour de l'hôtel de ville, riant encore. Ils visitèrent le beffroi, admirèrent le carillon, détaillèrent, dans la salle gothique, la fresque représentant les heures glorieuses de Douai, entrèrent dans la chapelle Saint-Michel, puis dans la salle des mariages, appelée le Salon Blanc à cause de ses boiseries entièrement peintes en blanc. Ils terminèrent leur visite par les deux salles voûtées de la Halle aux Draps, où on leur expliqua que, avec le beffroi, elles étaient les plus anciennes salles de l'hôtel de ville.

Ils sortirent totalement enchantés :

— Cette visite nous a donné soif, remarqua Thibaut. Si nous allions boire un verre quelque part ?

— Ce serait avec joie, dit Dorothée, mais je crois qu'il serait plus gentil de rentrer pour maman. Je suis persuadée qu'elle s'ennuie toute seule.

Thibaut se rangea à son avis, et ils revinrent en discutant avec animation. Ils noyèrent Fabienne sous un flot de commentaires enthousiastes. Elle les regardait sans rien dire, constatant sur leur visage la même excitation. Elle eut l'impression qu'ils étaient dans un monde à eux, dont elle était exclue et, subitement, elle se sentit triste. Elle lança au plâtre qui lui emprisonnait la jambe un regard de rancune. C'était à cause de ce stupide accident, et elle allait être immobilisée encore de longs jours... Elle soupira avec découragement. Tout à leur conversation, Dorothée et Thibaut ne s'aperçurent pas de son humeur morose.

Les jours suivants, ils visitèrent le musée de la Chartreuse, les sous-sols du palais de justice où se situaient, autrefois, les prisons de la ville, et où Vidocq, condamné au bagne, fut incarcéré avant d'être gracié et de devenir chef de la police. Ils visitèrent l'église Saint-Pierre, l'église Notre-Dame qui, pendant la Révolution, expliqua Dorothée, avait été transformée en écurie. Les objets religieux avaient été enlevés et remplacés par des mangeoires fixées aux murs. Thibaut écoutait les commentaires de la jeune fille, posait des questions, et chaque visite devenait une entreprise passionnante.

Ils profitèrent du beau temps pour aller flâner dans le jardin public et dans les sentiers verdoyants qui longent la Scarpe. De l'embarcadère du palais de justice, ils partirent pour une promenade en barque et, pendant une demi-heure, découvrirent au fil de l'eau une facette de Douai différente de ce qu'ils voyaient habituellement.

— Des promenades en calèche sont également organisées le week-end, dit Dorothée à Thibaut. Pas le prochain, parce qu'il est consacré à Gayant. Nous attendrons donc le week-end suivant. Ce sera très agréable ; nous imaginerons que nous sommes reportés un siècle en arrière en parcourant les rues au rythme du pas d'un cheval...

Chaque fois, ils revenaient auprès de Fabienne les joues roses et les yeux brillants de plaisir. Mamie Toinette, qui venait tenir compagnie à sa fille, se disait qu'ils ressemblaient à deux enfants ravis de faire des escapades.

— Dimanche, c'est le défilé de Gayant. Quel dommage, maman ! s'exclama Dorothée avec regret. Tu ne le verras pas !

Fabienne fit un geste à la fois résigné et fataliste :

— Bah ! ce n'est pas grave ! Vous me raconterez.

Pourtant, lorsqu'elle les vit s'en aller le dimanche en début d'après-midi, elle ne put s'empêcher de se sentir frustrée. Thibaut s'aperçut de sa tristesse et, alors qu'il allait sortir, revint sur ses pas et se pencha vers elle :

— Ma chérie... murmura-t-il. Ça me fait de la peine de te laisser seule. Ne veux-tu pas que je reste auprès de toi ?

Un instant, Fabienne fut tentée d'accepter. Depuis qu'elle était ainsi immobilisée, elle n'était plus jamais seule avec Thibaut. Pire même, elle avait l'impression qu'il ne venait la voir que pour s'en aller aussitôt avec Dorothée. Mais elle ne voulait pas se montrer égoïste ni se conduire en enfant gâtée. Elle secoua la tête :

— Tu es gentil, mais ce n'est pas la peine. Je crois que je vais dormir un peu. Je me sens fatiguée.

Elle appuya sa tête au dossier de la chaise longue et s'efforça de sourire courageusement. De la porte, Dorothée cria :

— Thibaut ! Tu viens ? Nous allons rater le début du défilé !

— Tiens ! remarqua machinalement Fabienne, vous vous tutoyez, maintenant ?

— Oui, c'est plus simple, dit Thibaut. Ta fille et moi, nous sommes devenus très copains, sais-tu ? Et nous avons trouvé trop cérémonieux de nous dire « vous » sans arrêt. Mais es-tu sûre que je peux te laisser, ma chérie ?

— Mais oui, va ! Et ne t'inquiète pas pour moi. Nous aurons l'occasion de voir d'autres défilés ensemble.

Le jeune homme n'insista plus. Il se pencha, déposa un léger baiser sur les lèvres de Fabienne et s'en alla rejoindre Dorothée. Fabienne entendit claquer la porte d'entrée, elle entendit leurs rires tandis qu'ils descendaient l'escalier, et elle soupira, de nouveau découragée. Elle se sentait abandonnée. Elle avait l'impression d'être une enfant punie et privée de sortie.

Dehors, Thibaut et Dorothée se mêlèrent à la foule. Les rues étaient noires de monde. Il faisait beau et chaud. Rue de Valenciennes, ils s'arrêtèrent.

— Ici, nous serons bien, déclara Dorothée.

Une excitation ravie faisait briller ses yeux. Depuis qu'elle était toute petite, chaque année, elle assistait au défilé de Gayant. C'était une tradition, c'était en même temps un plaisir. Et cette année, pour la première fois, elle n'était pas accompagnée de ses parents ; c'était Thibaut qui était auprès d'elle.

Ensemble, ils applaudirent les groupes folkloriques, les nombreuses sociétés de musique, les majorettes, les carillons ambulants. Ils admirèrent les déguisements, les chars fleuris, ils reçurent des confettis, ils s'amusèrent comme des fous. Et, surtout, ils acclamèrent Gayant et sa famille qui constituaient le clou du défilé.

— Comme il est grand ! remarqua Thibaut avec admiration.

— Il mesure huit mètres cinquante, annonça Dorothée avec importance. Et il pèse trois cent soixante-dix kilos. Il faut six hommes pour le porter.

Placide et fier, vêtu de son armure et portant son bouclier, le géant avançait gravement, accueillant les vivats avec la souveraineté d'un monarque acclamé par ses sujets. Sa femme, Marie Cagenon, presque aussi grande, le suivait fidèlement. Venaient ensuite les enfants : Jacquot, l'aîné ; Fillon, sa sœur ; et Binbin, le benjamin, le préféré des Douaisiens, adorable avec ses boucles blondes et son visage poupin. Les gens tendaient les mains vers lui, les enfants l'appelaient pour pouvoir le toucher, l'embrasser, car une superstition ancienne affirmait que le fait d'embrasser Binbin portait bonheur.

Lorsque le défilé fut terminé, Dorothée se tourna vers Thibaut, les yeux pleins de rêve.

— C'était bien, n'est-ce pas ?

Il acquiesça avec conviction.

— Et maintenant, que fait-on ? continua Dorothée. Si nous allions faire un tour de manège ?

Thibaut eut une pensée fugitive pour Fabienne, solitaire et immobilisée. Il voulut protester, dire à Dorothée qu'il serait plus gentil de rentrer. Mais, déjà, elle le tirait par la main, avec un enthousiasme contagieux :

— Allons, viens ! J'adore les manèges ! Et j'ai envie de tirer à la loterie ! Je suis sûre que je vais gagner !

Il se laissa entraîner. Avec elle, il fit plusieurs tours de manège. Elle voulut grimper sur une roue qui tournait à une telle vitesse qu'ils en eurent le vertige. Lorsqu'ils redescendirent, ils riaient comme des fous. Dorothée titubait et dut s'accrocher à Thibaut, attendant de reprendre son équilibre. Ils rirent de plus belle.

Thibaut pensa que jamais il ne s'était autant amusé avec Fabienne.

Ils déambulèrent dans les allées, se mêlant à la foule. Ils achetèrent une glace. Dorothée s'arrêta devant un stand de loterie, choisit soigneusement plusieurs billets. Elle gagna un ours en peluche qu'elle prit avec un contentement de petite fille. Elle le serra contre sa poitrine, enfouit son visage dans la fourrure blanche et mœlleuse.

— Oh ! comme il est doux !

Thibaut la regardait avec attendrissement. Elle ressemblait, ainsi, à l'enfant qu'elle était encore il n'y avait pas si longtemps. Pour la première fois, il prit conscience du fait que Fabienne était plus vieille que lui, et qu'elle n'avait plus cet enthousiasme juvénile qui était, chez Dorothée, un charme de plus. Et, lui qui avait toujours affirmé à Fabienne que l'âge n'avait pas d'importance, il se prit soudain à regretter qu'elle n'eût plus vingt ans.

Martial envoya à sa mère une carte postale d'Angleterre dans laquelle il se déclarait enchanté de son séjour. Fabienne décida de lui répondre. Cela, pensa-t-elle, l'occuperait un peu. L'inaction lui pesait. Son fils lui manquait également et, avec lui, le tourbillon incessant qu'il mettait dans sa vie. Les jours s'étiraient, monotones. Fabienne souffrait d'être immobilisée, de ne pouvoir accompagner Thibaut et Dorothée lorsqu'ils sortaient. Elle était malheureuse de les voir s'en aller, heureux et insouciants, sans se préoccuper d'elle. Pourtant, à chaque fois, Thibaut lui demandait si elle désirait qu'il reste pour lui tenir compagnie. Et Fabienne répondait toujours négativement. Mais elle ne pouvait s'empêcher de penser, avec amertume, que

Thibaut se laissait convaincre trop vite. Jamais il n'insistait. Au contraire, Fabienne avait l'impression qu'il partait rejoindre Dorothée avec soulagement, comme si le fait de rester auprès d'elle représentait une corvée.

Cet après-midi-là, seule une fois de plus, Fabienne s'ennuyait. Elle prit une feuille, un stylo, et se prépara à écrire à son fils. À ce moment, le téléphone sonna. Elle décrocha aussitôt, heureuse de cette diversion.

— Allô, Fabienne ? Comment vas-tu ?

C'était la voix de Patrick. Instinctivement, Fabienne se raidit. Pourquoi appelait-il ?

— Pas très bien, répondit-elle abruptement. Je me suis cassé le genou. J'ai un plâtre qui m'emprisonne toute la jambe.

Au bout du fil, il y eut une exclamation désolée :

— Oh, mon pauvre chéri !

Malgré elle, Fabienne se sentit touchée. Patrick l'appelait toujours ainsi quand quelque chose n'allait pas. Des larmes lui picotèrent les yeux, qu'elle chassa d'un revers de main rageur.

— Tu es couchée ? Tu ne peux pas bouger ? continuait Patrick, d'une voix pleine de sollicitude.

Fabienne se força à rire, d'un rire qui sonnait faux.

— Oh, je parviens à clopiner.. Je me débrouille. Et puis, Dorothée est en vacances. Le matin, elle fait les courses et le ménage.

— Heureusement qu'elle est là ! Mais, dis-moi... Si tu as besoin de moi, n'hésite pas. Veux-tu que je vienne te voir ? Que je t'apporte quelque chose ? Que désires-tu ?

Fabienne dut faire un effort pour répondre avec froideur :

— Je n'ai besoin de rien, Patrick. Qu'essaies-tu de faire ? Je te rappelle que tout est fini entre nous. J'ai demandé le divorce.

— Je le sais bien, hélas ! Mais moi, je ne suis pas d'accord, tu le sais. Je ne veux pas divorcer. Ce n'est pas pour t'embêter, Fabienne, c'est parce que je me suis aperçu que je t'aime toujours. Et puis, pour Martial qui le désire, je voudrais revenir auprès de toi.

Fabienne retint un soupir d'agacement :

— Nous n'allons pas recommencer cette discussion, Patrick. Je t'ai déjà fait part de ma décision. Elle ne changera pas.

Au bout du fil, il y eut un long silence. Puis Patrick murmura d'une voix assourdie :

— Je veux espérer, malgré tout. Réfléchis encore, Fabienne. Et crois-moi, je suis sincère : je t'aime.

Il raccrocha et Fabienne, le cœur lourd, considéra longuement le téléphone. Elle ne pouvait s'empêcher, subitement, de se sentir coupable. Mais elle se secoua, faisant appel à une rancune toujours présente : Patrick, lui, ne s'était pas occupé d'elle lorsqu'il l'avait quittée pour sa « Cri-Cri ». Ce qui arrivait maintenant n'était que le juste retour des choses. L'esprit allégé par ce raisonnement, Fabienne prit sa feuille et se mit à écrire à son fils.

— Maman, dit Dorothée le lendemain matin, Thibaut ne connaît pas nos plages du Nord. J'ai pensé que je pourrais l'emmener passer une journée au bord de la mer. En ce moment, il fait beau, il faut en profiter. Qu'en penses-tu ? L'inconvénient, c'est que je devrai te laisser seule toute la journée. Mais je ferai les courses la veille, et je te préparerai tout ce qu'il faut avant de partir.

La première réaction de Fabienne fut de protester. Mais elle retint les paroles qui s'apprêtaient à franchir ses lèvres. Une fois de plus, elle pensa qu'elle ne voulait pas se montrer égoïste. Sous prétexte qu'elle ne pouvait se déplacer, elle ne devait pas empêcher les autres de sortir et de voyager.

— Oh, ne t'inquiète pas pour moi, déclara-t-elle en s'efforçant de prendre un ton léger. Je parviendrai à me débrouiller !

— J'ai bien envie d'aller avec vous, intervint mamie Toinette, qui était présente. Chaque été, André et moi, nous allions à Merlimont ou au Touquet. Depuis qu'il n'est plus là, je n'y suis jamais retournée.

— Bien sûr, mamie ! s'exclama Dorothée. Viens avec nous, tu seras la bienvenue !

Fabienne pinça les lèvres avec désapprobation. Décidément, tout le monde l'abandonnait sans l'ombre d'un remords. Il n'y avait que Patrick qui semblait s'intéresser à elle avec sollicitude, alors qu'elle ne voulait plus de lui dans sa vie. Quelle ironie !

Dès l'après-midi, Thibaut, mis au courant par Dorothée, accepta avec plaisir l'idée d'aller passer une journée au bord de la mer. Le départ fut fixé au surlendemain. Fabienne, sans mot dire, regardait Dorothée s'agiter, préparer son sac de plage, son maillot de bain, des tubes de crème solaire. Au cours de la journée qui précédait l'excursion, la jeune fille fit des courses, confectionna un repas pour sa mère ainsi qu'une montagne de sandwiches à emporter. Elle chantonnait en travaillant, et Fabienne faisait un effort pour ne pas se sentir amère et frustrée.

Pourtant, Thibaut était auprès d'elle. Pour une fois, il lui tenait compagnie. Mais il lui racontait tout ce qu'il avait vu avec Dorothée et, de temps en temps, la jeune fille approuvait ou commentait. Et Fabienne, de nouveau, éprouvait l'impression désagréable de se sentir exclue.

Ce fut encore pire, lorsqu'ils s'en allèrent le lendemain très tôt. Ils l'embrassèrent, lui souhaitèrent une bonne journée et, lorsqu'ils refermèrent la porte, Fabienne, en les écoutant s'éloigner, eut la sensation, peut-être fausse, qu'ils étaient heureux de s'échapper et de s'éloigner d'elle.

Cela lui fit mal et, pour la première fois, elle en voulut à Thibaut d'agir avec autant de désinvolture. Ne comprenait-il pas qu'elle était malheureuse lorsqu'il l'abandonnait ainsi ? Ne pouvait-il faire preuve d'un peu de sollicitude, de tendresse ? Patrick le faisait bien, lui !

Pendant ce temps, les jeunes gens, dans la voiture de Dorothée, après avoir été chercher mamie Toinette, se dirigeaient vers le littoral en chantant allégrement. De chaque côté de la route, les champs s'étalaient à perte de vue. Une brume légère tamisait le paysage, et les villages qu'ils apercevaient au loin semblaient estompés par un voile de gaze bleue. Des hirondelles sillonnaient le ciel. Il faisait un temps splendide.

— Nous pourrons nous baigner, constata Dorothée avec satisfaction. J'adore nager.

— Moi aussi, répondit Thibaut, qui pensa à ce que lui avait confié Fabienne un jour : elle avait horreur des vagues et de l'eau froide. Au moins, Dorothée ne partageait pas cet avis ! Sans qu'il en prît clairement conscience, plus le temps passait, plus il s'apercevait qu'il avait beaucoup plus de points communs avec Dorothée qu'avec Fabienne.

La journée fut parfaite en tout point. Ils arrivèrent dans le courant de la matinée. Ils pilotèrent mamie Toinette dans les rues de Merlimont et du Touquet ; et les endroits où elle s'était promenée avec son mari, tout en lui rappelant une foule de souvenirs heureux, lui disaient en même temps, cruellement, que ce bonheur était révolu.

Lorsque l'heure du repas approcha, Dorothée proposa :

— Nous allons chercher un petit coin sympa pour pique-niquer dans les dunes.

Ils trouvèrent l'endroit idéal, au nord de Merlimont, dans un creux abrité du vent. Thibaut sortit le parasol, la table et les chaises pliantes, et les installa pendant que Dorothée déballait les provisions. Le grand air ayant aiguisé leur faim, ils mangèrent de bon appétit. Sandwiches au jambon, puis au fromage, petits gâteaux secs, fruits, sans oublier le café que la bouteille Thermos avait gardé brûlant. En même temps, ils bavardaient, heureux et détendus. Thibaut constata :

— Je comprends ce que veut dire Jacques Duquesne lorsqu'il parle, dans son livre, du sentiment d'immensité que l'on éprouve devant la mer du Nord. Moi, je ne connaissais que les plages de la Haute-Normandie, où la terre et la mer sont séparées par la brusque cassure des falaises. Ici, c'est très différent.

Des mouettes planaient dans le ciel, ailes déployées. Un vent frais et léger soufflait, venant de la mer, apportant avec lui une odeur d'algue et de varech. Mamie Toi-nctte se sentit somnolente et ferma les yeux.

— Je vais t'installer le relax, lui dit Dorothée. Tu pourras t'allonger et faire une petite sieste. Pendant ce temps, Thibaut et moi, nous irons faire une balade digestive et, après, nous nous baignerons.

Thibaut approuva. Ils débarrassèrent les reliefs du pique-nique, installèrent mamie Toinette à l'ombre du parasol et à l'abri du vent :

— Voilà, ici, tu seras bien, dit Dorothée. À tout à l'heure, mamie.

Ils l'embrassèrent, prirent le sac de plage contenant les produits solaires et les serviettes de bain, et s'en allèrent. La mer se retirait. Ils s'arrêtèrent, la regardèrent un instant. Bleue sous le ciel bleu, elle s'étalait, immense, et le soleil éparpillait, au creux de ses vagues, un scintillement d'or. Dorothée cligna des yeux, éblouie.

— Le dernier arrivé à la mer est nul ! s'écria-t-elle, soudain mutine.

Thibaut entra immédiatement dans le jeu :

— Chiche ! s'exclama-t-il, retrouvant instinctivement une expression oubliée, datant de l'époque où il était gamin.

Ils s'élancèrent en riant, arrivèrent en même temps au ras des vagues. De nouveau, Thibaut regretta que Fabienne n'eût plus cette faculté de rire et de s'amuser, que Dorothée avait gardée. C'était agréable, délassant, cela lui donnait l'impression d'être plus jeune.

— Promenons-nous au bord de l'eau, suggéra-t-il. J'adore marcher le long de la mer.

— Je ramasserai des coquillages, ajouta Dorothée. Lorsque j'étais enfant, c'était mon occupation préférée. Ensuite, je les collais sur une feuille de carton, sous forme de bouquets ou d'animaux. Et, à chaque fois, j'étais très fière de mon œuvre.

Ils continuèrent à bavarder tout en marchant. À un moment donné, ils aperçurent les restes d'un fortin, dans les dunes, ce qui fit remarquer à Thibaut :

— Voilà un souvenir de la dernière guerre. Hitler voulait empêcher toute tentative de débarquement et avait décidé la construction de blockhaus tout au long de la côte. C'était l'opération Todt.

Dorothée acquiesça d'un signe de tête :

— Mamie Toinette raconte qu'un de ses cousins, alors âgé de dix-huit ans, avait été recruté par les Allemands pour y travailler.

Irrésistiblement, la conversation glissa sur leur sujet

préféré : l'histoire. Ils arrivèrent ainsi jusqu'aux premières maisons de Stella-Plage, la localité voisine. Ils firent alors demi-tour pour revenir et se baigner avant d'aller rejoindre mamie Toinette.

Pendant ce temps, mamie Toinette dormait. Ce furent des cris d'enfant qui la réveillèrent. Elle ouvrit les yeux, regarda autour d'elle. Une famille s'était installée plus loin, et plusieurs enfants jouaient au ballon. Elle jeta un coup d'œil à sa montre. Plus de deux heures avaient passé. Elle pensa que Dorothée et Thibaut allaient bientôt revenir, et elle attendit leur retour.

Ils arrivèrent peu de temps après, en maillot de bain, les cheveux encore humides.

— L'eau était délicieuse, mamie, déclara Dorothée, ravie. T'es-tu bien reposée ? Nous n'avons pas été absents trop longtemps, j'espère ?

Elle étala sa serviette de bain sur le sable et s'allongea au soleil, les yeux fermés.

— Je vais me faire sécher.

Thibaut l'imita. Le regard perdu dans le ciel, il ne pensait à rien. La chaleur du soleil sur sa peau lui procurait un bien-être agréable. Il avait nagé, fait la course avec Dorothée, ils s'étaient éclaboussés comme deux enfants ravis de jouer dans l'eau. L'après-midi s'étirait, le vent fraîchissait un peu. Des traînées de nuages s'effilochaient à travers le ciel bleu, comme si un gigantesque balai avait éparpillé, de l'ouest à l'est, de vaporeux lambeaux d'un coton blanc et aérien. Thibaut ferma paresseusement les yeux. Une douce somnolence l'envahissait. Au bout d'un temps qu'il fut incapable d'évaluer, il entendit la voix de mamie Toinette qui disait :

— Il serait peut-être raisonnable de ne pas trop tarder. Il y a encore la route du retour à faire, et Fabienne doit se sentir bien seule.

— Oh, restons encore un peu ! protesta Dorothée avec une moue de contrariété. Nous sommes si bien !

Thibaut demeura silencieux. La remarque de mamie Toinette venait de lui faire prendre conscience que, depuis le matin, pas un seul instant Fabienne ne lui avait manqué. Et il se sentait coupable de l'avoir oubliée si facilement.

Le lendemain, en compensation, il décida de tenir compagnie à la jeune femme toute la journée. Mais, avec un mélange de surprise et de désolation, il s'aperçut qu'il ne trouvait rien à lui dire. Il avait envie de lui raconter la journée de la veille dans ses moindres détails, comme un enfant raconte à sa mère une escapade dont il est revenu enchanté. Mais il avait peur, par ce récit, de mécontenter Fabienne, qui acceptait de moins en moins bien son immobilité forcée.

Il ne pouvait pas non plus lui parler d'histoire. Chaque fois qu'il le faisait, au bout de quelques instants, elle prenait un air profondément ennuyé, puis s'arrangeait pour faire dévier la conversation.

Alors, il ne disait rien, ou parlait de banalités. Surtout, il s'efforçait de réconforter Fabienne lorsqu'elle se plaignait que ses vacances étaient stupidement gâchées. Et, tout au long de la journée, il s'ennuya, et pensa qu'il avait été beaucoup plus heureux la veille, à rire et à s'amuser avec Dorothée au bord de l'eau.

Une autre promenade fut prévue au cours des jours suivants. Ce fut mamie Toinette qui la suggéra. Robert, son fils, âgé de quarante-deux ans, tenait une librairie près de Béthune, en plein pays minier. Elle dit à Thibaut :

— Ce sera une occasion pour vous de les connaître, lui et sa femme Viviane. Elle est la fille d'un mineur.

Vous verrez le coron, et le terril qui a été transformé en lieu de promenade. Et Augustin, le père de Viviane, pourra vous parler de la mine. C'est un aspect du Nord qu'il faut découvrir.

Avec mamie Toinette, les deux jeunes gens partirent donc, en début d'après-midi, pendant que Fabienne, maussade, luttait contre l'agacement et la mauvaise humeur qui la prenaient chaque fois qu'elle les voyait s'en aller sans elle.

Robert et Viviane furent heureux de les accueillir. Dorothée, immédiatement, se dirigea vers le rayon des livres historiques :

— As-tu reçu des nouveautés, oncle Robert ?

Il les lui montra. Avec Thibaut, toujours intéressé, elle les feuilleta. Puis, tandis que mamie Toinette entrait pour bavarder et boire un café, ils décidèrent d'aller se promener.

— Allez jusqu'au coron, mon père sera content de vous voir, leur dit Viviane.

Ils partirent à pied. Il faisait beau et chaud. Thibaut, en s'épongeant le front, remarqua :

— Et dire qu'il y a des gens qui s'imaginent qu'il ne fait jamais beau dans le Nord ! Moi-même, avant d'y venir, je ne pensais pas qu'il pouvait y faire une telle chaleur !

Dorothée ne put s'empêcher de rire :

— Sais-tu que les jours où la température dépasse vingt-cinq degrés sont plus nombreux à Lille qu'à Cherbourg, par exemple ? Et que, au long d'une année, il pleut moins ici qu'à Toulon ou à Nice ?

Thibaut hocha la tête :

— Je veux bien le croire. Nous avons la preuve, en ce moment, qu'il peut faire très beau et très chaud dans le Nord !

Ils arrivèrent chez le père de Viviane. Les maisons

du coron, fleuries, pimpantes sous le ciel bleu, aux rideaux éclatants de blancheur, firent remarquer à Thibaut :

— J'ai toujours entendu dire que les corons étaient des cités noires et tristes. Or, ici, j'aperçois de la verdure, des fleurs, c'est charmant.

Le père de Viviane, qui les avait vus, vint au-devant d'eux. Ii connaissait Dorothée depuis son enfance, mais n'avait jamais vu Thibaut. Il se méprit :

— Bonjour, petite. Comment vas-tu ? Présente-moi ce charmant jeune homme. Je parie que c'est ton amoureux ?

Dorothée rougit, eut un rire embarrassé :

— Vous vous trompez, Augustin. Ce n'est pas le mien, c'est celui de ma mère.

— Ah ! Excusez-moi. Robert m'en avait parlé, en effet. Il paraît qu'elle veut divorcer ?

Pauline, la femme d'Augustin, arriva à son tour :

— Allons, ne restez pas ainsi dans le jardin. Entrez, entrez. Venez boire quelque chose de frais. Il fait si chaud !

Ils entrèrent dans une pièce où tout brillait de propreté. Sur le buffet, sur la cheminée, s'alignait toute une série de trophées.

— Regardez, dit fièrement Augustin à Thibaut. Chacun de ces objets représente une victoire d'un de mes pigeons.

Dorothée se frappa le front du plat de la main :

— C'est vrai ! Quelle étourdie je fais ! J'ai oublié de te prévenir, Thibaut, qu'Augustin est un « coulonneux » acharné !

— Acharné, oui, c'est le mot, approuva Pauline. Lorsqu'il attend le retour d'un pigeon, lors d'un concours, il est impossible de le faire bouger du jardin. La dernière fois, j'ai dû lui porter son repas dehors. Il se serait privé de manger.

Augustin haussa les épaules :

— Bien sûr ! Il faut absolument que je sois là dès que le pigeon revient. Il n'y a pas un instant à perdre. Je dois l'attraper le plus vite possible, lui enlever sa bague et la glisser dans le constateur qui enregistre l'heure exacte du retour. La moindre seconde compte.

Il prit, sur le buffet, l'un des trophées, une statue en forme de pigeon :

— Ça, par exemple, c'est le « Gris-bleu » qui l'a gagné. Cette fois-là, il était parti de Perpignan.

— De si loin ? s'extasia Thibaut. C'est formidable !

Augustin fit admirer ses autres trophées, expliquant, à chaque fois, comment il avait été gagné.

— Malheureusement, conclut-il, je ne gagne pas toujours. Le plus triste, c'est quand mes pigeons se perdent. Cela arrive de plus en plus souvent. Ils ont un sens de l'orientation infaillible, mais ils sont égarés par les ondes des radios ou des C.B. Dans ce cas, je les attends en vain. Ils ne reviennent jamais.

— Allons, buvez un peu, coupa Pauline en apportant des boissons fraîches. Si vous le laissez parler sur ce sujet, il ne s'arrêtera jamais.

— Mais c'est passionnant, au contraire, protesta Thibaut en prenant son verre.

— Ce sont des animaux extraordinaires, continua Augustin. Pendant la Première Guerre mondiale, ils ont été utilisés pour transmettre des messages et, actuellement, en Amérique, ils défient les embouteillages et transmettent des analyses entre laboratoires et hôpitaux. Pas besoin d'avoir un fax !

Il se tourna vers sa femme en souriant :

— Et à la fin de leur carrière, lorsqu'ils se retrouvent dans la casserole, tu es bien contente d'avoir un bon repas, hein, Pauline ?

— C'est vrai, acquiesça Pauline. J'avoue que, pour moi, c'est le seul avantage.

— Le pigeon est un mets de choix, commenta Thibaut, toujours prêt à parler d'histoire. Louis XIV et sa cour en consommaient, paraît-il, huit cents par jour.

Ils parlèrent ensuite de la mine, et Augustin secoua la tête avec tristesse :

— Ça n'existe plus, maintenant. Tout ce qui a fait notre vie, à nous les mineurs, c'est disparu. Moi, j'ai commencé à travailler avant la guerre, à quatorze ans. Et tout de suite après la guerre, quand il a fallu relever l'économie du pays, le gouvernement a fait appel à tous les mineurs. Il fallait produire le plus possible, et des primes étaient offertes aux meilleurs travailleurs. On nous disait que le sort de la France dépendait de nous, et nous étions fiers de répondre à cet appel. Qui aurait pu imaginer, à cette époque, qu'un jour nous n'existerions plus ? Regardez, continua-t-il en montrant la fenêtre : au bout de cette rue, depuis que je suis né, j'ai toujours vu le chevalement. Et maintenant, il n'est plus là. Il a été abattu voici trois ans. Ce jour-là, je n'ai pas honte de le dire, j'ai pleuré.

— C'est vrai, appuya Pauline. Moi aussi, ça m'a fait quelque chose.

— C'était comme si, d'un seul coup, on avait supprimé toutes nos années de travail et de souffrance. Pendant longtemps, j'ai été désorienté. Et mes camarades ont réagi comme moi. Nous sommes tous semblables et, dans le coin, nous nous connaissons tous. Il y a toujours eu, entre nous, une solidarité à toute épreuve, due certainement au fait qu'on exerçait le même métier. On se serrait les coudes dans les coups durs.

— Et des coups durs, il y en a eu, affirma Pauline, les yeux humides. Mon frère aîné a été tué dans un éboulement.

— Moi, reprit Augustin, je dis qu'il ne faut pas que

tout ça tombe dans l'oubli. Que représentera notre terril pour les générations futures ? Un lieu de promenade, et rien d'autre. À Nœux-les-Mines, pas loin d'ici, on va installer sur le terril des pistes de ski en tissu synthétique, pour permettre aux gens du Nord de faire du ski chez eux. Pourquoi pas, après tout ? Je n'ai rien contre. Pour les jeunes, c'est sans doute très bien. Mais je répète qu'il faut leur dire que le terril n'a pas toujours été un lieu de plaisir, loin de là. Il faut leur apprendre en quoi consistait le rude métier de mineur, toutes ses difficultés, et ses drames si nombreux.

Il s'interrompit, but une gorgée de bière, reprit plus posément :

— À ce sujet, je vous conseille d'aller visiter le musée de la Mine, à Lewarde. Vous y verrez la reproduction parfaite d'un puits de mine et de ses galeries. Ce sont des anciens mineurs qui organisent la visite et qui expliquent leur métier. Et croyez-moi, ils savent de quoi ils parlent !

Dorothée et Thibaut promirent d'y aller. Et, lorsqu'ils prirent congé, Augustin, enchanté de leur visite, leur fit cadeau d'un de ses trophées qu'ils acceptèrent, confus et ravis.

Jour après jour, le mois de juillet s'avançait. Bientôt, Martial reviendrait de son séjour en Angleterre. Il envoyait à sa mère des cartes enthousiastes. De son côté, Patrick avait téléphoné à Fabienne à plusieurs reprises pour lui demander de ses nouvelles. En même temps, il lui faisait part de son désir de reprendre la vie commune. Il lui répétait qu'il l'aimait. Il se faisait de plus en plus pressant. Fabienne, avec lassitude, tentait de lui faire comprendre que son insistance était inutile.

Ce matin-là, Dorothée et Thibaut partirent joyeusement, en voiture, faire une balade dans l'Avesnois. La veille, ils étaient allés à Cambrai, et Thibaut avait admiré le carillon et sa grosse cloche sur laquelle Martin et Martine, les Maures qui, autrefois, avaient défendu et sauvé la ville, frappaient à coups de marteau pour donner l'heure.

L'avant-veille, ils avaient visité l'hôtel de ville de Lille, et Dorothée avait expliqué à Thibaut les géants Lydéric et Phynaert, Jeanne Maillotte, Alexandre Desrousseaux et sa chanson du *P'tit Quinquin* devenue célèbre dans tout le Nord. Le portrait du général Faidherbe les avait lancés sur une discussion concernant la guerre de 1870 et, une fois de plus, ils étaient revenus de leur promenade enchantés.

— Aujourd'hui, annonça Dorothée, tu vas découvrir un aspect du Nord que tu ne soupçonnes peut-être pas. Verdoyant, agréable, digne des plus beaux paysages de Normandie. Je parie que tu seras séduit.

— Je veux bien te croire, répondit Thibaut. Et il ajouta spontanément : avec toi, c'est toujours bien, de toute façon.

Tout commença de façon agréable. Ils arrivèrent en fin de matinée à la forêt de Mormal, arrêtèrent la voiture à l'ombre des arbres, dont la fraîcheur leur fut bienfaisante après la chaleur de la route. Ils se promenèrent dans les allées ombragées, et Dorothée raconta à Thibaut les méfaits du bandit Moneuse qui, au cours de la Révolution, terrorisait les gens de la région.

— Il était brutal et cruel. Il repérait les maisons isolées, les fermes principalement, et il brûlait les pieds de leurs propriétaires pour les obliger à dire où ils cachaient leur argent. Heureusement, il a fini par être arrêté et exécuté.

L'air sylvestre ayant aiguisé leur appétit, ils déjeunèrent dans une auberge. Puis ils reprirent la route pour aller jusqu'au lac du Val-Joly. Ils passèrent par la chapelle de Sainte-Hiltrude, vénérée dans la région, et recueillirent un peu de l'eau de la fontaine réputée pour guérir les fièvres.

Ensuite, ils se promenèrent lentement autour du lac, puis s'assirent paresseusement dans l'herbe pour admirer le paysage. Des voiliers fendaient gracieusement l'eau bleue et, plus loin, la forêt étalait ses arbres d'un vert plus dense. Les cris joyeux des enfants, qui glissaient sur le toboggan aménagé en bordure du lac et se retrouvaient directement dans l'eau, leur parvenaient. Ils demeurèrent là un bon moment, alanguis par la chaleur du soleil.

Puis, Thibaut se leva :

— Viens, Dorothée, allons boire quelque chose. Ou préfères-tu une glace ?

Il lui tendit les mains pour l'aider à se lever. Elle y mit les siennes, et il la tira vers lui. Elle se retrouva contre sa poitrine et leva la tête. Sans l'avoir prévu, impulsivement, il se pencha et l'embrassa. D'eux-mêmes, les bras de Dorothée se nouèrent autour du cou du jeune homme, et elle répondit passionnément à son baiser.

Ensuite, ils se regardèrent, haletants. Thibaut souffla :

— Dorothée... ma chérie...

La jeune fille recula, le regard affolé :

— Je... Mon Dieu ! Que nous arrive-t-il ?

Thibaut lui sourit :

— Pour moi, c'est très simple, Dorothée. Je t'aime. C'est comme une illumination. Je ne m'en rendais pas compte et là, maintenant, d'un seul coup, je viens d'en prendre conscience.

— Mais... mais..., protesta la jeune fille. Et maman ? Une ombre passa sur le visage de Thibaut :

— Oui, je sais bien... J'ai cru, sincèrement, être amoureux d'elle. Et puis, dès que je t'ai connue, petit à petit, à mon insu, c'est toi que j'ai aimée. Tu étais, pour moi, comme une Fabienne plus jeune, plus neuve, qui me comprenait mieux et qui partageait ma passion pour l'histoire. C'est arrivé sans que je l'aie voulu, Dorothée, mais je dois me rendre à l'évidence : c'est toi que j'aime.

Dorothée, encore abasourdie, regardait Thibaut. Elle détaillait ses cheveux, la forme de son visage, ses yeux qui, posés sur elle, se chargeaient de passion. Un vertige la saisissait, lui donnait l'envie de se jeter contre lui, de se blottir entre ses bras et de rester là, toujours... Était-ce possible qu'elle aussi, sans s'en rendre compte, fût tombée amoureuse ? Elle secoua la tête, s'obligeant à raisonner posément :

— C'est impossible, Thibaut. Pense à maman. Elle va m'accuser d'avoir voulu te séduire. Nous ne pouvons pas lui faire ça.

— Et que faire d'autre ? Maintenant, je me rends compte que je ne l'aimais pas vraiment, que c'est toi que j'aime. C'est inattendu, c'est soudain, je te l'accorde, mais je suis sûr de moi. J'ai envie de te chérir, de te protéger, de faire de toi la mère de mes enfants. Mais, si tu le veux, si tu trouves que tout va trop vite, si tu as besoin de réfléchir, j'attendrai le temps que tu voudras.

— Ce n'est pas ça, Thibaut... C'est maman. Je me sentirais trop coupable vis-à-vis d'elle...

— Je vais te confier quelque chose, dit Thibaut, catégorique. Maintenant que j'ai vu clair en moi, je serais bien incapable de jouer la comédie de l'amoureux transi à Fabienne. Alors, que tu m'acceptes ou que tu me repousses, vis-à-vis d'elle mon attitude sera la même : je vais lui avouer que je me suis trompé, que j'ai changé d'avis. Je ne parlerai pas de toi ni de nous. Je lui annoncerai simplement que, dorénavant, je ne serai plus pour elle qu'un ami. Ensuite, ma vie sera entre tes mains. Tu en feras ce que tu voudras.

Dorothée ne répondit pas. Elle se sentait dépassée et, surtout, elle s'inquiétait pour sa mère : comment Fabienne réagirait-elle ?

Au même moment, mamie Toinette disait à sa fille :

— N'as-tu rien remarqué, Fabienne, concernant Thibaut et Dorothée ?

Fabienne eut l'air étonné :

— Que veux-tu dire ? J'ai constaté qu'ils semblent s'entendre parfaitement. Lorsqu'ils se mettent à parler d'histoire, ils n'en finissent plus. Je suis obligée de les arrêter.

— Il n'y a pas que ça... Je les ai vus ensemble lorsque nous sommes allés au bord de la mer. Et aussi le jour où nous avons rendu visite à Robert et Viviane. Ils m'ont raconté, en riant, qu'Augustin avait demandé à Dorothée : « C'est ton amoureux ? » Qu'est-ce qui a pu faire dire ça à Augustin, d'après toi ?

Fabienne, soudainement, était devenue extrêmement pâle. D'une voix changée, elle interrogea sa mère :

— Qu'essaies-tu de me faire comprendre ? Explique-toi mieux, maman.

Mamie Toinette toussota, embarrassée :

— J'ai hésité avant de t'en parler, mais je préfère te prévenir. J'ai remarqué la façon dont ils se regardent... Je pense qu'il n'y a rien entre eux et que leurs relations, pour le moment, sont encore innocentes. Mais, à mon avis, ils sont en train de tomber amoureux l'un de l'autre. Qu'arrivera-t-il quand ils s'en apercevront ?

Une souffrance assombrit les yeux de Fabienne :

— Ce n'est pas possible, murmura-t-elle. Tu te trompes, maman.

— Je le voudrais bien, et pourtant... En y réfléchissant, c'est logique. Ta fille l'a séduit, même si elle ne l'a pas fait consciemment. Dorothée, c'est toi à vingt ans. Il a transposé sur elle l'amour qu'il avait pour toi.

Mamie Toinette regarda sa fille, s'aperçut de sa pâleur :

— Pardonne-moi, Fabienne... Je ne voulais pas te faire de la peine... Je n'aurais peut-être pas dû t'en parler...

.

Fabienne redressa la tête, soudain déterminée :

— Au contraire, tu as bien fait. Si ce que tu soupçonnes est vrai, il vaut mieux que je le sache. Je vais tirer ça au clair, fais-moi confiance.

Ce soir-là, dès qu'ils rentrèrent, Fabienne les observa avec suspicion. Elle vit l'expression coupable de Dorothée, et la façon dont sa fille détournait les yeux et évitait son regard. Une pointe douloureuse lui noua l'estomac. Ainsi, mamie Toinette avait raison ?...

Lorsque Thibaut prit congé d'elle, il se pencha et effleura son front d'un baiser léger. Fabienne s'accrocha à lui, voulut l'attirer. Mais il se dégagea, recula. Un grand froid descendit dans le cœur de Fabienne, et elle le laissa partir sans protester.

Le lendemain, il arriva alors que Dorothée était sortie faire les courses. En voyant sur son visage un mélange d'embarras et de résolution, Fabienne eut peur. Qu'allait-il lui dire ? Elle décida de prendre les devants, de « tester le terrain », comme disait Patrick. Elle s'efforça de prendre un ton naturel :

— Thibaut, j'ai réfléchi. Patrick ne cesse de me téléphoner, il me demande de reprendre la vie commune. Il m'affirme qu'il m'aime toujours, et moi je ne suis pas sûre de ne plus l'aimer. Peut-être ai-je été trop rapide en envisageant de refaire ma vie avec toi ? Martial serait ravi si j'acceptais le retour de son père.

Avec angoisse, elle guetta la réaction de Thibaut. Si elle s'attendait à des protestations, elle fut déçue. Le soulagement qui éclaira le visage du jeune homme ne lui échappa pas. Et les paroles qu'il prononça tombèrent comme des pierres glacées qui lui meurtrirent le cœur.

— Ce serait la meilleure solution, Fabienne. Car figure-toi que, de mon côté, je me suis aperçu d'une chose : je me suis trompé sur mes sentiments vis-à-vis de toi. Ce que j'éprouve pour toi, c'est une amitié sincère, chaleureuse, mais ce n'est que de l'amitié. Je voulais justement te l'annoncer ce matin, et je ne savais pas comment m'y prendre. J'avais peur de te faire de la peine.

Il se rendit compte que la jeune femme, très pâle, avait fermé les yeux. Il s'inquiéta :

— Tu ne m'en veux pas, Fabienne ?

— Non, dit-elle avec effort. C'est sans doute mieux ainsi. Mais laisse-moi, je t'en prie. J'ai envie de rester seule.

Il voulut ajouter quelque chose, fit un pas vers elle. Les yeux clos, elle semblait avoir oublié sa présence. Avec un geste désolé, il se détourna et sortit de la pièce. Elle entendit la porte, en se refermant, condamner l'espoir de son nouveau bonheur. Alors, elle enfouit son visage dans ses mains et se mit à pleurer.

Elle pleura longtemps, incapable de s'arrêter. Ce fut une voix qui l'arracha à son chagrin :

— Que se passe-t-il, mon pauvre chéri ? Pourquoi ces larmes ?

Elle eut un hoquet de surprise. Patrick était devant elle, la regardant avec une sollicitude inquiète.

— Que fais-tu ici ? bredouilla-t-elle. Comment es-tu entré ?

Elle cherchait un mouchoir tout en reniflant lamentablement. Il lui tendit le sien :

— J'ai toujours ma clef, l'as-tu oublié ? Et j'avais envie de te voir. Alors, je suis venu.

Elle se moucha, s'essuya les yeux. Patrick se pencha sur elle, l'air attendri :

— Mon gros bébé, dis-moi... Qu'y a-t-il ?

La gentillesse de son mari la toucha, et de nouvelles larmes lui emplirent les yeux. « Mon pauvre chéri », « mon gros bébé... » C'était ainsi que, depuis toujours, Patrick l'appelait lorsqu'elle avait de la peine et qu'il voulait la consoler. Elle lui adressa un sourire tremblant.

— Ça va mieux ? s'enquit-il avec douceur. Alors, raconte-moi. Pourquoi ce gros chagrin ?

Des sanglots se bousculèrent dans la gorge de Fabienne, l'empêchant de parler. Elle les refoula :

— C'est Thibaut. Il vient de m'annoncer qu'il s'était trompé. Il dit qu'il n'éprouve pour moi que de l'amitié.

— Mais ce n'est pas la peine de pleurer, s'exclama Patrick. Au contraire ! Regarde plutôt de mon côté. Moi, ce n'est pas de l'amitié que j'ai pour toi. C'est de l'amour. Un amour vrai, que notre séparation a rendu plus profond. Pardonne-moi mon coup de folie, Fabienne. Pardonne-moi, et accepte-moi de nouveau près de toi.

La jeune femme ferma les yeux, prise de vertige. Tout allait trop vite, subitement. Thibaut qui la quittait, et Patrick qui la pressait d'accepter son retour...

— Je ne sais pas..., balbutia-t-elle.

— Laisse-moi te reconquérir, continua-t-il d'une voix insistante. Laisse-moi te faire la cour comme à l'époque où nous avions vingt ans... Je te répéterai que je t'aime, je t'apporterai des fleurs, des bonbons, des cadeaux...

Dans les yeux de la jeune femme, encore rougis par les larmes, passa une étincelle amusée.

— Si ça peut te faire plaisir... Pourquoi pas ? Ce sera agréable...

— Merci, Fabienne, dit-il d'une voix émue. Je te convaincrai, tu verras.

Il se pencha. L'odeur de son eau de toilette fit subitement revivre, dans le cœur de Fabienne, une foule de souvenirs. Un trouble soudain l'envahit, accélérant sa respiration. Machinalement, elle retrouva le geste oublié de lui caresser la nuque. Et, lorsqu'il l'embrassa, elle ne refusa pas son baiser.

Quelques heures plus tard, Thibaut et Dorothée se retrouvèrent pour une nouvelle balade, « en amoureux », cette fois-ci, déclara Thibaut. La jeune fille, de son côté, avait été surprise de retrouver son père dans l'appartement.

— Je crois que maman va finir par accepter qu'il revienne, avait-elle annoncé à Thibaut. C'est Martial qui va être content !

— Alors, tout est bien qui finit bien, conclut Thibaut tandis qu'ils se dirigeaient vers la voiture de la jeune fille.

Dorothée leva les yeux vers lui et lui sourit. Il passa

un bras autour de ses épaules, se pencha et lui parsema le visage d'une pluie de petits baisers. Près de la voiture, ils s'arrêtèrent, et Thibaut observa pensivement l'autocollant qui ornait la vitre arrière, symbolisant la région du Nord.

— Un beffroi et un cœur, murmura-t-il. Ce cœur, c'est aussi le mien, maintenant. Grâce à toi, Dorothée, cette région chaleureuse m'a conquis. J'envisage d'y rester, d'y vivre, et d'y être heureux – avec toi.

TABLE DES MATIÈRES

Les nouvelles parues dans ce volume ont fait l'objet d'une publication dans Bonne Soirée.

La force d'une vocation

La maîtresse d'école
Marie-Paul Armand

Déjà petite fille, sagement assise derrière son pupitre, Céline rêvait du jour où elle serait maîtresse d'école. Mais dans la France de l'entre-deux-guerres, il est difficile de faire accepter ce rêve quand on vit dans un hameau de pêcheurs, et la jeune femme va devoir affronter l'incompréhension de son entourage. Même Pierrot, à qui elle a offert son cœur depuis sa plus tendre enfance, ne veut pas entendre parler de sa vocation… Entre l'amour d'un homme et l'amour d'un métier, Céline va devoir choisir.

(Pocket n° 10060)

Fragments de vie

Le cri du héron
Marie-Paul Armand

Un ancien combattant de la Première Guerre mondiale ne parvient pas à accepter que son fils épouse une Allemande. Un petit garçon veut que son père, parti avec sa maîtresse, revienne à la maison. Deux sœurs, ennemies dans leur enfance, se retrouvent à l'âge adulte et tentent de se réconcilier. Voici quelques histoires de passion, de bonheur, de misère et de rêve, entre les marais de Saint-Omer et les hauts-fourneaux disparus de Valenciennes.

(Pocket n° 12568)

Cet ouvrage a été imprimé en France par

CPI
Bussière

à Saint-Amand-Montrond (Cher)
en juin 2009

POCKET - 12, avenue d'Italie - 75627 Paris Cedex 13

— N° d'imp. : 91074. —
Dépôt légal : mars 2008.
Suite du premier tirage : juin 2009.